Britt Reißmann, geboren 1963 in Naumburg/Saale, war Intarsienschneiderin und Sängerin, bevor sie nach Baden-Württemberg kam; seit 1999 arbeitet sie bei der Mordkommission Stuttgart. Sie lebt mit ihrer Familie im Süden Stuttgarts. Veröffentlichungen zahlreicher Kurzkrimis und dreier Romane. Im Emons Verlag erschienen »Die Farbe des Himmels« (mit Silvija Hinzmann), »Der Ruf der Schneegans«, »Der Traum vom Tod« sowie die Anthologie »Nur Bacchus war Zeuge« (mit Martina Fiess). »Der Traum vom Tod« wurde 2009 mit dem DeLiA ausgezeichnet.

BRITT REISSMANN

Zimmer ohne Aussicht

STUTTGART KRIMI

emons:

Mix
Produktgruppe aus vorbildlich bewirtschafteten
Wäldern und anderen kontrollierten Herkünften
www.fsc.org Zert.-Nr. GFA-COC-001223
© 1996 Forest Stewardship Council

Umschlagzeichnung: Heribert Stragholz
Druck und Bindung: CPI – Clausen & Bosse, Leck
Printed in Germany 2009
ISBN 978-3-89705-680-0
Stuttgart Krimi 6
Originalausgabe

Für Alina und Doris

Deswegen sage ich dir:
Ihre vielen Sünden sind vergeben,
denn sie hat viel geliebt;
wem aber wenig vergeben wird,
der liebt wenig.

Lukas 7.47

April 1985

Der Pistolenschuss hallte durch seinen Kopf, und er sah, wie sich die Menschen auf den Boden warfen. Die Kaffeetasse einer Angestellten, die wie in Zeitlupe vom Tablett rutschte und klirrend auf den glänzenden Marmorplatten zerbarst. Das Wimmern der dicken Frau mit der Krokodillederhandtasche, als sie sich beim Fallen das Kinn aufgeschlagen und dem Geräusch nach wahrscheinlich den Kiefer gebrochen hatte. Und der ungläubige Blick des Bankangestellten, der von der Pistolenmündung langsam hinunter auf sein blütenweißes Hemd wanderte, auf dem sich das Blut ausbreitete wie auf einem Löschblatt, das man in eine rote Tintenlache legt. Seine Augen, in denen für den Bruchteil einer Sekunde die schreckliche Gewissheit stand, bevor er hinter dem Schalter zusammenbrach.

Wie einen Fremdkörper betrachtete er den ausgestreckten Arm mit der Pistole, die in seiner Hand zitterte. Er stand noch wie erstarrt, als der zweite Angestellte seinem Kollegen zu Hilfe eilen wollte. Spürte den kalten Widerstand des Abzugs an seinem Finger, der wie von selbst ein zweites Mal durchdrückte, als könnte er damit die verdammte Alarmsirene zum Schweigen bringen. Hörte den zweiten Schuss, der sich mit dem Echo des ersten in seinem Kopf vermischte. Er fühlte das Hämmern seines Herzens im Hals und das Kratzen der Strumpfmaske auf dem Gesicht, die schweißnass auf seiner Haut klebte. Er blinzelte im grellen Licht der Neonlampe und drückte die Hände auf die Ohren, um das unerträgliche Heulen der Sirene nicht mehr hören zu müssen. Spürte das Lähmungsgefühl in seinen Beinen, die sich unendliche Sekunden lang weigerten, zur Tür hinauszulaufen und in das Fluchtauto zu springen.

Das Déjà-vu überfiel ihn, sobald er ein wenig vor sich hin döste, und immer dann, wenn er am wenigsten damit rechnete. Wieder und wieder. Er saß auf der Bettkante und fuhr sich mit den Händen durch die Haare. Suchte nach einer Möglichkeit, den Film in seinem Kopf zu ändern, das Drehbuch umzuschreiben. Doch es war zu spät. Die letzte Klappe war gefallen, der Film abgedreht.

Was hätte er denn tun sollen, als er sah, wie sich der Typ zur Seite neigte und ganz offensichtlich nach dem Alarmknopf tastete? Er war doch selbst schuld gewesen, dass er auf seine Anweisung, die Hände über den Kopf zu nehmen, nicht reagiert hatte. Hätte ja nicht unbedingt den Helden spielen müssen. Es war einfach keine Zeit geblieben, über Alternativen nachzudenken. Aber so sehr er auch grübelte, es fiel ihm nichts ein, womit er den Tod des zweiten Kassierers vor sich rechtfertigen konnte. Panik? Blackout? Angst, dass der so sorgfältig geplante Coup am Ende scheitern könnte? Man ist zu allem fähig, wenn von der Beute das ganze weitere Leben abhängt.

Er lauschte. Wartete auf ihre Schritte, wie er schon so viele Male gewartet hatte. Er war geübt im Warten. Aber heute sollte es ein Ende haben. Heute war ein besonderer Tag in seinem Leben. Ein Ende und zugleich ein neuer Anfang. Er zog das indigofarbene Kästchen aus seiner Hosentasche und klappte es auf. Da lag er auf mitternachtsblauem Samt: der schmale Goldring mit dem kleinen, aber makellosen Diamanten. Mehr als eine Stunde hatte er bei Wempe verbracht, um ihn auszusuchen. Dabei hatte er seine Wahl recht schnell getroffen, war aber noch endlos herumgelaufen und hatte sich die Auslagen angesehen. Er hatte sich nicht von dem berauschenden Gefühl trennen wollen, bei Stuttgarts renommiertestem Juwelier Irenes Verlobungsring zu kaufen.

Als er die Absatze ihrer Pumps schließlich auf der Treppe horte, klangen sie anders als sonst. Langsamer. Zögernder. Das war vernünftig von ihr, auf diesen steilen Stufen konnte man schnell ins Straucheln geraten und fallen. Er hörte sie näher kommen, und sein Herz tat einen Sprung, als es an der Tür klopfte. Zimmer 17. Seine Glückszahl. An einem Siebzehnten hatte er sie hier kennengelernt und heute für diesen denkwürdigen Tag genau dieses Zimmer ausgewählt.

Er nahm den Rosenstrauß aus der Vase und öffnete, schloss sie in seine Arme.

Sie lächelte verlegen, erwiderte seinen Kuss nur flüchtig und legte die Rosen hinter sich aufs Bett.

Er nahm sie und stellte sie wieder ins Wasser. Auf dem Bett waren sie nun wirklich im Weg.

»Ich habe eine gute und eine schlechte Nachricht, Liebes.« Warum setzte sie sich nicht? Warum streifte sie die Schuhe nicht von den Füßen, wie sie es sonst immer tat, kaum dass sie gekommen war?

»Zuerst die schlechte«, bat sie.

»Irene, wir haben ein Problem.« Wenn es nur dieses eine Problem wäre, dachte er. Die Probleme, die ihm im Nacken saßen, hatten das Zeug, ihm das Genick zu brechen. »Das Hotel wird demnächst geschlossen. Es rechnet sich wohl nicht mehr. Wir müssen einen neuen Treffpunkt finden.«

Sie zögerte lange, bevor sie antwortete. Und als sie endlich sprach, sah sie ihn nicht an, sondern hielt den Blick auf den Boden gerichtet.

»Das ist nicht nötig. Ich habe mich entschieden. Ich werde Gernot heiraten.« Sie hob den Blick, als wolle sie ihm in die Augen schauen, sah aber an ihm vorbei, auf die Wand hinter ihm, von der er wusste, dass dort ein Kupferstich des Neuen Schlosses hing, auf einer Tapete, wie sie hässlicher nicht sein konnte. Riesengroß gemustert in Orange und Braun. In den Siebzigern der letzte Schrei. Die Zimmer hätten eine Renovierung schon vor Jahren nötig gehabt; man sah den Räumen an, dass Geld fehlte. Die orangene Farbe signalisierte Gefahr. Seine Augen folgten den Bögen und Kurven, die zusammenliefen, um sich wieder zu trennen und erneut aufeinanderzutreffen. Solange er sich mit der Tapete beschäftigte, musste er sich nicht mit ihren Worten auseinandersetzen, die in seinen Schläfen hämmerten.

»Hast du mich verstanden? Wir können uns nicht mehr sehen. Ich werde Gernot heiraten!« Sie stand nun direkt vor ihm. Unbarmherzig drang die Wirklichkeit in sein Bewusstsein. Die Befürchtung, die er so lange ignoriert hatte, wie er nur konnte, hatte sich bewahrheitet. Er schüttelte den Kopf, als könnte er damit auch ihre Worte von sich abschütteln. Erst jetzt wurde ihm bewusst, dass seine Finger das Schmuckkästchen in seiner Hosentasche die ganze Zeit umklammert hielten. Seine gute Nachricht. Die sich inzwischen erübrigt hatte.

»Das kannst du nicht tun! Nicht Gernot! Wir wollten doch in den Süden gehen, hast du das vergessen? Wo es warm ist, wo wir uns nicht verstecken müssen. Ich wollte dich mit Blumen schmücken! Ist das plötzlich alles nicht mehr wahr? Ausgerechnet jetzt, wo ich endlich das Geld dafür habe!«

Sie wich vor ihm zurück, und er sah, wie ihre Augen sich weiteten und ihre Lippen zitterten. »Du hast das Geld? Woher hast du das Geld?«

Er schwieg. Das Orange im Tapetenmuster schien im Halbdunkel des Zimmers warnend aufzuleuchten. Die braunen Bögen wanden sich wie gefährliche Giftschlangen um die grellorangenen Ornamente.

»Komm mir nicht mit plötzlicher Erbschaft oder Lottogewinn. Woher hast du das Geld?« Ihre Augen waren so groß, dass er an den Wolf denken musste, der sich als Großmutter verkleidet und das Rotkäppchen verschlungen hatte, und einen barmherzigen Augenblick lang fühlte er sich in die Zeit zurückversetzt, als seine Mutter ihm abends vorm Einschlafen Grimms Märchen vorgelesen hatte. Er hatte warm eingemummelt in seinem Bett gelegen, die Augen fasziniert auf den Buchdeckel gerichtet, auf dem der Wolf unter der Haube der Großmutter das Rotkäppchen anblinzelte mit der Absicht, es im nächsten Moment zu verschlingen. Nur ein Bild. Nur gemalt. Damals hatte ihm kein Unheil der Welt etwas anhaben können.

»Warum antwortest du nicht? Ich will wissen, woher du das Geld hast!« Sie funkelte ihn an. Sehr real und beängstigend.

Sekunden verstrichen, in denen er nicht zu atmen wagte. Auf dem Flur lachte jemand laut und schrill. Aus dem Nebenzimmer drang blecherne Musik, ein Oldie, »Heartbreak Hotel«. Er blickte auf seine Füße. Dieser Teppichboden hätte auch schon längst erneuert gehört.

»Ich habe es gestern in der Zeitung gelesen. Raubüberfall auf die Dresdner Bank. Achthunderttausend Mark Beute. Ein maskierter Täter, der unerkannt flüchten konnte. Und zwei tote Bankangestellte, kaltblütig niedergeschossen. Sag, dass das nicht du warst!«

Er schwieg. Verfolgte mit den Augen die in sich verschlungenen Rosenranken auf dem Velours, die sich wie Fußfesseln um seine Knöchel zu winden schienen. Nie zuvor war ihm aufgefallen, wie hässlich dieses Teppichmuster war.

***

Vierundzwanzig Tage ohne Irene

Sie haben mir den Stielkamm weggenommen, meinen Gürtel und sogar das Rasierzeug. Anstelle meines Nassrasierers habe ich einen elektrischen bekommen mit dem eingravierten Logo der JVA. Nicht mal umbringen darf man sich hier. Mit Rasierklingen könnte man ja eine Sauerei anrichten, und mit einem Gürtel könnte man sich weghängen. Woran denn, wenn die Fenster nicht einmal Griffe haben? Manchmal starre ich die Wand an, auf der unzählige Kerben an die verbliebenen Wochen und Tage ehemaliger Häftlinge erinnern, und überlege, mit wie viel Wucht man den Kopf dagegen schlagen muss, um sich die Schädeldecke zu zertrümmern.

Ein anonymer Hinweis, haben sie gesagt, als sie mit dem Durchsuchungsbeschluss vor meiner Tür standen. Ein Anruf aus irgendeiner öffentlichen Telefonzelle von jemandem, der meint, mich erkannt zu haben, soll reichen, damit sie in meine Wohnung eindringen dürfen, alles durchwühlen, in meinen Sachen schnüffeln. Sogar im Keller haben sie die Regale umgekippt. Dort haben sie auch die Waffe gefunden. In der Mülltonne die Strumpfmaske. Auf der Pistole meine Fingerabdrücke. Nur eines haben sie nicht gefunden, und das wurmt sie am meisten – das Geld. Sie werden es niemals finden. Wann immer ich hier rauskomme, werde ich es holen und die letzten Jahre meines Lebens mit Irene verbringen, irgendwo in der Karibik, wo niemand uns kennt. Vielleicht können wir zusammen ein kleines Hotel führen. Ich bin sicher, dass Irene bis dahin wieder frei ist. Jede dritte Ehe in Deutschland wird heute schon in den ersten zehn Jahren geschieden, und mit Gernot hält sie es garantiert nicht lange aus. Sie wird wieder frei sein, für mich. Wenn ich diese Hoffnung nicht hätte, würde ich ausprobieren, wie viel Kraft nötig ist, sich den Schädel an der Mauer einzuschlagen.

Ich teile die Zelle mit Brecher, Ahmed und Scholli. Alle drei sind wegen Totschlags verurteilt. Brecher, ein Schrank von einem Kerl, hat seinen Namen von seiner subtilen Methode, sich an Verrätern zu rächen, indem er ihnen mit Hilfe einer Eisenstange einen Arm oder ein Bein bricht. Deswegen ist er schon ein paarmal eingefahren und kennt sich hier bestens aus. Letztes Mal hat sich das Opfer geduckt, und er hat die Halswirbelsäule erwischt. Pech gehabt, so schnell kann aus einer schweren Körperverletzung ein Totschlag werden, und so schnell hat man wieder Nachschlag gekriegt, diesmal richtig fett.

Ahmed ist ein Kleinkrimineller mit rabenschwarzen Augen und einer Nase, die krumm ist wie der türkische Halbmond. Er hat im Streit um eine Frau einen Kumpel so brüsk zurückgestoßen, dass der wie eine Wand umfiel und mit dem Kopf auf dem Asphalt aufschlug. Er war auf der Stelle tot. Bis dahin war er immer mit Bewährungsstrafen davongekommen, aber diesmal führte kein Weg am Knast vorbei. Er hat sich aber gut eingelebt und versteht sich prächtig mit den beiden anderen.

Scholli besitzt die Intelligenz eines Milchbrötchens und sieht auch so aus: weiß und teigig. Seine deutlich mehrfach gebrochene Nase lässt allerdings vermuten, dass er Konflikte mangels Argumentationsfähigkeit lieber mit den Fäusten austrägt. Er sitzt ein, weil er bei seinem letzten Bordellbesuch eine Hure bei der Oralfalle erwischt und ihr sehr vehement klargemacht hat, was er davon hält.

Drei, die wegen Totschlags einsitzen, ich bin hier der einzige Mörder. Dabei habe auch ich nur die Nerven verloren. Nur weil Geld im Spiel war, hat man mir Vorsatz unterstellt. Um es mit den Worten des Haftrichters zu sagen: Ich habe den Tod der beiden Bankangestellten einkalkuliert, indem ich eine Waffe zum Tatort mitgenommen habe.

Ich habe beschlossen, nicht mit den dreien zu reden. Sie wissen, dass ich wegen Mordes angeklagt werde, damit stehe ich in ihren Augen in der Knasthierarchie eine Stufe unter ihnen. Sie haben keine Ahnung. Ich habe es für Irene getan. Für die Liebe ist kein Preis zu hoch.

Mehr als zwei Jahrzehnte später

MONTAG

Auf einem Flughafen herrschte Totenstille im Vergleich zu den Räumen des Polizeipräsidiums Stuttgart. Trotz der idyllischen Lage am Fuße der Weinberge, ein Stück abseits des Chaos, das sich täglich an dem Verkehrsknotenpunkt abspielte, wo Heilbronner- und Pragstraße aufeinandertrafen, hatte der Baulärm das Personal fest im Griff. Der Beschluss, die Fassade zur Pragstraße hin zu restaurieren und die Fenster zu erneuern, hatte heftigen Protest unter den Mitarbeitern ausgelöst, denn die Rückfront, die zum Weinberg hin lag, hielt man nicht für renovierungsbedürftig. Nicht allein die Tatsache, dass hier das Prinzip der Potemkinschen Dörfer eine Neuauflage erlebte, hatte die Beamten in den Büros auf der Rückseite in Rage versetzt. Sie würden ihre alten, undichten Fenster behalten, unter deren Rahmen im Winter der Wind hindurchpfiff. Trotzdem würden sie unter dem Höllenlärm der Bauarbeiten in den gegenüberliegenden Zimmern mitleiden und den Kollegen, die vor Krach und Staub aus ihren Büros an der Vorderfront flohen, Asyl gewähren müssen.

Als Thea Engel den Besprechungsraum des Morddezernats betrat, der neben dem allmorgendlichen Frührapport auch für Sonderkommissionen und Mahlzeiten aller Art herhalten musste, eiferte ihr Kollege Harald Koch an der Kaffeemaschine in puncto Dezibel mit den Handwerkern auf dem Balkon um die Wette. Ihr freundliches »Guten Morgen« ging im Kreischen des Mahlwerks, eines Sandstrahlers und den lautstarken Versuchen ihres Chefs, ein Telefongespräch zu führen, unter. Der letzte freie Stuhl am Tisch stand ausgerechnet direkt gegenüber von Michael Messmer, der sie eingehend musterte und die Augenbrauen hochzog. Ja, sie war ungeschminkt und sah müde aus. Zeit zum Sonnenbaden war diesmal nicht geblieben, ihr rotes Haar war stumpf und musste am Ansatz dringend nachgetönt werden.

Sie war gestern spätabends erst aus Italien zurückgekommen, und der Anlass für ihre Reise war kein erfreulicher gewesen. Sie wich Messmers Blick aus und konzentrierte sich auf Dezernatsleiter Rudolf Joost und das Gespräch, das er zu führen versuchte. Er stand am Fenster, das Telefon am rechten Ohr, den Zeigefinger fest ins Linke gedrückt, und brüllte in den Hörer.

»Lebt er jetzt noch oder nicht?« Er klemmte den Hörer zwischen Ohr und Schulter und kritzelte etwas auf einen der Notizblöcke, die aus Sparsamkeitsgründen von der Buchbinderei des Präsidiums aus altem Konzeptpapier zusammengeleimt wurden. »Verstehe. Wie schwer ist er verletzt? Ist er vernehmungsfähig?«

Kaffeeautomat und Sandstrahler verstummten zeitgleich wie auf Befehl, während Joost in unverminderter Lautstärke weiterschrie:

»Okay. Ich schicke jemanden.«

Alle fuhren zusammen, todsicher auch der Gesprächspartner am anderen Ende der Leitung.

Joost legte den Hörer auf und nahm am Besprechungstisch Platz.

»Ein Anruf vom Krankenhaus wegen der Messerattacke vom Sonntag. Die meisten von euch sind ja schon so weit auf dem Laufenden.«

»Ich nicht«, meldete sich Thea. »Was hab ich verpasst?«

»Wir hatten gestern ein versuchtes Tötungsdelikt. Ein Herr Werner Klemens, einer der Zugführer der Schnürlesbahn vom Waldfriedhof, ist von einem Unbekannten mit mehreren Messerstichen schwer verletzt worden. Kam mit dem Notarztwagen ins Marienhospital.«

»Was bitte ist die Schnürlesbahn?«, fragte Thea und goss Milch in ihre Müslischale. Meistens sparte sie sich das Frühstück daheim und hatte stattdessen umfangreiche Vorräte an Müsli und Knäckebrot in ihrem Büro gebunkert.

»Die historische Standseilbahn zwischen der Talstation Heslach und der Bergstation Waldfriedhof«, antwortete Joost. »Dort fährt zeitgleich immer eine Bahn bergauf und eine bergab, in der Mitte gibt es eine Weiche. Die Strecke ist nicht besonders lang, aber dafür ziemlich steil. Der Zugbegleiter muss eigentlich nur noch auf einen Knopf im Schaltpult drücken, im Zwanzig-Minuten-Takt mit der Bahn rauf- und runterfahren und interessierten Fahrgästen dabei die Touristenattraktion erklären. Ein recht angenehmer Job, bei dem es normalerweise keinen Anlass gibt, plötzlich ein Messer in den Rücken gesteckt zu kriegen.«

»Wie schwer verletzt ist er denn?«, fragte Thea, den Müslilöffel auf halbem Weg zum Mund.

»Drei tiefe Stiche im Rückenbereich. Innere Blutungen, wenn ich den Arzt gerade richtig verstanden habe. Klemens behauptet, seinen Angreifer nicht zu kennen. Im Moment ist er stabil, steht aber unter starken Schmerzmitteln. Die Meldung kam gestern Mittag rein. Ich hab versucht, dich anzurufen, aber du warst nicht zu Hause.«

»Um diese Zeit war ich auf der Autobahn, schätzungsweise kurz vor Chiasso«, antwortete Thea.

»Ja, Micha hat mir erzählt, dass du über Himmelfahrt bei deiner Mutter warst.« Joost lächelte ihr zu. »Ich hoffe, du hast dich gut erholt.«

Thea murmelte etwas Unverständliches, das sich nach Zustimmung anhören sollte, und zog es vor, ihr Müsli umzurühren. »Gibt es Anhaltspunkte für ein Motiv?«, fragte sie, um das Thema zu wechseln. »Fehlt Geld in der Kasse?«

»Es gibt keine Kasse. Die Schnürlesbahn untersteht der VVS, die Fahrkarten gibt es an Automaten im Vorraum. Dort ist auch ein Apparat zum Entwerten der Mehrfahrtscheine. Die Fahrer selbst kassieren gar nicht.«

»Ein Raubüberfall war es also nicht«, folgerte Thea. »Was dann?«

»Das müssen wir ihn schon selbst fragen«, sagte Joost. »Allerdings meint der Arzt, mit dem ich gerade telefoniert habe, der Mann sei nicht sehr kommunikativ.«

»Wer hat ihn eigentlich gefunden? Fahrgäste?«, fragte Thea.

»Fahrgäste gab es bei der Bergstation gestern Morgen noch keine. Sonntags ist am Vormittag dort oben nie viel los. Möglich, dass der Täter das einkalkuliert hat. Der Fahrer, der unten an der Talstation Südheimer Platz auf die Abfahrt wartete, hat ihn gefunden. Er wunderte sich, dass sein Kollege auf das Signal zum

Losfahren nicht reagierte. Irgendwann fing er an, sich Sorgen zu machen, und ist raufgefahren, um nachzusehen.«

»Dann haben wir also eine gut eingrenzbare Tatzeit«, stellte Thea fest. »Nämlich zwischen Ankunft der vorhergehenden Bahn und Abfahrtszeitpunkt der nächsten, die dann nicht mehr fuhr.«

»Vorher fuhr leider keine Bahn. Die um zehn nach neun ist sonntags die Erste.« Joost befestigte einen neuen Block am Flipchart und schrieb den Namen des Opfers, die Fundzeit und den Tatort auf. »Der Kollege kam ziemlich genau um neun Uhr fünfundzwanzig oben an.«

»Und wo hat er den anderen gefunden?«, fragte Verena Sander, Theas einzige weibliche Kollegin im Dezernat. Offenbar war sie bei der Alarmierung gestern auch nicht erreicht worden.

»Er lag mehr tot als lebendig im Eingangsbereich seiner Bahn. Vielleicht wollte er gerade einsteigen, als er von hinten niedergestochen wurde. Wenn wir davon ausgehen, muss die Tat kurz vor der geplanten Abfahrt passiert sein.«

»Gibt es Spuren?«, fragte Thea mit einem Mund voll Haferflocken und Rosinen.

»Jede Menge Fingerabdrücke am Geländer des Bahnsteigs und an den Haltestangen der Bahn, die aber wahrscheinlich von Fahrgästen stammen. Die Tatwaffe ist bisher nicht gefunden worden. Aber im Pausenraum war ein Handy, das wir zum Auslesen gegeben haben. In derselben Schublade, die übrigens nicht mal abgeschlossen war, lag auch eine Luftpistole vom Typ Hämmerli, überall frei käuflich. Zum Mitführen braucht man allerdings einen Waffenschein, den Klemens nicht hat.«

»Wenn die Schublade nicht verschlossen war, kann die Pistole doch quasi jeder reingelegt haben«, sagte Thea.

»Wir haben Klemens' Fingerabdrücke genommen«, sagte Joost.

»Wir sollten aber auch noch die von allen Personen erheben, die Zugang zum Pausenraum haben. Außerdem hat die Kriminaltechnik eine Zigarettenkippe sichergestellt, die im Eingangsbereich des Waggons lag. Die kann kaum von einem Fahrgast stammen, da in der Bahn nicht geraucht werden darf. Es ist sehr gut möglich, dass sie vom Täter ist.«

Thea nickte. Vielleicht gab es an der Zigarettenkippe eine verwertbare Speichelspur. Wenn es sich um einen Wiederholungstäter handelte und seine DNA schon in der Datenbank eingestellt war, wäre der Fall schnell gelöst.

»Jetzt hab ich jedenfalls einen Job, um den ihr euch reißen werdet«, rief Joost in das Dröhnen der wieder anlaufenden Baumaschinen hinein. »Wer von euch hat Lust, ins ruhige, idyllische Marienhospital zu fahren und dort den Arzt und, wenn wir Glück haben, den Geschädigten zu vernehmen?«

Sieben Arme reckten sich in die Höhe.

»Thea und Micha waren am schnellsten.« Er schob die Telefonnotiz über den Tisch. »Dr. Seegers heißt der zuständige Arzt. Er hat auch die Not-OP durchgeführt. Klemens liegt noch auf der Intensivstation und ist inzwischen bei Bewusstsein.«

Die letzten Worte gingen im Radau einer Schlagbohrmaschine unter. Joost verdrehte die Augen und wies durch das Fenster auf ein paar Handwerker, die draußen auf dem Baugerüst standen und freundlich winkten. Mit ihrem großen Gehörschutz wirkten sie wie Popstars im Tonstudio.

»Ich krieg noch den Veitstanz bei diesem Lärm, da kann doch kein Mensch arbeiten!«, schnauzte Ottfried Kümmerle, der genauso aussah, wie er hieß, und sich auch entsprechend benahm. Auch jetzt zog er wieder seine von einer grauen Haartolle umwölkte Stirn in Falten und beäugte seine Brezel, als würde er darüber nachdenken, sich aus dem weichen Teig Ohrstöpsel zu kneten.

»Du sodsch oifach Faife grad sei lao, wenn de dei Rende no verleba willsch.« Kübler hätte anstatt seines ausgeprägten Älbler Dialekts genauso gut Swahili reden können, Kümmerle hätte ihn ebenso wenig verstanden. Die Finger fest in die Ohren gepresst, starrte er zur Zimmerdecke, als würden dort oben Entspannungsanleitungen geschrieben stehen.

»Du bist wirklich zu beneiden, wenn dich dieser Krach nicht aus der Ruhe bringt«, sagte Verena. »Ich hab mir schon Rescue-Tropfen in der Apotheke besorgt, damit ich die Umbauten durchhalte.«

»I han Nerva wia broide Nuudla«, erwiderte Kübler im Tonfall eines tibetanischen Mönches schwäbischer Herkunft. »Muasch hald immer amol a bissle meditiere.«

Vielleicht sollte ich es auch mal mit Meditieren versuchen, dachte Thea. Probeweise schloss sie die Augen und versuchte zu entspannen. Doch die Schlagbohrmaschine, die in der Etage über ihr die Fensterfront attackierte, hielt dagegen.

»Geht's dir gut, Engelchen? Du siehst nicht gerade wie das blühende Leben aus.« Walter Ströbele, besorgt wie eh und je, musterte Thea prüfend. »Ich hab gehofft, du hättest dich in deinem Kurzurlaub ein bisschen erholt.«

Thea blinzelte. Dies war für eine Meditation ganz gewiss der falsche Ort und die falsche Zeit.

»Es bringt nicht viel Erholung, für vier Tage so weit zu fahren«, antwortete sie.

»Warum machst du dir überhaupt diesen Stress? Warst du nicht an Ostern erst bei deiner Mutter?«, wollte Ströbele wissen.

»Es geht ihr nicht besonders gut«, sagte Thea schnell. Damit hatte sie nicht komplett gelogen, aber auch nicht die ganze Wahrheit gesagt. Sie musste vorsichtig bei ihrer Wortwahl sein, denn weshalb sie wirklich in Italien gewesen war, wollte sie ihren Kollegen nicht unbedingt auf die Nase binden.

»Töchter fühlen sich immer verantwortlich für ihre Mütter und haben ein schrecklich schlechtes Gewissen, wenn sie sich nicht genug um sie kümmern«, meinte Verena, und Thea fragte sich, ob Verena vielleicht aus eigener Erfahrung sprach. Sie arbeiteten bereits über ein Jahr zusammen, aber Thea wusste wenig vom Privatleben ihrer älteren Kollegin. Es tat ihr gut, dass sie mit ihrem Gefühl der Unzulänglichkeit nicht allein dastand.

Thea atmete auf, als sie mit Messmer zum Parkplatz lief. Der Baulärm wurde mit jedem Schritt leiser, und als sie die Autotür hinter sich schloss, war er kaum noch zu hören.

»Wie war die Beerdigung?«, fragte Messmer, während er seinen Sitz einstellte.

»Traurig.« Thea nestelte am Sicherheitsgurt. »Aber der Pfarrer hat sich sehr um meine Mutter gekümmert. Fast ein bisschen zu sehr.« Sie musste lächeln. »Eigentlich schade, dass er dem Zölibat unterliegt.«

»Deine Mutter braucht schon lange einen Mann. Wenn sie jemanden hätte, würde sie nicht so an dir kleben, und deine Schuldgefühle, tausend Kilometer weit weg zu sein, würden sich in Grenzen halten.« Messmer drehte sich zu ihr und strich ihr übers Gesicht. Sein Zeigefinger traf auf ihre Lippen und fuhr die Konturen ihres Mundes nach.

»Nicht, Micha, hier kann uns noch jeder sehen.«

»Und wenn schon.« Messmers Finger wanderten weiter ihren Hals hinab bis zum Schlüsselbein. »Wir tun doch nichts Verbotenes.«

Sie stoppte seine Hand und hielt sie fest. »Du weißt, warum ich nicht möchte, dass die anderen davon wissen.«

»Nein, um ehrlich zu sein, habe ich es immer noch nicht ganz kapiert. Ich halte mich nur daran, weil du es so willst.« Messmer ließ sie los und wandte sich ab. Er startete den Motor und lenkte den Wagen in die Ausfahrt zur Hahnemannstraße. »Schließlich hab ich dich vier Tage lang nicht gesehen. Ich freu mich einfach, dass du wieder da bist.«

»Ich auch. Du hast mir gefehlt. Aber du hättest ja mitkommen können.«

»Das wäre ziemlich unklug gewesen. Wir beide gemeinsam bei der Beisetzung von Sofia da Vito, wo doch das Ermittlungsverfahren wegen Ablebens der Beschuldigten gerade erst offiziell eingestellt wurde.« Messmer war der Einzige, der wusste, dass Thea bei der Beerdigung Sofias, der besten Freundin ihrer Mutter, gewesen war. Und dass Sofia im letzten Sommer in Stuttgart zwei Menschen getötet hatte, bevor sie, wie durch eine Vergeltung des Himmels, unheilbar an Leukämie erkrankt und Anfang letzter Woche daran gestorben war.

Theas Gedanken wanderten zu dem sonnigen Vormittag auf dem Cimitero Monumentale in Mailand zurück. Selten hatte sie ein Friedhof so beeindruckt. Sie hatte sich wie in einer verwunschenen Stadt gefühlt. Eine feierliche Stille lag über den Grabstätten, die sich von Koniferen und Zypressen beschützt über zwanzigtausend Quadratmeter hinzogen, nur untermalt vom Gezwitscher der Vögel, den Mittlern zwischen Himmel und Erde. Die bis zu zwanzig Meter hohen Grabhäuser, mit denen sich reiche Mailänder Familien wahre Tempel errichtet hatten, hatten ihr den Atem geraubt. Mit ehrfürchtigem Staunen hatte sie vor dem marmornen Spiralturm des Baumwollfabrikanten Bernocchi gestanden, der sie an den Elfenbeinturm aus der »Unendlichen Geschichte« erinnerte. Wohin das Auge blickte, wachten filigrane Statuen über die Verstorbenen; Trauer, Demut und Trost in Bronze gegossen oder in Stein und Carrara-Marmor gemeißelt. Kunstwerke von den Lebenden für die Toten geschaffen, von einer Schönheit, die ihr zu Herzen ging.

Sofias Grab war schlicht dagegen. Ein einfaches Holzkreuz, eine kleine Statuette der Jungfrau Maria davor. Von der Predigt hatte Thea nicht sehr viel verstanden, dafür war ihr Italienisch zu schlecht, aber die Worte aus dem Lukas-Evangelium, die der Pfarrer gesprochen hatte, waren ihr bekannt und hallten auf Deutsch in ihr nach: »Deshalb sage ich dir: Ihr sind viele Sünden vergeben, denn sie hat viel geliebt; welchem aber wenig vergeben wird, der liebt wenig.« Thea schöpfte Trost aus diesen Worten. Wenn der Pfarrer recht behielt, hatte Sofia nichts zu befürchten.

»Thea, hörst du mir überhaupt zu?«

Sie schreckte auf und stellte fest, dass sie schon auf die Böheimstraße einbogen. »Tut mir leid, ich war gerade in Gedanken.«

»Was findest du denn so schlimm daran, dass die anderen rauskriegen könnten, dass wir zusammen sind? Wovor hast du Angst?«

Thea versuchte auszuweichen. »Die werden sich Sorgen machen, wie es im Dezernat weitergehen soll, wenn es mit uns nicht funktioniert.«

»Warum unterstellst du ihnen das? Vielleicht tun sie das gar nicht. Wir sind erwachsene Menschen. Wir können Privatleben und Dienst auseinanderhalten.«

»Das könnten die Kollegen aber anders sehen. Um ehrlich zu sein, ich bin selbst nicht ganz sicher, ob das so einfach ist.« Das kam der Sache vielleicht schon näher.

»Weißt du, manchmal hab ich das Gefühl, du stehst nicht zu dem, was du für mich empfindest.«

Thea schwieg. Vielleicht hatte er recht. Sie war über dreißig und benahm sich wie ein zickiger Teenager. Wahrscheinlich hatte er allen Grund, verletzt zu sein. Doch irgendetwas hielt sie zurück, sich auf der Dienststelle dazu zu bekennen, dass sie und Michael Messmer inzwischen mehr verband als ein kollegiales Verhältnis.

Sie wollte das unausweichliche, wenn auch gut gemeinte Gefrotzel ihrer Kollegen nicht hören, ihre skeptischen Blicke nicht spüren. Messmer war im Dezernat noch immer als unheilbarer Macho verschrien. So ein Ruf hielt sich hartnäckig. Walter Ströbele würde mit guten Ratschlägen nicht sparen. Sie konnte seinen besorgten Blick schon vor ihrem geistigen Auge sehen.

Und wenn sie ganz ehrlich war, traute sie sich selbst auch noch immer nicht ganz zu, eine stabile Beziehung führen zu können. Die verlangte Vertrauen und Offenheit. Micha würde mit der Zeit alle ihre Schwächen und Fehler entdecken, die sie bislang so geschickt hatte verbergen können. Er würde ganz schnell herausfinden, dass sie gar nicht so großartig war, wie er gedacht hatte, als er sie noch ausschließlich als Kollegin kannte und schätzte. Wahrscheinlich würde er ohnehin bald das Interesse an ihr verlieren. Und wenn sie schon versagen würde, mussten es wenigstens nicht gleich alle erfahren.

Wer viel von sich preisgibt, macht sich verletzbar, dachte Thea. Und sie hatte schon verdammt viel von sich preisgegeben. Jedenfalls dem Mann gegenüber, der das Zeug dazu hatte, sie mehr als alle anderen zu verletzen.

Dr. Seegers von der Inneren Intensivstation des Marienhospitals war ein kleiner, hagerer Mann knapp vor dem Rentenalter mit streng zurückgekämmtem, schütterem grauen Haar. Es war ihm deutlich anzusehen, dass er zu wenig Schlaf bekam; seine dicken Brillengläser konnten die tiefhängenden Tränensäcke nur schlecht kaschieren. Sein Mund war nicht viel mehr als ein schmaler Strich in seinem bleichen Gesicht, und Thea fragte sich, wann dieser sich wohl das letzte Mal zu einem Lächeln verzogen hatte. Bei ihrer Begrüßung nickte er nur knapp, doch sie war von seinem festen Händedruck überrascht.

»Der Patient ist bei Bewusstsein«, begann er ohne Umschweife. »Aber er steht unter starken Medikamenten, und sein Zustand ist nicht besonders gut. Er hat einiges an Blut verloren und einen beidseitigen Pneumothorax. Sie können kurz mit ihm reden, aber mehr als fünf Minuten kann ich Ihnen nicht geben.«

»Wir sollen also in fünf Minuten etwas aus ihm herausbekommen, das uns irgendwelche Ermittlungsansätze bringt?« Messmer sah nicht besonders begeistert aus, versuchte sich aber dennoch an einem höflichen Lächeln.

Dr. Seegers hob bedauernd die Arme. »Ich muss zuerst an das Wohl meiner Patienten denken. Sie können gerne noch mal wiederkommen, wenn es ihm besser geht. Vorerst braucht er aber mehr als alles andere Ruhe. Durch die Wucht der Messerstiche ist er nach vorn gefallen und mit dem Gesicht vermutlich auf eine Haltestange gestürzt. Daher hat er zusätzlich auch noch einen Kieferbruch und tut sich beim Reden schwer. Und eines noch: Ich bin nicht sicher, es ist nur ein Gefühl, aber ich habe den Eindruck, dass er etwas verschweigt.« Dr. Seegers ging voraus und öffnete die Tür zu einem Einzelzimmer.

Werner Klemens lag reglos in einem Krankenbett und sah mehr tot als lebendig aus. Sein Gesicht war geschwollen, die linke Seite blutunterlaufen. Der rechte Arm war an einen Tropf angeschlossen; von seinem bandagierten Oberkörper führten zwei durchsichtige Gummischläuche zu quadratischen Kästen, die aussahen wie Handköfferchen mit verschiedenen Skalen.

»Was haben diese Schläuche zu bedeuten?«, fragte Thea.

»Das sind die Thoraxdrainagen. Durch die Messerstiche wurde der Brustraum geöffnet. Die Schläuche saugen die Flüssigkeit ab, die sich zwischen Brustfell und Lungen sammelt, und pumpen sie in das Wasserschloss.« Dr. Seegers wies auf die Plastikkästen und wandte sich zum Gehen. »Fünf Minuten«, wiederholte er, während er die gespreizte Hand in die Höhe hielt, und zog die Tür leise hinter sich zu.

Es war still im Zimmer. Die einzigen Geräusche kamen vom leisen Piepen der Überwachungsmonitore und vom Gluckern der Thoraxdrainagen.

Fünf Minuten, dachte Thea. Wir müssen es zumindest versuchen.

»Herr Klemens?«, begann sie vorsichtig.

»Mhm?« Das rechte Auge öffnete sich zu einem schmalen Schlitz.

»Wir sind von der Kriminalpolizei und möchten wissen, was Ihnen passiert ist.« Knapper konnte man es nicht formulieren, aber auch nicht weniger subtil. Zeit für höfliches Geplänkel hatten sie nicht.

Klemens öffnete die Lippen gerade so weit, dass Thea ein paar abgebrochene Schneidezähne und Drähte, die den Kiefer stabilisieren sollten, sehen konnte. Er machte sich nicht die Mühe, sie anzuschauen, und murmelte etwas, das sich anhörte wie: »Das sehen Sie doch!«

Thea versuchte, ihre Frage präziser zu formulieren. »Wer hat Sie so zugerichtet?«

»Keine Ahnung.« Klemens sprach undeutlich, als hätte er den Mund voll Watteröllchen.

»Haben Sie ihn nicht gesehen oder war er maskiert?«, fragte Messmer.

»Nicht gesehen. Kam von hinten. Bin gefallen.« Klemens hustete und verzog qualvoll das Gesicht.

»Wir möchten Sie nicht länger als nötig belästigen«, versuchte es Thea erneut. »Aber wir müssen wissen, was Sie gesehen haben. Auch wenn es nur wenig ist. Ein Stück markante Kleidung. Eine Hand mit einem auffälligen Ring vielleicht oder mit einer Narbe. Irgendetwas, das uns weiterhelfen kann.«

Klemens schloss die Augen und schüttelte leicht den Kopf. Dreißig wertvolle Sekunden verstrichen.

»Hat er etwas gesagt, als er zustach?«

»Nein.«

»Haben Sie Geräusche gehört? Ein Auto, das einparkte? Ein Motorrad?«

Kopfschütteln.

»Haben Sie etwas gerochen, ein bestimmtes Aftershave vielleicht?«

»Nichts.«

Thea sah Messmer an.

Konnte es sein, dass der Mann wirklich überhaupt nichts wahrgenommen hatte, oder war er nur ungewöhnlich unkooperativ? Sie dachte an die Worte des Arztes. Dr. Seegers hatte den Eindruck, dass Klemens etwas verschwieg.

Sie wagte einen Schuss ins Blaue. »Wollen Sie jemanden schützen? Oder haben Sie Angst vor irgendjemandem?«

Klemens murmelte etwas Unverständliches, das nicht sehr freundlich klang und am ehesten als »Lecken Sie mich am Arsch« gedeutet werden musste.

»Gehört die Luftpistole, die wir in Ihrem Pausenraum gefunden haben, Ihnen, und wozu brauchen Sie das Ding?«, fragte Messmer.

Keine Reaktion. Klemens schloss die Augen und stellte sich tot.

»Es hat im Moment wohl wenig Zweck, weiterzumachen. Kommen Sie besser ein andermal wieder.«

Thea hatte nicht bemerkt, dass Dr. Seegers zurückgekommen war, und drehte sich jetzt zu ihm um. »Wir würden gerne noch kurz mit Ihnen reden«, sagte sie und winkte Messmer, der sich merklich ungern vom Bett des Herrn Klemens losriss. Sie vermutete, dass er die Wahrheit am liebsten aus ihm herausgeschüttelt hätte.

»Wir kommen wieder«, sagte er, bevor er Thea und Dr. Seegers folgte. »Bis dahin denken Sie bitte gut nach, ob Sie wirklich nichts wahrgenommen haben.«

»Auf Wiedersehen, Herr Klemens«, sagte Thea an der Tür. Eine Antwort bekam sie nicht.

»Warum meinen Sie, dass er etwas verschweigt?«, fragte sie Dr. Seegers draußen auf dem Flur.

»Er war nicht ganz bei sich, als er eingeliefert wurde, aber er hat in der Bewusstlosigkeit gesprochen. Es war nicht sehr deutlich, aber halbwegs zu verstehen. Ich habe es mir notiert, daher weiß ich noch den genauen Wortlaut. Er sagte: ›Das Schwein hat sie gefunden. Er hat sie gefunden.‹«

Thea trat einen Schritt zur Wand, als eine Krankenschwester ein Rollbett an ihnen vorbeischob. »Was könnte jemand gefunden haben, der einem Menschen ein Messer in die Rippen jagt?«, überlegte sie laut.

»Alles Mögliche«, sagte Messmer. »Er könnte mit ›sie‹ vielleicht eine Frau meinen. Oder irgendetwas, das sehr wertvoll ist oder viel Geld bringt. Bei Geld selbst würde er vermutlich eher sagen: ›Er hat es gefunden.‹«

»Drogen?« Thea blickte Messmer fragend an. Im Rauschgiftmilieu kamen Racheakte dieser Art häufig vor. Und seinen Dealer verriet man nun mal nicht, ohne bereits mit dem Leben abgeschlossen zu haben.

»Der Mann ist über fünfzig und passt auch sonst nicht gerade ins Profil eines Junkies«, sagte Messmer. »Und der Bahnhof der Standseilbahn ist alles andere als ein bekannter Umschlagplatz.«

»Manche Menschen neigen dazu, in Bewusstlosigkeit oder im Schlaf zu sprechen, wenn sie sehr aufgewühlt sind«, warf Dr. Seegers ein. »Vielleicht kann man hier ansetzen, wenn man die Ohren offen hält.«

»Wir haben leider nicht so viele Leute, dass wir jemanden abstellen könnten, der ihn rund um die Uhr belauscht«, sagte Messmer. »Da können wir wohl maximal auf einen Zufallstreffer hoffen.«

»Wir sind ebenfalls knapp mit Personal«, sagte Seegers bedauernd. »Sonst würde ich eine Nachtschwester an sein Bett setzen. Leider laufen sich die Schwestern hier auch nachts die Hacken ab und haben wirklich keine Zeit für solche Sondereinsätze.«

»Wie ist sein Zustand jetzt?«, fragte Thea.

»Kritisch, aber im Moment stabil. Die OP ist gut verlaufen. Ich hoffe, dass wir ihn morgen auf die Normalstation verlegen können.«

»Wenn Sie zufällig irgendetwas aufschnappen sollten, informieren Sie uns bitte gleich«, sagte Thea und gab dem Arzt die Hand.

»Selbstverständlich«, versprach Dr. Seegers. »Ich wüsste ja selbst gern, was dahintersteckt.«

Auf der Fahrt zur Talstation der Standseilbahn in Heslach hing jeder seinen Gedanken nach. Messmer hatte sich hinter seiner mafiösen Sonnenbrille verschanzt, und Thea gab vor, die Krankenakte von Klemens durchzusehen, aber sie verstand viel zu wenig von dem, was sie da las, und das lag nicht allein an der medizinischen Terminologie. Schließlich gestand sie sich ein, dass sie die Krankenunterlagen nur als Tarnung benutzte, um nicht mit Micha reden zu müssen, und klappte die Akte zu. Sie hatte ein schlechtes Gewissen, konnte aber nicht über ihren Schatten springen. Was hielt sie zurück?

Sie ertappte sich dabei, dass sie an ihre erste gemeinsame Nacht zurückdachte, damals nach ihrer Rückkehr aus dem Katharinenhospital, wo sie die Mutter einer Sterbenden vernommen hatten. War das wirklich erst fünf Wochen her? Durch die direkte Auseinandersetzung mit dem Tod hatte sie sich so lebendig gefühlt wie niemals zuvor. Dämme waren gebrochen, hinter denen sich seit Monaten verdrängte Gefühle angestaut hatten. Sie hatte alle Vorsicht in den Wind geschossen, sich nur ihren Instinkten hingegeben und es unbeschreiblich genossen. Seitdem fühlte sie sich in einem permanenten Schwebezustand und war nie ganz sicher, ob sie wachte oder träumte. Wollte sie das wirklich jemals wieder missen? Thea begriff, dass sie Panik hatte, Messmer zu verlieren. Sie war immer stolz darauf gewesen, allein zurechtzukommen, nur für sich selbst und ihren kleinen Kater verantwortlich zu sein. Das hatte ihr ein Gefühl von Stärke gegeben. Sie wollte nicht abhängig sein. Jede Form von Abhängigkeit machte ihr Angst. Und jetzt fühlte sie sich so abhängig wie noch nie in ihrem Leben. Von seiner Nähe, seiner Aufmerksamkeit, seinen Berührungen, seinem Wohlwollen. Was sie immer hatte vermeiden wollen, war passiert. Nach dem Schiffbruch mit Hannes hatte sie erneut einen Mann in ihr Leben gelassen, und ihre Welt stand Kopf.

Messmer stellte das Auto auf dem Parkplatz nahe der Talstation der Standseilbahn ab. Schweigend stiegen sie aus und schlugen synchron die Wagentüren zu.

»Es sind nur noch ein paar Schritte«, sagte Messmer. »Wir müssen hier links die Straße runter.«

Thea blinzelte gegen die Sonne und atmete eine Nase voll Abgase ein. Auf der Böblinger Straße rauschte der Verkehr sowohl in Richtung Vaihingen wie auch in Richtung Innenstadt. Schräg gegenüber auf der anderen Straßenseite befand sich die U-Bahn-

Haltestelle Südheimer Platz, wo eben die U14 einfuhr, eine Gruppe Schulkinder ausspuckte und sich weiter in Richtung Kaltental in Bewegung setzte.

Als sie die Talstation betraten, sahen sie gerade noch die Rückfront der Standseilbahn, die in gemächlichem Tempo den Berg hinaufkroch.

»Die Gegenbahn ist schon auf dem Weg nach unten«, sagte Messmer. »Dann haben wir zwanzig Minuten Zeit, mit dem Zugbegleiter zu reden, bevor er wieder hochfahren muss. Ich hoffe, es ist derjenige, der Klemens gefunden hat.«

Thea sah sich in dem kleinen Vorraum um. An der Wand hing ein Plakat der Stuttgarter Verkehrsbetriebe, die für die im Jahre 2004 restaurierte Touristenattraktion warben. Schon seit 1929 pendelten die zwei rustikalen Waggons aus Teakholz zwischen Stadt und Wald hin und her. Die Bahn war damals installiert worden, um die Särge samt Trauergesellschaft auf dem kürzesten Weg von der Stadt im Talkessel zum Friedhof auf dem Berg zu transportieren. In nur drei Minuten sollte einen der »Erbschleicher-Express«, wie die Bahn deshalb im Volksmund genannt wurde, vom dichtesten Heslacher Stadtverkehr in die grüne Idylle des Waldfriedhofs bringen. Inzwischen wurden allerdings schon lange keine Toten mehr damit befördert, sondern in erster Linie Ausflügler, Schulklassen, historisch interessierte Touristen und Technik-Freaks.

Thea hatte den Prospekt im Schaukasten noch nicht ganz zu Ende gelesen, als die Bahn einfuhr. Während die Zahnradbahn, die vom Marienplatz hinauf nach Degerloch fuhr, wie eine ganz normale Stadtbahn aussah, wirkte die Standseilbahn wie ein Museumsstück. Sie bestand aus einem einzigen durchgehenden Waggon, der sich in seiner dreistufigen Bauweise dem Gefälle anpasste. Jede Holzbohle war lackiert und glänzte im Sonnenlicht wie poliert, sodass die ganze Bahn den Eindruck erweckte, als sei sie trotz ihres offensichtlichen Alters gestern erst aus dem Werk gekommen. Die Türen öffneten sich, und eine Gruppe Wanderer mittleren Alters, die mit ihren Kniehosen, Spazierstöcken und Rucksäcken vermutlich den Blaustrümpflerweg erkundeten, stieg aus. Hinterher wackelte eine hutzelige Oma, unter deren kurzem

Popelinemantel der Saum einer Kittelschürze hervorschaute. Ein Körbchen mit Pflanzhölzern und Blumendünger baumelte ihr am Arm. Vermutlich hatte sie das Grab ihres verstorbenen Gatten oben auf dem Waldfriedhof neu bepflanzt.

Der Zugbegleiter, der zuletzt ausstieg, wirkte genauso aus dem Ei gepellt wie seine Bahn. Allerdings schien er so ausgelaugt und übermüdet, dass es aussah, als würde ihn nur seine gestärkte Uniform aufrecht halten. Thea war sicher, dass hier genau der Mann vor ihnen stand, den sie suchten.

»Herr Greschner?«

Ein knappes Nicken bestätigte ihr, dass sie sich nicht geirrt hatte. Thea schaute sich um und stellte fest, dass die Fahrgäste die Talstation verlassen hatten. »Wir würden gerne mit Ihnen über den Vorfall von gestern Morgen reden«, sagte sie, während sie ihren Dienstausweis wieder einsteckte.

»Ich kann Ihnen auch nicht viel mehr erzählen, als ich Ihren Kollegen gestern schon gesagt habe.« Er unterdrückte ein Gähnen. »Entschuldigung, ich hab wenig geschlafen letzte Nacht. So was nimmt einen ganz schön mit.«

»Kannten Sie Herrn Klemens schon lange?«, fragte Messmer.

»Wir haben beide nach der Generalüberholung 2004 hier angefangen. Ich weiß, dass er vorher bei der SSB als Stadtbahnfahrer angestellt war. Ich kann überhaupt nicht verstehen, dass ihm irgendjemand ein Messer in die Rippen rammt. Ich kenne ihn nur als absolut friedfertigen Menschen.« Greschner schüttelte den Kopf. »So richtig kann ich das alles immer noch nicht glauben. Als gestern Nachmittag die Spurensicherung in ihren weißen Anzügen hier rumwuselte, hab ich mich wie im falschen Film gefühlt.«

Wie viele Passagiere werden wohl täglich mit dieser Bahn fahren und alles Mögliche anfassen?, fragte sich Thea. Die Auswertung der Fingerabdrücke würde wohl, um es mit Frau Baric zu sagen, eine Syphilisarbeit werden.

»Ich möchte Sie bitten, ganz genau nachzudenken und uns jedes Detail zu nennen, an das Sie sich erinnern«, sagte Messmer. »Mir ist natürlich klar, dass Sie nichts beobachtet haben können, wenn Sie an der Talstation auf die Abfahrt gewartet haben. Aber wie sind Sie darauf gekommen, dass irgendwas nicht stimmt?«

»Ja, es ist wie in einem Wetterhaus. Wenn einer drin ist, muss der andere draußen sein. Oder wie in unserem Fall: Wenn einer oben ist, ist der andere unten. Wir sehen uns immer nur kurz an der Weiche, wo wir uns manchmal zuwinken.« Greschner lächelte traurig. »Gestern Morgen wurde ich stutzig, weil er auf mein Signal zum Losfahren nicht reagierte. Ich hatte in dieser Bahn keine Fahrgäste, drum fand ich die Verspätung erst nicht so tragisch, aber schließlich hab ich auf seinem Handy angerufen. Es nahm aber niemand ab.«

»Und dann?« Thea fluchte unterdrückt, weil ihr beim Mitschreiben der Bleistift abgebrochen war. Greschner zog einen Kugelschreiber aus der Brusttasche seiner Uniformjacke und reichte ihn ihr.

»Ich habe noch eine Weile gewartet. Bin von Minute zu Minute unruhiger geworden. Mir war klar, entweder haben wir einen Betriebsschaden, oder meinem Kollegen ist was passiert. Ich hab das ›Außer Betrieb‹-Schild rausgehängt, dann hab ich hier unten dichtgemacht und bin raufgefahren.«

»Mit Ihrem privaten Pkw?«, fragte Messmer.

»Genau. Mein Auto steht immer auf dem Parkareal am Südheimer Platz.«

Thea blickte von ihrem Notizbuch auf. »Wie lange haben Sie für die Fahrt gebraucht?«

»Keine zehn Minuten. Ich bin die Kelterstraße raufgefahren, an der Lerchenrainschule vorbei und am Dornhaldenfriedhof. Als ich oben ankam, hab ich ihn schon liegen sehen. Mit dem Oberkörper in der Bahn, die Füße guckten zur offenen Tür raus. So wie ich es gestern schon Ihren Kollegen erzählt hab. Jedenfalls war jede Menge Blut hinter der Tür und im ganzen Bereich, wo die Stehplätze sind. Auch an der Haltestange, da muss er dagegengefallen sein.«

»War er bei Bewusstsein?«

»Ja, so halbwegs. Ich hab ihn gefragt, was passiert ist, und er meinte, er sei abgestochen worden, wisse aber nicht, von wem. Das kam mir seltsam vor, denn ich hatte ja eigentlich gar nicht nach einem Täter gefragt. Aber ich hab nicht weiter nachgebohrt, sondern erst mal einen Rettungswagen gerufen.«

»Und bis der Rettungswagen kam, haben Sie nicht mehr geredet?«

»Er hat die Augen verdreht und gar nichts mehr gesagt. Ich hab ihn in die stabile Seitenlage gebracht und ihm meine Jacke unter den Kopf gelegt.«

»Überlegen Sie bitte ganz genau«, sagte Thea. »Ist Ihnen während der ganzen Zeit, als Sie oben an der Bergstation waren, irgendjemand in der näheren Umgebung aufgefallen?«

Greschner dachte nach. »Ganz ehrlich, ich weiß es nicht«, sagte er schließlich. »Ich kann mich an niemanden erinnern. Aber ich habe auch überhaupt nicht darauf geachtet.«

»Im Pausenraum der Bergstation wurde in einer Schublade unter anderem eine Luftpistole gefunden. Wissen Sie, wem die gehört?«

Greschner sah aufrichtig überrascht aus. »Werner hat seine persönlichen Sachen da oben«, sagte er. »Ich gehe an seine Schublade nicht ran. Meinen Kram bewahre ich in der Talstation auf.«

»Wussten Sie, dass er eine Luftpistole besitzt?«

»Ich hatte keine Ahnung, ehrlich. Wozu soll er die denn gebraucht haben?«

Um einen Angreifer abzuwehren, den er schon lange erwartet hat, dachte Thea. Nur hatte er sie nicht bei sich, als er feige von hinten überfallen wurde.

Die Schulklasse, die vorhin aus der U-Bahn gestiegen war, schob sich mit halb aufgegessenen Eiswaffeln in den Vorraum und drängte sich um den Fahrscheinentwerter. Mit der Ruhe war es vorbei.

»Wir würden noch gern mit rauffahren und uns die Bergstation ansehen«, sagte Messmer.

»Kein Problem, die Bahn geht in wenigen Minuten.« Greschner schob die Tür zum Fahrgastraum auf und ließ Thea und Messmer eintreten.

Nostalgie pur, dachte Thea, wenn nicht alles so nagelneu aussehen würde, wähnte man sich in den dreißiger Jahren. Nach einem kritischen Blick auf die ganz und gar aus Holzleisten gezimmerten Sitzbänke, die zwar antik, aber nicht sehr bequem aussahen, entschloss sie sich, im Fond stehen zu bleiben.

Greschner stellte sich neben sie an das Schaltpult, das mit seinen großen bunten Tasten wie ein Kinderspielzeug aussah, während er der Lehrerin ein Zeichen gab, ihre Klasse zu sammeln. Nachdem das letzte der Schulkinder seine Eiswaffel heruntergeschlungen hatte und eingestiegen war, setzte sich die Bahn gemächlich in Bewegung.

Sie passierten die Brücke über die Burgstallstraße und den Verkehr auf der B 14, der durch den Viereichenhautunnel unter ihnen dahinrauschte. Von einer Minute auf die andere änderte sich die Kulisse, und die Bahn kletterte steil bergan, durch eine Schneise, die in den Wald geschlagen war. Der plötzliche Szenenwechsel war beeindruckend, sogar die Kinder verstummten und drückten sich die Nasen an den Fensterscheiben platt.

Thea sah, wie von oben die Gegenbahn herunterkam und die beiden Zugbegleiter sich an der Weiche grüßten.

Da sollte jetzt eigentlich ein anderer drin stehen, dachte sie. Einer, der halbtot im Krankenhaus liegt.

»Ein Kollege von der SSB ist für Werner eingesprungen«, sagte Greschner, als hätte er ihre Gedanken gelesen. »Er hat auch immer seine Urlaubsvertretung gemacht und bleibt hier, bis Werner wieder einsatzfähig ist.«

Nach gerade mal drei Minuten fuhr die Bahn in die Bergstation am Waldfriedhof ein.

Der obere Bahnhof war eine genaue Kopie der Talstation. Ein schlichtes weißes Steingebäude mit Bahnsteig und einem schmalen Gleisbett, in dessen Mitte sich das Stahlseil spannte. Die Schulkinder strömten aus dem Wagen und rannten ausgelassen in den nahen Wald.

Thea sah sich in der kleinen Bergstation um. Außer ein paar dunklen Rückständen des Rußpulvers am Geländer des Bahnsteigs wies nichts mehr darauf hin, dass die Kriminaltechnik vor Ort gewesen war. Ernst zu nehmende Spuren waren hier, wo jeden Tag einige hundert Menschen durchkamen, wohl ohnehin nicht zu erwarten.

Am Kopf des Bahnsteigs zum Eingangsbereich hin befand sich

das kleine Zimmerchen, kaum mehr als zwei mal drei Meter groß, in dem die Zugbegleiter ihre Wartezeiten verbrachten. Thea ließ ihren Blick durch den Raum wandern. Ein kleines Regal, in dem neben einer Kaffeedose, zwei Tassen und einem Wasserkocher ein Kofferradio stand. Ein Tisch mit Zeitungen und Rätselheften – ein Kreuzworträtsel lag noch offen da und war zur Hälfte ausgefüllt. Darüber eine Pinnwand mit Unmengen von Zetteln und Zeitungsausschnitten.

Wenn wir die jetzt alle durchgehen wollen, sind wir heute Abend noch hier, dachte Thea lustlos. Eine Fleißarbeit, die garantiert wieder mal nichts bringt. Wie kann man nur in einem so harmlosen Job lebensgefährlich verletzt werden?

Sie kniete sich hin, und ihre Augen suchten systematisch den Fußboden ab. Sie erinnerte sich an die Zigarettenkippe im Bahnwaggon.

»Hat Herr Klemens geraucht?«, fragte sie Greschner.

»Ganz im Gegenteil.« Greschner lachte. »Er war militanter Nichtraucher. Der Tag, an dem in Stuttgarts Kneipen das Rauchverbot in Kraft trat, war wohl der schönste seines Lebens.«

»Rauchen Sie?«

Greschner schüttelte den Kopf. »Ich hab's noch nie probiert. Reizt mich nicht. Außerdem ist es viel zu teuer geworden.«

Thea nickte. Die beiden Fahrer konnten sie schon mal ausschließen.

»Wann wird die Bahn gewöhnlich sauber gemacht?«, fragte sie.

»Jeden Abend nach Betriebsschluss fegen wir durch«, antwortete Greschner. »Das haben mich Ihre Kollegen von der Spurensicherung gestern auch gefragt, als sie diese Zigarettenkippe im Wagen gefunden haben.«

Aha, er war bereits auf dem Laufenden. Also konnte sie genauso gut die Frage stellen.

»Haben Sie eine Idee, wie die Kippe in den Wagen gekommen sein kann? Wo doch den ganzen Morgen noch kein Fahrgast da gewesen war und auch Sie und Ihr Kollege Nichtraucher sind?«

»Vielleicht hat die Spurensicherung sie ja selber reingetragen«, mutmaßte Greschner, aber Messmer schüttelte den Kopf.

»Sehr unwahrscheinlich. Sie tragen Überschuhe aus Plastik bei der Tatortarbeit, eben um dieses Risiko auszuschließen.

»Oder Ihre Kollegen von der Spurensicherung haben bei der Arbeit geraucht!« Greschner gab sich noch nicht geschlagen.

»Ausgeschlossen.« Thea musste lächeln. Allein die Vorstellung war absurd. Allerdings hatte Professor Krach, der Chefpathologe von der Gerichtsmedizin in Tübingen, ihr einmal von einem Kollegen erzählt, der es mit den Vorschriften bei der Sektion nicht so genau nahm. Nicht nur, dass er während der Arbeit sein Vesperbrot aß, er rauchte auch dabei und legte die Zigarette nebenher zwischen den Zehen des Toten ab. Thea standen die Haare zu Berge, wenn sie nur daran dachte.

»Ist dieser Bahnhof die Nacht über frei zugänglich?«, fragte sie, immer noch am Boden kniend. Hier war nichts zu holen. Die Kriminaltechniker hatten saubere Arbeit geleistet.

»Wenn wir Feierabend machen, schließen wir den Eingang zur Bahnstation ab, ebenso wie die Züge«, erklärte Greschner. »Ob das gestern in dem ganzen Durcheinander auch so war, kann ich nicht mehr mit Sicherheit sagen. Aber der Zugang zum Bahnsteig über das Gleisbett ist theoretisch jederzeit möglich.«

Konnte es sein, dass in der Nacht zum Sonntag jemand in der Bahnstation gewesen war? Vielleicht war die Kippe auch im Laufe des Vortages hereingetragen und am Abend nicht gründlich genug gefegt worden.

»Waren Sie heute schon hier drin?«, fragte Thea, an Greschner gewandt.

»Ja sicher. Ich hab mir einen Kaffee gemacht, etwas gegessen.«

»Wir brauchen DNA zu Vergleichszwecken von Ihnen und Ihrem Kollegen. Auch Ihre Fingerabdrücke.«

»Na prima«, seufzte Greschner. »Es war schon immer ein Wunschtraum von mir, mal von der Polizei verdächtigt zu werden.«

Theas Blick wanderte über die Wände des kleinen Zimmers und blieb wieder an der Pinnwand hängen. »Das gibt Arbeit«, sagte sie zu Messmer und wies mit dem Kopf auf die vielen Zettel.

»Am besten, wir nehmen das Ding gleich am Stück mit«, schlug

Messmer vor, »dann können wir es auf der Dienststelle ganz in Ruhe durchsehen.«

»Hmh«, murmelte Thea, die nicht ganz bei der Sache war. Etwas war in ihrem Gehirn kleben geblieben, als sie sich in dem kleinen Raum umgesehen hatte. Irgendetwas hatte ihre Aufmerksamkeit erregt, aber sie wusste nicht mehr, was es gewesen war. Sie wandte sich um und sah sich die Gegenstände auf dem Tisch noch einmal genauer an.

Das Kreuzworträtsel. Es war mit schwarzem Kugelschreiber ausgefüllt, nur ein einziges Wort war rot geschrieben.

»Haben Sie diese Zeitung mitgebracht und das Rätsel ausgefüllt?«, fragte sie Greschner.

Er schüttelte den Kopf. »Das ist nicht meine Art, die Zeit totzuschlagen. Ich lese lieber.«

»Dann gehört sie wohl Klemens.« Sie winkte Messmer zu sich. »Sieh dir das mal an.«

»Verräter«, las Messmer, der hinter sie getreten war und ihr über die Schulter schaute. »Vierzehn waagerecht – Ankläger, Denunziant.« Er schaute zu Thea. »Korrekt ausgefüllt, würde ich sagen. Aber warum in Rot? Damit es irgendwem ins Auge sticht? Und wenn ja, wem?«

Thea hob langsam die Schultern, während sie sich noch einmal konzentriert im Raum umsah. Schließlich zog sie die einzige Schublade des Tischs auf, in der die Kollegen gestern die Pistole und das Handy gefunden hatten und wo nun nur noch ein Flaschenöffner, Kaffeelöffel und ein Bündel Filtertüten lagen.

»Etwas fehlt, das definitiv hier sein müsste.« Thea sah Messmer an. »In dem ganzen Kabuff ist kein einziger Rotstift zu finden.«

***

»Klemens könnte das Rätsel schon teilweise ausgefüllt von zu Hause mitgebracht und am Arbeitsplatz mit einem anderen Stift weitergemacht haben«, sagte Joost. »Oder er hat den Stift bei sich. Habt ihr schon im Krankenhaus angerufen und euch nach seinen Asservaten erkundigt?«

»Das haben wir noch vor Ort erledigt«, antwortete Messmer. »Die haben seine Klamotten durchgesehen, von der Brusttasche bis zum Hosenaufschlag. Kein Rotstift. Genauer, überhaupt kein Stift.«

»Woher wissen wir, dass die Zeitung nicht schon ewig dort liegt?«, fragte Koch und fuhr sich mit den Händen durch die blonden Strubbelhaare, die schon lange nicht mehr in Berührung mit einer Schere gekommen waren.

»Theoretisch ist das möglich«, sagte Messmer. »Aber die Zeitung ist vom Samstag, also einen Tag vor der Tat. Sie kann also noch nicht lange dort gelegen haben.«

»Es hilft nichts, wir müssen wohl noch mal mit Klemens reden.« Thea rieb sich die brennenden Augen. Sie war müde und hatte keine Lust auf einen weiteren aussichtslosen Vernehmungsversuch im Krankenhaus.

»Meint ihr, der Täter erscheint mit Rotstift bei Klemens, sticht auf ihn ein und lässt ihn liegen, um hinterher in aller Ruhe an einem Kreuzworträtsel weiterzumachen und dann den Rotstift wieder mitzunehmen?« Verena sah nicht ganz überzeugt aus.

»Das ist in der Tat seltsam«, überlegte Thea. »Zumal ja wirklich genügend Stifte auf dem Tisch lagen.«

»Ich glaube auch, dass dieses Wort eine Bedeutung hat. Und es wurde absichtlich rot geschrieben, damit es, wem auch immer, sofort auffällt«, sagte Messmer.

»Aber können wir sicher sein, dass es der Täter geschrieben hat? Vielleicht wollte Klemens damit der Polizei einen Hinweis geben«, meinte Verena.

Koch tippte sich an die Stirn. »Der hatte doch gar keine Gelegenheit mehr, nach der Attacke irgendwas zu schreiben. Und offenbar will er ja gar nicht, dass wir den Täter finden, sonst würde er nicht so hartnäckig darauf bestehen, nichts bemerkt zu haben.«

Thea musste ihm recht geben. Koch war eigentlich der Phlegmatiker schlechthin, und dafür, dass er heute erst eine Tasse Kaffee intus hatte, war er ungewöhnlich schnell im Kopf. Ohne Kaffee ging es ihm wie einem Auto ohne Benzin. Er war praktisch nicht arbeitsfähig.

»Wie du schon gesagt hast, Micha: Wenn der Täter das geschrieben hat, dann muss er die Absicht gehabt haben, dass es jemand liest«, sagte Verena. »Klemens war nach der Auseinandersetzung nicht mehr in der Lage, sein Kreuzworträtsel anzuschauen. Für wen also hat der Täter das geschrieben?«

»Für uns«, sagte Thea. »Kann es nicht sein, dass er uns sein Motiv mitteilen wollte? Er wäre nicht der erste Täter, für den es wichtig ist, dass man ihn versteht.«

»Dann hätte er aber auch gleich dazuschreiben sollen, was Klemens verraten haben soll. Aber so leicht sollen wir es wohl auch nicht haben.« Koch nahm seine leere Tasse, stand auf und schlurfte zur Espressomaschine. Vermutlich legte er es auf weitere Geistesblitze an.

»Wir brauchen diesen Stift. Dann haben wir auch gute Chancen auf die Fingerabdrücke. Und wenn es nicht die von Klemens sind, dann können wir davon ausgehen, dass wir Täterspuren haben.« Messmer ließ seinen Blick durch die Runde seiner Kollegen schweifen, wobei er bei Thea etwas länger verweilte. Sehr viel länger. Sie merkte, wie ihre Ohren heiß wurden, und senkte den Kopf. Er musste damit aufhören. Über kurz oder lang würden die Kollegen Verdacht schöpfen.

»Wir lassen da oben noch mal alles genauestens absuchen«, entschied Joost. »Schließlich ist es nicht ganz auszuschließen, dass sich sowohl das Tatmesser wie auch dieser Rotstift noch in der Nähe befinden. Vielleicht liegen sie in irgendeinem Papierkorb oder im Wald bei der Bahnstation. Ich ruf gleich mal die Einsatzhundertschaft an. Wenn die nichts finden, nehmen wir uns morgen früh noch mal das Opfer vor.«

Schöner Job, dachte Thea neidisch. Das Wetter ist traumhaft. Sie würde jetzt auch viel lieber ein paar Stunden den Waldboden absuchen, als hier auf der Dienststelle zu hocken, wo die Bauarbeiter Ohren und Nerven strapazierten.

»Habt ihr noch was sichergestellt?«, fragte Joost.

»Außer der Zeitung nur noch eine Pinnwand. Da hängen Unmengen von Notizen und Zeitungsausschnitten dran.« Messmer streckte sich, dass die Knochen krachten. »Wir schauen sie uns nachher an. Vielleicht schaffen wir das Wichtigste heute Abend noch.«

Thea schaute auf die Uhr und dann aus dem Fenster. Es war kurz vor vier. Draußen packten die Krachmacher ihre Geräte ein und machten Feierabend. Als hätte jemand den Essensgong geschlagen, flogen die Raben vom Rosensteinpark herüber und landeten erwartungsvoll auf dem Mauersims, wo eine Mitarbeiterin vom Revierdienst täglich ihre Vesperreste an sie verfütterte. Heute gab es obendrein eine Tüte Erdnüsse, und die Vögel drängelten sich auf der Mauer wie eine Seniorenreisegruppe am Hotelbüfett.

»Greschner will nicht gewusst haben, dass Klemens eine Waffe da oben aufbewahrt«, sagte Messmer. »Er sagt, er gehe nicht an die Schublade seines Kollegen. Da kommen wir wohl nur über die Fingerabdrücke weiter. Parallel dazu können wir uns in Klemens' Wohnung umschauen, ob wir eine Rechnung oder einen Garantieschein dazu finden.«

Joost nickte. »Die Zeitung mit dem Kreuzworträtsel schicken wir auch ins Labor, vielleicht finden wir Hautschüppchen dran. Thea und Micha werten die Pinnwand aus. Und du, lieber Harald, kümmerst dich um die Lichtbildmappe. Schnapp dir die DigiCam und fahr noch mal zum Tatort raus. Wir brauchen Bilder vom Gleisbett und vom Bahnsteig.«

»Wieso habt ihr die Fotos nicht vorhin schon gemacht, als ihr draußen wart?«, knurrte Koch Thea und Messmer an.

»Weil die Kamera mit Walter und mir ausgerückt war«, sagte Kümmerle. »Wir waren bei einem Alki, der in seiner Messie-Wohnung im Nordbahnhofviertel an seinem eigenen Erbrochenen erstickt ist. Ich hab den Gestank von Destille und Kotze immer noch in der Nase.«

Es war eine traurige Tatsache, dass das Dezernat für Tötungsdelikte nur eine einzige Digitalkamera besaß, die die Beamten untereinander austauschen mussten, Zeichen des schmalen Budgets der Polizei.

»Wenn's unbedingt sein muss.« Koch schien nicht sonderlich begeistert von seiner Aufgabe zu sein. »Aber ich mache Gefahrenzulage geltend, wenn ich schon wieder mein Leben riskieren muss!«

Ein leises Kichern nahm bei Kübler seinen Anfang und setzte

sich über Ströbele und Messmer fort, bis es zu brüllendem Gelächter wurde. Schadenfrohe Blicke richteten sich auf Harald Koch.

Auch Thea musste grinsen. Sie erinnerte sich an Kochs Einsatz als Fotograf im letzten Winter, als er mit der Kamera an den Fundort einer Wasserleiche geschickt worden war, die in der Neckarschleuse am Leuze-Bad angetrieben wurde. Ohne dem Schleusenwärter Bescheid zu geben, war er in das Innere der Schleuse eingestiegen, um am Tag nach dem Leichenfund bei gutem Tageslicht die Leitersprossen an der Betonwand zu fotografieren, in denen der Tote hängen geblieben war. Als er die Bilder im Kasten hatte und den Rückzug antreten wollte, musste er feststellen, dass sich das Schleusentor inzwischen geschlossen hatte und sein Handy sicher verwahrt im Auto lag, das auf dem Parkplatz vom Cannstatter Wasen stand. Zwei Spaziergänger, die zufällig vorbeikamen und vom Neckarwanderweg aus den jungen Mann entdeckten, der hektisch an den Hebeln und Kurbeln der Schleusenwand herumschraubte, benachrichtigten den Schleusenwärter und verhinderten so, dass Cannstatt von einer Flutwelle überrollt wurde.

»Vorher einfach Handy und Gehirn einschalten, dann passiert dir schon nichts«, riet ihm Messmer. »Und wenn du bis zwölf Uhr nicht zurück bist, schicken wir einen Rettungstrupp los, der dich unter der Bahn vorzieht.«

»Mir fällt als Erstes Rache ein«, sagte Messmer, als er mit Thea zu seinem Büro ging. »Rache für irgendwas, das Klemens getan hat oder getan haben soll.«

Thea lief auf Zehenspitzen, denn der Flur glänzte noch nass von Frau Barics Wischlappen.

Die Putzfrau selbst stand vor der Tür der Frauentoilette und polierte die Milchglasscheibe, an die irgendein Witzbold ein Schild mit der Aufschrift »Vorsicht Fliesenschlag! Lebensgefahr!« angebracht hatte. Sie war die Zugehfrau eines Stuttgarter Industriellen gewesen, den sie im vergangenen Sommer in seinem Haus ermordet aufgefunden hatte, und war dadurch mit der Polizei in Berührung gekommen. Durch eine Laune des Schicksals hatte sie im Dezernat einen neuen Wirkungskreis gefunden. Die Kollegen schätzten sie nicht allein wegen ihrer Gründlichkeit, sondern auch wegen ihrer Kreativität, was die deutsche Sprache betraf, und der unfreiwilligen Komik, die oft damit verbunden war.

Messmers Büro war eine Fusion aus Arbeitsplatz und vernachlässigtem Gewächshaus. Seine Exfrau hatte ihm nach der Scheidung aus reiner Boshaftigkeit, wie er behauptete, sämtliche Grünpflanzen zugeteilt, mit denen er absolut nicht umzugehen wusste und die bei ihm zu Hause entsprechend vernachlässigt worden waren. Schließlich hatte er Gummibäume, Wasserpalmen und Dieffenbachie kurzerhand in sein Büro verfrachtet. Hier hatte er zumindest Hoffnung, dass sie, wenn schon nicht von ihm selbst, dann zumindest von dem einen oder anderen Kollegen gegossen werden würden. Das klappte nicht immer, weshalb auch heute der Boden wieder mit gelben Blättern des Ficus Benjamin übersät war. Ein deutliches Zeichen dafür, dass Frau Barics tägliche Runde hier noch nicht vorbeigeführt hatte.

Messmer schob mit dem Unterarm den Papierberg auf seinem Schreibtisch zur Seite und legte die Korkpinnwand darauf. Ein Päckchen Blumendünger, das seit Monaten ungeöffnet auf der Schreibtischecke stand, landete auf dem Boden, direkt auf einem Dartpfeil, der von der Scheibe gefallen war, die neben dem Tisch an der Wand hing. Hier trainierte Messmer hin und wieder seine Treffsicherheit, wenn er keine Lust auf Schießübungen hatte.

»Fangen wir in der linken oberen Ecke an und arbeiten uns nach rechts unten durch«, schlug er vor. Thea, die eine Runde mit der Gießkanne drehte und ein notdürftiges Erste-Hilfe-Programm für Zimmerpflanzen versuchte, nickte abwesend. Hier kümmerte sie sich um Messmers verreckendes Grünzeug, während ihr Katerchen daheim um den leeren Futternapf schlich. Sie hatte ständig ein schlechtes Gewissen, wenn sie an ihren einsamen Stubentiger dachte, und überlegte, ob es so etwas wie einen Futterspender für Katzen gab. Wenn, dann sollte sie sich den unbedingt zulegen.

»Die Abfahrtszeiten der Standseilbahn«, murmelte Messmer. »Man sollte doch glauben, dass er die allmählich im Kopf gehabt haben musste.«

»Wahrscheinlich hängen die schon länger an dieser Pinnwand, als der Blumendünger ungebraucht auf deinem Schreibtisch steht«, sagte Thea und sah sich nach weiteren bedürftigen Pflanzen um. Ein Farn im Fenster hatte die Waffen gestreckt und bröselte bräunlich vor sich hin. Thea nahm ihn unauffällig herunter und stellte den Topf in den Papierkorb.

»Ja, das Papier ist ziemlich eingestaubt. Wahrscheinlich werden wir auf diesem Ding nichts finden, das jünger als ein halbes Jahr ist. Doch! Eine Eintrittskarte für den VfB dieses Wochenende.« Messmer pfiff leise durch die Zähne. »Schade, die wird jetzt wohl verfallen. Und guck mal hier: eine Kontaktanzeige aus der Tageszeitung. Auch nicht mehr ganz neu.«

Thea stellte die Gießkanne an ihren Platz und schaute Messmer über die Schulter.

»Kontaktanzeige würde ich das nicht nennen.« Sie las laut vor: »›Blue Ladys: Begleitdamen für jede Gelegenheit. Rufen Sie noch heute an und erleben Sie Ihr Blaues Wunder‹ ... Ich würde sagen, da bieten Nutten ihre Dienste an.«

»Prostituierte«, berichtigte Messmer. »Es heißt Prostituierte.«

»Wie auch immer, Klemens hat anscheinend Kontakte zum Rotlichtmilieu gehabt«, sagte Thea. »Meinst du, der Täter kommt aus dieser Richtung?«

»Das würde jedenfalls erklären, warum er sich bei seiner Befragung so geziert hat. Den meisten unbescholtenen Menschen sind solche Kontakte peinlich.«

»Ist sicher, dass er noch nichts auf dem Kerbholz hat?«

»In unseren Auskunftsdateien ist er negativ. Was ja nichts heißen muss.«

»Hier oben hat er mit Filzstift was an den Rand geschrieben«, sagte Thea. »Was für eine Sauklaue!«

»Das ist ein Name, ›Reni‹. Könnte die Abkürzung von Renate oder Irene sein. Da rechts hat er noch was drangeschrieben, das ist aber durch einen Kaffeefleck verschwommen.« Messmer nahm eine kleine Lupe aus seinem Schreibtisch und hielt sie über das Zeitungspapier: »›Rosi‹ steht da. Und daneben eine Handynummer, die aber in der Mitte, wo er den Kaffee oder was auch immer draufgekleckert hat, unleserlich ist. Hier: 0174/2 – dann fehlen ein paar Ziffern, und hinten eine 38.« Er blickte zu Thea auf. »Hm, warum schreibt er das gerade auf diese Kontaktanzeige? Ob das seine Lieblingsnutten waren?«

»Prostituierte heißt das«, erinnerte Thea ihn und verkniff sich ein Lächeln.

»Eins zu eins!« Messmer griff zum Telefon und wählte kurzerhand die Nummer des Inserats.

»Scheint gut gebucht zu sein. Ich bin in der Warteschleife gelandet«, knurrte er und schaltete den Lautsprecher ein.

»Bitte haben Sie einen Moment Geduld«, hörte Thea, während Jane Birkin im Schmachtfetzen »Je t'aime« keuchende Hintergrundgeräusche produzierte. Birkins Stöhnen wurde unvermittelt abgewürgt, es knackte in der Leitung, und eine ältere weibliche Stimme meldete sich mit: »Blue-Ladys-Zentrale, was kann ich für Sie tun?«

»Messmer«, meldete sich Messmer nach einer halben Sekunde des Zögerns. Er fügte nicht das obligatorische »Kripo Stuttgart« hinzu, um die Frau nicht zu verschrecken. »Ich möchte mich nach einem Herrn Werner Klemens erkundigen.«

»Klemens? Hier gibt es keinen Klemens«, antwortete die Frau gedehnt mit einer Stimme, die dem Klischee der Puffmutter voll und ganz entsprach. Thea assoziierte einen ausladenden Busen, blutrote Fingernägel und eine Zigarettenspitze.

»Ich gehe davon aus, dass er nicht bei Ihnen wohnt«, erklärte Messmer immer noch geduldig. »Aber Sie werden ihn vielleicht kennen.«

»Hören Sie, hier rufen täglich Dutzende von Männern an. Aber gewöhnlich fragen sie nach Mädchen und nicht nach Freiern. Was wollen Sie eigentlich?«

»Ich bin Kriminalbeamter und untersuche ein Tötungsdelikt«, gab Messmer schließlich preis. »Beim Opfer wurde Ihre Telefonnummer gefunden. Ich bin also auf Ihre Kooperation angewiesen.«

Am anderen Ende herrschte einige Sekunden Stille.

»Was wollen Sie wissen?«, fragte die Frau nun schon etwas zugänglicher.

»Stehen Sie einem Laufhaus vor oder vermieten Sie Terminwohnungen?«

»Mein Sohn vermietet Terminwohnungen, und ich vermittle die Dienste der Mädchen«, antwortete die Frau knapp.

Also ein Familienbetrieb, dachte Thea. Vielleicht war ja auch noch die Schwiegertochter im horizontalen Gewerbe aktiv.

»Ist Ihnen der Name Klemens ein Begriff?«, fragte Messmer erneut.

Ein kehliges Lachen war zu hören. »Glauben Sie wirklich, die Kunden stellen sich bei mir mit Namen und Anschrift vor? Wenn sich jemand tatsächlich mit Namen meldet, dann ist das ganz bestimmt nicht sein richtiger.«

»Gibt es unter Ihren Mädchen eine Reni?«, fragte Messmer weiter.

»Nee, bestimmt nicht.« Die Antwort kam schnell.

»Nächste Frage: Sagt Ihnen dann der Name Rosi etwas?«

Die Chancen stehen gut, dachte Thea, während die Frau am anderen Ende verstummt war. Seit dem Hit der Spider Murphy Gang ist Rosi doch der Name schlechthin für eine Prostituierte.

»Ja, wir haben eine Rosi«, kam dann auch erwartungsgemäß die Antwort. »Was hat sie angestellt?«

»Wie kommen Sie darauf, dass sie etwas angestellt hat?«, fragte Messmer.

»Na, Sie sind doch von der Kripo, haben Sie doch selbst gesagt«, blaffte es aus dem Lautsprecher.

»Wir suchen Rosi als Zeugin, nicht als Beschuldigte«, sagte Messmer beschwichtigend. »Und wir haben nicht vor, großes Aufsehen zu erregen, das dürfte in unserem gemeinsamen Interesse sein, denke ich.«

»Na, hoffentlich kann die Ihnen helfen. Ich vermittle ihr pro Tag so vier bis fünf Kunden, ob sie sich da jeden Einzelnen merken kann, bezweifle ich.«

»Wie läuft denn bei Ihnen so eine Vermittlung ab?«, fragte Messmer und versuchte nebenher, seine völlig verdrehte Telefonschnur aufzudröseln.

»Ich schicke den Kunden in eines unserer Häuser, wo die Mädchen in Terminwohnungen arbeiten. Dann rufe ich dort an und sage den Mädchen, dass um soundso viel Uhr ein Freier kommt. Der Freier sucht sich eines der verfügbaren Mädchen aus, macht seine Sache und zahlt. Sie können gern meine Mädchen fragen, ob sie den Namen Klemens kennen, aber ich glaube, die Arbeit können Sie sich sparen.«

»Geben Sie mir trotzdem die Adresse von Rosi«, sagte Messmer. »Und auch die Namen der anderen, die in demselben Haus arbeiten.« Schließlich gab es ja Fotos vom Opfer, und mit ein bisschen Glück würde eine der Prostituierten Klemens wiedererkennen.

»Was meinst du, wie stehen unsere Chancen, dass wir bei dieser Spur weiterkommen?«, fragte Messmer, nachdem er die Adressen notiert und den Hörer aufgelegt hatte.

»Nicht schlecht«, wagte Thea zu behaupten. »Wenn er sich so eine Telefonnummer ausschneidet und an seine Pinwand heftet, dann hat er dort ganz bestimmt nicht nur einmal angerufen.«

»Das denke ich auch.« Messmer faltete den Zettel und steckte ihn in seinen Geldbeutel. »Möglicherweise war er Stammkunde unter dieser Nummer. Und ein Motiv im Rotlichtmilieu zu suchen wäre nicht so sehr weit hergeholt.«

»Die Rosi haben wir also schon mal«, sagte Thea. »Wenn wir jetzt noch wüssten, wo wir die Reni finden …«

»Vielleicht kann uns das ja Rosi sagen«, antwortete Messmer. »Es ist sicher kein Zufall, dass Klemens die beiden Namen auf ein und demselben Zeitungsausschnitt notiert hat.«

Thea nickte nachdenklich. »Ist er eigentlich verheiratet?«, fragte sie. Nicht dass sein Familienstand etwas mit seiner Vorliebe für das Rotlichtmilieu zu tun haben musste. Ihr war durchaus klar, wie viele verheiratete Männer regelmäßig Abwechslung bei Prostituierten suchten. Aber wenn ihm seine Frau nun auf die Schliche gekommen war und ihm eine Abreibung verpasst hatte? Oder vielleicht eher jemanden angeheuert hatte, um ihm eine Abreibung zu verpassen? Sie stellte sich ein Dragonerweib in Raserei vor, das mit einem Fleischmesser aus der häuslichen Küche auf ihren Angetrauten losgeht, und musste lächeln.

Messmer nahm den Auszug aus dem Melderegister zur Hand. »Er ist geschieden. Wie grob geschätzt fünfzig Prozent der Bevölkerung. Die bevorzugte Klientel von Stundenhotels.«

»Woher weißt du das so genau?«, grinste Thea und schob Messmers Hand beiseite, mit der er scherzhaft zu einem Nasenstüber ausgeholt hatte.

»Man kann Sex kaufen, aber keine Liebe«, sagte er mit einer Stimme, die Thea dahinschmelzen ließ. »Ich finde, das eine ohne das andere ist das Geld einfach nicht wert.«

***

Das Breuninger-Parkhaus an der Leonhardskirche war voll belegt, und auch die Anzeige vom Züblin-Parkhaus sah nicht wirklich vielversprechend aus. Es war Feierabend und somit Einkaufszeit, und obwohl Stuttgart ein gut ausgebautes U-Bahn-Netz hat, war in der Auto-Metropole mal wieder jeder, der etwas auf sich hielt, mit dem eigenen fahrbaren Untersatz unterwegs.

Messmer fuhr stoisch an der Leonhardskirche vorbei und parkte den Wagen vor dem Gustav-Siegle-Haus. Seit der Renovierung um die Jahrtausendwende diente das Gebäude als Veranstaltungsort für Bildung und Kultur. Dem Sitz der Stuttgarter Philharmoniker hatten sich Ende 2006 in einem Anbau der BIX Jazzclub und bald darauf eine nicht kommerzielle Galerie für Kunst aus der Region Stuttgart angeschlossen. Sogar ein paar Autostellplätze gab es hier, allerdings natürlich gebührenpflichtig. Messmer zog die Kelle unter dem Sitz hervor und legte sie ins Fenster.

»Zu geizig für die Parkgebühr?«, frotzelte Thea.

»Manchmal muss dieser Job ja auch seine Vorzüge haben«, antwortete Messmer trocken und stieg aus.

Das Leonhardsviertel liegt unmittelbar südlich des Bohnenviertels und wird bei den Einheimischen auch das »Städtle« genannt. Zwischen Leonhardsplatz und Wilhelmsplatz, Katharinenstraße und der Hauptstätter Straße finden sich noch einige schöne barocke Häuser, die den Bombenangriffen des Zweiten Weltkrieges standgehalten haben. Inzwischen hatten sich hier einige

Investoren aus dem Rotlichtmilieu eingekauft. Noch war es ruhig in den kopfsteingepflasterten Straßen, und das Klappern von Theas Absätzen hallte von den Fassaden der Fachwerkhäuser wider, in denen Antiquitätenläden und kleine Buchhandlungen ihre Auslagen gerade von der Straße räumten. Thea blickte zum Himmel. Es sah nach Regen aus.

Rosi hatte ihr Zimmer in einem Haus, das seit der Jahrhundertwende kurz hinter der Einmündung der Lazarett- in die Jakobstraße stand. Jedenfalls war das an der eingemeißelten Jahreszahl über der Tür abzulesen. Unmittelbar daneben warb ein Kneipenschild für »Stuttgarter Hofbräu«. Die Glühlampenkette im Fenster ließ auf ein Rotlichtlokal schließen. Oben drüber lagen offenbar die Zimmer der Mädchen; eine Reihe von Klingelschildern war neben dem Eingang angebracht.

Messmer betrat vor Thea den lang gestreckten Raum, an dessen Stirnseite sich eine Bar befand. Dahinter polierte ein Mädchen sichtlich gelangweilt Gläser, während zwei Männer ihr Feierabendbier tranken und sich Witze erzählten. In der Ecke an einem uralten Kachelofen saß ein für diese Tageszeit schon beachtlich angetrunkener Mittsechziger mit einem Weizenglas in der Hand und sang leise das Lied von der »schwäb'schen Eisenbahne«, wobei er Text wie Töne so grenzwertig traf, dass selbst Dieter Bohlen kein Spruch mehr dazu eingefallen wäre. Ansonsten war das Lokal noch leer.

Während Messmer seinen Dienstausweis zückte und das Mädchen hinter dem Tresen nach Rosis Zimmer fragte, hörte Thea mit halbem Ohr den Witzen der beiden Biertrinker zu.

»Ein Polizeibeamter hält einen Lkw an und sagt zum Fahrer: ›Ich sage Ihne nun zum siebda Mal, dass Sie Ihre Ladung verlierad!‹ Darauf der Lkw-Fahrer: ›Und i sag Ihne jetzt zom siebda Mal, dass dees an Streuwaga isch.‹«

Dass sein Gegenüber nicht lachte, schien ihn nicht aus dem Konzept zu bringen. »Dass dees an Streuwaga isch! Vrschdohsch? Der Idiot von Bulle hat an Streuwaga oghalte!« Er lachte schallend über seinen eigenen Witz. Als sein Blick auf Messmers Dienstausweis fiel, verstummte er so abrupt, als hätte man einen Hahn zugedreht.

Messmer grinste ihm versöhnlich zu. »Das war ein Verkehrspolizist, also tangiert mich das wenig. Ich bin Kripo-Beamter.« Und zu Thea gewandt flüsterte er gerade so laut, dass die beiden es noch hören mussten: »Dass die Leute es nie fertigbringen, den Unterschied zwischen Polizei und richtiger Polizei zu sehen!« Ohne eine Antwort abzuwarten, nahm er sie beim Arm und steuerte auf die Tür zu, die zu den Zimmern ging.

Eine schmale, von Freiersfüßen ausgetretene Wendeltreppe führte nach oben. An den rau verputzten Wänden hingen gerahmte Kupferstiche, die Stuttgart um die Jahrhundertwende darstellten. Im anschließenden Flur setzte sich die Galerie an der rechten Wand fort. An einem Holzbalken am Ende des Gangs war eine Überwachungskamera installiert, die den gesamten Flur im Fokus hatte. Vielleicht als Maßnahme gegen gewalttätige Auseinandersetzungen und zum Schutz der Frauen, hoffte Thea. Gegenüber auf der linken Seite befanden sich die Zimmer der Prostituierten, die hier lebten und arbeiteten. Thea betrachtete die Steckbriefe, die an jeder Tür angebracht waren.

»Molly, 27 Jahre, Küssen, Französisch beidseitig ohne, Verkehr nur mit Kondom, Körperbesamung. 30 Minuten 100 Euro, 1 Stunde 150 Euro.« Das Foto darunter zeigte eine junge Frau in schwarzem Leder, das blonde Haar über die Schulter zurückgeworfen, um den Blick auf das großzügige Dekolleté zu gewähren. Sie lag bäuchlings auf einem Leopardenfell, die langen Beine steckten in schwarzen Lackstiefeln, die das Blitzlicht des Fotografen reflektierten.

Messmers Blick verweilte einige Sekunden auf Mollys Steckbrief. Zu lange, wie Thea fand.

»Die können wir später immer noch vorladen«, meinte er schließlich mit betont gleichmütigem Gesichtsausdruck.

Sie gingen weiter bis zu einer Tür, an der der Steckbrief verriet, dass hier *»Rosi, 44 Jahre, Verkehr nur mit Kondom, auf Wunsch Französisch mit Aufnahme (Aufpreis 30 Euro) und Analmassage (Aufpreis 25 Euro)«* wohnte.

Das Foto zeigte eine dunkelhaarige Frau, die trotz der Schminke älter wirkte als vierundvierzig. In ihrem Gesicht waren deutliche Spuren zu erkennen, die man nett ausgedrückt als Zeichen von Lebenserfahrung bezeichnen konnte, weniger diplomatisch als verbraucht. Messmer klopfte.

»Einen Augenblick«, hörten sie eine Stimme von drinnen. Wenig später öffnete Rosi mit einer Zigarette zwischen den Lippen. In der Hand hielt sie eine Flasche Orangensaft. Theas Blick glitt an ihrem kräftigen Körper entlang, über den tiefen Ausschnitt, den kniekurzen weinroten Lederrock bis zu den Pumps aus dunkelrotem Schlangenlederimitat.

»Wenn Sie an einem Dreier interessiert sind, gehen Sie besser eine Tür weiter. Ich bin überzeugte Einzelkämpferin«, begrüßte Rosi sie.

»Wir sind nur an Informationen interessiert«, sagte Messmer mit einem dezenten Lächeln. In wenigen Worten erklärte er ihr, was mit Werner Klemens passiert war und dass sie in diesem Zusammenhang ein paar Fragen an sie hätten.

Rosis Gesicht wurde schlaff, und die Zigarette drohte einen Moment lang aus dem Mundwinkel zu rutschen, aber sie brauchte nur ein paar Sekunden, um ihre Fassung wiederzuerlangen.

»Viel Zeit hab ich nicht. In einer knappen Stunde geht hier das Geschäft los. Also kommen Sie schon rein.« Sie ging in das Zimmer voran. »Machen Sie die Tür hinter sich zu. Wollen Sie was trinken? Ich hätte Saft oder Kaffee.« Die ganze Zeit über behielt sie die Zigarette im Mundwinkel.

»Danke, aber wir bleiben nicht lange.« Thea sah sich in dem kleinen, sparsam möblierten Zimmer um. Ein schmales Fenster, von dessen Rahmen die Farbe blätterte, ging auf einen winzigen Hinterhof hinaus – die gegenüberliegende Hauswand schien zum Greifen nah. Mit ein wenig Glück verirrte sich vielleicht für kurze Zeit einmal ein Sonnenstrahl in diese Häuserschlucht, aber das war wohl eher selten. Als sie sich vom Fenster abwandte, sah sie eine Küchennische, bestehend aus einer elektrischen Kochplatte, einer Mikrowelle und einer Kaffeemaschine, daneben einen Kofferfernseher, der offenbar aus den siebziger Jahren stammte und dessen Zimmerantenne wie ein metallener Schmetterling unter der Decke schwebte. Das waren die einzigen Hinweise darauf, dass in diesem Zimmer nicht nur gearbeitet, sondern auch gelebt wurde. Oder wäre »gewohnt« der treffendere Ausdruck? Denn was ist das für ein Leben, fragte sich Thea, ein Mikrowellengericht, eine Tasse Kaffee und eine Folge »Marienhof«, bis man das nächste Mal für irgendeinen anonymen Typen die Beine breit machen muss in der Hoffnung, dass er bald fertig ist? Tag für Tag, Jahr für Jahr, bis man alt und verbraucht ist und keiner mehr einen Cent für einen ausgeben will. Deprimierende Aussichten!

Sie setzte sich auf einen rosa Plüschwürfel, der offensichtlich als Sitzgelegenheit gedacht war, und musterte Rosi, die ihre Kippe in einem Aschenbecher aus flaschengrünem Glas ausdrückte.

Das kastanienbraune Haar war gefärbt; das war deutlich am Haaransatz zu erkennen, der straßenkötergrau nachwuchs. Ihr Gesicht wirkte, als wäre sie mitten im Schminken unterbrochen worden. Die Haut war grundiert, und auf der rechten Wange war Rouge aufgetragen, die linke hingegen war noch blass. Auch die Augen waren frei von Kajal und Lidschatten, was Rosi eine Aura von Müdigkeit verlieh.

»Wie lange kennen Sie Werner Klemens schon?«, fragte Messmer.

»Schon ein paar Jahre, ich weiß gar nicht mehr, wie viele«, sagte Rosi. »Anfangs kam er nur sporadisch, aber mit der Zeit besuchte er mich immer häufiger. Ich glaube, er war nach seiner Scheidung sehr einsam und versuchte das durch mich zu kompensieren.«

»Wann haben Sie ihn das letzte Mal gesehen?«

»Warten Sie«, Rosi rieb sich über den Nasenrücken, »das muss Anfang letzter Woche gewesen sein, Montag oder Dienstag.«

»Ist er Stammkunde bei Ihnen?«

Rosi nickte, während sie sich eine neue Zigarette anzündete. »Die jungen Hühner interessierten ihn nicht. Man kann sagen, er ist auf mich fixiert.«

»War er bei seinem letzten Besuch anders als sonst? Verhielt er sich auffällig?«, fragte Thea.

»Gar nicht.« Rosi schüttelte den Kopf. »Er war wie immer. Sehr anständig und zuvorkommend. Das kann man nicht von allen Freiern behaupten.«

»Dann fällt Ihnen wohl niemand ein, der einen Grund gehabt hätte, ihn töten zu wollen?«

»Nein«, sagte Rosi, ohne nachzudenken. »Niemand.«

Thea feuerte einen Schuss ins Blaue: »Hatte er vielleicht mal Ärger mit Ihrem Zuhälter?«

Rosi nahm einen tiefen Lungenzug und schüttelte den Kopf. »Nicht er, aber ich«, sagte sie, indem sie graue Rauchschwaden ausatmete.

»Inwiefern?« Thea beugte sich nach vorn; das Diktiergerät in ihrer Hand surrte leise.

»Klemme ist ein guter Kunde. Er kommt regelmäßig einmal die Woche zu mir, manchmal auch öfter.« Sie zögerte. »Na ja, und in der Zeit, in der er öfter kam, hab ich den einen oder anderen seiner Besuche unter den Tisch fallen lassen. Das heißt, ich hab die Kohle dafür komplett eingestrichen, und Gernot hat keine Prozente gekriegt. Das ist irgendwie rausgekommen, und ich hab saftig nachzahlen müssen.«

»Wie heißt dieser Gernot mit vollem Namen und wo wohnt er?«, fragte Thea.

»Wessel. Gernot Wessel.« Rosi notierte mit einem pinkfarbenen Gelstift die Anschrift auf einer Papierserviette.

»Wie funktioniert das, wenn man am Zuhälter vorbeischafft?«, fragte Thea.

»Das geht nicht mit jedem. Man muss die Freier gut kennen. Klemme hat nicht immer über die Zentrale angerufen, sondern die letzte Zeit meist direkt auf meinem Handy einen Termin vereinbart. So hatte Gernot keine Kontrolle darüber.«

»Und wie ist es rausgekommen?«

Rosi hob die Schultern. »Wahrscheinlich hat er die Bardamen unten in der Kneipe geschmiert, dass sie aufpassen sollen, wie viele Männer am Abend die Stiege raufgehen. Aber die haben ihre Augen ja auch nicht überall und können natürlich nicht bezeugen, wer wen besucht. Irgendwann hat er dann diese Videokamera im Flur angebracht, die den ganzen Tag aufzeichnet, wer in unseren Zimmern ein- und ausgeht.« Sie grinste: »Sie sind jetzt auch auf dem Film.«

»Und er sitzt den lieben langen Tag vor dem Monitor und

schaut sich an, was auf Ihrem Flur passiert?«, fragte Messmer ungläubig.

»Nee, der hat Besseres zu tun. Früher hat das seine Frau machen müssen. Aber die hat vor ihrer Heirat selbst mal angeschafft und hatte zu viel Verständnis für uns. Das heißt, sie hat öfter mal ein Auge zugedrückt und bei der Abrechnung den einen oder anderen Freier großzügig übersehen. Da ist Wessel aber auch dahintergekommen.« Sie seufzte. »Er hat seine Frau sofort kaltgestellt und seiner Mutter den Job gegeben.«

»Und die passt auf wie ein Schießhund«, vermutete Thea.

»Richtig. Aber man weiß sich ja zu helfen.« Rosi lächelte und drückte die zweite Zigarette im Aschenbecher aus. »Die letzten Monate haben wir uns immer vormittags bei ihm zu Hause getroffen, und er hat mich unter der Hand bezahlt.« Sie sah Messmer fest in die Augen. »Das behalten Sie aber bitte für sich, sonst bin ich geliefert.«

»Keine Sorge.« Messmer winkte ab. »Könnten Sie sich vorstellen, dass er es trotzdem gemerkt und den Freier mal eben ein bisschen aufgeschlitzt hat?«

Rosi starrte ein paar Sekunden auf ihren Aschenbecher. »Eher nicht«, sagte sie dann. »Nicht dass ich ihm nicht zutrauen würde, jemanden ordentlich zusammenzudreschen, der seine Pläne durchkreuzt oder ihn um einen Verdienst bringt. Aber gleich mit einem Messer draufloszustechen? In jedem Fall aber hätte er ganz bestimmt zuerst mich zur Schnecke gemacht. Ich bin es ja schließlich, die ihn um sein Geld prellt.«

Messmer nickte. Das Argument war schlüssig.

»Wie geht es Klemme denn inzwischen?«, fragte Rosi ehrlich interessiert.

»Nicht gerade glänzend«, antwortete Messmer wahrheitsgemäß. »Sie werden wohl noch einige Zeit auf die Einnahmen von ihm verzichten müssen. Was ich noch gern wissen würde, ist Folgendes: Klemens ist offenbar im Besitz einer Luftpistole. Wissen Sie etwas davon?«

Rosis Augen weiteten sich. »Nein, ich hatte keine Ahnung.«

»Haben Sie eine Idee, wozu er sie an seiner Arbeitsstelle aufbewahrt?«

»In der Bahnstation? Vielleicht für den Notfall. Immerhin ist das da oben eine einsame Gegend, und es gibt ja immer mal wieder Überfälle in öffentlichen Verkehrsmitteln.«

»Aber dann hätte es doch eher Sinn gemacht, die Waffe im Führerhaus der Bahn zu deponieren und nicht im Pausenraum, oder?«

Rosi nickte stumm. »Ich weiß nicht, warum er eine Pistole besitzt. Als Waffennarr kann ich ihn mir jedenfalls nicht vorstellen.« Die Befürchtung, dass es jemanden geben könnte, vor dem er Angst gehabt hatte, sprach sie nicht aus, aber Thea glaubte, sie in ihren Augen sehen zu können.

»Eine Frage noch«, sagte sie. »Wir haben bei Klemens einen Zeitungsausschnitt mit der Vermittlungszentrale von ›Blue Ladys‹ gefunden. Haben Sie eine Vermutung, warum er den aufbewahrt hat, wenn er doch einen direkten Draht zu Ihnen hatte und an anderen Mädchen nicht interessiert war? Könnte es was mit der Dame zu tun haben, die dort am Telefon sitzt?«

»Das glaube ich nicht.« Rosi betrachtete eingehend ihre Fingernägel. »Aber Gernots Mutter hat den Posten ja erst seit etwa einem halben Jahr inne. Vorher hat den Job, wie ich schon sagte, ihre Schwiegertochter gemacht.«

»Wer ist diese Schwiegertochter?«, fragten Thea und Messmer wie aus einem Munde.

»Die Reni«, sagte Rosi und steckte sich eine neue Zigarette an. »Irene Wessel.«

»Jetzt haben wir schon mal Reni und Rosi identifiziert«, sagte Messmer zufrieden, als sie die Treppe hinuntergingen. »Ist doch gar nicht so schlecht für einen Abend.«

Sie hatten die Befragung abgebrochen, weil die Dame in der Vermittlung einen Kunden angekündigt hatte, der in einer Viertelstunde da sein wollte. Rosi hatte sie mit dem Argument, dass sie sich noch zurechtmachen müsse, freundlich, aber bestimmt vor die Tür gesetzt. Sie sei aber gerne bereit, noch einmal zur Dienststelle zu kommen, wenn es nötig sein sollte.

Im Schankraum war es inzwischen etwas voller geworden. Die beiden Witzbolde saßen immer noch an der Bar, inzwischen flankiert von zwei Mädchen, die ihnen eindeutige Angebote machten. Der Minnesänger am Kachelofen war mit dem mittlerweile leeren Weizenglas auf dem Schoß eingeschlafen.

»Unser Opfer hat wahrscheinlich die alte Kontaktanzeige aufbewahrt, weil diese Nummer die damalige Erreichbarkeit von Reni war, und deshalb hat er auch ihren Namen drübergeschrieben«, überlegte Thea auf dem Weg zum Auto. »Möglicherweise hatte Klemens also was mit der Dame in der Telefonzentrale am Laufen, die wiederum mit dem Vermieter der Zimmer in den Stundenhotels verheiratet ist. Und die, weil sie zu viel Mitgefühl für die Mädchen zeigt, seit einem halben Jahr nicht mehr in der Telefonzentrale sitzt.«

Messmer hatte den Arm um sie gelegt. »Wir werden uns morgen Reni vornehmen. Wenn sie Klemens nahesteht, werden wir ihr das anmerken. Frauen können eine Menge vortäuschen, aber keine Gleichgültigkeit, wenn es um den Mann ihres Herzens geht.«

»Wenn die zwei was miteinander hatten und Wessel ist dahintergekommen, hätte der allen Grund, auf Klemens sauer zu sein«, sagte Thea. »Andererseits, wenn er ein Verhältnis mit Reni hatte, was wollte er dann noch bei Rosi?«

»Muss nichts heißen, er ist ein Mann.« Messmer wechselte abrupt das Thema: »Gehn wir zu dir oder zu mir?«

»Zu mir. Ich muss Romeo füttern.« Thea lehnte den Kopf an seine Schulter.

»Ich hab übrigens auch Hunger. Hast du noch was Essbares im Haus?«

Thea überlegte. »Kartoffeln. Eine Dose Würstchen müsste auch noch da sein. Und Katzenfutter.« Sie grinste.

»Ich glaub, der Kater wird besser ernährt als ich«, schmollte Messmer.

Es dämmerte bereits, und hinter den Fenstern in den Giebelhäusern ging ein Licht nach dem anderen an.

»Wir sollten das Auto mal wieder in die Waschanlage bringen«, sagte Thea, als sie vor dem Daimler standen. »Scheißbullen« hatte jemand in den Staub auf der Motorhaube geschrieben.

»Manchmal hat der Job natürlich auch seine Nachteile«, räumte Messmer ein.

Thea suchte in ihrer Jackentasche nach einem Tempo, ohne Erfolg.

Mit einem überlegenen Grinsen zog Messmer ein sauber gebügeltes und gefaltetes Stofftaschentuch aus der Jacke, befand es dann aber wohl als zu kostbar, um damit die Motorhaube zu putzen, und steckte es wieder ein. »Wir fahren an der Autowäsche vorbei. Die nächste ist in der Reinsburgstraße, keine fünf Minuten von hier.«

»Da kannst du auch gleich tanken.« Thea stieg auf der Beifahrerseite ein und zog die Tür hinter sich ins Schloss. Im selben Moment gingen die Straßenlaternen an, das Städtle erwachte zum Leben.

Als Messmer den Wagen in die Waschanlage fuhr, schlenderte Thea vor dem Tankshop auf und ab. Im Zeitungsständer am Eingang steckte die aktuelle Ausgabe der Bild. Die Schlagzeile war unübersehbar: »SSB-Angestellter brutal abgestochen«. Ein Foto der Bergstation mit dem rot-weißen Absperrband der Polizei und zwei Zeilen Text mit dem Hinweis, dass man auf Seite 2 weiterlesen solle. Darunter, wenig pietätvoll, das Nacktfoto der Woche und eine Werbung von Tengelmanns Fleischtheke. Thea zog die Zeitung heraus und ging damit zur Kasse.

»'s fangd bald zomm Schidda oa. Hoffedlich net wia mid Kiabl«, sagte die Kassiererin beiläufig mit einem Blick auf die Rückseite der Zeitung, wo der Wetterbericht abgedruckt war. Die Vorderseite mit der Meldung über die brutale Tat schien sie weniger zu interessieren. Thea nickte und zahlte. Während Messmer noch tankte, vertiefte sie sich in den Artikel auf Seite 2.

»Hör dir das an«, sagte sie, als Messmer zu ihr ins Auto stieg. *»Noch keine Spur vom Ripper an der Schnürlesbahn, der am Sonntagvormittag brutal einen Zugbegleiter niederstach, der schwer verletzt ins Marienhospital eingeliefert wurde. Zum Glück waren zu so früher Stunde noch keine Fahrgäste unterwegs, wodurch ein größeres Blutbad verhindert werden konnte.«* Sie schüttelte den Kopf. »Die SSB wird die nächsten Wochen wahrscheinlich einen enormen Fahrgasteinbruch zu verzeichnen haben, ganz besonders was die Standseilbahn betrifft.«

Messmer warf einen kurzen Blick auf den Artikel und ließ den Wagen an. »Wenigstens haben sie die Nummer unseres Hinweistelefons abgedruckt.«

»Ja, das ist aber auch die einzig vernünftige Zeile im ganzen Bericht«, sagte Thea. Immer wieder nahm sie sich vor, sich nicht mehr über Berichte der Yellow Press zu ärgern, wurde ihren guten Vorsätzen aber jedes Mal untreu.

***

»Was ist das?« Messmers Blick wechselte misstrauisch zwischen seinem Teller und Theas Gesicht hin und her.

»Kartoffelsuppe. Sieht man das nicht?«

»Nicht wirklich. Aber ich hätte es erkennen müssen. An den Saitenwürstchen, die darin schwimmen. Nein, pardon, die darin stecken.«

Thea hob fragend eine Augenbraue.

»Kann es sein, dass du zu wenig Brühe aufgegossen hast?«

»Der Topf war zu klein. Es passte nicht mehr Brühe rein.« Thea verdrehte die Augen. »Micha, ich hab nie behauptet, eine gute Köchin zu sein. Nennen wir es doch einfach Kartoffelbrei mit Würstchen.«

»Selbst dafür ist das Zeug zu fest. Komm, setz dich, wir müssen schnell essen, bevor es kalt wird und wir es mit dem Beil aus dem Teller schlagen müssen.«

»Du kannst ja bei Elfriede essen.« Thea hatte das gar nicht sagen wollen. Sie hatte nicht vorgehabt zuzugeben, wie verletzt sie war. Okay, sie konnte nicht kochen. Aber sie hatte schließlich andere Qualitäten. Oder nicht?

»Ja, das könnte ich. Aber Essen ist nun mal nicht alles.«

Eine Weile löffelten sie schweigend. Nur das Brummen einer Fliege war zu hören, die um die Küchenlampe schwirrte und sich von Zeit zu Zeit darauf niederließ.

»Wir könnten zusammenziehen«, sagte Messmer plötzlich und sah auf.

»Weil ich so gut kochen kann?« Thea hielt es für einen Scherz. »So schlecht kann es dir also gar nicht schmecken.«

»Na ja, wir können uns Essen von den Maltesern kommen lassen. Oder hin und wieder zur Vesperkirche gehen. Und ich kann immerhin Pizza aufbacken und Spiegeleier braten. Verhungern müssten wir jedenfalls nicht.« Messmer wurde ernst. »Wir sollten einfach mal drüber reden. Von mir aus ganz unverbindlich.«

Thea verschluckte sich an einem Stück Wurst und fing an zu husten. Unverbindlich. Vor ihrem geistigen Auge sah sie sich inmitten von zerknitterten Oberhemden mit dem Dampfbügeleisen kämpfen, mit einem Auge ein überdimensionales Kochbuch studierend. Zweifellos hatte sie bei Hannes ein Trauma erlitten. Wollte sie das wirklich alles noch mal erleben?

»Micha, du hast eine Einzimmerwohnung. Ich habe nur ein Zimmer mehr, in das gerade mal ein Bett und der Schrank passen. Das ist zu klein für zwei.«

Romeo sprang auf den Tisch und miaute protestierend.

»Und erst recht für drei«, setzte Thea hinzu.

»Wenn wir die hundert Schichten Tapete abreißen, die seit der Gründerzeit an deinen Wänden gewachsen sind, haben wir gleich ein paar Quadratmeter mehr.« Messmer dachte gar nicht daran, sich geschlagen zu geben. Auf seiner Stirn formierten sich ein paar Falten, wie sie es immer taten, wenn er allmählich ungeduldig wurde.

»Ich mag meine Tapete. Eigentlich will ich gar keine andere.« Thea wusste, dass sie auf die Niagarafälle zusteuerte, schaffte es aber nicht, das Ruder rumzureißen.

Ohne den Blick von ihr zu wenden, nahm Messmer den Kater und setzte ihn auf den Boden. »Wir finden eine neue. Die wir beide mögen. Wenn nicht eine neue Tapete, dann eben eine neue Wohnung.«

Thea versank in seinen braunen Augen. Sie wünschte sich nichts sehnlicher, als mit diesem Mann zusammen zu sein, aber gleichzeitig schnürte ihr die Angst die Kehle zu. In einem Zusammenleben entdeckt man Dinge aneinander, die das Traumbild, das man vom anderen hat, wie eine Seifenblase zerplatzen lassen. Würde sie Messmer in Hauspantoffeln und mit Bier vor dem Fernseher sitzend noch genauso reizvoll finden? Was würde er von ihren Gewohnheiten halten, wie würde sie mit seinen zurechtkommen? Allein bei dem Gedanken, jeden Morgen gut gelaunt ein Frühstück herrichten zu müssen, während er das Badezimmer blockierte, bekam sie Schweißausbrüche und kribbelige Handflächen. Sie war ein ausgemachter Morgenmuffel und brauchte nach dem Aufstehen nichts so nötig wie ihre Ruhe. Andererseits gab es schlimmere Vorstellungen. Micha zu verlieren beispielsweise.

»Du platzt nicht gerade vor Begeisterung«, stellte er fest.

»Ich bin ein gebranntes Kind.« Sie deutete auf seinen Teller. »Iss weiter. Ich hab kein Beil im Haus.«

Messmer führte den Löffel zum Mund, ließ ihn aber wieder sinken. »Wovor hast du Angst?«

Thea starrte ihn über den Teller hinweg an.

Dass es vor die Wand geht, dachte sie. Dass ich wieder vor so einem Scherbenhaufen stehe wie mit Hannes. Dass mein Ex mir hämisch grinsend verkündet, dass er es doch gleich gewusst habe. Dass ich jeden Tag auf der Dienststelle einen Spießrutenlauf unter den mitleidigen Blicken der Kollegen absolvieren muss. Doch nichts davon sagte sie laut.

»Du traust mir nicht«, sagte Messer.

»Ich traue mir nicht«, erwiderte Thea. »Oder sagen wir besser, ich traue mich nicht. Da gibt es wohl einen kleinen Unterschied.«

»Wer etwas wagt, kann verlieren. Wer nichts wagt, hat schon verloren«, deklamierte Messmer, während er auf seinem Teller ein Stück Saitenwurst ausgrub.

»Steht das bei Michael Ende?« Irgendwo hatte Thea dieses Zitat schon gesehen.

»Nee, bei mir überm Schreibtisch. Hat mir mal 'ne Ex-Flamme geschenkt.«

Thea erinnerte sich an den schlichten Holzrahmen an Messmers Bürowand. Der Spruch war in arabesker Schönschrift auf marmoriertes Papier geschrieben, mit Feder und schwarzer Tusche. Von einer Ex-Flamme also. Und er hatte es aufbewahrt. Wollte er sie vielleicht eifersüchtig machen, um sein Ziel zu erreichen? Sie beschloss, nicht darauf einzugehen.

»Und? Hast du es damals gewagt?«

»Nein. Deshalb habe ich sie ja auch verloren. Aber ich hab draus gelernt.«

Thea seufzte. »Lass mir ein bisschen Zeit, okay?«

»Okay.« Messmer zögerte, griff dann über den Tisch und legte seine Hand auf ihre. »Schlafen wir eine Nacht drüber.«

***

Achtundneunzig Tage ohne Irene

Eine Hummel hat sich in die Zelle verirrt – keine Ahnung, wie sie hier reingekommen ist –, und jetzt fliegt sie seit einer halben Stunde mit Karacho gegen die Fensterscheibe. Ich frage mich, ob ihr das nicht wehtut und ob ihr Freiheitsdrang größer ist als der Schmerz. Oder möchte sie vielleicht Selbstmord begehen und ihren Körper am Fensterglas zerschmettern?

Bald sind hundert Tage vergangen, an denen ich Irene nicht gesehen habe. Ich konnte noch immer nicht über all das reden. Bis zur Verhandlung sind es nur noch ein paar Wochen. Dann muss ich reden, sagen sie. Wozu, frage ich mich? Für Raubmord gibt es bis zu fünfundzwanzig Jahre, wenn man neben den niederen Beweggründen eine besondere Schwere der Schuld nachweist. Das ist wohl der Fall, da Augenzeugen unabhängig voneinander zu Protokoll gegeben haben, dass ich völlig grundlos einen zweiten Kassierer abgeknallt habe, der dem anderen nur helfen wollte. Daran wird auch der Pflichtverteidiger nichts ändern können.

Der Anwalt ist ein kleiner, fetter Mann mit krausem grau meliertem Haar, einem viel zu engen Anzug, der über dem Rücken spannt, und der ewig selben gestreiften Krawatte, die so breit wie ein Sabberlätzchen ist und deren Spitze sich nach oben wölbt. Er beschwört mich, das Geldversteck zu verraten, das könnte das Strafmaß deutlich mindern. Aber das werde ich nicht tun. Das Geld ist meine Zukunft, auch wenn mein Anwalt das nie verstehen wird. Inzwischen hat er sich wohl damit abgefunden, dass ich nicht viel rede, und hat mir ein Heft gegeben und einen Bleistift. Ich soll aufschreiben, wie das gewesen ist bei dem Überfall, wenn ich schon nicht darüber sprechen kann. Aber ich kann es nicht in Worte fassen, nicht mal auf Papier. Das würde voraussetzen, dass ich darüber nachdenken muss. Ich will nicht darüber nachdenken. Wenn man an etwas denkt, wird es real.

Aber ich denke an Irene. Jeden Tag. Und das ist nicht weniger schmerzhaft. Nur kann ich es nicht verdrängen.

Ich mag mir nicht vorstellen, wie sie den anderen verführt, ihn berührt, küsst … ich ertrage es nicht. Hoch gesetzt und tief gefallen, oder wie das heißt. Ich hätte nie geglaubt, dass sie mir das antut. Das Leben hat jeden Sinn verloren, ich kann nur warten und hoffen, warten und hoffen, warten und hoffen.

Ich kann mir nicht vorstellen, dass ihre Ehe mit Gernot Bestand hat. Sie wird kommen. Ich kann warten. Ich habe Zeit. Viel Zeit.

Zweihundertvierundzwanzig Tage ohne Irene

Ich beobachte Brecher, Ahmed und Scholli, wie sie andächtig ihren Würfelbecher weiterreichen, als sei er der Heilige Gral. Sie spielen, als hinge ihr Leben davon ab. Der Einsatz ist hoch. Der Gewinner bekommt eine Woche lang den Nachtisch der anderen beiden; der Verlierer muss ihnen für drei Nächte seinen Arsch hinhalten. Und ich bin unfreiwilliger Ohrenzeuge ihrer widerlichen Orgien.

Ich hasse ihre schmierigen Witze, das Krachen des Würfelbechers, wenn sie ihn auf den klebrigen Resopaltisch stürzen, und ihre sinnlosen Kartenspiele um Zigaretten. Draußen haben sie Menschen totgeschlagen, und hier drinnen schlagen sie die Zeit tot. Sie sind so abgestumpft und ohne jedes Ziel und nehmen es klaglos hin, nichts anderes tun zu können, außer ihre Tage, Wochen, Monate abzusitzen, bis sie eines Tages völlig lebensunfähig wieder in die Gesellschaft gespuckt werden und dort bestenfalls weiterhin nur die Zeit totschlagen.

Die ersten Wochen habe ich geglaubt, es nicht ertragen zu können. Jockel, einer der Wärter, hat sich erbarmt und mir Ohrenstöpsel gebracht. Die halten das Schlimmste ab. So habe ich einen Weg gefunden, mir die drei vom Leib zu halten, und zugleich eine Möglichkeit, zu überleben.

Ich beschwöre die Erinnerung. Und sie macht mich frei.

Anfangs war es schwierig, mich zu konzentrieren inmitten des Lärms und Gestanks, doch mit der Zeit wurde es einfacher. Ich finde ihn immer schneller, diesen kleinen verborgenen Raum in mir, wo ich allein sein kann. Allein mit Irene.

Wenn ich darin eintauche und die Tür schließe, kann ich alles hinter mir lassen. Ich spüre nicht mehr die harte Matratze unter mir, sondern ihre Hände auf meinem Rücken und ihren Mund auf meinem Hals. Ich rieche nicht mehr die verpissten Unterhosen und den Schweiß meiner Zellengenossen, sondern Irenes Parfüm. Ich höre nicht die derben Witze und das Klatschen der Spielkarten auf den Fingerknöcheln, wenn es mal wieder Knüppelsuppe gibt, sondern Irenes Liebesschwüre und ihr lustvolles Stöhnen an meinem Ohr. Manchmal sind diese Phantasien so wirklich, dass es mir heiß durch die Lenden schießt und ich eine Erektion bekomme. Ich zähle die Tage, bis ich wieder frei bin. Ich weiß, dass sie auf mich wartet. Inzwischen wird sie Gernot hinreichend kennengelernt haben. Eine Frau wie Irene hält es bei so einem nicht aus.

DIENSTAG

Es war eine ziemlich kurze Nacht gewesen, zumindest was das Schlafpensum betraf. In den vier Tagen der Trennung hatte sich ein gewisser Nachholbedarf an körperlicher Zuwendung angesammelt, und so hatten sie den Rest der Nacht vorwiegend damit verbracht, zu reden und sich zu lieben, weiterzureden und sich abermals zu lieben. Irgendwann in den frühen Morgenstunden waren sie ineinander verknäult eingeschlafen, und als um halb sieben der Wecker klingelte, hatte Thea neben einem verspannten Nacken das Schlafbedürfnis eines Murmeltiers. Nur die Endorphine hielten sie aufrecht, aber davon hatte sie zum Glück jede Menge.

Als sie jetzt im Besprechungsraum Platz nahm, war ihr, als säße eigentlich nur ihre körperliche Hülle am Tisch. Sie selbst bewegte sich in Sphären, wo keine Kriminalität der Welt sie erreichen konnte. Würde dieses Hochgefühl von Dauer sein, wenn Messmer erst bei ihr eingezogen war? Sie erwischte sich bei der Vorstellung, wie wundervoll es sein könnte, allen Befürchtungen zum Trotz. Jemanden zu haben, der sie liebte, auch wenn sie das immer noch nicht ganz glauben konnte. Wie kam er dazu, ausgerechnet sie zu lieben? Das Mädchen, das niemand haben wollte. Das Kind, das als Säugling vor dem Olgahospital ausgesetzt worden war, weil es im Weg gewesen war. Womit hatte sie das verdient? Wenn sie ehrlich war, schmeichelte es ihr nicht nur – nein, es machte sie glücklich, dass Messmer von einem Zusammenleben sprach. Wenn nur diese verdammte Angst nicht wäre, dass die Enttäuschung vorprogrammiert war und sie vor den Kollegen und vor allem vor Hannes wie eine Idiotin dastehen würde. Sie könnte dann um keinen Preis der Welt mehr mit Messmer zusammenarbeiten. Aber sie liebte ihren Beruf. Dummerweise liebte sie aber auch Messmer.

Das Klingeln des Telefons machte ihren Gedankenspiralen ein Ende. Joost warf einen hoffnungsvollen Blick auf die Arbeiter vor dem Fenster, die gerade Vesperpause machten, und ging ran. Auf die fragenden Blicke der Kollegen formte er stumm mit den

Lippen das Wort »Maho«. Thea horchte auf. Neuigkeiten aus dem Krankenhaus. Die kamen sehr gelegen. Vielleicht würde ihr das einen Weg ersparen.

»Nicht gut«, hörte sie Joost sagen. »Dann müssen wir mit dem arbeiten, was wir haben, und das ist beileibe nicht viel. Betrachten Sie den Leichnam auf jeden Fall als beschlagnahmt, wir werden eine Sektion beantragen.«

Oder vielleicht doch nicht so gelegen, ergänzte Thea in Gedanken und wappnete sich für schlechte Nachrichten.

»Und was hat er gesagt?«, hörte sie Joost fragen. Langsam schüttelte er den Kopf und machte sich eine Notiz. »Nicht sehr ergiebig, aber schreiben Sie mir bitte einen Bericht«, sagte er schließlich und legte den Hörer auf.

»Klemens ist tot.« Joost hob bedauernd die Hände, es sah fast aus, als wollte er sich dafür entschuldigen.

»Scheiße«, entfuhr es Thea. »Ich dachte, er wäre außer Lebensgefahr. Was ist passiert?«

»Er ist heute Morgen auf die Normalstation verlegt worden. Dort war er nicht mehr unter ständiger Überwachung und wollte offenbar abhauen. Beim Aufstehen hat er sich außer dem Tropf auch eine der Thoraxdrainagen rausgerissen. Das muss saumäßig wehgetan haben, denn die zweite hat er am Wasserschloss, wo das abgesaugte Sekret gesammelt wird, abgemacht und dabei den Schlauch im Körper gelassen. Tja, großer Fehler.« Joost schüttelte den Kopf. »Er hat's noch geschafft, sich was anzuziehen, und ist stiften gegangen. Keiner hat ihn aufgehalten, als er seelenruhig aus dem Krankenhaus spazierte. Leider kommt man mit zwei abgerissenen Thoraxdrainagen nicht sehr weit. Er hat den Weg Richtung Marienplatz genommen und ist direkt vor der Tür des Reviers Böheimstraße zusammengebrochen. Dort hat er kaum noch Luft bekommen, offenbar ist die Lunge kollabiert. Die Beamten haben sofort in der Klinik angerufen, und die Ärzte waren auch schnell bei ihm, konnten aber nichts mehr für ihn tun. Er war zwar noch ansprechbar und versuchte noch etwas zu sagen, war aber kaum zu verstehen. Bevor sie ihn wieder in der Klinik hatten, war er schon tot.«

Verena stand auf und holte die große Holzschüssel aus dem

Schrank, in der noch einige abgepackte Schokoriegel von der letzten Soko lagen. Wortlos stellte sie sie auf den Tisch.

»Warum um alles in der Welt wollte er abhauen?« In Theas Kopf wirbelten die Nachricht von Klemens' Tod, ein Rotstift und ein Kreuzworträtsel mit kryptischer Botschaft durcheinander.

»Um unserer Befragung zu entgehen«, mutmaßte Messmer. »Das wäre die eine Möglichkeit. Vielleicht befürchtete er, dass wir die Wahrheit über kurz oder lang aus ihm rauskriegen. Die andere wäre, dass er vor jemandem Angst hatte. Vor irgendwem, der aus der Presse erfahren haben könnte, dass das Opfer noch lebt, und der ihn vielleicht im Krankenhaus besuchen und sein Werk vollenden wollte. Dann war es vielleicht kein Zufall, dass er vor der Tür des Polizeireviers zusammengebrochen ist.«

»Genau!« Frau Baric, die hochkonzentriert die Spüle polierte, der aber natürlich kein Wort entgangen war, nickte so heftig, dass ihre mit viel Haarlack gehärtete Turmfrisur bedenklich ins Schwanken geriet. »Vielleicht hat arme verstochene Mann nun wolle verrate, wer ihn hat steche, und ist auf Weg zu Polizei galoppiert.«

»Dazu hätte er die Polizei zu sich ans Bett kommen lassen können«, verwarf Messmer die gut gemeinte Idee der Putzfrau. »Außerdem ist ein Krankenhaus keine Pferderennbahn. Im Krankenhaus kollabiert man, auf der Rennbahn wird galoppiert.«

»Ha, Narr, nadierlich kennet au Gäul beim Renna kollabiera – je nachdem, was fir a Brocka dr Jockey isch«, mischte sich Kübler ins Gespräch. »Mensch Maier, ond wenn i so weiterfress, ko's d' Rosinante nemme lang verheba mit mir.« Er betrachtete versonnen den Schokoriegel, den seine Hand wie von selbst aus der Schüssel gezogen hatte, und suchte nach dem Ablaufdatum.

Rosinante war Küblers Lieblingsstute. Die Kollegen bezeichneten sie zuweilen auch als seine Zweitfrau, da er gewöhnlich mehr über das Pferd sprach als über seine Angetraute.

»Was hat Klemens noch vor seinem Tod versucht zu sagen?«, fragte Thea. »Dr. Seeger war doch drauf geeicht, auf jedes Wort von ihm zu achten.«

Joost setzte seine Brille auf und griff nach dem Notizblock, der noch neben dem Telefon lag. »Gibt leider nicht viel her. Es war eigentlich nur ein Wort, das er zweimal sagte. Der Arzt meinte, es hörte sich an wie ›Mausdorf‹.«

Einige Sekunden herrschte Stille am Besprechungstisch.

»Mausdorf? Soll das der Name des Täters sein?«, brummelte Ströbele schließlich vor sich hin, aber er sah nicht so aus, als ob er eine Antwort erwartete.

»Was sagt ein Mordopfer sonst, wenn es seinen letzten Schnaufer tut? In Filmen ist das immer der Name des Täters«, meinte Koch.

Thea hielt nicht viel von der Art von Filmen, die sich Koch ansah, aber sie sprang trotzdem auf, holte das Stuttgarter Telefonbuch und fing an zu blättern.

»Es gibt keinen Mausdorf in Stuttgart«, sagte sie schließlich. »Auch nicht mit scharfem ›s‹ oder mit Doppel-f.«

»Vielleicht im Umland? Wir könnten landesweit in den Meldedaten recherchieren«, schlug Verena vor. »Schaden kann's jedenfalls nicht.« Sie stand auf und fuhr im Nebenzimmer einen Rechner hoch.

»Eins verstehe ich immer noch nicht«, sagte Thea. »Wenn Klemens wirklich aus dem Krankenhaus abhauen wollte, weil er Angst hatte, dass der Täter zurückkommt, dann muss er Tötungsabsicht vorausgesetzt haben. Folglich weiß er auch – oder ahnt zumindest –, mit wem er es zu tun hatte. Mir stellt sich die Frage, warum der Täter ihn dann an der Bahnstation nicht gleich umgebracht, sondern nur schwer verletzt hat?«

»Vielleicht wollte er ihn töten, ist aber gestört worden und musste flüchten«, mutmaßte Koch.

»Und von wem?«

»Von Greschner. Der ist doch nach oben gefahren, als er merkte, dass die Gegenbahn nicht losfuhr.«

Thea nickte nachdenklich. Es war gut möglich, dass der Täter gehört hatte, wie draußen Greschners Auto hielt, und dann über den Gleisbereich durch den Wald in Richtung Talstation geflüchtet war. Natürlich war es auch möglich, dass der Täter schon vorher durch Greschners Signal zum Losfahren unterbrochen worden und schnell aus dem Wagen gesprungen war.

»Stellt euch vor, die Türen hätten sich automatisch geschlossen, und der Täter wäre mitsamt dem halb toten Klemens nach unten gefahren«, sagte Verena Sander. »In drei Minuten Fahrzeit aus einem fest verschlossenen Waggon zu fliehen, das schafft nicht mal Houdini. Das Risiko wollte er sicher nicht eingehen.«

»Es muss jedenfalls ein extrem kleines Zeitfenster gewesen sein«, sagte Thea. »Der Täter ist entweder geflüchtet, als das Startsignal kam, also um ...«, sie schaute in ihre Notizen, »zehn nach neun. Oder etwa zehn Minuten später, als Greschner oben war. Und wenn es sich wirklich so verhält, dann muss er die Zeitung mit dem Kreuzworträtsel von zu Hause mitgebracht und vor der Tat auf Klemens' Tisch gelegt haben. Hinterher hatte er kaum noch Zeit dazu. So betrachtet hat es also tatsächlich eine Bedeutung. Oder sieht das jemand anders?«

»Die Alternative wäre, Täter und Opfer hätten vorher im Pausenraum gemütlich miteinander gerätselt, bevor der Täter beschlossen hat, Klemens abzustechen«, gab Messmer zurück. »Einer mit schwarzem Kuli, einer mit rotem. Nicht sehr wahrscheinlich. Aber ganz ausschließen können wir es auch nicht.« Er stand auf und schloss das Fenster. Die Bauarbeiter hatten ihre Frühstückspause beendet.

»Der einzige Mausdorff in Baden-Württemberg wohnt in Sindelfingen und wird mit Doppel-f geschrieben!« Verena stand in der Tür und schaute auf einen Ausdruck. »Wieland Mausdorff, geboren 1963. Ich schau gleich mal, ob er Einträge hat.«

»Fährst du dann auch gleich nach Sindelfingen?« Joost nutzte die Gelegenheit, um die Aufgaben zu verteilen.

»Ich lass mich fahren«, antwortete Verena mit einem Blick zu Koch.

»Liaber gar koin Fenger wie an Sindelfenger«, raunte Kübler ihm zu.

»Saublöder Spruch«, brummte Koch, der in Sindelfingen geboren und aufgewachsen war.

»Dann brauchen wir noch jemanden, der an Klemens' Wohnadresse die Nachbarn befragt. Das Übliche: Was war er für ein Mensch, was hatte er für Kontakte, wer kam zu Besuch und so weiter. Und sich bei der Gelegenheit auch gleich mal in der Opferwohnung umschaut und sie versiegelt.«

»Wir müssen eh in die Innenstadt«, sagte Messmer. »Heute steht als Erstes Irene Wessel auf dem Programm. Sie wohnt in der Nesenbachstraße, von dort aus können wir gleich nach Heslach weiterfahren.« Er bedachte Thea mit einem Blick, der zu sagen schien: Je länger wir miteinander ausrücken, desto mehr Zeit haben wir, in der wir kein Theater spielen müssen.

»Ich hab fest auf euch gezählt«, schmunzelte Joost und wandte sich an die anderen. »Wie sieht es mit Angehörigen des Opfers aus? Jemand müsste sie informieren.«

»Ich hab mich drum gekümmert«, sagte Ströbele. »Wie's scheint, gibt es niemanden. Die Eltern sind tot, Geschwister hat er offenbar keine. Laut Standesamt ist er geschieden ohne Familie. Die Exfrau wohnt inzwischen im Elsass und konnte noch nicht erreicht werden. Es existiert nur noch eine Tante in Feuerbach. Edeltraut Klemens. Das Notariat hab ich wegen der Nachlassregelung schon angeschrieben.«

»Gut, dann müssen wir wenigstens keine traurigen Nachrichten überbringen«, sagte Joost. »Kurti, kümmerst du dich um Tante Klemens?«

Kümmerle hob wenig begeistert den Kopf. »Schickst du einen armen, alten Mann, der eigentlich reif für den Vorruhestand ist, schon wieder auf die Straße?«

»Frischluft ist gut für die Nerven«, grinste Joost. »Dann macht euch an die Arbeit. Und vergesst nicht, wir haben eine Zigarettenkippe im Labor. Nehmt also routinemäßig von jedem Zeugen im Ermittlungsverfahren eine Speichelprobe auf freiwilliger Basis. Wir treffen uns um dreizehn Uhr wieder hier. Bringt was zum Mittagessen mit, die Kantine lockt heute wieder mit Gaisburger Marsch – die Reste der letzten Woche müssen weg.«

***

Thea blickte an der schmutzig grauen Fassade des Mehrfamilienhauses in der Nesenbachstraße hinauf, während Messmer zum dritten Mal klingelte. Hinter den Fenstern rührte sich nichts. Keine Gardine, die sich bewegte. Keine neugierigen Augen, die durch einen Vorhangspalt blitzten.

Die Mittagshitze lag drückend auf der Stadt. Thea schaute die Straße hinauf. Im Rinnstein lag ein platt gefahrener Gummiball, zwei Tauben hüpften über das Kopfsteinpflaster und stritten um einen weggeworfenen Brötchenrest. Auf der gegenüberliegenden Straßenseite trat die Inhaberin der Krimibuchhandlung Undercover aus der Tür ihres Ladens und zündete sich eine Zigarette an.

»Keiner zu Hause«, sagte Messmer. »Wir werfen ihr eine Vorladung in den Briefkasten. Mehr können wir vorerst nicht tun.«

Das Zweifamilienhaus im Stuttgarter Stadtteil Heslach lag ein Stück von der Straße zurückgesetzt; gerade so viel, dass ein schmaler Vorgarten zwischen Gehsteig und Hauswand passte, in dem ein paar mickrige Frühlingsblumen tapfer versuchten, den Autoabgasen von der Böblinger Straße zu trotzen. Als Thea und Messmer aus dem Auto stiegen, trat gerade eine gebückte Frau aus dem Haus und schlurfte in Richtung Mülltonne. Die Kittelschürze war blitzsauber. Schneeweiße Ringellöckchen, die aussahen, als wären sie eben erst gelegt worden, umrahmten das runzlige Gesicht. Thea ging auf die Frau zu.

»Grüß Gott. Engel mein Name. Wohnen Sie hier?«

Die Frau nickte und blinzelte Thea misstrauisch an.

»Wir sind von der Kriminalpolizei und würden Sie gern etwas fragen.« Thea zog ihren Dienstausweis aus der Hosentasche und hielt ihn der Frau hin.

»I han nix verbrocha!«, sagte diese schnell, ohne einen Blick darauf zu werfen, und wich einen Schritt zurück.

»Keine Sorge, es geht nicht um Sie. Wenn Sie mir trotzdem Ihren Namen sagen würden?«

»Hämmerle, Gertrud«, presste die Frau zwischen zwei perfekten Reihen von Porzellanzähnen hervor.

»Frau Hämmerle, Sie kennen doch sicher den Herrn Klemens.«

»Ha ja, den han i aber scho seid Samschtich nemme gsea. Eigendlich hädd der mir mei Kehrwoch macha solla. Des hoadder mir fei feschd versprocha ghett. I koa des doch nemme mit meine lommelige Bandscheiba.« Frau Hämmerle schüttelte den Kopf, dass ihre Korkenzieherlöckchen um die Ohren tanzten. »Ond jedzed ischer scho drei Dag nemme dahoim gewese.«

»Hat Herr Klemens in letzter Zeit Besuch bekommen? Vielleicht jemanden, der öfter kam?«

»Des woiß i net.« Frau Hämmerle blinzelte Thea aus zusammengekniffenen Augen an. »Warum wollet Se des denn ieberhaupt wissa?«

»Herr Klemens ist tot«, sagte Thea. »Jemand hat ihn umgebracht. Wir ermitteln, wer es war und warum er das getan hat.«

Frau Hämmerles Augen weiteten sich im gleichen Maße, wie sich ihr Mund öffnete, ohne jedoch einen Ton herauszubekommen. Ihre Haftcreme versagte den Dienst, und die obere Zahnreihe löste sich aus ihrem Prothesenlager. Mit einer geübten Zungenbewegung drückte Frau Hämmerle sie wieder dorthin, wo sie hingehörte.

»Heilandzagg!«, entfuhr es ihr schließlich. »Der Klemens isch hee! Au noi, wer duat mer jedzed mei Kehrwoch macha?«

Thea blickte hilflos zu Messmer. Hierzu fiel ihr einfach nichts mehr ein. Sein Augenwinkel zuckte, als würde er ihr unauffällig zuzwinkern. So hat halt jeder seine Prioritäten, schien sein Blick zu sagen.

»Sie wissen sonst nichts über Herrn Klemens? Seine Kontakte, seine Gewohnheiten?«, fragte er.

Frau Hämmerle schüttelte empört den Kopf. »I doa doch net romschnüffla!«

»Das wollten wir Ihnen auch nicht unterstellen.« Thea lächelte und reichte Frau Hämmerle die Hand. »Vielen Dank, dass Sie sich die Zeit genommen haben.«

Klemens' Wohnung lag im ersten Obergeschoss. Die Eingangstür war lindgrün gestrichen. Sie quietschte beim Öffnen und schob ein kleines Häufchen Post vor sich her. Ein durchdringender Geruch nach Glasreiniger erfüllte die Luft, der vermutlich von mehreren Vitrinen herrührte, die im Flur aufgebaut waren. Hinter den sorgfältig geputzten Scheiben standen unzählige Modelleisenbahnen, akribisch mit Typ und Baujahr beschriftet, die Klemens als leidenschaftlichen Sammler offenbarten.

Thea bückte sich und hob eine Zeitung, Postwurfsendungen

und eine Werbeanzeige vom Penny-Markt auf. Messmer schloss inzwischen die Tür, pfiff leise durch die Zähne und fasste sie beim Arm.

»Schau dir das mal an. Der lebt hier sicherer als auf Alcatraz.«

Thea drehte sich um und sah zuerst zu Messmer und dann auf die Wohnungstür. Sie zählte drei schwere Riegel, die von innen an die Tür geschraubt waren.

»Vor wem hatte er Angst?«, fragte Thea, ohne den Blick von der Tür zu wenden.

»Sicherlich nicht vor Einbrechern, die ihm die Wohnung ausräumen könnten«, antwortete Messmer. »Sonst hätte er eine Sicherheitsverriegelung eingebaut, die er auch von außen bedienen kann. Diese Riegel hier schützen ihn nur, wenn er in der Wohnung ist.«

»Er wollte also sich selbst schützen, nicht sein Eigentum«, sagte Thea nachdenklich. »Nur vor wem?«

»Wenn wir das wissen, haben wir den Täter«, sagte Messmer. »Das ist so sicher wie Stuttgart 21.«

***

»In der Schublade seines Nachtschränkchens lag noch eine Luftpistole«, sagte Messmer. »Geladen. Es ist das gleiche Modell wie das, was wir in der Bahnstation gefunden haben. Die Rechnungen und Garantiescheine haben wir in seinen Unterlagen gefunden. Beide Pistolen hat er Anfang des Jahres gekauft. In der Wohnung waren auch noch ein Pfefferspray und ein Klappmesser. Alles frei verkäuflich.«

Thea nickte. »Auf jeden Fall war er gut vorbereitet. Der hat jemanden erwartet, da verwette ich meinen Kater drauf.«

»An seinem Arbeitsplatz war er leider nicht so gut vorbereitet«, sagte Verena, die Spaghetti all'arrabbiata von »Di Gennaro« aus dem Wärmebehälter schaufelte und auf die Teller verteilte. »Was nützt einem die Waffe in der Schublade, wenn man in der Bahn überfallen wird?«

»Er konnte das Ding schlecht in der Hosentasche seiner Uniform mit sich rumtragen«, sagte Messmer. »Und ein Führerhaus in dem Sinne hat die Schnürlesbahn nicht. Der Zugbegleiter steht an einem kleinen Bedienpult im Fahrgastwaggon. Wo soll er da eine Pistole verstecken?«

»Hat die Nachbarin was beobachtet in letzter Zeit?«, fragte Joost.

»Leider nein.« Messmer schüttelte den Kopf. »Sie sorgt sich eigentlich vorrangig darum, wer jetzt für sie die Kehrwoche macht.«

»Schade.« Joost beugte sich über den Tisch und kramte gewissermaßen als Antipasto ein Schokotoffee aus der Schüssel mit der Nervennahrung. »Und du, Otti?«

»Tante Klemens ist der Knaller«, erzählte Kümmerle. »Sie hält offenbar nicht allzu viel von ihrem Neffen. Hat ihn seit Jahren nicht mehr gesehen, behauptet sie jedenfalls. Er würde sich einen Dreck um seine alte Tante kümmern und solle sich nicht einbilden, dass sie ihm auch nur einen Cent vermachen würde. Die Frau wohnt in einer Villa aus der Gründerzeit, alles vom Feinsten. Ihr Verblichener war im Vorstand bei Bosch und muss richtig Kohle gehabt haben. Als wir ihr sagten, dass der Neffe tot ist, zuckte sie nur mit den Schultern und meinte, sie würde ihr Erbe ohnehin einer wohltätigen Stiftung spenden.« Er massierte sich die Schläfen und atmete erleichtert auf, als das permanente Brummen draußen auf dem Balkon verstummte, von dem man schon kaum noch wusste, ob es der Baulärm oder ein Tinnitus war.

»Wir könnten neue Büromöbel gebrauchen«, murmelte Koch zwischen zwei Schlucken Kaffee.

»Ich hätt's ihr beinahe vorgeschlagen, aber das darf ich ja nicht«, entgegnete Kümmerle. »Wir könnten sie aber noch mal vorladen und eine Führung durch unsere Räume machen; vielleicht kommt sie dann von selbst drauf.«

»Wart ihr denn erfolgreicher?«, wandte sich Joost an Koch und Verena.

»Leider auch nicht. Herr Mausdorff war außer Haus.« Verena schlug ihr Notizbuch auf. »Wir haben aber von einer Nachbarin erfahren, dass Mausdorff täglich außer montags ab siebzehn Uhr dreißig an der Garderobe des Palladium-Theaters sitzt. Er arbeitet im SI-Centrum abwechselnd als Kellner und Garderobenmann.«

»Dann muss also jemand heute Abend beim SI-Centrum vorbeifahren.« Joost nahm seinen Teller in Empfang und streute Parmesan über die Nudeln.

Messmer hob die Hand. »Wenn ich das mit einem Abendessen im ›Time Square‹ und einem Saunabesuch in den ›Schwabenquellen‹ auf Polizeikosten abrechnen kann.«

Joost grinste nur und warf Messmer das Papierschiffchen an den Kopf, das er aus seinem Toffeepapier gefaltet hatte. »Hat sonst noch jemand Allüren oder irgendwelche Neuigkeiten?«

»Klemens wurde vorgestern noch auf seinem Handy angerufen«, sagte Kümmerle. »Ich hab die Nummer von der KT bekommen.«

»Und mit wem hat er kurz vor seinem Tod noch telefoniert?«

»Der letzte Anruf kam laut Anschlussinhaberfeststellung vom Mobilanschluss eines gewissen Henry Grabowski.«

»Wann genau war das?«, fragte Thea und drehte ihre Gabel im Spaghettiknäuel.

»Um zwanzig nach acht«, antwortete Kümmerle.

»Also ungefähr eine Stunde, bevor er gefunden wurde«, sagte Messmer. »Sehr wahrscheinlich ist das der Letzte, der mit ihm gesprochen hat. Hast du schon überprüft, wer dieser Herr Grabowski ist?«

»Er wohnt in der Nähe der Liederhalle. Gegoogelt hab ich ihn auch und dabei rausgefunden, dass er beim Liegenschaftsamt arbeitet. Bevor ihr fragt: Die Auskunftsdateien hab ich noch nicht nach ihm durchforstet. Ein alter Mann ist ja kein D-Zug«, entgegnete Kümmerle.

Thea fuhr zusammen, als unvermittelt das Mahlwerk der Kaffeemaschine anlief. Koch hatte seinen Lunch beendet und sich unauffällig Kaffee holen wollen. Doch das Geräusch verhieß nichts Gutes. Die Maschine kreischte auf wie ein geschundenes Tier und verstummte schließlich ganz.

»Ich glaub, das Ding ist im Eimer.« Koch blickte deprimiert in seine leere Tasse.

»Ich nehme sie nachher mal auseinander. Vielleicht hat sich was im Mahlwerk verklemmt«, sagte Ströbele. »Jetzt hock dich wieder hin, wir sind noch nicht fertig.« Er hatte kaum ausgesprochen, als eine Motorsäge die Fassade erzittern ließ. Mehrere Brocken von absplitterndem Putz knallten gegen die Fensterscheibe.

»Bei dem Radau kann ich nicht arbeiten!« Kümmerle sprang unvermittelt auf, lief nach draußen und knallte die Tür hinter sich zu.

»Heul a bissle, no muasch nemme so viel soicha«, rief Kübler ihm hinterher.

Koch schlich schuldbewusst zu seinem Platz zurück.

»Was ist denn jetzt los?«, fragte Joost und blickte irritiert in die Runde.

»Der hot fei's Rädle kriagt!«, mutmaßte Kübler. »Der solld oifach ebbes gschdäder do.«

»Otti ist definitiv überarbeitet«, sagte Ströbele. »Daheim hat er Probleme mit seiner Frau, weil die letzte Soko kaum vorbei ist und schon wieder die nächste anläuft. Als ob er was dafür könnte! Und wenn man eh schon psychisch am Anschlag ist, geben einem diese Krawallbrüder da draußen den Rest.« Er schaufelte sich den Rest der Nudeln, den Kümmerle stehen gelassen hatte, auf seinen Teller und machte sich darüber her.

»Er hat ja bald einen runden Geburtstag«, sagte Joost nach einem Blick auf den Wandkalender. »Wollen wir ihm nicht eine Kleinigkeit zur Aufmunterung schenken?«

»Nerventonikum«, empfahl Koch.

»Ha noi, des Zeig schmeckt jo schlemm vergrota«, protestierte Kübler. »Es sollt scho ebbes Guats sei.«

»Weinbrandbohnen«, schlug Verena Sander vor. »Die liebt er heiß und innig. Wir müssen nur aufpassen, dass er nicht alle auf einmal isst und dann hier versaute Lieder singt.«

»Das hört eh keiner bei dem Lärm«, sagte Ströbele mit vollem Mund.

»Einen Gutschein fürs Dreifarbenhaus fänd ich gut«, grinste Messmer. »Da kann er sich mal so richtig abreagieren, und seiner Frau geschäh's nur recht.«

»Dass du so was gut fändest, kann ich mir vorstellen.« Ströbeles Blick machte unmissverständlich klar, was er von Messmers Idee hielt. Thea registrierte einen kleinen Stich in der Magengegend. Sie hätte sich gewünscht, dass Ströbele inzwischen mehr Sympathien für Messmer hegen würde. Warum musste Micha ihm auch immer wieder solche Steilvorlagen bieten?

»Einen Gutschein fürs Bordell? Ob Otti das in seinem Alter noch schafft?« Verena schielte verstohlen zur Tür, um sicherzugehen, dass Kümmerle nicht zurückgekommen war und diese wenig schmeichelhafte Bemerkung gehört hatte.

»Ha, je äldr dr Bock, je härter s' Horn!« Kübler kannte sich anscheinend bestens aus.

»Im Ernst jetzt«, unterbrach Ströbele das Gejohle. »Ich hab noch ein altes Aquarium in der Garage, das könnten wir sauber machen. Fische sollen doch entspannend wirken. Wollen wir ihm ein Aquarium für sein Büro herrichten? Jeder könnte einen Fisch beisteuern. Ich übernehme die Bepflanzung.«

Thea nickte begeistert. Die Idee gefiel ihr.

»Dann sollten wir abstimmen, bevor Otti zurückkommt«, rief Joost seine Mannschaft zur Ordnung. »Was sagt ihr zu der Idee?«

»Dafür.« Thea hob den Arm. »Ich kauf ihm einen Skalar und nenne ihn Wanda.« Sie blinzelte zu Messmer hinüber. Erinnerte er sich noch an den gemeinsamen Fernsehabend, als sie sich diese herrliche Gaunerkomödie mit Jamie Lee Curtis und Kevin Kline angesehen hatten und vor Lachen fast erstickt waren? Ja, er erinnerte sich und blinzelte zurück. Wahrscheinlich dachte er eher an seine Darbietung nach dem Film, als er John Cleese nachahmend splitternackt mit der Unterhose überm Kopf in ihrem Schlafzimmer Pirouetten gedreht und versucht hatte, russisch zu sprechen, das er nie gelernt hatte. Er konnte allerdings dank einer Massenkeilerei unter Weißrussen, die wegen einer Flasche Wodka aufeinander losgegangen waren und kein Wort Deutsch sprachen, die ersten Sätze der amtlichen Zeugenbelehrung in russischer Sprache auswendig, die er in Endlosschleife pathetisch zitierte, während Thea sich vor Lachen mit den Füßen in ihrem Slip verfangen hatte.

»Was ist denn so witzig, Thea?«, fragte Joost interessiert.

Thea schrak zusammen. Sie hatte nicht bemerkt, dass sie angefangen hatte, leise zu kichern.

Messmer beugte sich zu ihr herüber und flüsterte erbarmungslos: *»Pered moim doprosom w katschestwe swidetjelja w ugolownom ja sajawljaju sledujusche …«*

Thea sank der Kopf auf die Tischplatte. Sie zitterte in einem unterdrückten Lachkrampf.

»Fische find ich gut«, sagte Messmer dann zu Joost. Sein Gesicht war todernst, was Thea noch mehr zum Lachen brachte.

Joost hatte es offenbar aufgegeben, den Grund für Theas Belustigung verstehen zu wollen, und wandte sich an die anderen. »Wer ist also für ein Aquarium?«

Alle hoben den Arm. Koch grinste sie unverschämt an. Thea hätte wetten können, dass er den Film auch kannte. Hoffentlich hatten sie sich jetzt nicht verraten. Sie merkte, wie ihr Gesicht heiß wurde.

Zum Glück zog Joost jetzt wieder die allgemeine Aufmerksamkeit auf sich. »Also gut, Walter, du kümmerst dich um das Aquarium, die anderen um die Fische. Und jetzt können wir vielleicht endlich mal drüber reden, wie wir mit unserem Zeugen vom Liegenschaftsamt weitermachen.«

***

»Lass uns zuerst recherchieren, ob er schon was auf dem Kerbholz hat«, sagte Messmer und schloss die Tür des Besprechungsraums hinter sich.

»Das können wir in meinem Büro machen«, entgegnete Thea. »Ich hab den Rechner schon hochgefahren.«

Frau Barics Putzwagen parkte vor Theas Büro, beladen mit Papierhandtuchrollen, Bodenreiniger und Scheuermittel. Am Plastikrahmen, an dem man den Müllsack einhängte, prangte das Hochglanzfoto eines Hundes, das die Putzfrau, wie das Bild eines Liebhabers, immer mit sich führte.

Frau Baric hatte im Winter zunehmend über Einsamkeit geklagt. Ihr Sohn sei erwachsen, habe eine Freundin und würde sich nicht mehr um seine alte Mutter kümmern. Er käme nur noch selten vorbei, und das auch nur, wenn er Geld brauche.

Sie hatten sich im Dezernat Gedanken gemacht und ihr an Ostern einen Hund geschenkt. Eine hübsche Promenadenmischung aus dem Tierheim Botnang, mit treuen, fast schwarzen Augen und seidigem rötlich-braunem Fell. Thea hatte den Eindruck gehabt, ein jugendlicher Verehrer hätte die Frau nicht glücklicher machen können als dieser Welpe. Seither machte sie den Eindruck, als hätte sie in einem Jungbrunnen gebadet.

»Hallo, Frau Baric«, sagte Thea, als sie in ihr Büro trat, wo die Putzfrau gerade den Boden wischte. »Wie geht's denn eigentlich Tito?«

Beim Erwähnen des Hundes ließ Frau Baric sofort den Scheuerlappen, den sie gerade auswringen wollte, in den Eimer zurückfallen, richtete sich auf und strahlte über das ganze Gesicht.

»Isch eine so liebe kleine Kerl«, schwärmte sie. »Mache mir Freude ganze Tag. Aber seit ich habe Tito, meine Sohn komme gar nicht mehr zu mir nach Hause. Sagen, habe Angst vor große Hunde.«

»Aber Tito ist doch nicht groß!«, rief Thea überrascht. Vor wenigen Wochen hatte sie ihn noch locker auf den Arm nehmen können.

»Na ja, aber Ivo auch nicht. Gerade eine Meter und sechzig. Ivo habe Angst, dass Tito beiße.«

Thea versuchte, sich an den putzigen Welpen zu erinnern, der sich schon beim Anblick von Messmers Nachbardackel Kopernikus winselnd in der Ecke verkrochen hatte.

»Ich bin sicher, dass Tito nicht gefährlich ist«, versicherte sie. »Das wird Ihr Sohn bestimmt auch noch einsehen.«

»Habe ihm ja auch gesagt, hätte könne komme schlimmer. Immerhin hätte Sie auch kenne schenke mir eine Bulldozer.«

»Eine Bulldogge hätten wir Ihnen ganz sicher nicht geschenkt, Frau Baric«, sagte Thea in dem verzweifelten Bemühen, ernst zu bleiben, während Messmer sein Gesicht feige hinter einem Taschentuch verbarg und so tat, als müsse er niesen.

»Aber ich habe gefunde Leesung fier Problem.« Frau Baric strahlte über das ganze Gesicht. »Ich einfach werde Ivo besuchen zu Hause und mitnehmen Tito.«

»Und Sie glauben, er hat dann weniger Angst, wenn er zu Hause von Tito gebissen wird?«, grunzte Messmer.

»Nein, das nicht.« Frau Baric hob die Augenbrauen und lächelte listig. »Aber wäre unheeflich, wenn er uns würde rausschmeiße. Isch für ihn eine gute Konfirmationstherapie. Manchmal helfe.«

Nachdem Frau Baric mit ihrem Titomobil weitergezogen war, klickte Thea den Bildschirmschoner weg, auf dem Johnny Castaway rastlos über seine Insel schlurfte, und tippte in die Eingabemaske der Polizeilichen Auskunftsdatei Grabowskis Daten ein. Sekunden später bekam sie zwei Einträge.

»2002 hatte er eine Anzeige wegen Beleidigung im Zusammenhang mit Hausstreitigkeiten. Anzeigeerstatter Hüseyin Yüksel. Ein Jahr später das Gleiche wegen Hausfriedensbruch. Er hat Yüksel die Tür eingetreten. Scheint nicht sonderlich gut mit seinem Nachbarn auszukommen.«

»Sieht so aus, als wäre der dann ausgezogen«, bemerkte Messmer. »Jedenfalls ist seitdem Ruhe. Oder Grabowski ist inzwischen friedlicher geworden. Kein Eintrag mehr seit 2003«

»Schauen wir mal nach dem nächsten.« Thea schloss die Seite und gab Gernot Wessels Namen ein. Hier sah es schon anders aus. Ein Straftatenregister rollte sich auf, das von Widerstand gegen Vollstreckungsbeamte über Beleidigung bis zur Körperverletzung reichte. Eine beeindruckende Karriere.

»Oh, das hat Rosi gar nicht erwähnt. Unter ›Personengebundene Hinweise‹ steht, dass er Mitglied bei den Hells Angels ist. Oder es zumindest noch im letzten Jahr war. Damals ist er letztmalig aufgelaufen.«

»Einmal Angel, immer Angel«, sagte Messmer.

»Hm.« Thea scrollte weiter. »Hier haben wir noch diverse Schlägereien im Rotlichtmilieu. Ich nehme an, das gehört zum guten Ton, wenn man seine Mädels schützen will.«

»Viele Freier verstehen manchmal keine andere Sprache als die der Fäuste«, sagte Messmer. »Das ist ein bisschen so wie mit den Türstehern in Bars und Discotheken. Bei denen gehört es auch zum Job, notfalls hart zuzupacken. Deshalb haben wir auch immer wieder Anzeigen gegen solche Leute. Also, mit wem von den beiden fangen wir an?«

»Mit dem Harmloseren. Dem vom Liegenschaftsamt. Sozusagen zum Aufwärmen«, schlug Thea vor.

»Ob der harmlos ist, wird sich noch herausstellen. Manchmal

trügt der Schein. Hier, ich hab die Schüssel geplündert.« Messmer schob ihr einen Schokoriegel zu. »Dolce für unterwegs.«

***

Als sie beim Liegenschaftsamt ankamen, war der Vorrat an Schokoriegeln aufgebraucht und Thea hatte mit einem Anflug von Übelkeit zu kämpfen. Sie war froh, dass Grabowskis Büro im dritten Stock lag, und schlug vor, auf den Fahrstuhl zu verzichten und stattdessen die Treppe zu nehmen. So würden wenigstens ein paar der Kalorien auf der Strecke bleiben.

In seinem Büro am Ende des Flurs saß Grabowski zum Fenster gedreht und schaute auf die Straße hinaus; das Erste, was Thea von ihm sah, war ein hellbrauner Anzug und ein dunkler Lockenkopf, der eine gewisse Attraktivität vermuten ließ. Umso erstaunter war sie, als der Mann sich mitsamt seinem Stuhl zu ihnen umdrehte. Die dunklen Augen waren klein wie bei einem Maulwurf, was durch die Hornbrille mit den dicken Gläsern noch unterstrichen wurde. Die buschigen Augenbrauen wuchsen über der klobigen Nase zusammen. Ein großer dunkler Leberfleck prangte auf seiner linken Wange. Alles in allem sah er aus wie Mr. Bean mit Dauerwelle und Hornbrille.

Er gehörte zur Gattung der sogenannten Sitzriesen, den Menschen mit kurzen Beinen und langem Oberkörper, denn als er aufstand und sich über den Schreibtisch beugte, war er kaum größer als zuvor. Dennoch hatte er einen erstaunlich festen Händedruck, wie Thea feststellte. Vielleicht war er die Sorte Mensch, die ihre körperlichen Unzulänglichkeiten im Fitnessstudio auszugleichen suchte.

Was Mutter Natur ihm zu wenig mitgegeben hatte, machte seine Kleidung wieder wett. Unter dem vermutlich maßgeschneiderten Nadelstreifenanzug – gut sitzende Kleidung für Menschen mit seiner Statur gab es kaum von der Stange – trug er ein edles Sommerhemd, für das eine Kolonie Seidenraupen bis zur Erschöpfung gearbeitet haben musste.

Grabowski schob die Papiere auf seinem Schreibtisch zur Seite und gab ihnen mit einer Geste zu verstehen, Platz zu nehmen.

»Herr Grabowski, wir ermitteln in einem Fall der schweren Körperverletzung mit Todesfolge«, begann Messmer, während Thea eine Kassette in ihr Diktiergerät drückte. »Unsere Ermittlungen haben ergeben, dass Sie der Letzte waren, mit dem das Opfer telefoniert hat, und zwar etwa eine Stunde, bevor es an seiner Arbeitsstelle mit Messerstichen schwer verletzt wurde. Es handelt sich um Herrn Werner Klemens, der inzwischen im Krankenhaus verstorben ist. Woher kennen Sie sich?«

Thea beobachtete, wie Grabowski hinter seinem Schreibtisch langsam das Gesicht einschlief. Original Mr. Bean, dachte sie. Wenn Atkinson mal in Pension geht, kann der hier bedenkenlos seine Serie übernehmen.

»Klemme ist tot?« Grabowski sprach, als würde er hinter jedes Wort einen Punkt setzen.

Thea nickte leicht. Messmer verzichtete auf eine Antwort. Er wiederholte sich nicht gern.

»Wir waren Arbeitskollegen«, sagte Grabowski melancholisch. »Ich habe bis vor etwa zehn Jahren bei der SSB geschafft.« Er stand auf und ging zu einem Sideboard, auf dem mehrere gerahmte Fotos standen, suchte eins heraus und reichte es Thea. Zwei Männer standen vor einem Straßenbahnwaggon der Linie 15 und stießen mit Sektgläsern an. Thea erkannte unschwer einen zehn Jahre jüngeren Grabowski. Sie versuchte, den stämmigen blonden Mann an seiner Seite, der mit ihm zusammen in die Kamera strahlte, mit der Erinnerung an den bandagierten Patienten mit dem blutunterlaufenen Gesicht im Marienhospital in Verbindung zu bringen, aber es wollte ihr nicht gelingen.

»Unser letztes gemeinsames Foto. Damals haben wir die Fertigstellung des Sillenbucher U-Bahn-Tunnels gefeiert. Die heutige U-Bahnlinie 15 fuhr damals noch als Straßenbahn bis zur Wendeschleife Heumaden. Unmittelbar danach hab ich bei der SSB aufgehört.«

»Warum?«, fragte Messmer.

»Ich hatte den Schichtdienst satt«, antwortete Grabowski. »Das Jobangebot bei einer Behörde mit festen Bürozeiten war zu verlockend. Vorher bin ich jahrelang mit der Stadtbahn zwischen Vaihingen und Gerlingen hin- und hergefahren. Klemme war in meiner Wechselschicht. Er hat mich oft nach Dienstschluss abgelöst. Oder ich ihn, je nachdem.«

»Dann kennen Sie ihn also schon ziemlich lange«, schlussfolgerte Thea. »Wie lange genau?«

»Sehr lange.« Grabowski legte die Fingerspitzen aneinander und starrte zur Zimmerdecke, als könne er dort die Jahreszahl ablesen. »Es müssen fast dreißig Jahre sein. Wir waren zusammen in der Lehre bei der SSB.«

»Worum ging es in Ihrem vorgestrigen Telefonat?«

»Wir wollten uns auf ein Bier verabreden.« Die Antwort kam wie aus der Pistole geschossen. »Ab und zu treffen wir uns nach Feierabend, nicht sehr regelmäßig, vielleicht alle sechs bis acht Wochen.«

»Und haben Sie einen Termin ausgemacht?«

»Ja. Für die nächste Woche, ich glaube, für Donnerstag.« Grabowski drehte sich zur Wand um, an der ein Jahreskalender von der Stadtverwaltung Stuttgart mit blitzblanken Reißzwecken befestigt war. Drei Wochen im Juli und eine im Dezember waren rot durchgestrichen und mit dem Wort »Urlaub« überschrieben. Ansonsten waren die Zeilen leer. Auch für die nächste Woche gab es hier keinen Eintrag.

»Moment, ich habe ihn in meinen privaten Kalender eingetragen.« Er rollte mitsamt dem Stuhl zum PC und tippte mit ungeschickten Fingern das Passwort ein. So langsam, dass Thea mitlesen konnte.

Nach einer gefühlten Ewigkeit öffnete sich Outlook, und Grabowski klickte sich zur kommenden Woche durch.

»Hier steht es: ›Donnerstag, 18 Uhr: Klemme Paulaner‹«.

»Ihr Gespräch dauerte vier Minuten und dreißig Sekunden«, sagte Messmer. »Worüber haben Sie noch gesprochen?«

»Über nicht viel mehr.« Grabowski hob die Arme. »Wir haben ein Weilchen gebraucht, um einen gemeinsamen Termin zu finden. Alles andere war Smalltalk.«

»Ist Ihnen bei diesem Gespräch an Herrn Klemens etwas aufgefallen?«, fragte Thea. »War er anders als sonst?«

Grabowski überlegte nur kurz. »Nein. Er war völlig normal. Sagte noch, dass er gerade auf dem Weg zur Arbeit und noch müde sei und dass Sonntagsarbeit verboten gehört. Was man halt so erzählt.«

»Haben Sie sich jemals bei ihm zu Hause getroffen?«

Grabowski überlegte kurz. »In den letzten Jahren nicht. Wir haben uns eigentlich immer in einer Wirtschaft verabredet.«

»Wann waren Sie denn das letzte Mal bei ihm daheim?«

»Sie können Fragen stellen! Das muss mehr als zehn Jahre her sein. Seit wir nicht mehr zusammen arbeiten, treffen wir uns immer in der Stadt.«

»Hatte er damals schon Riegel an seiner Wohnungstür?«

»Riegel? Nein. Was für Riegel?«

»Wissen Sie, ob er Feinde hatte?«, fragte Messmer, ohne auf Grabowskis Frage einzugehen. »Fällt Ihnen irgendjemand ein, der Grund hätte, sich für irgendetwas an ihm zu rächen?«

»Sie meinen, es war ein Racheakt?« Grabowski war hellhörig geworden. »Wie kommen Sie darauf?«

»Nur eine Vermutung. Wenn jemand derart attackiert wird, sind oftmals Rachegefühle im Spiel.« Von dem Kreuzworträtsel sagte Messmer kein Wort, aber Thea sah, wie seine Augen den Schreibtisch absuchten, als ob er nach einem roten Kugelschreiber Ausschau hielt.

»Sie haben unsere Frage noch nicht beantwortet«, erinnerte sie Grabowski. »Haben Sie irgendeine Idee, wer das getan haben könnte und warum? Oder gibt es vielleicht einen dunklen Punkt in Klemens' Vergangenheit? Sie kennen ihn ja schon sehr lange.«

Grabowski schüttelte langsam den Kopf. »Nein, nicht dass ich wüsste. Die letzten Jahre, ach, was sage ich – Jahrzehnte war er geradezu spießbürgerlich normal. Ging seiner Arbeit nach, sammelte Modelleisenbahnen und war ab und zu mal im ›Paulaner‹ ein Bier trinken. Natürlich hatte er in seiner Jugend auch seine Sturm-und-Drang-Zeit, aber wer hatte die nicht?«

Er sieht aus wie ein Chorknabe, dachte Thea. Und doch ist er fähig, seinem Nachbarn die Tür einzutreten. Wie sehr der äußere Schein doch trügen kann.

»Und was hat er in seiner Sturm-und-Drang-Zeit so angestellt?«, hakte Messmer nach.

Grabowski grinste. »Er war in den Achtzigern ein glühender

Anhänger der Hells Angels. Wollte unbedingt ins Stuttgarter Charter aufgenommen werden. Er war dort eine Zeit lang Hangaround, so nennen die ihre Vasallen – man könnte auch Stiefelputzer dazu sagen. Er ist sogar zum Prospect aufgestiegen, das ist die nächsthöhere Stufe. Als Prospect kann man schon guter Hoffnung sein, in die Bruderschaft aufgenommen zu werden. Klemme hat die ganze Zeit nur eins im Kopf gehabt: wie er die Kohle für seine Harley zusammenbekommt. Es ging damals sogar das Gerücht, er sei an einem Überfall auf die Dresdner Bank beteiligt gewesen, um die Maschine finanzieren zu können.« Er lachte leise.

»Von wem haben Sie das gehört?«, fragte Messmer.

»Die Jungs, mit denen wir damals um die Häuser gezogen sind, haben darüber gelästert. Aber damals wurde viel geredet und viel spekuliert. Und jetzt fragen Sie mich bitte nicht nach Namen und Anschriften der Leute. Ich kenne die heute gar nicht mehr, und damals haben wir uns sowieso alle nur mit Spitznamen angeredet.«

»Glauben Sie an das Gerücht?«, fragte Thea.

»Nein.« Grabowski schüttelte den Kopf. »Sonst hätte er sich seine Harley ja sicher gekauft. Die ist aber sein ewiger Traum geblieben. Stattdessen fährt er jetzt die Schnürlesbahn. Fuhr, meine ich«, verbesserte er sich schnell. »Außerdem ist er bei den Angels nie aufgenommen worden. Das war ein schwerer Schlag für ihn. Ich glaube, damals hat er beschlossen, ein bisschen ruhiger zu werden.«

»Wissen Sie, warum er bei den Angels nicht aufgenommen wurde?«

Grabowski zuckte die Schultern. »Keine Ahnung, ich glaube, ein Member war dagegen. Die Wahl muss aber einstimmig sein, sonst hat der Anwärter eben Pech gehabt.«

»Wer war derjenige, der dagegen war, wissen Sie das? Der Name wäre interessant für uns«, sagte Thea, allerdings ohne große Hoffnung.

»Oh Gott, nein! Ich weiß das alles nur vom Hörensagen. Ich kenne niemanden von denen persönlich. Möchte mit solchen Kreisen lieber nichts zu tun haben.« Grabowski blickte auf. »Sie glauben doch nicht, dass so eine alte Geschichte – ich meine, es ist immerhin mehr als zwanzig Jahre her …«

»Wir glauben noch gar nichts«, sagte Messmer. »Aber wir müssen allen Spuren nachgehen.«

»Vergessen Sie's. Ein Angel wartet doch nicht zwei Jahrzehnte mit seiner Rache. Und wieso sollte der sich eigentlich rächen? Wenn, dann müsste doch eher Klemens Rachegelüste haben, weil sein großer Traum geplatzt ist.«

»Überlassen Sie die Ermittlungsarbeit getrost uns«, riet Messmer ihm freundlich. »Apropos, was haben Sie am Sonntagmorgen zwischen neun und zehn Uhr gemacht?«

»Da muss ich in meiner Wohnung beim Frühstück gesessen haben«, antwortete Grabowski, ohne mit der Wimper zu zucken.

»Wer kann das bezeugen?«

»Bestenfalls mein Wellensittich«, entgegnete Grabowski mit breitem Lächeln.

Messmer lächelte zurück und reichte seine Visitenkarte über den Tisch. »Wenn Ihr Wellensittich zu einer Aussage bereit ist, rufen Sie mich an.«

Als sie auf die Straße traten, hatte der Wind aufgefrischt. Thea befreite die Haarsträhne, die im Reißverschluss ihrer Jacke klemmte, und band sich einen Zopf mit einem Haargummi in Glitzerpink, das sie in ihrer Hosentasche gefunden hatte. Ihr fiel ein, dass sich die Farbe furchtbar mit ihrem burgunderroten Haar biss, und musste daran denken, wie ihre modebewusste und stilsichere Mutter das kommentieren würde.

»Woran denkst du?« Messmer hatte den Arm um sie gelegt.

»An meine Mutter und ihre Meinung zu pinkfarbenen Haargummis«, antwortete sie. »Und an Grabowski. Er kennt Klemens seit fast dreißig Jahren und weiß so gut wie nichts über ihn? Außer Gerüchten?«

»Na ja, wer sich nicht selbst in dem Milieu aufhält, kann kaum aus erster Hand erzählen«, sagte Messmer. »Und ganz ehrlich: Über die Angels sind jede Menge Geschichten im Umlauf. Das muss die Faszination der Gang ausmachen – wer interessant ist, über den wird viel gesprochen.«

»Der Kriminalstatistik nach kann aber auch nicht alles nur Gerede sein«, gab Thea zurück.

»Sicher kann man sie nicht gerade mit Messdienern vergleichen. Und Schlagzeilen hat es zu jeder Zeit mehr als genug gegeben. Das heißt aber nicht, dass jeder von ihnen von Natur aus gewalttätig ist und aus Spaß Menschen umbringt. Außerdem ist das alles Jahrzehnte her. Heute geben sie sich gewaltfrei, lehnen Rechtsradikalismus ab, und der Präsident ist in der Kunstszene aktiv. Wir gehen der Spur natürlich nach, aber wir sollten uns nicht allzu viel Hoffnung machen.«

»Wahrscheinlich ist von den damaligen Kameraden kaum noch jemand dabei, und eine ganz neue Generation macht inzwischen die Straßen unsicher.«

»Eher nicht«, wandte Messmer ein. »Das Stuttgarter Charter hat sich in den Achtzigern aus jungen Männern formiert, die in Würde gealtert sind. Den Angels tritt man nicht eben mal so zum Spaß bei. Ein Hells Angel ist man ein Leben lang, wenn man sich nichts zuschulden kommen lässt. Aber auch die wildesten Biker werden im Alter ruhiger.« Er wechselte das Thema. »Was hältst du denn überhaupt von unserem Zeugen? Sieht er nicht original aus wie Mr. Bean?«

Thea lachte. Messmer hatte es also auch registriert. »Die Ähnlichkeit ist frappierend. Allerdings bin ich mir nicht sicher, ob er ebenso naiv ist wie sein Doppelgänger. Er ist immerhin die letzte Person, mit der Klemens telefonischen Kontakt hatte. Und ein Alibi hat er auch nicht.«

Vielleicht hatte er ja mehr mit Atkinson gemein als nur Äußerlichkeiten. Vielleicht war er auch ein ebenso guter Schauspieler?

Als sie an einer Videothek vorbeikamen, blieb Messmer stehen. »Wollen wir uns für heute Abend einen Film mitnehmen? Was hältst du von ›Ein Fisch namens Wanda‹? Ich mach dir hinterher auch wieder den Archie.«

Fast wäre Thea schwach geworden, doch sie hatte schon etwas anderes vor.

»Klingt verlockend, aber ich gehe heute Abend mit Karo weg«, sagte sie. »Im Städtle. Werde Ohren und Augen offen halten.

Manchmal kriegt man entscheidende Dinge zu hören, wenn man am wenigsten damit rechnet.«

»Okay, dann werde ich Elfriede die Kaffeemaschine reparieren. Das hab ich ihr schon die ganze Woche versprochen. Ich glaube, sie hat da noch irgendwas von Kohlrouladen angedeutet. Vielleicht lädt sie mich ja zum Essen ein.«

»Dann hau rein, so schnell kriegst du so was Gutes sicher nicht wieder.« Thea war fest entschlossen, die Anspielung an sich abprallen zu lassen. Sie wusste, dass sie es weder in puncto Kochen noch im Bügeln von Oberhemden mit Messmers fast achtzigjähriger Nachbarin aufnehmen konnte, die aus irgendeinem Grund einen Narren an ihm gefressen hatte und ihn mit Freude bemutterte. Aber vielleicht sollte sie ihr Küchenrepertoire doch mal um das eine oder andere Gericht erweitern. Mit Knorr- und Maggi-Tüten konnte man nicht allzu viel falsch machen. Sie musste sich nur einen Messbecher zulegen und das Pulver in die richtige Menge Wasser einrühren, das war gewiss kein Hexenwerk. Es sollte sogar ein spezielles Kochbuch für Fertig-Tüten-Junkies geben. Sie würde Karolin danach fragen.

Messmer schaute auf die Uhr. »Jetzt ist es kurz nach fünf. Fahren wir noch schnell zum SI raus und schauen mal, ob Herr Mausdorff an seinem Platz ist. Die Befragung sollte nicht allzu lange dauern. Anschließend kannst du dich ins Nachtleben stürzen, und ich werde mich Elfriede widmen.« Er grinste. »Fragt sich, wer von uns beiden mehr Grund zur Eifersucht hat.«

***

Das SI-Centrum liegt etwas außerhalb der City in Stuttgart-Möhringen, links und rechts der Plieninger Straße, die hier die B 27 kreuzt. Das Kultur- und Erlebniszentrum, das fast wie eine kleine Stadt anmutet, beherbergt neben zwei Musical Halls auch ein Spielcasino, den weitläufigen Wellness-Bereich »Schwaben-Quellen«, ein Kino und unzählige Bars und Restaurants. Wer alles erleben will, was hier geboten wird, muss viel Zeit mitbringen.

Die Garderobe des Palladium-Theaters war hoffnungslos von

Menschen belagert, weshalb Thea und Messmer beschlossen, vorerst in der Cafeteria von Hitradio Antenne 1, die eine halbe Etage höher lag, noch etwas zu trinken. Im Stil eines American Diner präsentierte sich die Bar mit viel Chrom und roten Lederbänken. Gerüchten zufolge sollen hier schon Sarah Conner, Orange Blue und andere Pop-Sternchen Live-Gigs und Autogrammstunden gegeben haben. Wem das an Glamour nicht reichte, der konnte in einem Bilderrahmen links des Cafés eine hinter Glas verewigte dunkelgrüne Samtleggings – geschätzte Kindergröße 134 – bewundern, die die amerikanische Pop-Diva Cher hier als großzügige Spende hinterlassen hatte, möglicherweise weil das gute Teil zuvor aus Versehen einem zu heißen Waschgang zum Opfer gefallen war.

Thea ging zum Geländer und blickte von der Galerie auf die Ebene unter sich, wo sich das Gedränge allmählich von der Garderobe zum Haupteingang des Theaters verlagerte. Nachdem sie zum wiederholten Male an diesem Nachmittag erfolglos versucht hatte, Irene Wessel zu erreichen, steckte sie ihr Handy ein und bedeutete Messmer, ihr zu folgen. Gemeinsam fuhren sie zum Foyer der Musical Hall II hinunter, wo sich ein nostalgisches Kinderkarussell drehte.

Vor dem Eingang des Theaters drängelte sich eine Menschentraube, die sich von den Hexen von Oz im gleichnamigen Musical verzaubern lassen wollte. Ein paar schwarz gekleidete Schulkinder mit Kegelhüten und grün geschminkten Gesichtern belagerten den Merchandising-Stand neben dem Haupteingang, an dem von T-Shirts über Schmuck bis hin zu Babywäsche alles nur Denkbare feilgeboten wurde, worauf man das »Wicked«-Logo drucken konnte. Über dem Verkaufstisch schwebte ein überdimensionaler Regenschirm in Form eines Hexenhutes, der bei einem Wolkenbruch mindestens drei Elphabas zuverlässig vor der Hexenschmelze bewahrt hätte.

Die Garderobe des Palladium-Theaters befand sich unmittelbar neben der Abendkasse rechts vom Haupteingang. Als die letzte Jacke ihren Haken gefunden hatte, gingen Thea und Messmer zu dem kleinen, gebückten Mann, der sich eben setzte und ein Sudokuheft aufschlug.

»Herr Mausdorff?«

Die wasserblauen Augen waren das einzig Auffällige an dem Mann in mittleren Jahren, der jetzt überrascht zu Thea aufschaute.

Sie legte unauffällig ihren Dienstausweis auf den Tisch. »Kriminalpolizei. Wir haben nur ein paar Fragen.«

Mausdorff reagierte zunächst mit ungläubigem Staunen. Nachdem er Thea und Messmer eine Sekunden lang mit halb offenem Mund angestarrt hatte, besann er sich offenbar auf seine Haltung. Schnell klappte er die Kinnlade und sein Rätselheft zu und schob Letzteres in eine Ablage unterhalb des Tisches.

»Kommen Sie hinten herum, dann müssen Sie nicht vor dem Tresen stehen bleiben.« Er öffnete eine kleine Seitentür und ließ die beiden eintreten.

Thea nahm eine angebrochene Packung Kekse und eine Teetasse von einem niedrigen Klappstuhl und setzte sich. Messmer verzichtete auf die zweite Sitzgelegenheit derselben Art und blieb stehen.

»Kann man denn von Ihrem Job leben?«, fragte Thea, um das Eis zu brechen.

»Mehr schlecht als recht.« Mausdorff lächelte höflich. »Aber ich mag das Ambiente hier. Mir ist so was wichtig. Ich kann nur in einer Umgebung arbeiten, in der ich mich wohlfühle.« Er beschrieb mit dem Arm eine Bewegung rund um das prachtvolle Foyer, das sich über zwei Stockwerke erstreckte, die von der Rolltreppe und einem nostalgischen Fahrstuhl mit schmiedeeisernem Gitter miteinander verbunden wurden. Über allem schwebte ein prunkvoller Kristallleuchter vom Deckengewölbe.

»Das ist für mich Lebensgefühl, verstehen Sie? Aber jetzt wüsste ich schon gerne, was Sie von mir wollen. Ich hoffe, ich hab nichts angestellt?«

»Das hoffen wir auch«, sagte Messmer. »Aber wir führen Sie bislang lediglich als Zeuge. Trotzdem brauchen wir Ihr Alibi für den vergangenen Sonntagvormittag.« Er erzählte in wenigen Worten vom Überfall auf Klemens und dessen letzte Worte.

»Der Mann hat meinen Namen gesagt? Ich kenne ihn nicht!« Mausdorff war sichtlich erschüttert.

»Es hörte sich an wie Ihr Name«, versuchte Thea ihn zu beschwichtigten. »Wir können nicht genau sagen, ob er überhaupt einen Namen meinte oder ganz etwas anderes.« Ihr war warm, und so nahm sie sich einen Musical-Flyer von dem Stapel auf dem Garderobentresen und fächelte sich Luft zu.

»Sehen Sie es doch einfach so, dass wir lediglich ausschließen wollen, dass Sie zur fraglichen Zeit am Tatort waren«, fügte Messmer hinzu. »Die Sache ist ganz schnell vorbei, wenn Sie uns sagen, wo Sie am Sonntagvormittag gewesen sind.«

»Ich bin sonntags fast den ganzen Tag hier. Ab eins sitze ich in der Garderobe, weil um vierzehn Uhr die Nachmittagsvorstellung beginnt. Die zweite fängt um neunzehn Uhr dreißig an und dauert bis etwa zweiundzwanzig Uhr dreißig. Das heißt, dass ich frühestens gegen dreiundzwanzig Uhr hier rauskomme. Bis ich dann zu Hause bin, ist es oft Mitternacht.«

»Und vormittags?«, hakte Thea nach. »Die Tat passierte zwischen acht Uhr zwanzig und neun Uhr zehn.«

»Da war ich zu Hause beziehungsweise unterwegs zur Arbeit im ›Time Square‹. Sonntagmittag ist dort immer Sonntagsbüfett, das helfe ich vorzubereiten. Ich hab um halb zehn dort angefangen. Das können Sie nachprüfen.«

»Wann sind Sie von zu Hause losgefahren?«, fragte Thea.

»Das muss kurz nach neun gewesen sein. Ich brauche von daheim etwa zwanzig Minuten bis zum SI-Centrum.«

»Kann das jemand bezeugen? Hat Sie jemand beim Verlassen Ihres Hauses gesehen?«

»Ich habe keine Ahnung.« Mausdorff hob ratlos die Schultern. »Ist das denn wichtig?«

Sehr sogar, dachte Thea. Vom Waldfriedhof bis zum SI braucht man nämlich noch viel weniger Zeit als von Sindelfingen aus. Aber sie nickte nur.

»Und wenn mich niemand gesehen hat?« Mausdorff war totenblass geworden.

»Wenn Sie unschuldig sind, müssen Sie sich darüber gar keine Gedanken machen.« Messmer klopfte dem eingeschüchterten Mann kumpelhaft auf die Schulter.

»Der war's ganz sicher nicht«, sagte Messmer, als sie durch die Colonnaden hinüber zur anderen Seite der Plieninger Straße schlenderten, wo das »Time Square« lag. Die unterirdische Shopping-Meile war trotz der stolzen Preise gut besucht. »Hast du gesehen, wie erschrocken er reagiert hat? Glaub mir, der Mann hat so viel kriminelle Energie wie eine Ordensschwester!«

»Was hast du denn für Vorurteile gegen Ordensschwestern«, protestierte Thea. »Mit Schwester Margarethe konnte man Pferde stehlen.«

»Der war's nicht, Thea. Das sagen mir meine Erfahrung und mein Bauch.«

»Du hast doch gar keinen Bauch!«, lachte Thea. »Sieh mal, es steht sogar auf diesem Musical-Flyer: ›Urteilen Sie nicht zu früh, denn hier ist nichts, wie es scheint‹.« Sie wusste selbst nicht, warum, aber Messmers Selbstsicherheit provozierte sie, und sie musste Kontra geben. Wie konnte er so sicher sein und aufgrund eines ersten Eindrucks sein Urteil fällen? Sicher hatte er mehr Erfahrung als sie, und wenn sie ehrlich war, hatte seine Intuition ihn bislang selten getrogen. Trotzdem war Mausdorff der Einzige mit diesem Namen im Großraum Stuttgart. Aber vielleicht hatten die Ärzte sich ja verhört. Was, wenn Klemens gar nicht »Mausdorff« gesagt hatte, sondern etwas ganz anderes?

***

Nachdem Thea Romeo gefüttert und eine halbherzige Kehrwoche hingelegt hatte, war sie mit der U5 in die Stadt gefahren. Die Bahn hatte wegen eines Betriebsschadens eine Viertelstunde zwischen Hauptbahnhof und Schlossplatz gestanden, was Thea zu einem verhaltenen Fluch veranlasst hatte. Sie hatte nicht mal Karolin Bescheid geben können, weil das Handy im Tunnel keinen Empfang hatte, und so legte sie, als sie endlich am Charlottenplatz angekommen war, den Rest des Weges im Laufschritt zurück.

Vor der Rotlichtkneipe standen zwei Mädchen in für die Jahreszeit zu knappen Klamotten. Sie beobachteten die Straße und bliesen den Rauch ihrer Zigaretten durch die Nase, was sie ein wenig wie schnaubende Drachen aussehen ließ. Sie hielten mehrere Meter Abstand voneinander, und Thea mutmaßte, dass sie nicht nur zum Rauchen hier draußen standen. Sie verzichtete darauf, sie darauf anzusprechen, denn sie ahnte, welche Antwort sie bekommen würde. Das vieldiskutierte Rauchverbot in Stuttgarts Gaststätten kam zumindest den Prostituierten zugute. Das Verbot der öffentlichen Prostitution im Sperrbezirk war dadurch zu einem Gummiparagraphen verkommen, denn die Mädchen konnten sich immer darauf berufen, nur kurz rausgegangen zu sein, um eine Zigarette zu rauchen.

Die Glühlämpchen im Fenster glitzerten in Rot- und Violetttönen und erinnerten Thea an die Leuchtreklame eines Sexshops. Normalerweise mied sie diese Art von Etablissements, denn auch in der Altstadt gab es genügend Lokale, in denen man dem »Gewerbe« nicht in die Quere kam. Doch heute hatte sie diese Kneipe absichtlich ausgewählt. Sie wollte die Ohren offenhalten und hoffte, ein bisschen Klatsch und Tratsch der Szene aufzuschnappen. Vielleicht würde sie ja auf diesem Wege etwas über Wessel und seine Frau in Erfahrung bringen.

Thea straffte die Schultern und ging hinein.

»Endlich«, empfing Karolin sie. »Ich bin schon seit zehn Minuten da und versuche die ganze Zeit, die lüsternen Blicke von dem Typ dort neben dem Kachelofen zu ignorieren. Nicht hinsehen!« Sie stand auf und küsste Thea übertrieben herzlich dicht neben den Mund. »Ich hoffe, die halten uns jetzt für Lesben.«

»Dafür gibt's, soweit ich weiß, andere Lokale.« Thea widerstand dem Reflex, sich mit dem Ärmel übers Gesicht zu wischen. Sie war erhitzt von ihrem Sprint durch die Altstadt, und die Wärme im Schankraum setzte ihr zusätzlich zu. Sie lächelte Karolin entschuldigend an. »Ich weiß zu schätzen, welches Opfer du bringst. Nächstes Mal gehen wir wieder zum ›Stetter‹, versprochen.«

Thea setzte sich; aus ihren Achselhöhlen lösten sich Schweißtropfen. Am liebsten hätte sie sich auf der Toilette frisch gemacht, aber dazu hätte sie Karo schon wieder allein lassen müssen. Sie verwarf den Gedanken; schließlich war sie hier nicht in der VIP-Lounge des »Graf Zeppelin«. Verstohlen schaute sie sich um. Bildete sie es sich nur ein oder war das Stimmengewirr leiser geworden, seit sie neben Karolin Platz genommen hatte? Es war doch sicher nur eine Wahnvorstellung, dass der Typ sich an ihrem roten Haar festgeguckt hatte. Sie wandte ihren Blick ab und fixierte die mickrige Aster in der kleinen Plastikvase vor sich auf dem Tisch.

»Hier hat's fast nur Zweiertische, das ist ungünstig für das Belauschen von Kneipengesprächen. Vielleicht sollten wir nachher an die Bar umziehen.« Thea verstummte, als die Kellnerin an ihren Tisch kam und zwei Gläser Rotwein vor ihnen abstellte. Karolin hatte keine Zeit verloren, sie kannte ihre bevorzugten Weine.

»Vielen Dank.« Thea griff nach ihrem Glas und lächelte der Wirtin zu. Die strahlte so breit zurück, dass Thea befürchtete, ihr Lippenstift, der wie ausgehärtet wirkte, würde ihr von den Lippen bröseln. Auch der Lidschatten war so dick aufgetragen, dass sie sich fragte, wie die Frau unter seiner Last nur die Augen offenhalten konnte. Doch selbst diese Kriegsbemalung vermochte es nicht, von dem tiefen Dekolleté abzulenken, das so prall gefüllt war, dass Dolly Buster bei seinem Anblick vermutlich grün vor Neid geworden wäre.

»Wieso hast du ausgerechnet diese Kneipe ausgesucht?«, flüsterte Karolin, als die Bedienung weitergezogen war.

»Gefällt's dir hier nicht?« Thea versuchte ein Grinsen. »Mir auch nicht sonderlich. Aber hier oben drüber sind die Zimmer von ein paar Prostituierten, das lässt mich hoffen, dass hier die entsprechende Kundschaft verkehrt, die im Milieu zu Hause ist. Und ich schätze, dass hier ein bisschen geredet wird, der Mord an einem Freier dürfte doch genügend Gesprächsstoff bieten.«

»Bist du etwa dienstlich hier?«

»Irgendwie bin ich immer im Dienst. Ich schaff es nicht mehr, Dienst und Freizeit zu trennen. Zumal ich jetzt auch noch privat einen Bullen am Hals hab.« Sie zwinkerte Karolin zu.

»Du hast es so gewollt.« Karolin zwinkerte zurück.

»Na ja, du hast mich ja nicht gerade davor gewarnt.«

»Nein, weil er dich glücklich macht. Macht er doch, oder?« Karolin nippte an ihrem Wein und sah Thea über den Glasrand hinweg prüfend an.

»Ja. Macht er. Ich müsste es nur noch so richtig zulassen können.«

»Hast du ihm schon von deiner Bewerbung erzählt?«

Thea schüttelte den Kopf. Dieses Thema hatte sie gerade wieder erfolgreich verdrängt. »Ich nehme es mir jeden Tag vor. Aber irgendwie finde ich nie die richtige Gelegenheit. Und manchmal denke ich, die nehmen mich doch sowieso nicht, nach nur einem Jahr Kripo-Erfahrung. Und dann hätte ich völlig umsonst …« Sie stockte. Sie hatte an der Bar ein bekanntes Gesicht entdeckt. Rosi saß in Arbeitskleidung auf einem Barhocker, die Beine übergeschlagen, ein rosafarbenes Getränk in der Hand, das von Weitem wie flüssige Handwaschseife aussah. Ihre Seidenstrümpfe glänzten im Licht der Barlampen, und mit ihren Stilettos hätte sie mit Leichtigkeit jemandem Löcher in den Kopf schlagen können. Vielleicht waren die ihr Mittel zur Selbstverteidigung, wenn ein Freier ihr ungewollt zu nahe kam. Thea hätte sie beinahe nicht erkannt, weil sie bei Tageslicht und ungeschminkt so anders ausgesehen hatte. Doch sie war es, zweifellos. Und sie war nicht allein.

Der Mann, der auf dem Hocker neben ihr saß, nahm ihr gerade das Cocktailglas ab und begann, ihre Hand zu küssen, nein, er leckte ihr die Finger ab. Er hatte straff zurückgekämmtes, gegeltes Haar von undefinierbarer Farbe und auf der ihr zugewandten Wange ein deutliches, etwa fünf Zentimeter großes Feuermal in der Form des italienischen Stiefels. Rosi entzog ihm lächelnd die Hand und wandte sich ab. Dabei begegnete sie Theas Blick. Sie zögerte, dann trat ein Ausdruck des Erkennens in ihr Gesicht. Sie winkte Thea zu und deutete auf den Hocker neben sich.

»Du lässt mich aber nicht allein hier sitzen!«, protestierte Karolin, die die Geste bemerkt hatte.

»Komm einfach mit!« Thea stand schon und griff nach ihrem Weinglas. »Das kann ich mir nicht entgehen lassen.«

Protest war sinnlos, denn Thea war schon unterwegs zur Bar. Karolin trottete ergeben hinterher.

»Was verschlägt Sie denn hierher? Sind Sie schon wieder auf Ermittlungstour?« Rosi strahlte über das ganze rosa gepuderte Gesicht.

»Ich gehe hin und wieder mal mit meiner Freundin ein Glas Wein trinken.« Thea stellte Karolin vor und bot ihr den Hocker an. Wenn sie schon unfreiwillig hier war, sollte sie wenigstens einen Sitzplatz haben. Karolin sah das offenbar genauso und setzte sich.

»Und das ausgerechnet hier?« Rosi schien das lustig zu finden.

»Ich wohne in der Lazarettstraße«, half Karolin Thea aus der Patsche. »Ich mag es, keinen weiten Heimweg zu haben.«

Rosi zögerte, gab sich aber schließlich mit der Antwort zufrieden. »Und gibt es Neuigkeiten in Sachen Klemme?«, fragte sie schließlich an Thea gewandt.

»Nichts worüber ich an dieser Stelle reden dürfte«, wich Thea aus. »Aber vielleicht haben Sie etwas gehört? Sie stehen nicht unter Schweigepflicht.«

»Leider nein.« Rosi hob bedauernd die Hände. »Aber ich sehe, Sie sind eigentlich immer im Dienst, stimmt's?«

Thea und Karolin nickten unisono, Letztere mit leicht verdrehten Augen.

»Ich hoffe, Sie hatten gestern noch einen lukrativen Abend?«, versuchte Thea, ein Gespräch in Gang zu bringen, das geeignet war, allmählich auf ihr Anliegen zuzusteuern.

Rosi lachte. »Weniger lukrativ als unterhaltsam. Ich hatte einen Freier, der wissen wollte, wer die alte Nebelkrähe ist, die neuerdings die Telefon-Hotline betreut. Und warum die Reni das nicht mehr macht. Die Alte hat ihn unter dem Vorwand, das richtige Mädchen für ihn aussuchen zu wollen, so detailliert nach seinen sexuellen Vorlieben befragt, dass er am Telefon rot geworden ist. So was sei ihm bei Reni nie passiert, die wäre da viel diskreter gewesen.«

»Und was haben Sie ihm geantwortet?« Thea ging fest davon aus, dass Rosi ihm nicht die Wahrheit gesagt hatte. Sicher würde sie niemandem auf die Nase binden, dass sie am Zuhälter vorbei verdient und Reni sie gedeckt hatte.

»Ich hab natürlich Märchen erfunden und freu mich diebisch auf die Gerüchte, die jetzt wieder im Städtle rumgehen werden. Ich kann Sie schon mal vorwarnen, glauben Sie bloß nicht alles, was Ihnen erzählt wird.« Rosi fingerte eine Zigarette aus einer Schachtel, die auf dem Tresen lag, drehte sie in der Hand und schob sie wieder in die Schachtel zurück. Wahrscheinlich war ihr eingefallen, dass hier drin inzwischen Rauchverbot war.

»Was denn für Märchen?«

»Ich hab ihm erzählt, Reni hätte einen festen Job in einer Modelagentur bekommen.« Rosi grinste. »Das wollte sie tatsächlich schon immer. Es wird sie freuen, wenn der Klatsch bis zu ihr vordringt.«

»Da warst du aber ziemlich phantasielos«, mischte sich jetzt ihr Begleiter, der die ganze Zeit stumm an seinem Bier genuckelt hatte, ins Gespräch. »Ich hätte gesagt, dass sie nach Paris abgehauen und sich am Place Pigalle selbstständig gemacht hat. Weil sie die ewige Abhängigkeit von ihrem Mann leid war.«

»So einen Quatsch glaubt doch kein Mensch!« Rosi winkte ab.

»Wieso denn nicht?«

»Weil das absoluter Schwachsinn ist! Reni war noch nie in Frankreich und kann kein Wort französisch, wie will sie denn in Paris klarkommen?«

»Ich denke mal, in diesem Beruf braucht man das nicht zwingend. Ich meine, französisch sollte man schon beherrschen, aber die Sprache ist dabei doch eher nebensächlich.« Der Kerl wieherte vor Lachen über seinen eigenen dämlichen Witz und schlug sich auf die Schenkel.

Thea musterte ihn genauer. Er hatte ein teigiges Gesicht von ungesunder Hautfarbe, so als würde er nicht allzu oft das Tageslicht sehen. Der Typ Grubenarbeiter, nur nicht ganz so schmutzig. Das Feuermal auf seiner linken Wange hatte tatsächlich nahezu die Form der italienischen Halbinsel. Nur der Sporn des Gargano von Apulien fehlte. Als er aufstand, um seinen Geldbeutel aus der Tasche seiner etwas zu engen Jeans zu ziehen, konnte Thea die Aufschrift auf seinem T-Shirt entziffern: »Wer tanzt, hat nur kein Geld zum Trinken«. Er zahlte nicht nur sein Bier, sondern auch Rosis Cocktail und legte dann die Hand auf ihren Arm.

»Lass uns nach oben gehen.« Das Lächeln einer Kobra machte sich auf seinem Gesicht breit. Einer lüsternen Kobra, wenn es so etwas gab, die ihr Opfer nicht fressen, sondern begatten will.

Rosi lächelte zurück und zwinkerte Thea zu. »Er ist ein ziemlich guter Liebhaber, wissen Sie? Und er kann hervorragend mit Handschellen umgehen. Beruflich wie privat.«

»Oh, sind Sie auch Polizist?«, platzte Thea heraus, noch bevor ihr Hirn mit dem Gedanken nachziehen konnte, dass dieses Outing für einen Kollegen in dieser Situation etwas unangenehm sein könnte. Entsprechend pikiert sah er sie an. Einen Augenblick lang herrschte unangenehmes Schweigen.

»Nein, aber etwas Ähnliches«, antwortete Rosi schließlich für ihn und kicherte. »So weit lagen Sie gar nicht daneben.« Sie trank den letzten Schluck ihres rosafarbenen Drinks und stellte das Glas auf dem Tresen ab, dass die restlichen Eiswürfel klirrten. Dann nickte sie Thea zu und verschwand mit ihrem Galan durch die Tür, die hinauf zu den Zimmern führte.

Thea rutschte auf den von Rosi vorgewärmten Barhocker und hielt nach neuen Opfern Ausschau, die sie aushorchen konnte.

»Zweifelhafter Typ«, murmelte Karolin in ihr Glas. »Hast du dieses T-Shirt gesehen? Noch treffender wäre gewesen ›Wer tanzt, hat nur kein Geld zum Vögeln‹.«

Thea antwortete nicht. Zwei Männer fesselten ihre Aufmerksamkeit, die eben an die Bar gekommen waren. Einer hatte direkt neben ihr auf dem Hocker von Rosis Freier Platz genommen, der andere blieb neben ihm stehen. Thea konzentrierte sich auf den Ersteren, der mit dem Rücken zu ihr saß. Sie sah nur seinen Stiernacken am unteren Ende eines eindrucksvollen kahl rasierten Schädels. Um seinen Hals schlängelte sich eine zweifarbig tätowierte Kobra mit aufgerissenem Maul, die jeden Augenblick zuzuschnappen schien. Auf dem Rücken der dunklen Lederjacke, die er trug, konnte sie den goldgeflügelten Totenkopf erkennen, über dem im Halbkreis rot auf weißem Grund »Hells Angels« stand.

Sie hatte nicht damit gerechnet, so schnell einem von ihnen zu begegnen. Sie spitzte die Ohren, denn sie hatte soeben das Wort »Klemme« gehört. Sie vermutete, dass sie sich über den Toten an der Schnürlesbahn unterhielten und ihn obendrein gut genug kannten, um ihn mit Spitznamen zu benennen.

»Es hat ja keinen Unschuldigen getroffen«, hörte sie den Stiernackigen gerade zu dem anderen sagen. »Klemme haben wir es zu verdanken, dass die Bullen damals wieder angefangen haben, bei uns ein und aus zu gehen.«

Thea lauschte angestrengt. Doch im Stimmengewirr der Gaststätte konnte sie die Antwort des anderen nicht verstehen. Der Gesprächspartner war zudem durch das breite Kreuz des Kahlen nahezu verdeckt.

Thea beugte sich nach hinten, um an dem Glatzkopf vorbeizuschauen, konnte aber nur erkennen, dass der andere keine Lederjacke mit Deathhead trug, dafür aber an nahezu jeder sichtbaren Körperstelle tätowiert war.

»Aus Rache, nehme ich an«, sagte der Erste wieder. »Er war damals Prospect und wollte Member werden, ist aber abgelehnt worden. Das hat er wahrscheinlich nicht verwunden.«

»Wollen wir gehen, oder willst du noch bleiben?«, fragte Karolin von der anderen Seite, aber Thea brachte sie mit einem unwilligen Kopfschütteln zum Schweigen und legte den Finger auf die Lippen. Jetzt, wo es gerade interessant wurde, würde sie nicht mal das Sondereinsatzkommando hier wegkriegen.

»Damals, als das Hamburger Charter verboten wurde, das war Mitte der Achtziger«, hörte sie den Lederjackentyp sagen. »Als fünfhundert Bullen Angels Place auf der Sternschanze gestürmt haben. Jemand hatte der Polizei gesteckt, wir würden mit den Hamburgern sympathisieren und sie finanziell unterstützen, damit sie sich neu formieren können. Irgendwer hat rausgekriegt, dass es Klemme war.«

Thea beschloss, sich noch einen Rotwein zu bestellen, und winkte der Barfrau. Karolin seufzte tief. Doch Thea hatte in dieser Sekunde entschieden, alles auf eine Karte zu setzen.

»Sorry«, sie tippte der Lederjacke auf das Backpatch, »darf ich fragen, warum Klemme damals nicht als Member übernommen wurde?«

Der Angel drehte sich langsam um und musterte sie wie der Geier den Aaskäfer, der ihn beim Fressen stört.

»Wer will das wissen?« Er malte beim Reden mit den Kiefern, als würde er dabei Kaugummi kauen.

»Ich«, erwiderte Thea, tapfer bemüht, seinem Blick standzuhalten.

»Und woher kennst du ihn? War er mal als Freier bei dir?« Der spöttische Zug um seinen Mund war nicht zu verkennen.

War ja klar, dachte Thea. Ich wusste, dass die roten Haare mich nuttig aussehen lassen. Fehlt bloß noch, dass er mich jetzt anmacht.

Er schien Gedanken lesen zu können. »Falls du heute noch ein bisschen Geld verdienen möchtest, können wir gerne für ein Weilchen raufgehen. Was nimmst du denn die Stunde?« Er bedeckte Theas Knie mit seiner Hand, die die Ausmaße eines Spatzenbrettes hatte.

»Ich verdiene mein Geld bei der Kriminalpolizei«, sagte Thea scharf und zog mit einer zackigen Bewegung ihren Dienstausweis aus der hinteren Hosentasche. »Und ich würde es begrüßen, wenn Sie Ihre Hand von meinem Knie nehmen würden, sonst haben Sie schneller, als Ihnen lieb ist, eine Anzeige am Hals«.

»Soweit ich weiß, ist sexuelle Beleidigung in Deutschland nur ein Vergehen.« Der Kerl war nicht aus der Ruhe zu bringen; Haftstrafen unter einem Jahr schienen für ihn ein Klacks zu sein. Und das Strafgesetzbuch hatte er wohl unterm Kopfkissen liegen.

»Hören Sie«, Thea schob die Pranke von ihrem Knie und schlug demonstrativ die Beine übereinander, »ich ermittle im Todesfall Klemens, und ich glaube, Sie haben Informationen, die für uns wichtig sein könnten. Lassen wir also diesen Schwachsinn.«

»Es gab Zeiten, da durfte sich ein Angel für den Sex mit einer Polizistin blau-gelbe Flügel tätowieren lassen. Schade, dass das nicht mehr üblich ist, ich hätte da nämlich noch ein bisschen Platz auf meinem Hintern.«

Jetzt reichte es. »Ihren Personalausweis bitte!« Sie hatte den richtigen Ton erwischt, der keinen Widerspruch duldete.

Der Glatzkopf versuchte es trotzdem. »Sind Sie überhaupt im Dienst?« Immerhin war er inzwischen zum »Sie« übergegangen.

»Ich bin immer im Dienst.« Sie notierte sich seinen Namen und die Anschrift. Rolf Hülsenbäck, Jahrgang '56. Offenbar ein Stuttgarter Angel der ersten Stunde. Dann zog sie einen Zehn-Euro-Schein zusammen mit einer Visitenkarte aus dem Geldbeutel. Den Geldschein schob sie der Barfrau zu, auf die Visitenkarte schrieb sie »Mittwoch, 13 Uhr, Polizeipräsidium« und drückte sie dem Angel in die Hand.

»Betrachten Sie das als förmliche Vorladung«, sagte sie kühl. »Wenn Sie ihr keine Folge leisten, lassen wir Sie staatsanwaltschaftlich einbestellen. Sie sind Zeuge, und Zeugen haben die Pflicht, bei der Polizei Angaben zu machen.« Sie rutschte von ihrem Barhocker und gab der sichtlich erleichterten Karolin durch eine Kopfbewegung zu verstehen, dass ihre verdeckten Ermittlungen für heute beendet waren.

»Wow!« Karo hatte noch nicht ganz die Tür hinter sich geschlossen, als die Begeisterung schon aus ihr herausbrach. »Du hast dich mit einem Hells Angel angelegt. Ganz allein!«

»Ich hatte doch dich als moralische Unterstützung im Rücken.« Theas Herz klopfte immer noch etwas schneller als gewöhnlich, und das Adrenalin in ihrem Körper kam nur allmählich zur Ruhe. Sie hatte sich auf ziemlich dünnem Eis gefühlt, aber sie hatte es geschafft. Auch ohne Messmer. Sie war stolz und aufgekratzt und fragte sich, ob der Angel morgen tatsächlich kommen würde. Erst dann würde sich zeigen, ob er sie wirklich ernst genommen hatte.

Als Thea heimkam, war sie in Hochstimmung. Sie hatte das dringende Bedürfnis, jemandem von ihrem Erfolg zu erzählen, und so führte ihr erster Weg zum Telefon.

Bei Messmer nahm niemand ab. Ob er noch bei Elfriede drüben war? Sie überlegte ein paar Sekunden, ob sie es dort versuchen sollte. Irgendwo musste sie die Telefonnummer seiner fast achtzigjährigen Nachbarin haben. Sie schaute auf die Uhr – kurz vor halb elf – und verwarf die Idee wieder. Er sollte um Gottes willen nicht denken, dass sie ihm nachspionierte. Lieber sparte sie sich ihren Trumpf für morgen auf.

Sie drückte die Trenntaste und wählte die Nummer ihrer Mutter. Zweimal erklang der Rufton, bis sich eine Männerstimme meldete.

»Pronto, chi parla?«

Thea war so konsterniert, dass sie nicht antworten konnte. Sie war sicher, sich nicht verwählt zu haben. Der Mann am anderen Ende wartete einen Moment und fragte dann noch einmal: *»Chi parla?«*

»Scusi, ho sbagliato.« Sie legte schnell den Hörer auf. Sie musste sich verwählt haben. Ein Mann am Anschluss ihrer Mutter, das war einfach nicht denkbar. Oder vielleicht doch? Wie gut kannte sie sie schon? Nein, ausgeschlossen!

Thea ging in die Küche und goss sich ein Glas Chianti ein.

Irgendwas war hier schiefgelaufen, wahrscheinlich bei der Telekom Italia. Es gab Hunderte von Möglichkeiten, von fehlgeleiteten Gesprächen bis hin zu einem Zusammenbruch des italienischen Telefonnetzes. Nur die einfachste Möglichkeit – ein Mann im Haus ihrer Mutter – war für Thea ein Ding der Unmöglichkeit.

Nachdenklich nippte sie an ihrem Wein. Vielleicht hatte sie die Stimme ja auch nur geträumt. Sie musste es noch einmal versuchen.

Thea wählte erneut, sorgsam auf jede Ziffer achtend.

»Pronto?« Schon wieder dieser Typ! Sie schluckte.

»Vorrei parlare con Franziska Linder. Sono sua figlia.« Weit her war es mit ihrem Italienisch nicht, aber die simpelsten Phrasen beherrschte sie. In Erwartung eines barschen *»Non abita qui«* hielt sie den Atem an.

»Un momento«, sagte der Mann, und ein leises Klacken verriet, dass er den Hörer hingelegt hatte. Von Weitem hörte Thea, wie er *»Francesca!«* rief.

Konnte es sein, dass seine Frau zufälligerweise Francesca hieß?, fragte sich Thea, immer noch überzeugt, bei einem falschen Anschluss gelandet zu sein, als sie hörte, wie der Hörer aufgenommen wurde und sich ihre Mutter meldete.

»Theresa, Liebes, entschuldige, ich war in der Dusche.« Ja, es war ganz zweifellos ihre Mutter, sie erkannte das raue Timbre, und diesen Akzent gab es nur einmal auf der Welt – ein etwas unbeholfenes Deutsch, wie es Menschen eigen ist, die seit Jahrzehnten im Ausland leben und nur selten Gelegenheit haben, ihre Muttersprache zu sprechen, leicht gefärbt mit einem italienisch-schwäbischen Touch.

»Hast du einen Hausdiener angestellt?«, fragte Thea, selbst erstaunt, wie zickig sie klang.

Nach einer kurzen Verlegenheitspause räusperte sich Franziska. »Das ist Pastore Pavarese. Du weißt schon, der Pfarrer von Sofias Beerdigung. Er ist hier, um mit mir zu reden.«

Und um mit dir zu Abend zu essen, und wer weiß, wofür sonst noch, ergänzte Thea in Gedanken. Abends um halb elf noch Männerbesuch zu haben passte nicht zu ihrer Mutter.

»Er spricht alle seine Schäfchen mit dem Vornamen an und holt sie auch aus der Dusche, oder?«

»Theresa, wir sind Freunde geworden. Gute Freunde. Das ist etwas, das ich seit Sofias Tod sehr vermisse. Ich bin wieder ein wenig aufgeblüht, seit ich ihn kenne. Und ich glaube nicht, dass ich dir Rechenschaft schuldig bin.« Der letzte Satz kam ein wenig schärfer als gewohnt, oder bildete sie sich das ein?

Gute Freunde? Ihre Mutter war ausgedörrt wie die Hügel der Crete im Hochsommer. Ob ein guter Freund wirklich in der Lage war, sie zum Blühen zu bringen? Und wieso sprach sie dann überhaupt die Rechenschaft an, die sie ihr ja ohnehin nicht schuldig war?

»Dir ist hoffentlich klar, dass das keine Zukunft haben kann?«, sagte Thea wieder etwas milder.

»Meinem Kopf ist das durchaus klar.« Ihre Mutter flüsterte jetzt, wahrscheinlich war der Pastore im Nebenzimmer. »Und den Rest kriege ich auch noch in den Griff. Kannst du dich nicht ein wenig in mich hineinversetzen? Du müsstest doch wissen, wie sich das anfühlt.«

Wie sich was anfühlt?, dachte Thea. Jemand haben zu wollen, den man nicht haben kann? Oh ja, da habe ich hinreichend Erfahrung. Eigentlich bin ich die Ansprechpartnerin schlechthin für dieses Problem.

»Wie verhält er sich denn dir gegenüber?«, fragte sie.

»Sehr korrekt. Und ich finde das auch in Ordnung.« Einige Sekunden war Stille am anderen Ende, und Thea hörte ihre Mutter tief atmen. »Ich habe noch nie mit einem Mann so gut reden können, Theresa. Ich glaube fast, es würde mir schon genügen, bis an mein Lebensende nur mit ihm reden zu können.«

Verständlich für eine Frau, deren erstes sexuelles Erlebnis eine Vergewaltigung war, dachte Thea. Gesund fand sie es allerdings nicht. Und das sagte sie auch.

»Hör mal, Mama, kann es sein, dass du dich absichtlich in einen Mann verliebst, von dem du weißt, dass ihm Sex verboten ist? Stellt das irgendwie eine Sicherheit für dich dar, nicht wieder verletzt zu werden?«

»Ich weiß es nicht, Theresa. Diese Verletzung, wie du es nennst, ist seit Jahrzehnten ganz tief in meinem Inneren vergraben. Im letzten Sommer kam sie für kurze Zeit wieder an die Oberfläche, durch dieses Lied, du weißt schon. Und bei Gott, es war fürchterlich.«

»Du solltest dich damit auseinandersetzen, Mama. Und dir dann einen Mann suchen, mit dem du auch eine Zukunft hast.« Thea fand selbst, dass es anmaßend klang. War sie zu weit gegangen? Dabei konnte sie ihre Mutter viel besser verstehen, als sie zugeben wollte. Franziska war als junges Mädchen vergewaltigt, geschwängert und im Stich gelassen worden. Kein Wunder, dass sie ihr Leben lang um Männer einen großen Bogen gemacht hatte. Wenn man Angst vor einer zu engen Partnerschaft hat, verliebt man sich bevorzugt in Männer, die man nicht haben kann. Hatte sie selbst nicht unbewusst die gleiche Strategie verfolgt? Und steckte plötzlich in dem Dilemma, dass sie haben konnte, was sie begehrte, und nun Panik bekam? War die Situation ihrer Mutter für sie gerade wie ein Spiegel, in dem sie erkennen konnte, was mit ihr selbst im Argen lag? Und begegnete sie ihr vielleicht deshalb so unwirsch?

Nachdem sie aufgelegt hatte, stand sie noch eine Weile am Telefon und überlegte, ob sie es noch einmal bei Messmer versuchen sollte. Es war inzwischen fast elf. Nein, wenn er immer noch nicht abnahm, würde sie sich die ganze Nacht Gedanken machen, wo er wohl steckte.

Nun hatte sie immer noch niemandem erzählen können, dass sie heute gegen einen Hells Angel angetreten war. Romeo, der schnurrend um ihre Füße strich, war ihr ein willkommenes Opfer. Sie nahm ihn auf den Arm und setzte sich mit ihm aufs Sofa.

»Soll ich dir was verraten, mein Süßer?« Sie strich dem Kater über das rot getigerte Fell und küsste ihn zwischen die Ohren. »Weißt du, dass Frauchen heute ganz allein einen Hells Angel zur Schnecke gemacht hat?«

Romeo rollte sich desinteressiert auf ihrem Schoß zusammen und putzte sich die Schnurrhaare.

***

Neunhundertachtundvierzig Tage ohne Irene

Alle wollen wissen, wo das Geld ist. Sie schauen mich mit so stechenden Blicken an, dass ich das Gefühl habe, sie sehen durch mich hindurch bis in meine Gehirnwindungen und lesen meine Gedanken. Ich darf nicht an das Geldversteck denken. Solange die Gedanken nicht da sind, können sie sie nicht lesen. Aber es ist gar nicht so einfach, das, woran man nicht denken will, auszublenden.

Ich habe Jockel gebeten, mir eine Mütze zu besorgen. Eine dunkle Mütze, durch die man nicht hindurchschauen kann. Er hat mir eine schwarze Wollmütze mitgebracht, so eine wie McMurphy in »Einer flog übers Kuckucksnest« trägt. Wenn ich sie auf den Kopf setze, fühle ich mich sicherer. Es ist, als wären meine Gedanken vor den neugierigen Blicken der Menschen versteckt.

Trotzdem halte ich mich fern von den anderen. Sie buhlen auch nicht um meine Freundschaft. Niemand legt Wert auf die Gesellschaft eines Raubmörders.

Ich habe mein oberes Bett am Fenster mit Scholli getauscht, der im unteren Bett an der Wand schläft. Ich hasse Fenster. Sie erinnern mich daran, dass es die Außenwelt nur für andere gibt, für mich ist sie tabu, voraussichtlich noch für die nächsten zwanzig Jahre. Dann werde ich einundfünfzig sein, Irene achtundvierzig. Mit etwas Glück bleiben uns dann noch um die dreißig gemeinsame Jahre. Dreißig Jahre Glücklichsein, das ist wohl ein angemessener Preis für dreiundzwanzig Jahre Gefängnis. Wir werden nie wieder Geldsorgen haben. Das Versteck ist so sicher wie Fort Knox. Ich freue mich darauf, dem Taxifahrer, der uns zum Flughafen bringen wird, ein fürstliches Trinkgeld zu geben. Ich träume davon, wie das Flugzeug abhebt, zu der Hafenstadt im Süden, wo wir an Bord des

Überseeschiffes gehen. Ich freue mich wie ein Kind auf das unbeschreibliche Gefühl der Freiheit, wenn wir die Wolkendecke durchstoßen und ich mit Irene im gleißenden Sonnenlicht über die Gebirge aus weißer Watte schwebe. Ich kann es mir gar nicht oft genug vorstellen. Ich schiebe der Stewardess, die uns den Champagner serviert, ein großzügiges Trinkgeld zu. Ich halte Irenes Hand, streichle leicht über den Ring, der sie für immer an mich binden wird. Wir stoßen an, ich höre das leise Klirren der Sektgläser, fühle das perlende Prickeln an meiner Nasenspitze, während ich Irene beim Trinken tief in die Augen schaue und weiß, dass Gernot Vergangenheit ist. Ein schwerwiegender Irrtum, der uns dreiundzwanzig Jahre unseres gemeinsamen Lebens gekostet hat. Egal. Es ist nie zu spät, mit dem Leben anzufangen. Bis es so weit ist, existiert die Außenwelt für mich nicht. Ich will sie nicht sehen, es tut zu sehr weh. Ich will auch keinen Besuch empfangen. Habe denen Bescheid gesagt, dass sie niemanden zu mir vorlassen sollen. Wer soll mich auch besuchen wollen? Mein Bruder hat mir, wann immer er hier war, nur Vorwürfe gemacht. Beim letzten Mal hat er auch noch schlecht über Irene gesprochen. Ohne sie wäre das alles nicht passiert, sagte er. Ich glaube, er schämt sich für mich, und hat mich bisher nur aus Pflichtgefühl besucht. Ich will ihn nicht mehr sehen. Er wird froh sein, wenn er nicht mehr kommen muss. Wer könnte sonst Interesse haben, mich zu besuchen? Vielleicht Klemme, um herauszukriegen, wo das Cash ist. Er kann sich an seinen Fingern abzählen, dass ich es ihm nicht verraten werde, zumal man wegen der Besuchsüberwachung ohnehin nicht frei reden kann. Vermutlich sucht er schon wie ein Irrer überall nach dem Geld.

Ich muss lächeln bei dem Gedanken, dass er es niemals finden wird.

MITTWOCH

»Ich war ein bisschen spionieren gestern Abend«, begann Thea, nachdem Messmer vom Besuch bei Grabowski und den neuesten Informationen berichtet hatte. »In der Kneipe in dem Haus, wo auch das Zimmer von Rosi ist. Die hab ich übrigens auch getroffen.« Sie trank einen Schluck Kaffee und rüstete sich für ihren großen Auftritt. »Das Beste war allerdings, dass ich über einen Hells Angel gestolpert bin, der dort mit einem Kumpel munter über Klemens plauderte.«

Die erhoffte Wirkung blieb nicht aus.

»Du warst allein in einer Rotlichtkneipe?« Messmer schaute sie an, als hätte sie gerade zugegeben, einen Swingerclub besucht zu haben.

»Oha!«, entfuhr es Koch, der nicht bemerkte, dass er den Würfelzucker neben die Tasse geworfen hatte.

Kümmerle griff sich ans Herz, mit der anderen Hand schob er Ströbeles Kinnlade wieder nach oben.

»Nicht allein, ich hatte meine Freundin dabei«, beeilte sich Thea zu sagen. »Der Typ saß zufällig neben mir an der Bar, und ich konnte prima mithören, was er erzählte. Er bestätigte, dass Klemens in den Achtzigern den Angels beitreten wollte und nicht genommen wurde. Offenbar haben die einigen Grund, sauer auf ihn zu sein. Umgekehrt natürlich auch.«

»Sag jetzt nicht, du hast ihn drauf angesprochen.« Messmer presste die Lippen aufeinander, als wolle er den Nachsatz »ohne dass ich dabei war« mit aller Gewalt zurückhalten.

»Logisch. Ich hab ihn sogar vorgeladen. Heute Mittag, dreizehn Uhr.« Thea versuchte, eine unbewegte Miene zu zeigen, obwohl sie am liebsten übers ganze Gesicht gestrahlt hätte.

Auch Messmer hatte wieder auf Pokerface umgeschaltet. »Hat er sich wenigstens korrekt benommen?«

»So halbwegs«, sagte Thea gleichmütig. »Er hat mir nur ein bisschen am Knie rumgefummelt und wollte mich aufs Zimmer einladen, um sich blau-gelbe Flügel zu verdienen.«

Messmer blieb für einen Moment der Mund offen stehen, dann sah Thea, wie sich seine Halsmuskeln anspannten. »Der soll nur herkommen, dann werde ich ihm blau-gelbe Flecken verpassen. Wenn er Glück hat, nehmen sie die Form von Flügeln an.«

Großmaul, dachte Thea. Sie kannte Messmer inzwischen lange und gut genug. Er würde sich niemals so weit provozieren lassen, dass er sich der Körperverletzung im Amt schuldig machen würde. Aber seine Eifersucht tat ihr gut. Am liebsten hätte sie ihn gefragt, wo er gestern Abend gewesen war, aber vor den versammelten Kollegen war das die denkbar schlechteste Gelegenheit.

»Wir sollten auf jeden Fall mal im Aktenarchiv des Raubdezernats recherchieren«, sagte Messmer. »Laut Grabowski soll Klemens in den Achtzigern an einem Überfall auf eine Filiale der Dresdner Bank beteiligt gewesen sein, zumindest gibt es so ein Gerücht. Es kann nicht schaden, sich die Banküberfälle aus der Zeit mal genauer anzusehen. Vielleicht finden wir irgendeinen Hinweis.«

»Ich setze mich mit dem Raubdezernat in Verbindung.« Ströbele machte sich eine Notiz.

Während Messmer von ihrem Besuch im SI-Centrum berichtete, schweiften Theas Gedanken zurück zum Restaurant »Time Square«. Die Mitarbeiter hatten Mausdorffs Aussage bestätigt. Nur hatte er deshalb noch lange kein wasserdichtes Alibi. Den Weg vom Waldfriedhof bis zum SI-Centrum hätte er in der knappen halben Stunde locker zweimal zurücklegen können.

Das »Time Square« hatte es mit seinem Flair eines italienischen Innenhofs jedenfalls geschafft, sie wieder an die Toskana und damit an ihre Mutter zu erinnern. Dieser Mann gestern Abend an ihrem Telefon lag ihr wie ein Stein im Magen, und sie konnte nicht einmal sagen, wieso. Schließlich war das allein Sache ihrer Mutter. Sie war alt genug zu wissen, was sie tat. Alt genug, Entscheidungen zu treffen und Enttäuschungen einzukalkulieren. Wer etwas wagt, kann verlieren. Wer nichts wagt, hat schon verloren. Dieser verdammte Klugscheißerspruch von Messmer galt genauso für ihre Mutter wie für sie selbst.

»Und wenn ihr meint, dass ihr jetzt alle genug am Hals habt, dann muss ich euch eines Besseren belehren«, sagte Joost mit erhobener Stimme. »Damit uns nicht langweilig wird, ist auch noch eine Vermisstenmeldung reingekommen. Eine sechsundvierzigjährige Frau, die seit gestern Mittag nicht nach Hause gekommen ist. Ihre Tochter macht sich Sorgen, weil ihre Mutter noch nie über Nacht weggeblieben ist, ohne Bescheid zu geben. Normalerweise würden wir so einer Sache ja gar nicht nachgehen, die Frau ist schließlich erwachsen, gesund und im Vollbesitz ihrer geistigen Kräfte …« Er ließ den Rest des Satzes in der Luft schweben wie einen Ballon, kurz bevor man mit der Nadel hineinsticht.

»Die Betonung lag auf ›normalerweise‹«, hakte Messmer ein.

»Ja, denn dieser Fall ist meiner Meinung nach nicht so ganz normal.« Joost ließ den Blick einmal durch die Runde wandern. »Die Vermisste heißt Irene Wessel.«

»Do verrecksch jo schier!« Kübler war der Erste, der reagierte.

»Donnerwetter!« Messmer pfiff leise durch die Zähne. »Jetzt wird's aber mal richtig spannend. Wie passt das nun wieder ins Bild?«

»Wenn du gut bist – und ich weiß ja, dass du gut bist –, dann findest du es raus.« Joost schob die Vorschusslorbeeren zusammen mit der Anzeigenaufnahme über den Tisch, und Messmer steckte beides sichtlich erfreut ein.

»Ich werde dich nicht enttäuschen. Hab ja auch eine prima Mitarbeiterin an meiner Seite.«

»Wenn die anderen nichts mehr haben, könnt ihr euch losmachen«, sagte Joost. »Soweit ich mich erinnere, stand das Ehepaar Wessel heute ohnehin auf der Liste der zu vernehmenden Zeugen. Haltet euch aber lieber vorerst mit Fragen nach Klemens zurück. Er muss nicht gleich auf die Idee kommen, dass wir da einen Zusammenhang sehen könnten.«

Thea versuchte, die Informationen zu sortieren. Gernot Wessels Frau wurde vermisst, über die sie gestern Abend noch mit Rosi geredet hatte. Wenn ihr Verschwinden publik wurde, würden wahrscheinlich alle im Städtle davon ausgehen, dass sie jetzt mit irgendeinem Fotografen nach London, Mailand oder Paris durchgebrannt sei und dort eine Karriere als Topmodel anstrebe. Falls sie auf irgendwelche hilfreichen Zeugenaussagen hofften, würden die mit Sicherheit an diesem Gerücht scheitern.

Messmer war der Erste, der aufstand, als Joost die Besprechung beendete. »Komm schon, Thea, ich bin so was von gespannt auf den Wessel, das kannst du dir gar nicht vorstellen. Man bedenke, er hat die Vermisstenanzeige nicht mal selbst aufgegeben. Vielleicht vermisst er sie ja gar nicht?« Er klopfte sich ein paar Krümel von der Brusttasche seines Hemdes und kratzte mit dem Fingernagel an einem kleinen Fleck auf der Knopfleiste, wo irgendetwas undefinierbares Beigefarbenes eingetrocknet war.

Ströbele musterte Messmer kritisch vom Scheitel bis zur Sohle. Genauer gesagt, von seinem ausgewaschenen schwarzen Jeanshemd bis zu der über den Knien fast weiß gescheuerten Wrangler, die eine Wäsche bitter nötig hatte. Missbilligend schüttelte er den Kopf.

»So willst du losfahren? Du gehst zu den Angehörigen einer Vermissten, bind dir wenigstens eine Krawatte um!«

Messmer suchte mit beiden Händen in seinen Hosentaschen. »Mist, ich hab heute eine andere Jeans an. Meinen Schlips muss ich aus Versehen mit in die Wäsche gegeben haben.«

Dass Messmer nur eine einzige Krawatte hatte, wunderte Thea nicht sonderlich. Eigentlich hätte sie ihm nicht mal diese eine zugetraut, aber Messmer besaß sie notgedrungen zum Überbringen von Todesnachrichten und für andere förmliche Besuche bei Angehörigen von Opfern, obwohl er die Krawatte niemals wirklich trug. Zu seiner Verteidigung musste man jedoch sagen, dass er sie immer schön säuberlich zusammengerollt in der Hosentasche bei sich hatte. Na ja, fast immer. Thea war die Einzige, die von seiner heimlichen Verweigerung wusste, und hatte ihn somit fest in der Hand.

»Gute Ausrede, aber nicht gut genug«, grinste Ströbele. »Ich finde, diese Hose, die du heute anhast, gehört viel dringender in die Wäsche als die andere. Komm mit.« Er stürmte entschlossen voran in Richtung seines Büros, sodass Thea und Messmer kaum hinterherkamen. Er riss zuerst die Zimmertür und im nächsten

Moment schon seinen Schrank auf, in dem von Wechselkleidung über Fünfminutenterrinen, Einweghandschuhen, Schokotoffees, Atemschutzmasken und Zahnbürsten so ziemlich alles verstaut war, was man bei Sonderkommissionen nicht entbehren konnte. Nach kurzem Umstapeln mehrerer Packungen Müsliriegel zog er eine Krawatte hervor, um die sich sowohl Wigald Boning als auch Manfred Krug als Liebling Kreuzberg vermutlich geprügelt hätten.

Messmer starrte auf die hellblauen und lindgrünen stilisierten Blumen vor knallgelbem Hintergrund, die entfernt an die Sticker auf den Prilflaschen der siebziger Jahre erinnerten. Entschieden schüttelte er den Kopf.

»Mit dem Ding würde ich mir nach einem Unfall nicht mal das Bein abbinden.«

»Ich weiß nicht, was du hast.« Ströbele zog das gute Stück durch die Finger und sah Messmer vorwurfsvoll an. »Mit dieser Krawatte war ich beim Abiball meiner Tochter der König des Tanzbodens.«

»Zu meiner Zeit hat man das Abi im Frühjahr geschrieben, nicht zur Faschingszeit. Andererseits sind die Siebziger ja wieder im Kommen.« Messmer schien kurz zu überlegen, bevor er sich zu Theas ungläubigem Entsetzen tatsächlich die Krawatte über den Kopf streifte und den Knoten festzog. Sie passte zu seinem ausgewaschenen Jeanshemd ungefähr so gut wie Karl Moik nach Woodstock. Zumindest aber verdeckte sie den Fleck auf der Knopfleiste. »Danke, Walter, du kriegst sie nachher wieder.«

»Ich bestehe darauf«, antwortete Ströbele, dem die Überraschung ins Gesicht geschrieben war. Er hatte wohl auch mit wesentlich mehr Widerstand gerechnet.

»Habt ihr 'ne Wette laufen?«, erkundigte sich Thea, als sie außer Hörweite waren.

»Ich wollte einfach meine Ruhe haben. Hab nicht die Nerven, wegen solcher Lappalien ewige Diskussionen zu führen.« Messmer lachte freudlos auf. »Als ob es einen Zuhälter interessiert, ob die Polizei mit oder ohne Schlips bei ihm auftaucht. Im Gegenteil, mit dem Ding wird der mich garantiert nicht ernst nehmen. Aber wenn es Walter glücklich macht ...«

Wer lief hier eigentlich neben ihr den Flur entlang? War das wirklich der Micha, den sie kannte? Thea wäre jede Wette eingegangen, dass er sich nie im Leben von Ströbele die Kleiderordnung vorschreiben lassen würde. Allerdings wusste er, dass sie Walter mochte und als Vaterfigur betrachtete. War er vielleicht einfach nur auf ihre Sympathie aus? Sie öffnete vorsichtig die Hintertür und spähte über den Hof.

»Die Luft ist rein«, flüsterte sie. Kichernd wie zwei Teenager rannten sie über den Parkplatz. Ein schwuler Wachmann, der aus einem Auto ausstieg, machte große Augen und pfiff ihnen hinterher.

»Mit diesem Outfit hast du ungeahnte Chancen bei unserer männlichen Belegschaft. Ob du bei einem Zuhälter allerdings den gleichen Eindruck schindest, bleibt abzuwarten.« Thea wischte sich die Lachtränen aus den Augen und steuerte auf den Daimler zu.

»Geschafft!« Messmer sprang ins Auto wie ein Soldat im Kugelhagel in den Schützengraben, knallte die Tür zu und begann augenblicklich, mit der Krawatte zu kämpfen.

»Verdammt, das Ding ist fester als eine Galgenschlinge! Kannst du mir mal helfen?«

Als Thea sich zu ihm rüberbeugte und arglos versuchte, den Knoten zu lösen, der erstaunlicherweise ganz locker war, zog Messmer sie an sich. Ehe sie sich wehren konnte, hatte er ihr einen Kuss auf den Mund gedrückt.

»So, dafür hat sich jetzt sogar dieser hässliche Schlips gelohnt.« Er grinste zufrieden. »Und es ist mir scheißegal, ob das jemand gesehen hat.« Mit einem siegessicheren Lächeln beugte er sich erneut über sie.

Ein paar Sekunden versuchte Thea, sich halbherzig zu wehren, dann gab sie es auf und beschloss, sich ab sofort dafür einzusetzen, dass alle Dienstfahrzeuge mit verdunkelten Scheiben auszustatten waren, und das nicht nur im Fond.

»Das musste jetzt einfach sein«, sagte Messmer, als er sich von ihr löste, mit einer Hand die furchtbare Krawatte über den Kopf zog und sie hinter sich auf den Rücksitz warf.

Thea rang noch nach Atem, als sie aus dem Augenwinkel sah,

wie ein Streifenwagen auf den Parkplatz rollte. Murphys Gesetz, dachte sie. Es tritt immer dann in Kraft, wenn man es am allerwenigsten brauchen kann. Und man kann sich hundertprozentig drauf verlassen. Sie hatte den Fahrer schon hinter dem Steuer erkannt, und jetzt wo er ausstieg, duckte sie sich schnell hinter Messmer und rutschte im Sitz nach unten, so weit der Sicherheitsgurt es zuließ.

»Fahr los!«, zischte sie. »Schnell!«

Messmer schaute sich verwundert um und entdeckte schließlich den uniformierten Polizisten, der auf den Hintereingang des Präsidiums zusteuerte.

»Ach so, dein Ex. Was will der denn hier?«

»Mir ist scheißegal, was Hannes hier will, Hauptsache, er hat uns nicht gesehen. Gib Gas und lass uns verschwinden.« Thea schob sich vorsichtig wieder in ihrem Sitz nach oben und spähte wachsam nach allen Seiten.

Messmer stöhnte und lenkte den Wagen langsam zur Ausfahrt. »Du lässt dich fremdbestimmen, ist dir das eigentlich klar? Jedes Mal, wenn dieser Kerl um die Ecke biegt, ergreifst du die Flucht wie ein Schlumpf vor Gargamel. Entspann dich doch mal ein bisschen.«

»Der ist schlimmer als ein Waschweib, Micha. Wenn er das beobachtet hat, dann steht unser Aufgebot in der nächsten ›Polinform‹.«

»Und wenn schon!« Messmer war am Tor stehen geblieben und schaute Thea eindringlich an. »Dann wäre es endlich offiziell, und wir könnten mit diesem verdammten Versteckspiel aufhören. Das steht mir nämlich inzwischen bis Oberkante Unterlippe.«

»Er würde mich mit SMS bombardieren, mich pausenlos anrufen und mich ins Koma quatschen. Er würde wie ein balzender Truthahn um mich herumschleichen, um mich vor dem Fehler meines Lebens zu bewahren. Micha, dafür hab ich keine Nerven!«

»Ignorier seine SMS. Wenn er anruft, leg den Hörer auf. Geh auf der Straße an ihm vorbei, wenn er dich so nervt. Warum machst du dir eigentlich so viele Gedanken um den Typ?«

»Ich habe keine Ahnung. Ich fühle mich moralisch verantwortlich, und gleichzeitig stößt er mich so ab, dass ich nicht glauben kann, dass ich mich verantwortlich fühle.« Thea schüttelte den Kopf über ihren eigenen Satz und fragte sich, ob sie eigentlich selbst verstehen konnte, was sie da gesagt hatte.

»Moralisch verantwortlich?« Messmer starrte sie verständnislos an. »Das musst du mir genauer erklären.«

»Na ja, schließlich habe ich mich von ihm getrennt. Bei all meinen Beziehungen vor Hannes war ich es immer, die verlassen wurde. Ich hab die Kerle verantwortungslos geschimpft und sie in die finsterste Hölle verdammt. Und dann handele ich genauso. Kapierst du das?«

»Nee. Eine Beziehung zu beenden, wenn sie nicht mehr funktioniert, ist nicht verwerflich. Viel schlimmer wäre es, sie endlos auszudehnen und in ihr unglücklich zu sein. Das muss euch doch klar sein. Ihr seid erwachsene Menschen.«

»Ich vielleicht. Obwohl ich auch da nicht sicher bin. Aber Hannes auf keinen Fall. Er ist ein Kind geblieben und will vermutlich nie erwachsen werden.«

»Das ist aber nicht dein Problem.« Messmer schnaubte verächtlich. »Indem du ihm ständig, wenn auch noch so unterschwellig, deine Schuldgefühle zeigst, wird er sich daran weiden und die Schuld bis ans Ende seiner Tage bei dir suchen.«

»Das macht er sowieso.« Thea klappte die Sonnenblende herunter. »Mit diesem Verhaltensmuster ist er auf die Welt gekommen.«

»Wer sagt, dass du sie bereitwillig übernehmen musst?«

Gute Frage. Die Schwerkraft nahm sich lächerlich aus gegenüber Theas Fähigkeit, Schuldgefühle anzuziehen. »Vielleicht liegt es an meiner Erziehung. Ich bin schließlich bei Nonnen groß geworden.«

Messmer bog auf die Pragstraße ein und grinste. »Davon hab ich vorletzte Nacht allerdings wenig gemerkt. Es besteht also noch Hoffnung.«

***

Der Mann, der die Haustür öffnete, trug ein vergilbtes Feinripp-Unterhemd und roch nach Bier. Er war kräftig, ohne dick zu sein, heute aber offenbar nicht in Höchstform. Seine Augen waren messerscharfe Schlitze, und die Tränensäcke darunter ließen Derrick wie frisch geliftet erscheinen. Seine ausgebeulte Jogginghose und die karierten Filzpantoffeln bildeten einen eindrucksvollen Kontrast zu dem Tattoo mit dem geflügelten Deathhead auf dem rechten Oberarm.

Wenigstens keine blau-gelben Flügel, konnte Thea gerade noch denken, bevor Messmer die Initiative ergriff.

»Herr Wessel?«, sagte er und angelte in der Tasche seiner hautengen Jeans nach dem Dienstausweis. »Ich hoffe, wir kommen nicht ungelegen.«

»Ungefähr wie ein Anruf beim Bumsen«, nuschelte Wessel. »Hab noch 'nen Kopf wie 'ne Bahnsteiguhr.« Er spuckte in die Hände und fuhr sich damit durch die Haare, die wild vom Kopf abstanden. Sollte das ein Versuch gewesen sein, die angegraute Mähne zu ordnen, verlief er erfolglos.

Messmer hatte inzwischen seinen Dienstausweis gefunden und stellte sich und Thea vor.

Der Groschen fiel langsam, aber er fiel. »Sie kommen wegen Irene?«

»Ihre Tochter hat uns angerufen ...«, sagte Thea, doch bevor sie weiterreden konnte, unterbrach er sie.

»Ja, ja, ich weiß. Nettes Mädchen. Sie macht sich Sorgen um ihre Mutter.« Er hörte sich an, als würde er über eine Fremde sprechen.

Und Sie, sorgen Sie sich nicht um Ihre Frau?, hätte Thea am liebsten gefragt. Doch das wäre in dieser Situation nicht angebracht und taktisch unklug gewesen.

»Dürfen wir reinkommen?«, fragte sie stattdessen, da Wessel keine Anstalten machte, sie hereinzubitten.

»Klar, tun Sie sich keinen Zwang an.« Er ging einen Schritt zurück. »Ich hätte nicht gedacht, dass die Polizei so schnell reagiert, wenn ein Erwachsener vermisst wird. Hab noch mit Judy gewettet, dass ihr Anruf verlorene Liebesmüh ist. Jetzt kriegt sie 'nen Gutschein vom Media Markt über zwanzig Euro von mir.«

Ob es ihm lieber gewesen wäre, er hätte die Wette gewonnen und die Polizei hätte sich nicht so schnell um seine Frau gekümmert? Thea bemühte sich, den Mann nicht vorab zu verurteilen, aber es fiel ihr schwer. Es gibt keine zweite Chance für den ersten Eindruck – das war einer von Messmers Lieblingssprüchen, der hier absolut zutreffend war.

Das Wohnzimmer ging zum Hinterhof und bekam nicht viel Tageslicht, wozu die verstaubten Fensterscheiben auch ihren Teil beitrugen. Ansonsten war das Zimmer sauber, aber unaufgeräumt. Skatkarten lagen auf dem Couchtisch verstreut, als wäre dort kürzlich ein Kartenhaus zusammengestürzt. In einer beleuchteten Glasvitrine, in der andere Leute ihre Kristallgläser zur Schau stellen, standen mehrere detailgetreue Modelle verschiedener Harleys. Das Sofa aus schwarzem Leder war modern, ebenso die zwei dazu passenden Sessel. Entsprechend ungewöhnlich wirkte der präparierte Kopf eines prächtigen Achtenders über dem Dreisitzer, der aus gläsernen Augen traurig geradeaus schaute, als würde er seinen Kumpel aus der Jägermeister-Werbung vermissen.

»Eine Trophäe meines Großvaters. Selbst geschossen«, sagte Wessel, der ihrem Blick gefolgt war.

Thea nickte. Es sah so aus, als ob die Jagdtrophäe seit Ableben des Opas nie wieder abgestaubt worden wäre. Sie suchte unwillkürlich nach herumliegenden Koksbriefchen oder Schlagringen. Nichts dergleichen war zu sehen. War es ein Klischee oder wurden Utensilien dieser Art im Clubhaus aufbewahrt?

»Gernot, hast du … oh, Entschuldigung, ich wollte nicht stören.« Eine junge Frau war unschlüssig in der Tür stehen geblieben. Sie trug Jeans und hatte das dunkelblonde Haar zu einem Pferdeschwanz gebunden. Thea schätzte sie auf Anfang zwanzig.

Wessel hob kurz den Kopf. »Hey, Judy! Hast die Wette gewonnen. Die Herrschaften sind von der Polizei und wegen deiner Mutter hier.«

Das Mädchen kam auf sie zu und reichte ihnen die Hand. »Judith Wessel. Setzen Sie sich doch. Möchten Sie was trinken?«

Thea verneinte dankend. Glücklicherweise hatte diese junge Frau ihre Manieren nicht vom Vater geerbt. »Sie haben die Vermisstenanzeige aufgegeben?«, fragte sie.

Judith nickte. »Meine Mutter ist seit gestern Mittag nicht mehr zu Hause gewesen. Sie ist zum Einkaufen gegangen und nicht zurückgekommen.«

»Wie in dem Klischee von den Ehemännern, die beim Zigarettenholen verschwinden«, mischte Wessel sich ein. Er hatte sich inzwischen ein schwarzes T-Shirt übergezogen, auf das eine rote 81 aufgenäht war.

»Wo wollte sie denn einkaufen?«, fragte Thea.

»Am Markt«, antwortete Wessel. »Sie hatte Lust auf Cidre, aber das Zeug gibt's nicht überall. Der Getränkehandel Karger hat es aber im Angebot.«

»Und gestern Mittag wollte sie dorthin?«

»Ich bin davon ausgegangen.«

»Und jetzt? Gehen Sie jetzt nicht mehr davon aus?« Messmers Stimme war schneidend.

»Was weiß ich denn?«, antwortete Wessel patzig. »Wenn sie nur hätte Cidre kaufen wollen, wäre sie doch zurückgekommen, oder?«

»Ist im Vorfeld ihres Verschwindens etwas Ungewöhnliches vorgefallen?«

»Nichts. Es gab weder Streit noch sonst irgendwas, wenn Sie das meinen.«

»War sie in letzter Zeit anders als sonst?« Messmer schaute abwartend zwischen Vater und Tochter hin und her. Doch beide schüttelten einträchtig die Köpfe.

»Ich kann das allerdings nicht so ganz beurteilen«, räumte Judith ein. »Tagsüber bin ich nicht zu Hause. Ich studiere an der Uni Hohenheim.«

»Und Sie?«, wandte Messmer sich an Wessel. »Waren Sie die ganze Zeit hier und haben auf Ihre Frau gewartet?«

Und wenn ja, warum haben Sie nicht aufgemacht, als wir mehrfach bei Ihnen geklingelt haben?, fügte Thea in Gedanken hinzu.

»Nee. Ich hab was zu essen eingekauft. Im Kühlschrank rennen sich die Mäuse Plattfüße. Und dann war ich bei einer Feier in unserem Hauptquartier in Remseck. Unser Road Captain hatte einen runden Geburtstag.«

»Wie sind Sie denn nach Hause gekommen?«, fragte Messmer beiläufig.

»Das würde ich gerne für mich behalten. Ich muss mich ja nicht selbst belasten.« Wessel spitzte die Lippen und richtete unschuldig die Augen zur Decke.

Besoffen fahren tut er also auch, dachte Thea, und was seine Rechte betrifft, kennt er sich verdammt gut aus. Sie erinnerte sich an sein Vorstrafenregister vom Umfang des Stuttgarter Telefonbuchs.

»Es ist also nicht auszuschließen, dass Ihre Frau zwischendurch zu Hause war«, sagte sie schließlich. »Fehlt etwas von ihren Sachen?«

»Ich hab keinen Überblick über die Klamotten meiner Frau. Wenn sie da gewesen wäre, hätte sie sicher die Karten auf dem Tisch weggeräumt. Die liegen schon seit vorgestern Abend rum. So was kann sie nicht sehen. Ich halte jede Wette, dass sie seitdem nicht hier in der Wohnung war.« Er sah demonstrativ auf seine Armbanduhr.

»Haben Sie noch etwas vor? Müssen Sie vielleicht zur Arbeit?«, ging Messmer bereitwillig darauf ein. Er fand es wohl an der Zeit, ein neues Thema anzureißen.

»Nein, heute arbeite ich nicht. Ich bin krank.«

»Aha.« Thea fragte sich, ob ein dicker Kopf nach einer durchzechten Nacht in diesem Milieu vielleicht auch schon als Krankheit zählte. »Was machen Sie beruflich, Herr Wessel?«, fragte sie.

»Ich bin Vermieter von Terminwohnungen«, antwortete Wessel, ohne mit der Wimper zu zucken.

»Und an wen vermieten Sie?«, schob Messmer nach.

»An Begleitdamen.« Wessel klappte wieder zu wie eine Auster.

»Wie kommen diese … Begleitdamen zu Ihnen?«, fragte Messmer geduldig weiter.

»Durch Zeitungsinserate.« Wessel hatte die Hände im Schoß gefaltet wie ein frommer Christ.

»Und wer gibt diese Inserate auf?« Thea bemühte sich, ruhig zu bleiben, aber ihr Blut geriet bereits in Wallung.

»Ich natürlich.« Die Hände im Schoß begannen gelangweilt Däumchen zu drehen.

»Halten Sie es für möglich, dass Ihre Frau in einer Ihrer Terminwohnungen untergekommen ist?«, fragte Thea.

»Die sind alle vermietet. Aber ich werde das überprüfen.«

»Wir werden das tun«, sagte Messmer mit Bestimmtheit und gab Thea ein Zeichen zum Gehen.

Sie zögerte noch. Wessel hörte sich an, als würde er seine Frau überhaupt nicht vermissen. Oder als wisse er sehr genau, wo sie sich aufhielt. »Die Herrschaften sind wegen deiner Mutter da«, hatte er zu seiner Tochter gesagt. Das klang nicht gerade nach Nähe zwischen den Eheleuten. Sie beschloss, das anzusprechen.

»Eine Frage noch: Warum haben Sie eigentlich die Vermisstenanzeige nicht selbst aufgegeben?«

Wessel verzog den Mund zu einem schmalen Lächeln. »Mir war klar, dass die Polizei nichts unternimmt, wenn eine erwachsene Person mal für ein, zwei Tage nicht nach Hause kommt. Vor Jahren ist mal eines der Mädchen verschwunden. Ich hab das nach drei Tagen angezeigt, aber Ihre Kollegen haben keinen Finger gerührt. Sie sagten, die Frau sei erwachsen und selbst für sich verantwortlich.« Er legte eine Kunstpause ein und musterte Messmer abschätzend. »Deswegen wundert es mich ja so, dass Sie sich so schnell um Irene kümmern.«

»Ach, wir haben sonst gerade nicht so viel zu tun«, entgegnete Messmer vage.

Wessel sagte nichts. Aber sein Blick sprach umso deutlicher. »Wer hier wen verarscht, wird sich noch zeigen«, schien er zu sagen.

»Wir brauchen ein aktuelles Foto von Ihrer Frau«, sagte Thea.

»Kein Problem.« Er winkte Judith und zeigte auf das Sideboard, auf dem der Fernseher stand. »Im zweiten Schubfach sind die Fotoalben. Nimm das Bild von der letzten Ausfahrt, wo wir die Frauen dabeihatten. Das ist ziemlich neu.«

Das Mädchen holte ein Fotoalbum und blätterte es auf dem Wohnzimmertisch durch. Thea sah Motorräder, Lederjacken, Biergärten, Männer und Frauen in friedlichem Miteinander mit fröhlichen Gesichtern, sogar zwei Kinder waren dabei. Wie ein ganz normaler Betriebsausflug, ohne eine Spur von Gewalt. Thea musste lächeln. Was stellte sie sich eigentlich vor? Dass sich die Männer bei einem Ausflug gegenseitig die Köpfe einschlugen?

Judith zog ein Foto heraus und reichte es Thea. Es zeigte eine attraktive Frau Mitte vierzig mit blondem, schulterlangem Haar, die Arme auf dem Lenker einer Harley verschränkt. Sie hatte fein gezupfte Augenbrauen und einen sinnlichen Mund. In ihrem linken Nasenflügel steckte ein Brilli. Ihr Mund lächelte, aber ihre Augen blickten traurig in die Kamera. Die Ähnlichkeit mit ihrer Tochter war nicht zu übersehen.

Thea bedankte sich und schob das Foto in ihr Dienstbuch. Messmer erhob sich.

»Das wär's fürs Erste. Wir melden uns wieder, wenn wir neue Erkenntnisse haben.«

Wessel machte keine Anstalten aufzustehen. »Tun Sie das. Judith kann Sie rausbringen.« Er wandte sich an seine Tochter: »Bring die Herrschaften zur Tür, Judy. Und dann koch mir einen Kaffee.«

»Übrigens, nur interessehalber«, Messmer blieb in der Tür stehen und drehte sich noch einmal um, »ist Ihr vermisstes Mädchen eigentlich wieder aufgetaucht?«

Wessel grinste. »Ungefähr zwei Wochen später war sie reumütig wieder da. Sagte, sie hätte sich in einen Freier verliebt und sei kurzerhand zu ihm gezogen, aber er hätte sie geschlagen. Sie hat mir für den Mietausfall eine Entschädigung gezahlt.«

»Halten Sie es denn für möglich, dass Ihre Frau aus ähnlichen Motiven verschwunden ist?« Messmer stand wie eine alte deutsche Eiche in der Tür.

»Ausgeschlossen!« Die Antwort kam etwas zu schnell. Wessels Blick klebte an irgendeinem imaginären Punkt über Messmers Kopf.

Konnte es sein, dass er den Verdacht hatte, seine Frau sei mit einem Liebhaber durchgebrannt? Thea schaute nachdenklich auf Wessel, der wie der King of the road auf seiner Ledercouch thronte, während über ihm das Geweih des Achtenders schwebte.

»Möglicherweise klärt sich das mit Ihrer Frau ja ganz schnell auf«, sagte sie, aber sie glaubte selbst nicht so recht daran. Nachdenklich folgte sie dem Mädchen zur Tür.

»Tut mir leid, dass er so ein Ekel ist«, sagte Judith, als sie außer Hörweite waren. »Ich bin sicher, er macht sich auch Sorgen. Aber er glaubt immer, er muss seinem Image gerecht werden. Harte Kerle und so. Sie wissen schon.«

»Kein Problem«, sagte Thea. »Sie sind nicht verantwortlich für das Benehmen Ihres Vaters. Und auch nicht für sein Selbstbild.«

Judith öffnete die Haustür und hielt einen Moment inne. »Er ist nicht mein Vater«, sagte sie, als Thea und Messmer schon auf der Straße standen. »Jedenfalls nicht mein leiblicher.«

Messmer stoppte die Haustür, die sie gerade hinter ihnen schließen wollte, mit dem Fuß. »Wer ist es dann?«

Judith hob die Schultern. »Keine Ahnung.«

»Hat Ihre Mutter Ihnen das verschwiegen?«

»Meine Mutter hat nie mit mir darüber gesprochen. Mein Vater übrigens auch nicht. Wahrscheinlich weiß er es gar nicht.«

»Und woher wissen Sie es?«

Judith zuckte die Achseln. »Meine Eltern haben beide braune Augen. Ich habe blaue. Ich studiere Biologie. Schon mal was vom Mendel'schen Gesetz gehört?«

***

Thea und Messmer standen in Messmers Büro und malträtierten die Dartscheibe. Messmer behauptete, im Darts treffsicherer zu sein als mit der Schusswaffe, und Thea stellte sich vor, wie er mit Dartpfeilen anstatt der Walther im Holster zum Einsatz ging.

»Glaubst du, Irene Wessel hat ihrem Mann ein Kuckucksei ins Nest gelegt?« Thea visierte Bullseye an, setzte den Pfeil aber auf die 4 und fluchte leise.

»Vielleicht redet sie sich das auch nur ein, aus reinem Wunschdenken. Wer möchte schon so einen Vater haben?«

»Aber mit der Augenfarbe hat sie doch recht, oder?« Frustriert sah Thea zu, wie Messmer den Pfeil auf die 20 setzte.

»Die Augenfarbe kann auch eine Generation überspringen. Wenn mindestens ein Elternteil mischerbig ist, kann das Kind von zwei braunäugigen Eltern durchaus blaue Augen bekommen«, sagte Messmer. »Unsere Kinder würden wahrscheinlich meine

Augenfarbe erben, da braun vor blau dominant ist.« Er grinste Thea schelmisch an und sammelte die Pfeile ein.

Sie schluckte und beschloss, nicht darauf einzugehen. Auf jeden Fall hatte er mit seiner Treffsicherheit nicht übertrieben. Im Moment lag er mit vierzig Punkten vorn.

Thea holte in ihrem Frust so weit aus, dass sie um ein Haar die halb vertrocknete Dattelpalme hinter sich umgeworfen hätte, und setzte den Pfeil auf die 10. »Sieht ganz so aus, als ob du gewinnen würdest.«

»Hätte ich dir vorher sagen können«, meinte Messmer großspurig und reichte Thea einen neuen Pfeil. Im selben Moment klopfte es, und Joost stand in der Tür.

»Wie war's bei Wessel?«

»Der letzte Anlaufpunkt seiner Frau war angeblich ein Getränkeladen am Markt«, sagte Messmer. »Da gehen wir nachher noch hin. Ein Foto der Vermissten haben wir mitgenommen. Sonst haben wir nicht viel erfahren, außer dass die Tochter des Hauses meint, dieser Zuhälter sei nicht ihr leiblicher Vater.«

Joost kratzte sich nachdenklich am angegrauten Haaransatz. »Frau Baric würde dich jetzt sicher daran erinnern, dass man Kinder auch apportieren kann.«

Messmer lachte. »Nicht in diesem Fall. Ich hab vorhin mit dem Standesamt telefoniert und mir die Geburtsurkunde faxen lassen. Als Eltern sind Gernot und Irene Wessel eingetragen. Judith kam sechs Monate nach der Hochzeit zur Welt und wurde definitiv nicht adoptiert.«

»Wie auch immer«, sagte Joost. »War dieser Hells Angel schon da?«

»Nee, wir warten auf den Anruf der Hauswache.« Messmer pflückte die Pfeile von der Scheibe und notierte das Ergebnis. »Letzte Runde.«

»Um was spielt ihr denn?«, fragte Joost interessiert.

»Wer der gute Bulle und wer der böse Bulle sein darf. Falls er überhaupt kommt. Wir sind beide auf die Rolle des bösen Bullen scharf. Der Gewinner kriegt sie.«

»Ja, und das wird Micha sein.« Thea seufzte. »Mist, ich hatte mich schon so drauf gefreut.«

Messmer bedachte sie mit einem Blick, hinter dem die stumme Überzeugung stand, dass sie als böser Bulle ohnehin nicht ernst zu nehmen war. Thea ballte die Fäuste.

»Gebt mir gleich Bescheid, wenn er was Neues bringt.« Joost grinste und zog die Tür hinter sich zu.

»Wo warst du eigentlich gestern Abend?«, fragte Thea wie beiläufig, während sie den Pfeil auf den Doublering der 15 setzte. Gar nicht so schlecht. Vielleicht hatte sie doch noch eine Chance.

Messmer, der gerade die Scheibe anvisierte, ließ die Hand mit dem Pfeil sinken und starrte Thea amüsiert an. »Du telefonierst mir nach?«

»Quatsch!« Thea konnte nicht verhindern, dass ihre Ohren heiß wurden. »Ich hab dich abends noch anrufen wollen, um dir die Neuigkeiten über Klemens und die Angels zu erzählen. Du warst aber nicht zu Hause.«

»Du doch auch nicht«, sagte Messmer lapidar und platzierte seinen letzten Pfeil auf Bullseye. »Bingo, fünfzig Punkte!«

»Ja, aber du wusstest, wo ich bin.«

»Ich wusste, dass du mit Karo im Städtle unterwegs bist, aber ich habe nicht geglaubt, dass du in eine Rotlichtkneipe gehst, um die Leute auszufragen. Ich hab gedacht, ihr seid im ›Stetter‹ wie sonst auch.« Das Lächeln war aus seinem Gesicht verschwunden.

»Reg dich ab, wir waren doch zu zweit. Und außerdem hat es sich gelohnt.« Thea ärgerte sich. Eigentlich hatte sie ihn zur Rede stellen wollen und fand sich plötzlich in der Defensive wieder. Frustriert warf sie ihren letzten Pfeil, der nicht einmal die Scheibe traf, sondern zehn Zentimeter daneben einschlug. Ein Stück Putz blätterte von der Wand, und der Pfeil fiel zu Boden.

»Null Punkte. Ich hab gewonnen!«, freute sich Messmer.

»Wahrscheinlich kommt Hülsenbäck ja eh nicht«, schmollte Thea. »Wo warst du denn jetzt gestern Abend?«

»Wie ich schon sagte, ich hab Elfriedes Kaffeemaschine repariert und dann mit ihr zu Abend gegessen. Da ihre Biervorräte erschöpft waren«, er grinste schelmisch, »bin ich anschließend noch auf ein Stündchen ins ›Merlin‹ gegangen, nur auf ein Feierabendschlückchen. Kurz nach elf war ich wieder zu Hause. Woher kommt eigentlich plötzlich dieses Kontrollbedürfnis? Du wolltest doch eine lockere Beziehung.«

Wo er recht hatte, hatte er recht. Thea fiel auf die Schnelle keine Antwort ein, also sah sie zur Uhr und wechselte das Thema.

»Das akademische Viertel hat er schon überschritten. Was meinst du, sollen wir noch länger warten oder lieber ausrücken und mal diesen Getränkehandel am Markt aufsuchen?«

Messmer ließ das Ablenkungsmanöver gelten. »Wir gehen zu Rudolf und geben ihm Bescheid. Falls Hülsenbäck noch kommt, soll ihn jemand anders vernehmen. Wenn niemand frei ist, muss er eben warten. Das ist der Preis fürs Unpünktlichsein.«

»Okay. Geben wir ihm noch fünf Minuten. Inzwischen gieße ich mal deinen trockenen Zimmerwald.« Thea nahm die Plastikgießkanne vom Fensterbrett und ging zur Toilette, um Wasser zu holen.

Im Vorraum stand Verena am Waschbecken vor dem Spiegel und puderte sich Rouge ins Gesicht.

»Seit wann schminkst du dich denn?«, fragte Thea verblüfft.

»Seit ich gestern mein Pillenrezept in der Apotheke einlösen wollte«, knurrte Verena.

»Wie bitte? Was hat das denn miteinander zu tun?«

Verena warf den Rougepinsel so heftig auf die Puderdose, dass eine zartrosa Wolke in die Luft stob.

»Mein Arzt hatte mir zwei Sechserpacks verschrieben, die fürs ganze Jahr reichen, damit ich nicht für jedes neue Rezept die zehn Euro Praxisgebühr berappen muss. Und die blöde Pute in der Apotheke«, sie hielt so lange inne, wie sie brauchte, sich die Lippen nachzuziehen, »die fragte, ob ich nicht lieber erst mal nur eine Packung kaufen will, falls ich demnächst in die Wechseljahre komme, dann hätte ich nämlich über fünfzig Euro zum Fenster rausgeschmissen.«

Thea merkte förmlich, wie ihr die Kinnlade runterfiel. »Das ist nicht wahr!«, brachte sie schließlich hervor und fing an zu kichern.

»Leider doch.« Verena drehte sich zu ihr um und straffte die Gesichtsmuskeln. »Mal ehrlich, Thea, sehe ich wirklich schon so alt aus?«

Thea musterte ihre Kollegin so kritisch sie nur konnte. Okay, im letzten Jahr waren die Silberfäden in ihrem dunklen Haar ein wenig mehr geworden, aber ihre Haut war makellos und ihre Augen waren die eines jungen Mädchens.

»Nein, ich schwöre dir, du siehst nie im Leben aus wie Mitte vierzig!«, sagte sie aus vollster Überzeugung.

»Eher wie Mitte fünfzig, hm?«

»Quatsch kein Blech! Die Apothekentussi hatte wahrscheinlich ihre Brille nicht auf!«

»Dabei sah sie selber aus wie ein Faltrollo. Ein richtiger Hungerhaken, so pergamenthäutig, aber pechschwarz gefärbtes Haar!«

»Dann war es vermutlich nichts als Neid. Wahrscheinlich wollte sie nur ihren Frust an dich weitergeben.«

»Das ist ihr jedenfalls gelungen.« Verena bürstete sich Mascara auf die Wimpern und blinkerte Thea an. »Sag ehrlich, wie seh ich aus? Jünger?«

»Na ja«, Thea suchte nach einer diplomatischen Formulierung. »Ein bisschen vielleicht. Aber eben auch ein wenig … nuttig.« Sie biss sich auf die Lippen. Vielleicht war sie doch etwas zu direkt gewesen. Aber es war deutlich, dass Verena nicht sehr geübt im Schminken war.

»Okay. Ich hab also die Wahl zwischen einer alternden Polizistin und einer jugendlichen Nutte.« Verena raufte sich die Haare, die sie eben frisch gebürstet hatte. »Ich glaube, ich entscheide mich für die alternde Polizistin.« Sie drehte das Wasser auf, feuchtete ein paar Papierhandtücher an und rubbelte sich die Schminke vom Gesicht. »So, jetzt fühle ich mich wieder wie ich selbst.«

»Wenn ich in vierzehn Jahren noch so aussehe wie du jetzt, danke ich meinem Schöpfer auf Knien«, sagte Thea aufrichtig. Sie füllte die Gießkanne, zwinkerte Verena zu und ging zurück zu Messmers Büro.

»Hat Hülsenbäck sich inzwischen gemeldet?«, fragte sie.

Messmer schüttelte den Kopf. »Nein, den müssen wir wohl zu Hause besuchen. Du weißt ja, wenn der Prophet nicht zum Berg kommt …«

»Schaffen wir das heute noch?«

»Mal sehen«, sagte Messmer. »Jetzt gehen wir erst mal mit Renis Foto zu diesem Getränkehandel am Markt und fragen, ob sich dort jemand an sie erinnert.«

***

Sie stellten den Wagen im Parkhaus an der Markthalle ab und liefen das kurze Stück über die Kirchstraße zum Marktplatz. Es war früher Nachmittag, und die Außentische des Cafés an der Markthalle waren belegt von Kaffeedurstigen und Sonnenhungrigen.

Vor der Konditorei gegenüber stand ein selbst ernannter Prediger und verkündete das Ende der Welt, während Menschen mit vollen Einkaufstaschen an ihm vorbeihasteten und maximal bis zum nächsten Abendessen dachten. Ebenfalls völlig unbeeindruckt davon drückten sich Kinder am Schaufenster von Stuttgarts größtem Spielwarengeschäft die Nasen platt. Ihr Interesse galt wohl weniger dem Ende der Welt als ihrem nächsten Geburtstagsgeschenk.

Die Tür der Getränkehandlung wurde durch einen Türstopper offen gehalten, und ein Kunde schob gerade eine Sackkarre mit zwei Bierkästen hinaus. Ein grau bekittelter Mann in mittleren Jahren eilte herbei, nahm den Keil unter der Tür weg und schloss sie hinter Thea und Messmer. Er rückte sein Käppi zurecht, das ihm beim Bücken verrutscht war, deutete eine Verbeugung an und verschwand durch eine Hintertür. Thea musste lächeln. Der Inbegriff eines Faktotums. Der andere Mann, der etwas größer war und einen blauen Kittel trug, stand hinter dem Ladentisch und bediente zwei Gothics, die Thea an Johnny Depp in dem Film »Sweeney Todd« erinnerten. Sie fragte sich, wie viel Zeit diese Leute eigentlich morgens vor dem Spiegel verbrachten, um sich für die Welt unkenntlich zu machen. Sie warteten geduldig, bis die beiden mit ihren Sixpacks abgezogen waren, und betrachteten die nostalgischen Blechschilder, die die Wände zierten und für Vita-Malz und Coca-Cola warben. Dann legten sie ihre Dienstausweise und das Foto von Irene Wessel auf den Ladentisch.

»Sind Sie der Inhaber, Herr Karger?«, fragte Messmer, nachdem er sich und Thea vorgestellt hatte.

Als sein Gegenüber nickte, kam Messmer ohne Umschweife zur Sache. »Diese Frau soll gestern Mittag hier eingekauft haben. Können Sie sich an sie erinnern?«

Karger sah zuerst Messmer, dann Thea und zuletzt das Foto an. Er zog eine Brille aus der Brusttasche seines Arbeitskittels und setzte sie umständlich auf die Nase. Dann nahm er das Bild in die Hand und betrachtete es lange Zeit schweigend. Schließlich nickte er langsam.

Die Türglocke kündigte Kundschaft an. Ein älteres Ehepaar betrat den Laden und fragte nach Malzbier.

»Ludwig, übernimm du die Herrschaften«, rief Karger seinem Kollegen zu. Er schlug Thea und Messmer vor, für das weitere Gespräch ins Lager zu gehen, weil es dort ruhiger sei.

Sie folgten ihm durch eine niedrige Tür in den hinteren Teil des Ladens, einem Gewölbe aus Rauputz. An drei Wänden stapelten sich Plastikkästen mit vollen Flaschen und Leergut bis unter die Decke. An der verbleibenden Wand standen ein Resopaltisch mit zwei Plastikstühlen, eine Kaffeemaschine und ein Eisschrank, an dem mit einem Kühlschrankmagneten das grobkörnige Zeitungsbild einer unbekleideten Blondine mit eindrucksvoller Oberweite angebracht war.

Karger bot Thea und Messmer die Stühle an. Er selbst blieb stehen und betrachtete Irene Wessels Foto erneut im Licht der nackten Glühbirne, die in der Mitte des Raumes von der Decke hing.

»Ja, das ist sie. Diese Frau war gestern hier und hat Cidre gekauft. Aber ich kenne sie nicht.«

»Um welche Zeit war das?«, fragte Thea.

»Ich erinnere mich, dass ich im Lager war, als die Rathausuhr zwölf schlug. Ludwig rief mir nach, ich solle Cidre mitbringen, weil wir den im Laden nicht vorrätig haben, nur im Lager. Cidre wird nicht allzu oft gekauft.«

»Woher wusste die Frau denn, dass Sie Cidre führen, wenn sie noch nie zuvor bei Ihnen war?«, fragte Messmer.

»Ich kann natürlich nicht beschwören, dass sie noch nie hier eingekauft hat. Sie kann allerdings keine Stammkundin sein, sonst müsste ich sie kennen. Aber von den Leuten, die alle paar Wochen oder Monate mal vorbeikommen, merke ich mir keine Gesichter über längere Zeit. Wenn Sie erst nächste Woche mit diesem Bild gekommen wären, hätte ich das Gesicht wahrscheinlich auch schon wieder vergessen gehabt.«

»Ist Ihnen etwas an der Frau aufgefallen, wirkte sie nervös, besorgt oder irgendwie ängstlich?«

Karger kratzte sich am Kopf, genau da, wo das Haar sich in der Stirn lichtete, was eine dreiste Mücke als Einladung zu einer Mahlzeit aufgefasst hatte. Als er die Hand herunternahm, sah Thea auf seiner Kopfhaut einen dicken, aufgekratzten Mückenstich.

»Nein, sie wirkte völlig normal. Mir ist gar nichts an ihr aufgefallen. Außer dass sie leicht lispelte. Aber das fällt bei einer so schönen Frau nicht so stark ins Gewicht.«

»Kam die Frau allein oder war jemand bei ihr?«, fragte Thea.

»Sie war allein. Allerdings hat sie, als sie wieder ging, draußen jemanden getroffen. Ich hab das durchs Schaufenster gesehen. Die beiden sind vor dem Laden stehen geblieben und haben eine Weile geredet, ziemlich heftig. Wenn ich die Gestik richtig gedeutet habe, würde ich behaupten, sie haben sich gestritten. Ich hab nicht die ganze Zeit hingeschaut, schließlich hatte ich zu tun. Als ich irgendwann wieder aufsah, waren sie weg.«

»Sie können also nicht sagen, ob sie zusammen weggegangen sind oder sich vorher getrennt haben?«, fragte Thea.

»Nein«, antwortete Karger.

»Die Kundin muss ja schon Eindruck auf Sie gemacht haben, wenn Sie sie durchs Schaufenster beobachten«, sagte Thea.

Karger errötete bis unter seinen lichten Haaransatz. »Ich bin ein alleinstehender Mann, der mit seinem Bruder zusammenlebt. Da wird man doch einer schönen Frau mal eine Minute lang nachschauen dürfen.«

»Können Sie uns die Person beschreiben, die mit der Kundin vor dem Laden gesprochen hat?«, fragte Messmer. »Ich hoffe, Sie haben nicht nur Augen für die Frau gehabt.« Er zwinkerte Karger zu.

Falls es überhaupt möglich war, wurde dieser noch um eine Nuance röter. »Na ja, ich hab natürlich mehr auf die Frau geachtet. Aber der Kerl war ein Biker, das ist klar. Er trug eine Motorradjacke und hatte einen Helm in der Hand. Haare hatte er keine, glaube ich. Sah aus, als hätte er eine Vollglatze. Aber so genau hab ich ihn mir wirklich nicht angesehen.«

»Hatte er irgendein besonderes Kennzeichen, eine Tätowierung vielleicht?«, fragte Messmer, der plötzlich kerzengerade dasaß.

Karger schüttelte den Kopf. »Ich weiß nicht. Er hatte ja eine Jacke an. Ich hab auch nicht drauf geachtet. Außerdem war die Scheibe leicht beschlagen. Ich weiß es wirklich nicht.«

»Herr Karger, denken Sie nach!« Thea war aufgestanden und stand jetzt direkt vor dem Mann. Am liebsten hätte sie ihn am Kragen seines Kittels gepackt und ihn geschüttelt. »Versuchen Sie sich bitte zu erinnern, wie die Jacke genau aussah. War irgendwas auf dem Rücken? Ein Aufnäher oder so etwas?«

»Ja, da war was.« Karger kniff die Augen zusammen und nickte langsam. »Es war ein Totenkopf. Mit noch was drum rum. Und dann stand da was Englisches. Aber ich weiß nicht, was. Ich kann kein Englisch.«

»Irgendein Angel war's jedenfalls.« Thea köpfte draußen eine Halbliterflasche Apfelschorle, die sie Karger abgekauft hatte, und trank in langen Zügen. Dann reichte sie den Rest Messmer. »Bisher kennen wir nur zwei. Und davon ist genau einer glatzköpfig.«

»Da ich Wessel eher mit vollem Haupthaar in Erinnerung habe, meinst du wahrscheinlich Hülsenbäck. Wessel hat so ein dreckiges Dunkelblond auf dem Kopf.«

»Stimmt. Hülsenbäck ist kahl. Wir brauchen jetzt also zuallererst sein Alibi für gestern Mittag.«

»Der findet hundertprozentig immer jemanden, der ihm ein Alibi gibt«, sagte Messmer. »Am vernünftigsten wäre es, ihn beschatten zu lassen. Vielleicht führt er uns ja zu ihr, wenn wir es geschickt anstellen.«

»Meinst du, wir kriegen so einfach von jetzt auf nachher das

MEK gestellt? Die muss man doch am besten schon Monate vorher buchen.« Thea trat beim Laufen in einen Gitterrost und knickte mit dem Fuß um. »Verdammte Scheiße! Wenn ich schon mal Absatzschuhe anziehe!«

Messmer kniete sich neben sie und massierte ihren Knöchel. »Wegen mir musst du dich wirklich nicht als Dame verkleiden«, zog er sie auf. Er versuchte, den Schuh herauszuziehen, der mit dem Absatz zwischen die schmalen Eisenstäbe gerutscht war, was sich als nicht ganz einfach erwies. »Die Treter kannst du wohl abschreiben.«

»Meine Mutter wird toben. Die Schuhe waren ein Geschenk von ihr, aber solche dünnen Absätze haben bei mir keine Chance. Sie schenkt mir immer so unpraktisches Zeug. Dabei vergisst sie gern, dass ich Polizistin bin und kein Model.« Thea richtete sich auf und versuchte aufzutreten. Gottlob, es ging ohne größere Schmerzen.

»Glück gehabt, der Absatz ist noch dran, nur ein bisschen abgeschabt.« Messmer reichte Thea den Schuh, den er aus dem Gitter befreit hatte. »Ich hab schon geglaubt, ich muss den ganzen Rost aushebeln. Weißt du übrigens, wohin dieser Schacht führt, der hier drunter ist?«

»Nein, keine Ahnung.« Thea schlüpfte in ihren Schuh und schaute sich die heimtückische Menschenfalle genauer an. Sie sah nichts als undurchdringliche Dunkelheit.

»Hier geht's in die alte Bunkeranlage aus dem Zweiten Weltkrieg. Das war früher ein Luftschutzbunker für dreitausend Menschen. Es gab damals direkte Zugänge von den Kellern der umliegenden Wohnhäuser, aber die sind inzwischen alle verfüllt oder zugemauert. Jetzt kann man nur noch direkt vom Marktplatz aus runtergehen. Nach dem Krieg hat eine geschäftstüchtige Familie ein unterirdisches Hotel da drin eingerichtet, das bis in die achtziger Jahre in Betrieb war. Sogar Hans Albers soll da mal abgestiegen sein.«

»Wir haben richtige Katakomben in Stuttgart?« Thea hatte vor Begeisterung das Ziehen in ihrem Knöchel vergessen.

»Mehr als du denkst. Es gibt auch ein paar Hochbunker, den Winkelturm in Feuerbach, der aussieht wie ein Zuckerhut, und den Bosch-Turm am Pragsattel. Wir schauen jeden Tag drauf, wenn wir aus dem Fenster sehen. Viel mehr Schutzräume gibt es allerdings unter der Erde. Tagtäglich laufen wir über Bunker und Pionierstollen und haben keine Ahnung davon.«

»Wie sieht's jetzt wohl da unten aus?«, sinnierte Thea.

»Mehr oder weniger vergammelt, nehme ich an.« Messmer zuckte die Schultern. »Der Gemeinderat hat eine Sanierung beantragt und wollte ein Museum draus machen, aber dafür fehlte natürlich das nötige Kleingeld. Genauso wie für die Idee, ein unterirdisches Einkaufszentrum unter dem Marktplatz einzurichten. Es wird wohl auf ewig ein Luftschutzbunker bleiben. Hoffen wir, dass wir ihn nie wieder brauchen.«

Thea schaute zur Rathausuhr. »Wohin jetzt zuerst, zu Rosi oder zu Hülsenbäck?«

»Zu Rosi. Wir müssen sie erreichen, bevor die Stoßzeit anfängt«, grinste Messmer. »Hülsenbäck schaffen wir danach immer noch locker.«

Zwei Stunden später standen sie vor Hülsenbäcks Haus in der Urbanstraße. Sie hatten weder Rosi noch ihn angetroffen. Thea hatte inzwischen erfolglos versucht, Rosi auf ihrem Geschäftshandy zu erreichen, aber sie hatte es ausgeschaltet. Bei einem Anruf in der Blue-Ladys-Zentrale erfuhr sie von Wessels Mutter, dass Rosi heute freihatte.

»Im Moment kommen wir wohl nicht mehr weiter«, sagte Messmer. »Aber wenn wir schon mal in der Stadt sind, könnten wir gleich nach Ottis Fischen schauen. Das Zoohaus in der Marienstraße hat eine gute Auswahl.«

Die Türglocke schreckte ein Zwergkaninchen auf, das gleich neben dem Eingang mit einigen Artgenossen in einem Terrarium auf potenzielle Adoptiveltern wartete. Es hockte auf den Hinterläufen, hatte die Ohren wachsam aufgestellt und wackelte mit dem rosa Näschen. Thea konnte nicht widerstehen und ging vor dem Tier in die Knie.

»Ich könnte es sofort mit nach Hause nehmen«, schwärmte sie. »Vielleicht hab ich in meiner Kindheit die Kuscheltiere vermisst. Alles, was Fell hat, möchte ich am liebsten auf der Stelle haben.«

»Sei vernünftig, du kriegst doch nicht mal deinen Kater in den Griff.«

Messmer hatte sie sicher nicht beleidigen wollen, und irgendwo hatte er ja auch recht. Aber in diesem Moment hätte sie ihm am liebsten eine reingehauen. Sie schluckte die scharfe Antwort runter, die ihr auf der Zunge lag, stand auf und wandte sich dem hinteren Teil des Ladens zu, wo die Aquarien eine ganze Wand einnahmen.

Wer die Wahl hat, hat die Qual, dachte Thea, als sie ihre Augen über die Glasfront schweifen ließ, hinter der sich die verschiedenartigsten Zierfische tummelten und ihr den Eindruck vermittelten, in einem karibischen Korallenriff zu tauchen. Fische in allen Formen und Farben, wunderschöne schillernde mit den abenteuerlichsten Mustern, aber auch kuriose mit langen Nasen und Beulen und anderen Auswüchsen, die wie Schnurrbärte anmuteten.

Sie hatte ihre Wanda schnell gefunden. Einen Skalar, der majestätisch durch das Wasser glitt, und von den Guppys, Welsen und Salmlern um ihn herum kaum Notiz zu nehmen schien. Das Tier wirkte so selbstbewusst und in sich ruhend, wie Thea es gerade in diesem Moment sehr gern gewesen wäre.

Fische waren im Vergleich zu Katzen wohl die pflegeleichtere Gattung. Sie sprangen nicht über die Möbel und zerrissen keine Vorhänge, und man musste sie nur einmal die Woche füttern. Aber man konnte sie nicht kraulen und nicht streicheln, und sie schmiegten sich nicht an und wärmten nicht den Bauch. Romeo war nicht ungezogen, er war nur zu viel allein, deshalb gebärdete er sich so. Messmer hatte einfach keine Ahnung.

Fische zu betrachten war wirklich entspannend. Thea stellte fest, dass ihre Wut über seine taktlose Bemerkung schon fast verraucht war.

»Hier, das musst du dir ansehen! Ein Black Molly.« Messmer, der mit der Nase fast an der Glasscheibe klebte, strahlte über das ganze Gesicht. »Von oben bis unten schwarz, wie die Zimmernachbarin von Rosi. Sogar der Name stimmt. Ich versichere dir, wenn Fische Beine hätten, würde dieser hier garantiert Lackstiefel tragen!«

»Dann kauf ihn«, lachte Thea. »Eine gewisse Ähnlichkeit ist tatsächlich nicht von der Hand zu weisen.«

»Heute können wir die Fische sowieso noch nicht mitnehmen, erst muss das Aquarium fertig sein. Bis da drin stabile Verhältnisse herrschen, dauert es auch noch mal an die zwei Wochen. Aber vorbestellen können wir sie schon mal.«

Beinahe hatte sie über die Fische das Futter für Romeo vergessen. Während Messmer die Verkäuferin heranwinkte, um Wanda und Molly reservieren zu lassen, durchstöberte sie die Regale mit dem Katzenfutter und stellte Romeos Speiseplan für die nächste Woche zusammen. Zarte Häppchen in Gelee, Thunfisch-Snack und Rindfleisch-Ragout wanderten in den Einkaufskorb. Ich ernähre den Kater wirklich besser als Micha, dachte sie mit schlechtem Gewissen. Schade, dass er nicht auf Dosenfutter steht.

Sie hatten fast eine Stunde in dem Laden zugebracht, um sich erklären zu lassen, wie man die Auswahl der Tiere auf Wassertemperatur, pH-Wert und Wasserhärte ausrichten sollte. Thea schwirrte der Kopf, und sie war froh, dass ihr ein Büchlein namens »300 Aquarium-Tipps« aufgefallen war, das sie geistesgegenwärtig gekauft hatte.

»Ich hab vergessen zu fragen, wie oft man die Viecher füttern muss«, brummte Messmer. »Ob man das im Internet recherchieren kann?«

»Ich glaube, einmal die Woche reicht«, sagte Thea. »Ganz sicher weiß ich eigentlich nur eins: Wenn sie mit den Bäuchen nach oben schwimmen, musst du sie nicht mehr füttern.«

»Hab ich mir fast gedacht.« Messmer legte den Arm um Theas Schultern und zog sie an sich. »Apropos füttern. Wenn ich nicht bald was zu essen kriege, schwimme ich auch mit dem Bauch nach oben.«

Thea stopfte den Aquariumratgeber in ihren Rucksack und gestand, dass sie nicht die geringste Lust verspürte, sich jetzt noch an den Herd zu stellen.

»Lass uns heute auswärts essen«, schlug Messmer vor. »Wir könnten zum Biergarten auf der Karlshöhe gehen, wenn wir schon mal in der Nähe sind.«

Der Biergarten »Tschechen & Söhne« thronte auf dem höchsten Punkt der Karlshöhe, einer grünen Insel, die den Stuttgarter Süden vom Stadtteil West trennt. Wenn man sich nicht scheute, ein paar Höhenmeter zurückzulegen, wurde man nicht nur mit einem exzellenten Getränkeangebot, sondern auch mit einer Speisekarte belohnt, die von Maultaschen über Fleischküchle bis zu Linsen und Spätzle alle Köstlichkeiten zu bieten hatte, die das Schwabenherz begehrte. Übertroffen wurde das alles noch von einer atemberaubenden Aussicht auf die Stuttgarter City.

Thea war schnell überredet. »Okay, aber nicht zu lange.« Sie schaute auf ihre Uhr. Romeo würde inzwischen schon wieder so ausgehungert sein, dass er sich bei ihrer Heimkehr hemmungslos auf seinen Futternapf stürzen würde.

Arm in Arm schlenderten sie die Reinsbergstraße hinauf.

»Schade, dass wir die Fische nicht mitnehmen konnten«, sagte Messmer, als sie auf den Jean-Améry-Weg einbogen. »Dann hätte ich jetzt schon mal eine Vorspeise.«

Thea wusste sofort, worauf er wieder anspielte. »Ich hoffe, du würdest erst zum Schluss meinen Schleierschwanz verspeisen – wie Otto.«

»Klaro. Aber zuerst würde ich dich vernaschen.« Er gab sich alle Mühe, aber der Otto-Blick misslang. So dämlich konnte Messmer selbst unter größter Anstrengung nicht aussehen. Doch ebenso besitzergreifend riss er plötzlich Thea in die Arme und drückte seinen Mund auf ihren Hals. Augenblicklich war ihr klar, warum er den Biergarten auf der Karlshöhe vorgeschlagen hatte.

Sie wehrte sich nicht. Hier würde sie ja eh niemand beobachten. Als Messmer sie an sich zog, konnte sie einen Ausfallschritt nicht vermeiden, und es stach empfindlich in ihrem gezerrten Knöchel, aber es kümmerte sie nicht. Alle ihre Sinne waren darauf konzentriert, wie seine Lippen über ihren Hals aufwärts wanderten, bis sie ihren Mund trafen. Sie war so in die Umarmung versunken, dass sie das Hundegebell erst bewusst wahrnahm, als die Töle schon an ihr hochsprang. Erschrocken schaute sie nach unten. Der Hund kam ihr bekannt vor. Noch bevor ihre Augen Meldung an ihr Hirn machen konnten, hörte sie aus wenigen Metern Entfernung Frauchens Stimme:

»Tito, aus! Nix springe an fremde Leit! Wie oft ich noch misse sage!«

Die Überraschung war perfekt, auf beiden Seiten. Theas Atmung setzte aus, und ihr Blut fühlte sich an, als würde es in den Adern gerinnen.

Frau Baric sah nicht weniger bestürzt aus. Dass ihr das Kinn auf das Schlüsselbein fiel, wurde nur durch die mehrstufige Ziehharmonika aus Fettgewebe verhindert, die ihr Gesicht mit dem Brustkorb verband und sozusagen als Polster diente. Man konnte förmlich zusehen, wie sie allmählich begriff, mit wem sie es hier zu tun hatte.

Lediglich Messmer blieb völlig unbeeindruckt. »Hallo, Frau Baric. Geben Sie Ihrem Hund lieber was zu fressen, bevor er unschuldige Passanten anfällt«, sagte er, wobei er gar nicht daran dachte, seinen Arm von Theas Schultern zu nehmen.

Die Kroatin stand immer noch wie Lots Frau beim Anblick von Sodom und Gomorrha, nur ihr leicht zitterndes Kinn zeigte, dass sie überhaupt noch lebte. Endlich löste sich ihre Spannung in einem rauschenden verbalen Wasserfall.

»Ach, Herr Messmer, Frau Engel, wie ich mich freie. Wollte wirklich nix steeren die junge Glieck. Aber schon immer habe gewusst, Sie geheere zusamme. Frage mich schon ganze Jahr, warum nix heirate. Aber moderne Jugend nix heirate mehr – so schade. Guck, Tito – isch das nicht scheen?« Sie nahm das kläffende Bündel auf den Arm und zeigte ungeniert auf die beiden. »Kennst doch sicher noch die zwei, haben dich geholt aus Tierheim und bringen zu mir. Und nun wolle heirate, gell?« Sie schaute so erwartungsvoll, dass Thea froh war, dass das Standesamt schon geschlossen hatte. Frau Baric wäre samt Tito wahrscheinlich sofort losmarschiert und hätte das Aufgebot bestellt.

»Wenn wir das planen, erfahren Sie es als Erste, Frau Baric«, versprach Messmer. »Aber nun müssen wir weiter.« Er nahm die immer noch sprachlose Thea beim Arm und winkte Putzfrau und Hund freundlich zu.

»Morgen weiß es das Dezernat – ach, was sag ich, das ganze Präsidium!« Thea hatte das Gefühl, alles Blut sei ihr aus dem Gesicht gewichen. »Schau mich an, ich muss aussehen wie ein Albinogespenst!«

»Na ja, man könnte denken, ein Vampir hätte sich an dir gütlich getan. Ehrlich, ein Albinogespenst wirkt gegen dich wie ein Schwarzafrikaner.« Messmer berührte ihre Hand. »Du hast eiskalte Finger. Du brauchst jetzt erst mal etwas in den Magen, damit du wieder zu dir kommst.«

Als Thea aufschaute, stellte sie fest, dass sie vor dem Athenebrunnen des Bildhauers Karl Donndorf standen. Er war seit Jahren stillgelegt und mit Pflanzen bewachsen, aber die Skulpturen schienen lebendig wie eh und je. Im Zentrum stand Athene auf dem Kopf ihres Vaters Zeus, rechts davon Prometheus und links Pandora mit ihrer Büchse im Schoß. Thea konnte nicht umhin, einen Blick auf sie zu werfen, um sich zu vergewissern, dass die Büchse noch geschlossen war. Wäre sie geöffnet gewesen, hätte sie das nach dem Auftauchen von Frau Baric jedenfalls nicht gewundert.

***

Tausendzweihundertelf Tage ohne Irene

Er hat meine Mütze gestohlen! Dieses Schwein hat meine Mütze gestohlen. Als ich zum Waschbecken ging, hat er sie mir vom Kopf gerissen und gebrüllt: »Kämm dir mal die Filzläuse aus dem Pelz, du Drecksau!«

Ich wollte sie ihm entreißen, aber er warf sie zu Scholli, und der warf sie wieder zurück. Ich bin zwischen den beiden hin- und hergerannt und wie ein Hund an ihnen hochgesprungen. Die Schmach hat mich fast umgebracht.

Dann gelang es mir, Brecher zu Boden zu reißen, bevor er die Mütze weitergeben konnte. Ich habe auf ihn eingedroschen, immer und immer wieder. Wenn Jockel nicht dazugekommen wäre, ich glaube, ich hätte ihn totgeschlagen. Am Ende lag er auf dem Boden und wimmerte. Er hätte wohl nie geglaubt, dass so ein klei-

ner Mann wie ich eine solche Kraft entwickeln kann. Ich hätte es selbst nicht geglaubt.

Zu meinem Glück war ich so wütend und gedemütigt, dass ich gar keine Gelegenheit hatte, an das Geldversteck zu denken. So kann es ihnen auch nicht gelungen sein, es herauszufinden, selbst wenn sie in meinen Kopf hineingeschaut haben. Die Gedanken waren ja nicht da. Alles, was sie gesehen haben können, war Wut und Zorn und Erniedrigung.

Jockel sagt, wenn das noch mal vorkommt, müsse er mich abspritzen lassen und in die B-Zelle stecken. Ich soll am Sonntag zum Gottesdienst gehen. Das sei keine Strafe, sondern würde mir helfen, meine Aggressionen in den Griff zu bekommen. Er hat ja keine Ahnung! Dieses Schwein wollte meine Mütze haben. Er wollte meine Gedanken. Er wollte mein Geld. Er wollte Irene. Er wollte mein ganzes Leben!

Er wird es nicht bekommen.

Aber Jockel hat recht, ich darf mich nicht wieder so gehen lassen, sonst werden sie mich auswuchten. Ich will nicht in der Klapse landen, ich brauche keinen Dachdecker. Alles, was ich brauche, ist Irene.

Ich liege auf meiner Pritsche und versuche, meinen Atem zu beruhigen. Doch es will mir nicht gelingen; die Verräter sind zu viele. Sie wollen meine Gedanken rauben, bedrängen mich mit ihren Fragen, beschallen mich mit dieser fürchterlichen Musik. Elvis Presley, »Heartbreak Hotel«. Ich presse die Hände auf meine Ohren, doch ich höre das Lied so deutlich wie zuvor, als hätten sie ein Tonband in meinem Kopf installiert. Ich reiße die Augen auf und betrachte den Wasserfleck an der Zimmerdecke über mir, sehe, wie er dunkler und dunkler wird, bis er die Farbe von frischem Blut angenommen hat. Ein Tropfen bildet sich, wird größer und schwerer, bis er sich löst und auf meine Brust klatscht. Dann fällt der zweite Tropfen, der dritte. Ich liege da und kann mich nicht rühren. Ich spüre, wie die warme Feuchtigkeit durch den kratzigen Stoff der Anstaltskleidung dringt, und verstehe, dass ich büßen muss, für meine Sünden und für die Sünden der anderen, die über mir wohnen. Doch ich weiß, nach der Buße kommt die Vergebung. Ich schließe die Augen und fühle, wie aus meinem Kissen knisternd stachelige Ranken wachsen und sich um meinen Kopf winden, bis ich eine Dornenkrone trage wie Jesus, unser Herr.

Tausendzweihundertachtzehn Tage ohne Irene

Gott sorgt für mich. Gott gibt mir, was ich brauche. Alles kommt zu mir, wenn die Zeit dafür reif ist.

Also auch Irene. Gott wird dafür sorgen.

Wie gut, dass ich am Sonntag zum Gottesdienst gegangen bin. Ich bin Jockel so dankbar, dass er mich gezwungen hat. Der Pfarrer hat die ganze Zeit nur mich angesehen. Und er hat nur für mich gesprochen.

»Gott sorgt für dich, mein Sohn. Gott gibt dir, was du brauchst. Alles kommt durch Gott zu dir, wenn die Zeit dafür reif ist.« Es war wie eine Offenbarung!

Dann hat er aus dem Markus-Evangelium gelesen: »Darum sage ich euch: Alles, was ihr bittet in eurem Gebet, glaubet nur, dass ihr's empfangen werdet, so wird's euch werden.«

Ich werde zeigen, dass ich begriffen habe. Ich werde im Gebet darum bitten, und ich werde jetzt auch regelmäßig den Gottesdienst besuchen. Das ist das Mindeste, was ich tun kann. Die vielen Menschen schrecken mich, aber ich habe ja meine Mütze. So kann mir niemand meine Gedanken stehlen. Ich ziehe sie tief in meine Stirn, über meine Ohren, und bin geschützt wie in einer Taucherglocke. Jockel sei Dank! Diese Mütze rettet mir das Leben. Ich werde in Zukunft besser auf sie aufpassen müssen. Wenn sie mir jemand stiehlt, bin ich verloren.

DONNERSTAG

»Guten Morgen miteinander«, eröffnete Joost die Frühbesprechung.

»Gestern Nachmittag kam noch das Ergebnis vom Auslesen des Opferhandys. Interessant war eine SMS im Gesendet-Speicher, die Klemens ungefähr eine Woche vor seinem Tod an Grabowski geschickt hatte. Ein einziger Satz: ›Du hast sie tatsächlich gefunden, du verdammtes Schlitzohr!‹«

»Was soll des jetzt wieder hoißa?«, fragte Kübler.

»Schlitzohr heißt in deiner Sprache so viel wie ›Cleverle‹ oder ›Sauhond‹«, übersetzte Messmer.

»Was das im Klartext zu bedeuten hat, kann uns allenfalls Grabowski sagen«, antwortete Joost.

»Hat Grabowski keine Antwort geschickt?«, fragte Verena.

»Nein, leider nicht.«

»Irgendwas auf seiner Mailbox?«, fragte Messmer.

Joost schüttelte den Kopf. »Absolut leer.«

»Dann weiß ich schon, wo unser nächster Weg hinführt«, raunte Messmer Thea zu, wobei er so dicht an sie herankam, dass er ihr Ohrläppchen berührte.

»Das können wir in einem Rutsch mit Hülsenbäck erledigen«, sagte sie und rückte mit dem Stuhl demonstrativ ein Stück von Messmer ab.

»Gibt's denn was Neues in Sachen Hülsenbäck?« Joost reagierte prompt auf das Stichwort.

»Kann man so sagen.« Messmer schob sich unauffällig wieder ein Stück an Thea ran, die so tat, als merke sie es nicht. »Der Inhaber vom Getränkehandel am Markt hat Frau Wessel, nachdem sie seinen Laden verlassen hatte, mit einem Mann gesehen, der nach seiner Beschreibung Hülsenbäck sein könnte.«

»Donnerwetter!« Joost pfiff durch die Zähne. »Wenn wir Glück haben, hat er kein Alibi.«

»Wenn wir beweisen können, dass er es war, sind wir ein gutes Stück weiter. Dann wäre er der Letzte, der mit ihr gesehen wurde«, sagte Thea und rutschte bis zur äußersten Stuhlkante, denn Messmer ging schon wieder auf Körperkontakt. Wenn sie so weitermachten, würde sie gleich auf Ströbeles Schoß sitzen.

»Dann klärt ihr heute Hülsenbäck und Grabowski ab«, sagte Joost. »Ich brauche auch noch jemanden für eine andere Sache. Eine fahrlässige Körperverletzung, bei der ein übereifriger Herr, der vor seinem Haus die Kehrwoche erledigte, einem Passanten beim Straßefegen den Besenstiel ins Auge gerammt hat. Der liegt jetzt im Katharinenhospital und sollte als Geschädigter vernommen werden.«

»Des han i doch scho äwwel gwisst, dass des et gsond sei ko – dia ganze Schrubbetze en dere Kehrwoch!«, wetterte ausgerechnet Kübler, von dem alle wussten, dass er vermutlich noch nie im Leben einen Besen in der Hand gehabt hatte. Für Hausputz und Kehrwoche war seine Frau zuständig.

»Dann hat er in dir ja einen verständnisvollen Beistand.« Joost schob Kübler die Anzeige über den Tisch. »Freut mich, dass du dich freiwillig meldest. Walter, gehst du als Dolmetscher mit?«

»Schick Otti, ich muss zum Staatsarchiv. Hab den gesamten Altaktenbestand vom Raubdezernat auf den Kopf gestellt. Es gibt keine Akte von einem Überfall in den achtziger Jahren auf die Dresdner Bank. Ich hab nicht mal einen Kollegen gefunden, der sich daran erinnert. Das ist mehr als zwanzig Jahre her. So lange ist noch keiner von den jungen Kerlen beim Dezernat.«

»Die Akte kann sich nicht in Luft aufgelöst haben«, sagte Joost. »Sie muss beim Staatsarchiv sein, eine andere Möglichkeit sehe ich nicht.«

»Habt ihr schon mal nach euren Fischen geschaut?«, fragte Messmer, als Kümmerle mit Kübler ausgerückt war.

»Bin noch gar nicht dazu gekommen«, antwortete Verena. »Ich war gestern bis nach acht im Büro, da hatte schon alles geschlossen.«

»Das Aquarium braucht eh zwei Wochen bevor man die Fische reinsetzen kann«, meinte Koch. »Je später ich das Viech kaufe, desto geringer ist das Risiko, dass er mir vorher noch eingeht.« Er war nicht gerade ein Tierfreund und hatte somit auch kein Händchen für ihre Haltung und Pflege.

»Es reicht vollkommen, wenn wir sie einen Tag vorher kaufen«, sagte Ströbele. »Das Aquarium müssen wir allerdings so bald wie möglich herrichten, das bringe ich morgen mit. Wir könnten es im Putzmittelraum deponieren, da kommt Otti nicht hin.«

»Ihr habt also noch keine Idee, welche Fische ihr kaufen wollt?«, fragte Messmer seine Kollegen. Alle außer Thea schüttelten unisono die Köpfe.

»Okay, umso besser«, freute sich Messmer. »Hört mal, ich hab da so eine Idee …«

***

»Du hast sie tatsächlich gefunden, du verdammtes Schlitzohr!«, las Messmer vor. »Was hat das zu bedeuten?«

Einen Moment schaute Grabowski verdutzt vor sich hin. Dann lachte er auf. »Ach herrje! Natürlich, ich erinnere mich. Es ging um eine Modellbahn. Klemens sammelte diese Triebwagenmodelle, und ihm fehlte ein recht seltenes Exemplar, das kaum noch zu bekommen war. Ich hab ihm versprochen, dass ich so eine Lok für ihn auftreibe. Er hat es mir natürlich nicht geglaubt und mich ausgelacht. Das hat meinen Ehrgeiz geweckt. Ich hab die Lok dann tatsächlich aufgestöbert und ihm eine Mitteilung auf seiner Mailbox hinterlassen. Haben Sie die Nachricht nicht auch gefunden?«

»Nein.«

»Dann muss er sie gelöscht haben.«

»Wo haben Sie dieses seltene Modell denn gefunden?«, fragte Thea.

»Ich erinnerte mich, dass ein kürzlich verstorbener Kollege, der auch bei der SSB geschafft hat, so ein Exemplar in seinem Nachlass hatte. Früher gab es diese Bahnmodelle noch öfter. Seine Tochter konnte nichts mit der Sammlung anfangen und hat mir die Lok für ein paar Kröten überlassen.«

»Und da hat er Sie aus lauter Freude mit ›verdammtes Schlitzohr‹ tituliert?«, wandte Messmer ein.

»Das war halt sein Jargon. Wir haben uns immer ein bisschen hochgenommen, wie man das halt zwischen Kumpels so macht.«

Eine etwa zehnsekündige Pause entstand, in der Thea überlegte, wie hoch die Wahrscheinlichkeit war, dass Grabowski die Wahrheit sagte.

»Sie verstehen sicher, dass wir das überprüfen wollen. Dazu brauchen wir die Kontaktdaten der Frau, von der Sie dieses Bahnmodell haben.«

»Kein Problem.« Grabowski blätterte in seinem Kalender und zog die Stirn in Falten. »Leider habe ich Name und Anschrift der Frau nicht hier, die muss ich in meinem Adressbuch notiert haben, und das liegt bei mir zu Hause. Ich kann jetzt hier nicht weg, werde Ihnen aber morgen früh Bescheid geben.«

»Wo ist die Lok jetzt?«, fragte Thea.

»Die steht noch bei mir zu Hause«, antwortete Grabowski, ohne mit der Wimper zu zucken. »Ich wollte sie ihm zu unserem Treffen im Paulaner mitbringen. Wollen Sie die auch haben?«

»Wir schauen sie uns zumindest mal an.« Messmer stand auf und streckte sich. »Wir erwarten Ihren Anruf, und sollten wir nichts von Ihnen hören, melden wir uns wieder.« Der unausgesprochene Zusatz »… und das können Sie ruhig als Drohung auffassen« hing greifbar in der Luft.

»Ich begleite Sie nach unten.« Grabowski stand ebenfalls auf. »Es ist Mittagszeit, und mein Magen schreit nach einem der Bistros in der Eberhardstraße.«

Schweigend gingen sie zu dritt den Flur entlang.

»Darf ich fragen, was bei der Obduktion herausgekommen ist? Gibt es schon einen Hinweis auf den Täter?«, fragte Grabowski schließlich auf der Treppe.

»Natürlich dürfen Sie fragen. Aber wir dürfen nicht antworten«, sagte Messmer. »Diese Interna sind nicht für die Öffentlichkeit bestimmt, daher finden Sie auch weder Sektionsberichte noch irgendwelche polizeilichen Hypothesen in der Zeitung.«

»Ja, natürlich. Ich hätte es mir denken können«, sagte Grabowski.

Im Eingangsbereich stand eine bis zu den Augenschlitzen verschleierte Muslimin. Zwei schwarzäugige Jungen im Grundschulalter spielten Fangen und liefen ihnen vor die Füße. Grabowski schob sie unsanft beiseite.

»Können Sie auf Ihre Bastarde nicht besser aufpassen?«, rief er der Frau zu, offenbar ohne darüber nachzudenken, ob sie ihn überhaupt verstehen könnte. »Unverschämtheit. Man fühlt sich als Fremder im eigenen Land«, setzte er erbost hinzu und stieß die Tür zur Straße auf. »Sie sollten mehr von denen abschieben.«

»Ein echter Sympathieträger«, murmelte Thea, als sie Grabowski in Richtung Eberhardstraße davoneilen sah.

»Ja, er lebt wohl frei nach dem Motto: ›Wer Ausländer und Kinder hasst, kann kein schlechter Mensch sein‹«, sagte Messmer.

»Meinst du, er ist glaubwürdig?«

»Keine Ahnung.« Messmer zuckte die Schultern. »Er hatte die Antwort ziemlich schnell parat. Sie klang schlüssig, kam für eine Ausrede eigentlich zu spontan. Natürlich ist es auch möglich, dass er auf die Frage gefasst war. Wenn er davon ausgegangen ist, dass wir sie ihm irgendwann mal stellen werden, kann er sich die Antwort zurechtgelegt und sich auch eine Lok besorgt haben. Vielleicht hat er auch schon jemanden geimpft, der ihm das Ganze bestätigt. Aber das würde wirklich sehr viel Berechnung voraussetzen.«

Thea kickte eine verbeulte Coladose vor sich her, die scheppernd über den Asphalt rollte. »Wir hätten ihn mitnehmen und in den Polizeigewahrsam setzen sollen. Jetzt hat er jede Menge Zeit, sich jemanden zu suchen, der seine Aussage bestätigt, falls er es noch nicht getan hat.«

»Eben. Er hätte es längst tun können. Aber er hat eine schlüssige Erklärung gebracht, Thea. Wir können nicht einfach einen Zeugen festnehmen, nur weil ihm das Opfer kurz vor seinem Tod eine SMS geschrieben hat. ›Schlitzohr‹ muss nicht unbedingt als Schimpfwort gelten. Es kann – besonders bei jemandem, der mal mit den Hells Angels verkehrt hat – durchaus anerkennend gemeint sein.«

»Für mich passt es aber einfach nicht, wenn ich an Klemens' letzte Worte denke: ›Das Schwein hat sie gefunden.‹ Ich meine, zwischen ›Schlitzohr‹ und ›Schwein‹ gibt es doch Unterschiede!«

»Wir wissen noch gar nicht, ob das überhaupt in einem Zusammenhang steht«, bremste Messmer sie.

»Stimmt«, gab Thea zu, hob die Coladose auf und warf sie in einen Papierkorb. »Aber irgendwie glaube ich nicht an solche Zufälle.«

***

Das Haus in der Urbanstraße war wohl einst gelb gewesen, jedenfalls konnte man das unter der schwarzen Schicht von Dreck und Abgasen noch schwach erahnen. Die Fenster im Erdgeschoss waren ungeputzt; die Nachmittagssonne brachte es schonungslos an den Tag. Hülsenbäcks Wohnung lag laut Aufteilung der Klingelleiste im zweiten Stock. Die Haustür war nur angelehnt und ging offenbar nicht ins Schloss zu ziehen, daher sparten Thea und Messmer sich das Klingeln und traten in einen Hausflur mit hohen Stuckdecken. An der rechten Wand befanden sich blecherne Briefkästen mit Papierschildern, auf die in mehr oder weniger krakeligen Handschriften die Namen der Bewohner geschrieben waren.

Im Treppenhaus, wo eine kehrwochenfanatische Rentnerin mit Stützstrümpfen und hellvioletten Schäfchenlocken hingebungsvoll die Fenstersimse abwischte, roch es nach Essigreiniger und Urin, wobei der Reiniger mit jeder Treppenstufe, die sie erklommen, mehr die Oberhand gewann. Nicht gerade die feinste Wohnadresse, dachte Thea und beobachtete den erbitterten Kampf der schwäbischen Gründlichkeit gegen die Verwahrlosung. Ein ordinärer Haustürschlüssel würde schon reichen, um die volltrunkenen Gäste der umliegenden Kneipen daran zu hindern, während des Wartens auf die letzte Bahn in die Hausflure zu pinkeln.

Im zweiten Obergeschoss war der Uringeruch zum Glück vollständig verschwunden und von einem durchdringenden Duft nach geschmälzten Maultaschen abgelöst worden. Thea merkte, dass sie Hunger hatte.

Hinter der Tür mit graviertem Schild, auf dem »Hülsenbäck« stand, hörte sie Kindergeschrei, in dem das Läuten der Türglocke fast unterging. Eine junge aschblonde Frau mit leuchtend blauem Nasenpiercing öffnete; ein Kleinkind klammerte sich an ihren Oberschenkel, ein zweites saß auf ihrer Hüfte. In der Wohnung hinter dem Trio plärrte der Fernseher. Ein Clownfisch versuchte, seinen Sohn namens Nemo zu finden.

»Hi, wir suchen Rolf«, sagte Messmer betont lässig, ohne seinen Dienstausweis auch nur zu berühren.

Die junge Mutter musterte ihn abschätzend. »Sie haben ihn knapp verpasst. Er ist mit den Jungs unterwegs«, erwiderte sie kaugummikauend und schaukelte mechanisch das Kind auf ihrer Hüfte.

»Im Hauptquartier in Remseck?«

»Nee, im ›Other Place‹ in der Hauptstätter Straße. Gleich gegenüber vom 1. Revier. Wo das ist, wissen Sie doch sicher.« Sie grinste, noch bevor Messmer begriffen hatte, dass er aufgeflogen war. Hier stand eine Frau vor ihm, die einen Bullen auch ohne Uniform und Dienstausweis erkannte.

»Ich kenne das ›Other Place‹. Das 1. Revier natürlich auch.« Messmer deutete ein Lächeln an und hob die Hand zum Gruß. Es sah aus, als wollte er salutieren.

Thea lief hinter ihm die Treppe hinab.

»Woran hat sie erkannt, dass wir Bullen sind?«, fragte sie, als sie auf der Straße standen.

»Keine Ahnung«, knurrte Messmer. »Ich nehme an, sie kennt seine Kumpels, von denen ich ja definitiv keiner bin.«

»Und sie scheint Besuch von der Polizei gewöhnt zu sein«, vermutete Thea.

»Na ja, sie haben sich wohl alle damit arrangiert, ab und zu überwacht zu werden. Der Mensch gewöhnt sich an alles.«

Vor dem Haus trafen sie wieder auf die Oma mit der lila Wölkchenfrisur, die gebückt in der Erde einer handtuchschmalen Blumenrabatte wühlte. Thea überlegte, ob sie ihre Hilfe anbieten sollte; sie war überzeugt, dass die Frau etwas suchte. Doch im selben Moment bemerkte sie, dass die Alte Zigarettenkippen aufsammelte, die sie in eine leere Konservendose warf. Einen Meter über ihrem gebeugten Rücken, an einem offenen Fenster im Erdgeschoss, saß ein etwa sechzigjähriger Türke und rauchte gelassen eine Zigarette. Thea war jetzt schon klar, wo die Kippe landen würde.

Messmer steuerte auf den parkenden Wagen zu und zog den Autoschlüssel aus der Hosentasche.

»Und was tun wir jetzt?« Thea öffnete die Beifahrertür.

»Wir fahren zu ihrer Stammkneipe, was sonst?«

Bevor Thea einstieg, drehte sie sich noch einmal zu der fleißigen Hausfrau um.

»Do kennt mr doch auf dr Sau naus, wenn Sia jetzt et afange, en Aschebecher z' nehmet!«, schrie sie und schüttelte ihre knochige Faust zum Fenster, das gerade geschlossen wurde. Sie bückte sich nach der neuen Kippe und entsorgte sie in der Blechdose.

Was auch immer passieren mochte, die schwäbische Gründlichkeit würde dank solcher heldenhaften Hausfrauen letztlich immer den Sieg davontragen.

Die Hauptstätter Straße ist die Hauptverkehrsader der Stadt, die von Cannstatt nach Vaihingen führt und hinter der die Altstadt beginnt. Die kleine Kneipe in der Nummer 37, die einst als Tattoo-Bar begann und inzwischen zum Clublokal der Hells Angels avanciert ist, liegt gleich beim berühmten Brunnenwirt um die Ecke. Über der Glasfront prangt ein leuchtend rotes Schild mit schneeweißen Buchstaben: »THE OTHER PLACE STUTTGART – Biker-Bar – Rock&Blues Music – Tattoo-Bar«.

Auf dem schmalen Gehweg drängten sich zwei Bistrotische und ein paar Stühle, am Bordstein stand eine Reihe Motorräder Spalier.

Beim Eintreten fiel Thea ein Plakat am Schaufenster auf, das unter den Öffnungszeiten für eine Heavy-Metal-Night und einen Tattoo-Circle warb. Das Schild an der Glastür verbot Spritzen und Waffen. »No Drugs, no Guns, Biker Zone«, warnte die Aufschrift. Laute Rockmusik schlug ihnen entgegen; das Stimmengewirr hatte gegen Led Zeppelin kaum eine Chance. Gerahmte Fotos von offensichtlich szenebekannten Persönlichkeiten und Nummernschilder von Motorrädern zierten die Wände, ein altmodischer dreiflügliger Ventilator drehte sich unter der Decke.

Einige Biker saßen an einem Tisch auf roten Lederhockern in Gesellschaft von ein paar wild gestylten Damen mit gewagten Dekolletés, die Thea ohne zu zögern den Laufhäusern aus der Nachbarschaft zuordnete. Motorradstiefel und Pumps wippten einträchtig im Takt.

Sie entdeckte Hülsenbäck an der Theke, die fast den ganzen Raum einnahm und unmissverständlich klarmachte, dass es sich hier um keine Speisegaststätte handelte. Er wandte ihr den Rücken zu, aber sie erkannte ihn an seinem Stiernacken, dem blanken Schädel und dem gut sichtbaren Tattoo: der Schlange mit dem weit aufgerissenen Maul, die sich um seinen Hals wand. Sie stieß Messmer an und deutete mit einer Kopfbewegung hinüber.

»Ist er das?« Sie musste Messmer von den Lippen lesen, verstehen konnte sie seine Worte nicht, da im selben Moment draußen eine Harley aufheulte. Fast sehnte sie sich nach dem Baulärm im Dezernat zurück. Sie nickte.

Gemeinsam mit Messmer gingen sie auf die Bar zu und stellten sich unmittelbar neben Hülsenbäck. Der musterte sie vom Scheitel bis zur Sohle ohne ein Zeichen des Erkennens. Da musste sie ihm eben auf die Sprünge helfen.

»Wo waren Sie denn gestern Mittag?«, fragte sie und schob ihren Dienstausweis über den Tresen. Sein Sitznachbar, ebenfalls mit Lederjacke und dem Deathhead auf dem Rücken, warf einen Blick darauf und pfiff durch die Zähne.

»Ich hab geschlafen, war schließlich die ganze Nacht unterwegs«, antwortete Hülsenbäck. »Oh, ich sehe, du hast dir heute Verstärkung mitgebracht«, setzte er mit einem Blick auf Messmer hinzu.

Für einen Moment wurde sie vom Barkeeper abgelenkt, einem schlaksigen jungen Kerl in Rockerklamotten, der den Tresen abwischte und dabei Bestellungen aufnahm. »Was wollt ihr denn trinken?«

Zum Ausgleich dafür, dass es keine Küche gab, war das Getränkeangebot beeindruckend. Für Thea und Messmer blieb um diese Tageszeit allerdings keine große Auswahl. Messmer bestellte zwei Radler, und Thea hoffte, dass das diesem Ambiente angemessen war.

»Meine Kollegin hatte Sie für gestern vorgeladen«, übernahm Messmer jetzt das Gespräch. »Sie haben der Vorladung nicht Folge geleistet. Warum nicht?«

Hülsenbäck verzog das Gesicht. »War das eine ernsthafte Vorladung? Ich hab das als eine Art Anmache verstanden.«

Thea schoss das Blut ins Gesicht. »Dann haben Sie mich aber gründlich falsch verstanden«, sagte sie mit schlecht verhohlener Wut. »Ich würde eher sagen, Sie verdrehen hier die Tatsachen.«

»Das gehört zu meiner Natur.« Hülsenbäck setzte ein unverbindliches Lächeln auf. »Ich wüsste jedenfalls keinen Grund, aus dem Sie mich hätten vorladen können.«

»Sie sind Zeuge in einem Ermittlungsverfahren«, half Messmer ihm auf die Sprünge. »Und Sie kennen das Spiel. Zeugen haben im Gegensatz zu Beschuldigten eine Aussagepflicht. Sie können sich jetzt gerne widersetzen, dann trinke ich in aller Ruhe mein Bier aus und reiche die Sache an die Staatsanwaltschaft weiter.«

Hülsenbäck warf einen Blick auf Messmers Radler und schmunzelte. »Sag nicht Bier zu dieser Saftbrause. Wenn du nach drei von solchen Gläsern ins Auto steigst, bist du bei einer Verkehrskontrolle ja nicht mal den Lappen los.«

»Ich hab nicht vor, drei davon zu trinken«, entgegnete Messmer. »Ich hoffe, wir können die Sache schneller abwickeln.«

Thea hörte gespannt zu. Das Geplänkel kam ihr wie ein kleiner Machtkampf vor, wie eine Art Ritual, bevor es ans Eingemachte ging, ein gegenseitiges Abtasten. Hülsenbäck kannte die Regeln der Polizei, und Messmer wusste, dass der demonstrierte Widerstand nur Show war. Er gehörte zum Verhaltenskodex, also spielte er mit.

Bezeichnenderweise lenkte der schwere Bursche nun ein. »Vielleicht können wir zum Reden nach draußen gehen, hier drin muss man so schreien. Muss ja nicht gleich das ganze Lokal mithören.«

Thea hielt das für eine sehr gute Idee. Gegen diesen Krawall wäre ihr Diktiergerät machtlos gewesen.

Hülsenbäck klopfte seinem Zechkumpan auf die Schulter und deutete zur Tür. Der nickte und vertiefte sich wieder in sein Glas.

Draußen war es wohltuend ruhig. Der Verkehrslärm von der

Hauptstätter Straße war verglichen mit dem Geräuschpegel in der Kneipe geradezu einschläfernd.

Die drei setzten sich an einen der winzigen Bistrotische, auf den mit ein bisschen gutem Willen die drei Gläser passten.

»Wo waren Sie am Dienstag zwischen zwölf und dreizehn Uhr?«, eröffnete Messmer die Unterhaltung.

»Hoppla, wir fangen gleich mit einer Alibiüberprüfung an! Darauf nehme ich erst mal einen Schluck.« Hülsenbäck setzte sein Glas an und trank es in einem Zug halb leer. »Ich hatte eigentlich gedacht, ich werde hier als Zeuge befragt. Brauch ich einen Anwalt?«

»Das können Sie am allerbesten einschätzen«, sagte Messmer und nippte an seinem Radler. »Und es stimmt, im Moment werden Sie als Zeuge geführt. Allerdings hat ein anderer Zeuge am Dienstag vorm Getränkehandel am Markt einen Mann gesehen, auf den Ihre Beschreibung passt. Er stand mit Irene Wessel zusammen und trug eine Lederjacke mit dem Backpatch und einen Motorradhelm in der Hand.«

»Ah, jetzt klingelt's bei mir. Reni soll ja abgehauen sein, das hab ich schon gehört. Und ihr sucht jetzt jemanden, der sie verschleppt hat?« Er lachte. »Ja, glaubt ihr, ich bin blöd? Die Frau eines Bruders zu kidnappen? Ich bin doch nicht lebensmüde!«

»Liefern Sie uns ein hieb- und stichfestes Alibi, und Sie sind raus aus der Sache«, sagte Thea.

»Ich war am Dienstagmittag im Geschäft, einem Bikerladen am Berliner Platz, den ich zusammen mit einem Kumpel führe.« Hülsenbäck deutete mit dem Daumen über seine Schulter auf die Bar. »Sie finden ihn da drin, falls er das bezeugen soll. Die Mittagspause fängt bei uns erst um dreizehn Uhr an. Ich war sogar die ganze Pause über dort. Hab Bestellungen geschrieben.«

Die Überprüfung können wir uns schenken, dachte Thea. Ein Angel reißt dem anderen keinen Flügel aus, und für einen Bruder – noch dazu einen Geschäftspartner – würde sicher mancher einen Meineid begehen, um ihn vor dem Gefängnis zu schützen.

»Lassen wir das. Wir werden das Alibi überprüfen und dann weitersehen.« Thea beschloss, das Thema zu wechseln. Hier würden sie nicht weiterkommen. »Ihr redet im Moment sicher viel über Klemens. Erzähl doch mal, es kursieren doch bestimmt Gerüchte, wer ihm da eine Abreibung verpasst haben könnte.«

»Ich dachte, ihr seid eher an Fakten interessiert als an Gerüchten«, murmelte Hülsenbäck in sein Bierglas.

»Fakten wären uns natürlich noch lieber«, sagte Messmer.

Hülsenbäck grinste. »Sorry, damit kann ich echt nicht dienen.« Er hob beide Hände. »Es heißt, Klemens hätte der Bruderschaft in den vergangenen Jahren immer mal wieder Probleme bereitet, weil er es nicht verwinden konnte, dass er damals nicht übernommen wurde. Hat ein paar Gerüchte gestreut, Razzien provoziert. Das sind aber alles keine Gründe, ihn umzubringen. Schon gar nicht nach so vielen Jahren.«

»Warum wurde er denn abgelehnt?«, fragte Thea.

»Oh Mann, diese alten Kamellen! Ich war damals selber gerade erst Prospect geworden. Hab das Theater auch nur am Rande mitgekriegt. Soll heißen, vom Hörensagen. Es hieß, er wäre damals recht auffällig um die Reni rumgeschlichen. Es gibt eine eiserne Regel bei den Angels: Niemand fasst die Frau eines Bruders an. Kann gut sein, dass da was verrutscht ist.«

»War Irene denn damals schon mit Wessel verheiratet?«, fragte Thea.

»Was spielt das für eine Rolle? Sie waren zusammen, und wenn der Sergeant at Arms seine Hand auf einem Mädchen hat, haben die anderen sich zurückzuhalten.«

Thea und Messmer wechselten einen kurzen Blick. »Da ist uns noch was anderes zu Ohren gekommen. Gerüchte von einem Banküberfall, an dem Klemens beteiligt gewesen sein soll.« Thea stellte ihr Diktiergerät etwas lauter, als der 42er-Bus vorbeidonnerte.

»Da gab's einfach jede Menge Gerede. Keiner weiß, ob da überhaupt was dran war. Damals Mitte der Achtziger war doch eh die Hölle los. Ich erinnere mich noch gut an den Sommer, als das komplette Charter eingefahren ist. Wir wussten gar nicht, wie uns geschah, plötzlich saßen wir alle in U-Haft, sogar die Frauen. Am Anfang blickte keiner so richtig, wieso eigentlich.« Er lachte. »Erst hieß es wegen Bildung einer kriminellen Vereinigung. Ein Witz! Dann kamen aber richtig heftige Vorwürfe dazu.

War nicht lustig damals. Um die Zeit rum war auch der Überfall auf die Dresdner Bank. Wenn ich mich recht erinnere, muss das 1985 gewesen sein. Vielleicht haben sie den Klemme in die Schuhe geschoben. Die Angels mussten doch damals eh für alles herhalten, wofür die Bullen einen Schuldigen suchten.«

»Dabei hattet ihr natürlich alle blütenreine Westen«, meinte Messmer ironisch.

»Das hab ich nie behauptet. Aber wir waren ein Feindbild, das regelrecht bekämpft wurde. Mit allen Mitteln.« Er trank sein Glas in einem Zug aus und stellte es so heftig auf den Tisch, dass es knallte.

»Was war dran an der Sache mit dem Überfall?«, hakte Thea nach. »Wieso sollte ausgerechnet Klemens das gemacht haben?«

»Er hat damals damit geprahlt, Asche in Aussicht zu haben«, antwortete Hülsenbäck. »Wir hatten einen Fond, um die Hamburger Brüder im Knast zu unterstützen, als das Charter an der Sternschanze verboten wurde. Klemme kündigte an, er würde zwanzig Riesen in die Kasse spenden, wenn er bei uns als Member aufgenommen werden würde. So funktioniert das aber nicht bei uns. Unsere Mitgliedschaft kann man nicht kaufen.«

»Hatte er denn das Geld?«

Hülsenbäck schob sich betont lässig einen Kaugummistreifen in den Mund und kaute gemächlich, während er den Verkehr auf der Hauptstätter Straße beobachtete. Als Thea schon kaum noch auf eine Antwort zu hoffen wagte, ließ er eine Blase platzen und wischte sich die klebrigen Reste von den Lippen.

»Keine Ahnung«, sagte er schließlich. »Vielleicht hat er auch bloß eine große Klappe gehabt, 'ne Harley hat er sich jedenfalls bis zum Schluss nicht leisten können. Drum glaube ich auch nicht so richtig an die Geschichte mit dem Überfall.«

Die Befragung des Geschäftspartners nach Hülsenbäcks Alibi war wie erwartet verlaufen. Ein langhaariger Biker, der anhand seiner Kutte als Prospect zu identifizieren war, bezeugte, mit ihm am Dienstagmittag im Laden gewesen zu sein. Sie hätten während der Mittagspause gemeinsam Papierkram erledigt. Ob das der Wahrheit entsprach, wusste der Herrgott allein.

Auf dem Weg zum Auto war Thea schweigsam. Sie dachte über Hülsenbäcks Schilderung des Sommers 1985 nach. Der angebliche Bankraub und Klemens' Rausschmiss bei den Angels fielen offenbar auch in diese Zeitspanne. Zufall? Oder gab es da einen Zusammenhang?

»Das Jahr 1985 könnte der Knackpunkt sein«, sagte sie schließlich. »Vielleicht hat Klemens das Charter aus Rache bei der Polizei angeschmiert.«

»Und die warten mehr als zwanzig Jahre, um ihm das heimzuzahlen?«, antwortete Messmer. »Nein, das glaube ich nicht. Die Angels waren in den Achtzigern quasi ständig in den Schlagzeilen, bundesweit. Zuvor waren diese Verhaftungen in Hamburg gewesen, in deren Folge das dortige Charter verboten wurde. Stuttgart sah sich wohl genötigt, nachzuziehen.«

»Warst du damals schon bei der Polizei?«

»Ich hatte gerade im Streifendienst angefangen und fand das alles hochinteressant. In Hamburg lief noch der Prozess, als Stuttgart auch zugeschlagen hat. Der Vorwurf war Bildung einer kriminellen Vereinigung, Zuhälterei, Prostitution. Man hat die Clubjacken beschlagnahmt, und fast alle kamen in U-Haft. Später kamen dann noch Haftbefehle wegen bewaffnetem Raub, Vergewaltigung und sogar Mord hinzu. Es hatte fast den Anschein, dass man für alles, was damals passierte, die Hells Angels verantwortlich machen wollte.«

»Und das ging vor den Baum«, resümierte Thea.

»Das Oberlandesgericht hat erst mal den Haftbefehl wegen der kriminellen Vereinigung aufgehoben. Der war nicht haltbar. Die Polizei und auch die Staatsanwaltschaft haben sich damals nicht gerade mit Ruhm bekleckert. Fast alle Hells Angels wurden wieder auf freien Fuß gesetzt. Der Prozess gegen die übrigen zog sich allerdings lange hin. Zwei Anklagen wurden dann auch tatsächlich erhoben; jeweils eine wegen Mord und Vergewaltigung, die mussten allerdings wieder fallen gelassen werden. Haftentschädigung wurde gezahlt. Alles ziemlich peinlich.«

»Wie ist das möglich?«, fragte Thea ungläubig.

»Man hatte sich verrannt und ist dann übers Ziel hinausgeschossen.« Messmer seufzte. »Du weißt doch, wie das ist. Erinnere dich an den Fall letztes Jahr im Sommer, als wir Lichtenberg in U-Haft hatten. Ich hätte beim Leben meines Sohnes geschworen, dass er der Mörder von Hauser ist. Und du warst dir auch sicher, das weiß ich. Wir haben ihn weiß Gott nicht mit Samthandschuhen angefasst.«

»Stimmt. Aber wir sind ihm gegenüber fair geblieben, auch wenn's mir verdammt schwergefallen ist. Die Angels machen es einem allerdings auch nicht besonders schwer, ihnen alles Mögliche zu unterstellen«, räumte Thea ein. »Schau sie dir an, sie kokettieren doch geradezu mit Tattoos, Muskeln und Fäusten. Das macht wohl ihren ganz persönlichen Charme aus.«

»Sie haben auch immer wieder Leute im Knast und unterhalten Fonds, um ihre Big-House-Crew zu unterstützen. Aber all das darf uns nicht voreingenommen machen. Ich will damit sagen, dass wir keine voreiligen Schlüsse ziehen dürfen. Ihr Ruf ist legendär, aber er wird oft überschätzt. Solange sie bestehen, ist ihnen mehr angehängt worden, als sie verdient haben.«

»Glaubst du, dass Hülsenbäck ein Mörder ist?«, fragte Thea.

»Ich würde mich nicht auf ihn versteifen«, sagte Messmer. »Aber ich möchte es auch nicht ausschließen.«

***

»Sein Alibi ist nicht wirklich viel wert«, sagte Messmer in das Knurren seines Magens hinein. Verena warf ihm einen Marsriegel aus der großen Schüssel mit der Nervennahrung zu, den er geschickt auffing. Dabei fletschte er die Zähne, als wollte er ihn gleich mitsamt dem Papier verschlingen.

»Dann müssen wir härtere Geschütze auffahren«, sagte Joost. »Reicht die Personenbeschreibung für eine Telefonüberwachung?«

»Wir sollten uns zuvor am besten mal das ganze Charter ansehen«, schlug Messmer kauend vor. »Einfach um abzuklären, ob die Beschreibung vielleicht noch auf einen anderen zutrifft. So lange könnten wir ja prophylaktisch jemanden abstellen, der ihn beschattet.« Er grinste; schließlich wusste er genau, dass sie für solche Extravaganzen keine Leute hatten und das MEK voll und ganz ausgelastet war.

»Netter Gedanke, Micha, aber dazu haben wir kein Personal«, bremste ihn Joost auch sofort.

»Wo wohne diese Hilseböck?«, mischte sich Frau Baric, die gerade eine Karamellspur von Kochs Marsriegel vom Tisch wischte, ins Gespräch.

»In der Urbanstraße, schräg gegenüber von der Staatsgalerie«, antwortete Thea. »Warum interessiert Sie das, Frau Baric?«

»Tito und ich kenne mache Ieberwachung.« Frau Baric spülte ihren Lappen aus und setzte zum Nachwischen an. »Muss eh immer gehe Gassi mit Tito, egal wohin.«

»Kommt überhaupt nicht in Frage«, empörte sich Joost. »Das ist viel zu gefährlich. Sie sind keine Polizistin, Frau Baric!«

Talent zum Spionieren hat sie zweifellos, dachte Thea leicht unbehaglich, als sie sich an gestern erinnerte. Mit einem Hund kam man wirklich überall hin und konnte unauffällig Augen und Ohren aufsperren. Sie musste innerlich lächeln, als sie sich die Putzfrau inkognito auf den Spuren eines Hells Angel vorstellte.

»Isch gar nix gefährlich.« So schnell gab Frau Baric sich nicht geschlagen. »Kenne bleibe auf Birgersteig gegenüber und tun, als wolle gucke Bilder in Gemäldekalorie!«

»Der Haupteingang der Staatsgalerie ist aber auf der anderen Gebäudeseite. Sie bleiben bei Ihrem Wischmopp, das ist mein letztes Wort!« Joost kannte kein Erbarmen.

»Kann auch verkleide als Nonne und nehme Dose zum Sammle für karikative Zwecke – gleich noch bekomme bissele Geld für Friehstick morge!«

»Genug!«

Frau Baric zog den Kopf ein, als Joosts Stimme über sie hinwegdonnerte. »Sie haben hier eine Stelle als Reinigungskraft, nicht als verdeckte Ermittlerin.« Er stand auf und komplimentierte die Putzfrau samt Wischmopp und Eimer zur Tür hinaus.

»Haben wir ein Foto von Hülsenbäck, das wir dem Getränkehändler vorlegen können?«, fragte Verena.

»Der Erkennungsdienst hat todsicher was da. Könnte allerdings schon etwas älteren Datums sein. Ein aktuelles Foto haben wir leider nicht.« Joost knöpfte mühevoll seine Weste zu, die er als Zugeständnis an die Sokoleckereien für die Dauer der Besprechung geöffnet hatte. »Wenn dieses Verfahren noch lange geht, sehe ich bald aus wie der Bulle von Tölz.«

»Fotos werden uns nichts nutzen, Karger hat den Mann nur von hinten gesehen«, sagte Messmer. »Er kann die Jacke detailliert beschreiben, aber die sehen ja alle gleich aus. Ich schlage vor, wir fahren morgen nach Remseck raus und machen einen Überraschungsbesuch in ihrem Hauptquartier. Am Freitag treffen wir bestimmt einen Großteil von ihnen an. Und dann hören wir uns mal ihre Alibis an, für Irene Wessel und, wenn wir schon mal dabei sind, auch für Klemens, und schauen, wer außer Hülsenbäck noch eine Vollglatze hat.«

»Gute Idee, ich wollte schon immer mal das Clubhaus der Hells Angels aufmischen«, freute sich Thea.

»Keine gute Idee«, bremste Messmer ihre Begeisterung. »Ich will kein Macho sein, aber ich schlage vor, die Frauen lassen wir hier. Es könnte zu Ausschreitungen kommen, da ist es mir lieber, ihr bleibt an der Basis.«

Thea blickte entrüstet zu Joost, doch der nickte energisch.

»Sehe ich ganz genauso. Das sind harte Typen. Gehen wir lieber kein Risiko ein.«

Thea war sprachlos. Hilfesuchend schaute sie zu Verena, doch die rührte nur in ihrer Tasse und lächelte in sich hinein.

»Sag doch auch mal was!«, zischte Thea.

»Wenn die Herren unbedingt allein in den Krieg ziehen wollen, bleiben wir halt zu Hause am Ofen und stricken ihnen Socken für die Front«, antwortete Verena gleichmütig. »Bleib gelassen, Thea. Die Gleichberechtigung ist graue Theorie und hat es noch lange nicht bis in unsere Behörden geschafft.«

Thea biss sich auf die Lippen. Es hatte keinen Zweck zu protestieren, der Chef hatte entschieden. Es fuchste sie, nicht auf eine Stufe mit den Männern gestellt zu werden. Besonders dass Messmer wieder einmal den Macho raushängen ließ, ärgerte sie maßlos. Anderseits regte sich ganz tief in ihrem Innern ein wohliges Gefühl bei dem Gedanken, dass er sich um sie sorgte. Die Versuchung war groß, sich diesem Gefühl hinzugeben, aber sie wehrte sich dagegen. Schließlich wollte sie genauso respektiert werden wie die Männer. Sie wollte nicht geschont und beschützt werden. Oder vielleicht doch?

Thea verwarf den Gedanken und überlegte, was sie heute noch erledigen wollte. Sie musste einen Termin mit Rosi vereinbaren! Über die Hells-Angels-Spur hatte sie das beinahe vergessen. Sie zog die rosenrote Visitenkarte mit Rosis Handynummer aus ihrem Geldbeutel und hoffte, auf der Suche nach Irene Wessel ein Stück voranzukommen.

»Hallo, Frau Hafner. Hier spricht Thea Engel von der Kripo Stuttgart. Wir haben gestern schon versucht, Sie zu erreichen. Wir müssen uns noch mal mit Ihnen unterhalten. Könnte ich kurz bei Ihnen vorbeikommen, bevor der Betrieb losgeht?«

Rosi zögerte. »Gerade passt es mir schlecht. Ich habe eine Verabredung und muss noch mal weg. Können wir uns auf morgen einigen?«

»Natürlich.« Thea klemmte den Hörer zwischen Schulter und Ohr und suchte nach Stift und Notizblock. »Passt es gleich morgen Vormittag?«

»Ja, aber bitte nicht vor dem Aufstehen.«

»Schon verstanden. Ist es okay, wenn ich gegen zehn vorbeikomme?«

»Das ist in Ordnung. Darf ich fragen, worum es geht?«

Thea überlegte kurz. Vielleicht könnte sie jetzt schon etwas in Erfahrung bringen. »Reni ist verschwunden. Ihre Tochter hat eine Vermisstenanzeige aufgegeben. Haben Sie irgendeine Idee, wo sie sein könnte, außer am Place Pigalle oder im Moulin Rouge?«

Einige Sekunden herrschte Stille am anderen Ende.

»Reni ist verschwunden?«, fragte Rosi Hafner schließlich. »Was heißt das, verschwunden?«

»Sie ist zwei Tage lang nicht nach Hause gekommen. Ihre Tochter macht sich Sorgen. Normalerweise würden wir der Sache gar nicht nachgehen, schließlich ist Frau Wessel erwachsen, aber sie ist am Rande in einen Mordfall involviert, und da sieht die Sache schon anders aus.«

»Ich bin absolut fassungslos«, sagte Rosi. »Muss das erst mal sortieren.«

»Sortieren Sie ruhig. Ich hätte nur eine Frage vorab: Können Sie sich vorstellen, dass Reni einfach abgehauen ist? Aus eigener Entscheidung?«

»Nein.« Die Antwort kam schnell und entschieden. »Ich würde ihr ohne Weiteres zutrauen, dass sie Gernot verlässt, sie hat ihn nie geliebt. Aber von Judy würde sie niemals einfach so weggehen.«

»Sie hat Gernot nie geliebt? Warum hat sie ihn dann geheiratet?«

»Das versteht kein Mensch. Zumal ich weiß, dass sie damals unsterblich in einen anderen verliebt war. Der ist dann aber ins Gefängnis gegangen. Daraufhin hat sie sich entweder aus Enttäuschung für Gernot entschieden oder wegen des Geldes.«

»Sie war in einen anderen verliebt? Haben Sie da auch einen Namen?« Die Bleistiftspitze brach ab, und Thea suchte fluchend nach einem anderen.

»Den Namen weiß ich wirklich nicht mehr. Vielleicht wusste ich ihn auch nie. Das ist alles so lange her. Ich werde aber drüber nachdenken, vielleicht fällt er mir noch ein. Im Moment kann ich nur sagen, dass er ein Kumpel von Klemme war. Aber den können wir ja leider nicht mehr fragen.«

***

Gegen Abend hatte es angefangen zu regnen. Ohne dass sie darüber hätten reden müssen, war Messmer mit zu Thea nach Hause gekommen. Sie war nicht ganz sicher, ob sie sich daruber freute oder ärgerte. Jedenfalls hätte sie ihr Veto einlegen können, hatte es aber nicht getan. Als sie ihre Wohnungstür aufschloss, fragte sie sich, warum nicht. Zumal er in dieser Nacht Rufbereitschaft hatte, was keine gute Prognose für einen erholsamen Schlaf war.

Seit sie aus Italien zurück war, hatte es nur eine Nacht gegeben, die sie nicht mit Messmer verbracht hatte. Er schlich sich fast unbemerkt in ihr Leben, und sie ließ es geschehen, obwohl sie sich verbal noch dagegen wehrte. Sie wurde aus sich selbst nicht klug. Da sie von dieser Frage überfordert war, verlegte sie sich auf eine andere.

»Irene Wessel hat einen Mann geliebt und einen anderen geheiratet, als der, den sie liebte, ins Gefängnis musste. Warum tut man so was?«

»Aus Enttäuschung.« Messmer hängte seine Jacke auf und schleuderte die Schuhe von den Füßen. »Oder aus Torschlusspanik. Oder um dem anderen, der in den Knast musste, eins reinzudrehen. Weiß Rosi, warum er eingefahren ist?«

»Das werden wir sie morgen früh als Erstes fragen. Wenn wir Glück haben, erinnert sie sich vielleicht an seinen Namen oder kennt jemanden, der sich erinnert. Mist, dass Klemens nichts mehr sagen kann!«

»Wenn Klemens noch was sagen könnte, hätten wir die ganze Arbeit nicht«, sagte Messmer. »Der war offenbar nur der Anfang. Im Moment scheint es, als zöge dieser Fall einen Rattenschwanz hinter sich her.«

Beim Stichwort »Rattenschwanz« hob Romeo den Kopf und begann, maunzend um seine Futterschüssel zu schleichen. Während Thea den Napf auswusch, öffnete Messmer die Whiskas-Dose. Sie waren ein eingespieltes Team, brauchten nicht mehr viele Worte, um sich zu verständigen. Inzwischen war das nicht nur bei der Arbeit so, sondern es hatte auch aufs Privatleben übergegriffen. Sollte ihr das nun gefallen oder sie beunruhigen?

»Ich glaube, ich müsste hier zumindest mal einen Nebenwohnsitz anmelden«, sagte Messmer beiläufig, als er das Katzenfutter in den Napf leerte.

Natürlich, er hatte mal wieder ihre Gedanken erraten. In letzter Zeit traf er dabei immer häufiger ins Schwarze. Wobei das Repertoire der Themen, über die sie zurzeit nachdachte, nicht sehr umfangreich war. Entweder ging es um die Arbeit oder um ein mögliches Zusammenleben mit Messmer.

Sie war nicht sicher, ob sie ihm zustimmen oder lieber ablenken sollte. Sicher war nur, dass ihr Herz heftiger schlug. Also sagte sie vorerst nichts dazu.

Einige Sekunden lang hörte man nur den Regen, der an die Fensterscheibe prasselte.

»Es ist kalt geworden«, sagte Thea schließlich. »Wir sollten vorm Schlafengehen noch was Warmes essen. Ich hab was Leckeres aus Italien mitgebracht, an das ich gar nicht mehr gedacht hatte.« Sie hielt ihm eine Konserve und einen Dosenöffner hin. »Wenn ich schon mal einen Mann im Haus hab …«

»Minestrone aus der Dose.« Messmer schnalzte mit der Zunge. »Ein derart delikates Abendmahl hab ich nicht erwartet.«

»Sei froh, dass ich für dich den Herd anschalte. Früher habe ich abends nur ein Brot gegessen.« Früher – das schien schon eine gefühlte Ewigkeit her zu sein. Thea zog einen Kochtopf aus dem Schrank, der vollkommen jungfräulich aussah. Man merkte ihm nicht an, dass er vor Kurzem mit einer mehr oder weniger missglückten Kartoffelsuppe eingeweiht worden war. »Ich sag's dir lieber noch mal in aller Deutlichkeit: Ich kann nicht kochen.«

Messmer schmunzelte. »Ich weiß. Hatte schon öfter Gelegenheit, das festzustellen.«

»Und es stört dich nicht?«, fragte Thea.

»Was kümmert mich das Essen, solange du mir Appetit machst?« Messmer nahm ihr den Kochtopf aus der Hand und stellte ihn zurück in den Küchenschrank. Dann zog er sie an sich und begann, ihre Bluse zu öffnen. »Wenn das Essen wichtiger wird als der Sex, dann ist man alt.«

»Heißt das, du magst keine Dosensuppe heute Abend?«, hauchte Thea. Eine warme Explosion detonierte in ihrem Bauch.

»Keine Dosensuppe heute Abend«, wiederholte Messmer entschieden, hob Thea auf den Arm und trug sie ins Schlafzimmer.

Romeo lag ausgestreckt auf dem Bett. Er maunzte energisch und streckte sich; Thea konnte förmlich sehen, wie er die Krallen ausfuhr.

»Kannst du deinem Kater nicht allmählich mal beibringen, dass dieses Bett uns gehört?«, schmollte Messmer. »Verzieh dich, Kumpel, das ist jetzt mein Revier!«

Als Romeo keine Anstalten machte, das Feld zu räumen, setzte Messmer Thea auf der Bettkante ab und trug den Kater zu seinem Korb. »Und hier bleibst du für den Rest der Nacht, sonst wirst du mich kennenlernen!«

Thea ahnte, dass diese Worte verlorene Liebesmüh waren, und musste lächeln. Sie besaß die Liebe eines Mannes *und* eines Katers – sie konnte sich wirklich glücklich schätzen.

»Vergiss nicht, dein Handy anzumachen, und leg es neben das Bett«, sagte sie. »Du musst im Notfall erreichbar sein.«

»Heute Nacht wird nichts passieren«, flüsterte er ihr ins Ohr, als er die Decke über sie beide zog. »Jedenfalls nicht da draußen. Unter dieser Decke allerdings wird allerhand passieren, verlass dich drauf!«

***

Dreitausendfünfhundertzwanzig Tage ohne Irene

Scholli und Ahmed sind letzten Monat entlassen worden. Und seit voriger Woche kann nun auch Brecher seine Eisenstange wieder in Freiheit schwingen. Ich bin in die Nachbarzelle verlegt worden, zu zwei Langzeitinsassen, die ihre Abende damit verbringen, Klebstoff zu schnüffeln, den sie in der Werkstatt geklaut haben. Ich weiß nicht, wie sie heißen und warum sie einsitzen, aber das interessiert mich auch nicht. Ich spreche nicht mit ihnen. Manchmal beobachte ich sie, wenn sie verstohlen zu mir herüberschauen, aber ich sehe sie wie hinter einer Wand aus Panzerglas.

Ich weiß, dass sie über meine Mütze reden. Ich sehe es an ihren Blicken, wenn sie miteinander tuscheln. Der eine hat zu mir herübergeschaut, als er glaubte, ich merke es nicht, und dem anderen zugeflüstert: »Er schläft sogar mit dem Ding. Wahrscheinlich hat er Angst, dass es ihm jemand klaut.« Sie haben gekichert. Immerzu sehe ich sie zusammenstehen und verstohlen zu mir rüberschauen.

Sollen sie nur. Sollen sie lästern. Sollen sie kichern. Sie haben keine Ahnung. Sie werden mich nicht dazu bringen, meinen Schutzschild abzulegen und mich angreifbar zu machen. Sie werden meine Gedanken nicht stehlen können.

Ständig kommen diese Leute und fragen mich nach dem Geld. Sie wollen mich mürbe machen, meinen Willen brechen. Ich sage, dass ich keinen Besuch haben möchte, aber Jockel meint, die kommen von der Polizei, und die hätten ein Recht, mich zu befragen. Ich versuche, nicht zuzuhören. Ich lenke meine Gedanken ganz woanders hin und hole die Erinnerungen tief aus meinem Inneren.

Ich denke an Irene. An die Zeit, als ich noch litt, weil sie andere Männer neben mir hatte.

Oh, wie hat mich damals die Eifersucht gequält. Manchmal habe ich sie beschattet, als sei es ein masochistischer Zwang, mit anzusehen, wie sie ihrer Arbeit nachging.

Ich erinnere mich, dass ich in der Lobby hinter einem Pfeiler stand und beobachtete, wie sie diesen dicken, schwitzenden Geschäftsmann ansah, wie sie mit einem verführerischen Lächeln vorausgegangen war, den mit rotem Teppich ausgelegten Flur hinab. Ich sehe noch heute ihre Hüften schwingen und ihn mit lüsternem Blick hinter ihr hersabbern. Wie konnte sie vortäuschen, ihn zu mögen? Wie konnte sie es über sich bringen, ihn glauben zu machen, dass sie ihn attraktiv und begehrenswert finde?

Es ist mein Job, hatte sie gesagt. Einen Job muss man nicht unbedingt gern tun. Oder macht es dir immer Spaß, Gäste ein- und auszuchecken und Gepäck zu den Zimmern zu tragen? Immer freundlich sein zu müssen, damit das Trinkgeld stimmt und die Gäste wiederkommen? Und doch scheint das Lächeln in deinem Gesicht festgewachsen zu sein, auch wenn du innerlich ganz anders fühlst. Ich arbeite auch in einem Dienstleistungsgewerbe, genau wie du.

Sie hatte mein Gesicht in ihre Hände genommen und mich fast beschwörend angesehen. Ich fühle noch den Druck ihrer kühlen Finger auf meinen Wangenknochen. Du darfst das nicht vergleichen, sagte sie. Mit dir ist es ganz anders. Du bist etwas Besonderes für mich. Mit keinem Geld der Welt zu bezahlen. Von den anderen kassiere ich meinen Dirnenlohn. Für die anderen verkaufe ich meinen Körper. Aber nur du bekommst meine Füße zu sehen. Für dich, und nur für dich, ziehe ich die Schuhe aus.

Es läuft wie ein Film vor meinem inneren Auge ab, ich sehe, wie sie die Pumps quer durchs Zimmer schleudert, wo sie in einer Ecke liegen blieben. Sie hat kleine, schmale Füße, fast wie die eines Kindes. Sie rührten mich, weckten eine Zärtlichkeit in mir, die ich nicht verstehen konnte. Ich liebe ihre Füße besonders, vielleicht deswegen, weil es das Einzige an ihr ist, das ich mit niemandem teilen musste. Ich hasse es, zu teilen. Ich habe es schon als Kind gehasst, die abgetragenen Sachen und das gebrauchte Spielzeug mei-

nes großen Bruders vererbt zu bekommen. Ich wollte schon immer etwas Eigenes haben, etwas, das nur mir gehört. Das ist mir bislang nie vergönnt gewesen.

Aber eines Tages wird sie mir ganz gehören. Mir allein. Ich weiß es, denn ich bete jeden Tag dafür. Ich muss nur darauf vertrauen.

Fünftausendneunhundertzwanzig Tage ohne Irene

Diese Männer waren schon wieder da. Sie tragen keine Uniformen, deshalb denke ich, dass sie lügen, wenn sie sagen, dass sie von der Polizei kommen. Wieder einmal haben sie versucht, mich zu überreden, ihnen das Geldversteck zu verraten. Sie lassen sich immer neue Tricks einfallen. Diesmal waren sie besonders clever.

Eine Währungsumstellung würde bevorstehen. Ab dem Jahreswechsel würde die D-Mark ungültig werden und eine neue Währung, die sie Euro nennen, sollte in Kraft treten. Sie schauen mich an, als wollten sie mich hypnotisieren. ›Verraten Sie uns, wo Sie das Geld versteckt haben‹, sagen sie. ›Wenn Sie hier rauskommen, wird es ohnehin verfallen sein. Sie können nichts mehr damit anfangen. Geben Sie sich einen Ruck. Sagen Sie es uns. Vielleicht bekommen Sie sogar Strafmilderung. Das wäre durchaus denkbar. Reden Sie mit uns!‹

Ich merkte, dass sich meine Finger in die Krempe meiner Mütze krallten und sie gewaltsam nach unten zogen. Krampfhaft bemühte ich mich, an etwas ganz anderes zu denken, aus Angst, dass diese Männer meine Gedanken lesen könnten, trotz der Mütze. Es sind so viele. Sie schauen so durchdringend, als wüssten sie ganz genau, was ich zu verbergen suche. Meine Gedanken versuchten, zu Irene zu fliehen, aber ich schaffte es nicht. Sie bedrängten mich zu sehr. Es war schwierig auszuhalten, aber schließlich ist es mir gelungen. Ich habe mich die ganze Zeit auf das Nichtraucherschild an der Tür des Besucherzimmers konzentriert, um nicht zuhören zu müssen. Den roten Kreis anvisiert, dann den roten Balken. Die stilisierte Zigarette. Ich könnte es inzwischen detailgetreu nachzeichnen.

Sie schrecken vor keinem Mittel zurück, mir mein Geld wegzu-

nehmen. Sie wollen es ungültig machen, nur um mir eins auszuwischen. Aus Rache, weil ich das Versteck nicht verrate.

Ich werde es nicht verraten. Sie können drohen und betteln und von mir aus die Währung umstellen. Sie werden nichts aus mir herausbekommen. Gott wird dafür sorgen, dass ich wieder mit Irene vereint werde, ob mit oder ohne Geld. Sie können versuchen, meine Mütze zu stehlen. Sie können mich mit diesem verdammten Lied beschallen. Ich werde alles aushalten, denn je mehr ich jetzt leide, desto wunderbarer wird meine Zukunft sein. Der Pfarrer hat es sehr schön gesagt, mit einem Spruch aus der Heiligen Schrift:

»Denn die mit Tränen säen, werden mit Freuden ernten.‹«

FREITAG

Thea erwachte noch vor dem Weckerklingeln von einem rasselnden Geräusch direkt neben sich. Ihr Märchenprinz schnarchte. Sie blinzelte und blickte auf eine behaarte Männerbrust. Hatte sie die ganze Nacht in seinen Armen geschlafen? Ihr Genick tat weh, und sie verspürte das Bedürfnis, sich zu strecken. Andererseits wollte sie für den Rest ihres Leben so liegen bleiben, seinen Duft einatmen und ihn betrachten, bis sie jede Pore, jeden Leberfleck und jedes Härchen an seinem Körper kannte. Sie hob den Kopf und strich mit den Lippen behutsam über seinen Hals. Ein Königreich für eine zusätzliche Stunde mit ihm in diesem Bett! Der Wecker ließ ihren Traum zerplatzen.

»Nimm den Kater von meinen Füßen, sonst verarbeite ich ihn zum Bettvorleger.« Messmer räkelte sich und blinzelte eifersüchtig zu Romeo am Bettende, der in der Nacht erfolgreich ein Stückchen seines alten Reviers zurückerobert hatte.

Thea richtete sich auf und versuchte, in der Wirklichkeit anzukommen. Zwischen den Spalten ihres Rollos kroch die Sonne herein und malte goldene Streifen auf die Bettdecke. Winzige Staubpartikel tanzten in dem Sonnenstrahl.

»Hab doch mal ein bisschen Verständnis, er macht gerade harte Zeiten durch.« Sie beugte sich zu Romeo und nahm in auf den Arm.

»Er muss sich langsam mal dran gewöhnen, dass ein Zweibeiner ihm den Rang abgelaufen hat.« Messmer schwang sich aus dem Bett und sah an sich herunter. »Dreibeiner«, murmelte er.

»Wenn der Dreibeiner schon mal Kaffee aufsetzt, dann mach ich mit dem Vierbeiner noch ein paar Minuten Psychotherapie.« Thea ließ sich zurück aufs Bett fallen, legte sich den Kater auf den Bauch und streichelte sein rotes Fell.

»Niemand wird dich je ersetzen«, flüsterte sie ihm zu, als Messmer in der Küche verschwunden war. »Keiner hat so seidenweiches Fell wie du und so seegrüne Augen. Keiner kann so herzzerreißend schnurren. Der Herr Hauptkommissar kann nicht mal Mäuse fangen. Höchstens Mörder.«

»Wo hast du denn das Kaffeepulver versteckt, ich kann's beim besten Willen nicht finden.« Messmer stand in der Schlafzimmertür ohne einen Faden am Leib, und Thea konnte sich einige Sekunden lang nicht mal erinnern, wie Kaffeepulver überhaupt aussah.

»Das kannst du gar nicht finden, warte, ich mach das schon.« Sie setzte Romeo auf dem Bettvorleger ab und taumelte schlaftrunken Richtung Flur.

Ein ohrenbetäubender Lärm kam aus der Küche. Aus dem Radio, von dem Thea kaum noch wusste, dass sie es besaß, schallte das Frühstücksprogramm von Big FM.

»Micha, wenn ich irgendjemanden um diese Uhrzeit absolut nicht ertragen kann, dann ist es der Morgenhans!« Sie wollte an ihm vorbei, um das Radio abzudrehen, aber er hielt sie fest und zog sie in seine Arme.

»Wäre dir Ostermann lieber? Dann schalte ich sofort auf Antenne 1 um.«

»Untersteh dich! Um diese Uhrzeit kann ich solche entsetzlich wachen und unverschämt gut gelaunten Menschen generell nicht aushalten. Ich kriege da Mordgelüste!« Thea versuchte sich loszumachen und tastete mit einer Hand vergeblich nach dem Radioknopf.

»Eigentlich müsstest du nach dieser Nacht doch total entspannt sein«, sagte er. »Oder magst du einen Nachschlag? Für einen Quickie reicht die Zeit vielleicht gerade noch.«

»Micha, hör auf!« Sie war ärgerlich, weil er das Klischee zu bestätigen schien, dass Männer immer nur an das eine dachten. »Ich sag's dir lieber gleich: Ich bin ein Morgenmuffel erster Güte. Und ich brauch absolute Ruhe nach dem Aufstehen. Möglichst eine Stunde lang.«

»Himmel, und ich brauch Musik, um wach zu werden. Wozu hast du überhaupt ein Radio?«

»Das hat mir meine Mutter mal geschenkt, aber ich benutze es nie.« Wie so einiges, das mir meine Mutter schenkt, setzte sie in Gedanken hinzu. Thea befreite sich aus seinem Griff und stolperte zum Kühlschrank. Gottlob, Milch war noch da. Sie würde für Romeo und mit ein bisschen gutem Willen auch noch für zwei

Schälchen Müsli reichen. Viel mehr Frühstücksauswahl hatte sie nicht zu bieten.

»Ich geh erst mal duschen. Machst du inzwischen Kaffee? Das kannst du doch, oder?«

Bevor Thea die hochgiftige Antwort loswerden konnte, die ihr auf der Zunge lag, verschwand Messmer im Bad.

Theas erster Weg führte zum Radio, um dem Morgenhans den Saft abzudrehen. Wohltuende Stille erfüllte die Küche. Aus dem Schlafzimmer kam Filmmusik. Messmers Handy spielte das »Lied vom Tod«. Sie ließ es klingeln. Wenn es wichtig war, würde derjenige noch mal anrufen, wenn Micha mit dem Duschen fertig war.

Thea füllte Wasser in die Maschine und begann im Küchenschrank nach dem Kaffeepulver zu suchen. Gewöhnlich trank sie ihren ersten Kaffee immer erst im Büro, zu Hause hatte sie sich bisher nie die Zeit dazu genommen. War sie nicht schon zu alt, um ihre Gewohnheiten auf den Kopf zu stellen? Egal, sie freute sich auf ein gemeinsames Frühstück mit Micha, wie karg es auch ausfallen würde.

Sie war gerade dabei, den Messlöffel aus dem hintersten Winkel ihres Besteckfachs zu angeln, als ihr Telefon klingelte.

»Weißt du, wo sich Micha rumtreibt? Er geht weder ans Festnetz noch ans Handy.« Joost hielt sich nicht damit auf, einen guten Morgen zu wünschen. Das war kein gutes Zeichen.

»Keine Ahnung. Vielleicht ist er unter der Dusche und hat's nicht gehört.« Thea schob die Tür schnell mit dem Fuß zu, damit ihr Chef das Rauschen des Wassers aus ihrem Badezimmer nicht hören konnte. »Was ist passiert?«

»Wir haben eine Tote im Hoppenlaufriedhof. Ich meine, von den dort Begrabenen mal abgesehen. Sie liegt mit Würgemalen am Hals im israelitischen Teil. Ein Friedhofsgärtner hat sie entdeckt.«

»Scheiße!«, flüsterte Thea. »Ist sie schon identifiziert?«

»Nein. Irgendwelche Ausweispapiere hatte sie offenbar nicht bei sich.«

Thea ließ sich auf einen Küchenstuhl sinken. »Könnte es Irene Wessel sein?«, fragte sie.

»Dem Alter nach könnte es passen«, sagte Joost. »Alle Infos, die ich bisher habe, sind vom Revier. Dr. Krach ist vor Ort. Versuchst du, Micha zu erreichen? Ihr könnt euch dann am Fundort treffen, der liegt ja quasi auf seinem Arbeitsweg. Die Autos könnt ihr auf dem Parkplatz der Liederhalle abstellen.«

Als Thea aufgelegt hatte, sah sie Messmer in der Tür stehen. Er trug jetzt Boxershorts und ein Handtuch um den Hals, und das Haar stand ihm feucht vom Kopf ab. Der Duft ihres Apfelshampoos stieg ihr in die Nase.

»Ich hab nur den Rest mitgehört, aber ich schätze, wir müssen ohne Kaffee los«, sagte er und frottierte sich die Haare. »Hast du vielleicht einen Fön?«

»Heute Nacht wird nichts passieren, jedenfalls nicht draußen!«, knurrte Thea und zwängte sich in ihre frisch gewaschene Jeans, wobei sie sich rücklings aufs Bett legen musste, um den Reißverschluss zu schließen. »Ich schätze, da war mehr los als bei uns im Bett. Jedenfalls so spektakulär, dass es in die Zeitung kommt. Den Fön findest du im Badschrank, rechte Tür oben.«

»Immerhin haben sie uns ausschlafen lassen. Und wenn du unser Intimleben in der Zeitung lesen willst, dann musst du nur einen Termin mit der Pressestelle machen. Vielleicht reicht es auch schon, Hannes Bescheid zu geben.« Messmer schmunzelte und machte sich auf den Weg zurück ins Bad.

»Das wäre so ziemlich das Letzte, was mir einfallen würde!« Thea versetzte ihrem Wäschekorb einen Tritt, sodass er umkippte und der Bügelwäscheberg in sich zusammenrutschte. Romeo nutzte die Gelegenheit, sprang hinein und wälzte sich in den Kleidungsstücken. Thea ließ ihn gewähren. Ihr fehlte jetzt die Kraft, ihren Kater zu erziehen. Die Sachen würde sie eben noch mal waschen. Ihr war plötzlich zum Heulen zumute.

***

Der älteste Friedhof Stuttgarts liegt mitten in der City, flankiert vom Kultur- und Kongresszentrum Liederhalle, dem Boschareal und der alten Reithalle. Unbeeindruckt von den Sirenen der Krankenwagen, die nördlich über die Rosenbergstraße das Diakonissenkrankenhaus ansteuerten, und vom Geratter der U-Bahnzüge der Linie 2, die westlich zur Endstation Hölderlinplatz fuhren, hielt der Hoppenlaufriedhof hinter jahrhundertealten Mauern eine Art Dornröschenschlaf, wie ein kleines Stück Märchenland, auf das die moderne Welt keinen Zugriff hatte.

Natürlich war es der ideale Ort, um jemanden umzubringen oder eine Leiche abzulegen. Hier kam des Abends niemand her, um Gräber zu pflegen und Rabatten zu gießen. Dieser Friedhof war stillgelegt; es hatte seit Jahrzehnten keine Beerdigung mehr gegeben. Nunmehr als Kulturdenkmal deklariert, ruhten unter den Grabsteinen die Gebeine von Persönlichkeiten wie Wilhelm Hauff, Gustav Schwab, Prinz Ludwig August von Hohenlohe, Johann von Dannecker und etliche Verwandte des Luftschiffbauers Ferdinand Graf von Zeppelin.

Der Himmel trug einen Trauerflor, und als Thea und Messmer aus dem Auto stiegen, nieselte es aus dunkelgrauen Wolken. Nichtsdestotrotz hatte sich eine Schar von Schaulustigen vor dem rot-weißen Absperrband am Haupteingang des Friedhofes versammelt, die offenbar von den hier parkenden Streifenwagen angelockt worden waren und es gern riskierten, heute zu spät zur Arbeit zu kommen. Obwohl von hier aus überhaupt nichts Ungewöhnliches zu sehen war, harrten sie geduldig der Dinge, die da kommen sollten. Einige besonders eifrige Pressevertreter waren unter ihnen, hielten ihre Kameras im Anschlag und fotografierten Thea und Messmer, die sich in ihren weißen Schutzanzügen durch die Menge schoben, als würden sie nicht zum Tatort eines Verbrechens, sondern zur Verleihung des deutschen Filmpreises über den roten Teppich schreiten.

Thea hob die Hand, um ihre Augen vor dem Blitzlicht zu schützen. »Ich werde nie begreifen, woher diese Aasgeier so schnell ihre Informationen kriegen«, flüsterte sie Messmer zu, während sie unter dem Absperrband hindurchschlüpfte, das über das Haupttor zwischen den efeubewachsenen Mauern gespannt war.

»Sie hören den Polizeifunk ab«, sagte Messmer. »Davon abgesehen, dass es illegal ist, kann das heute fast jeder. Es gab schon Miniradios als Beigabe zum Micky-Maus-Heft, mit denen man sich in unser Funknetz einklinken konnte.«

Stuttgarts jahrhundertealter Gottesacker war auf eine morbide Art und Weise schön. Man wähnte sich in einem anderen Zeitalter, solange man nicht den Blick hob und sich von den gläsernen Fassaden des Boschareals jenseits der Friedhofsmauern in die Gegenwart zurückholen ließ. Es war still; selbst die Vögel schienen andächtig zu schweigen. Thea hatte das Gefühl, in eine längst vergessene Welt einzutauchen. Es gab keine Blumen, keine Kränze, keine Lichter auf den Ruhestätten der vor Jahrhunderten Gestorbenen. Nur die Grabmale erinnerten noch an die Toten, auch wenn die Inschriften längst verwittert und kaum noch zu entziffern waren; die Natur eroberte sich mit Hilfe von Moos und Flechten den Stein zurück.

Der jüdische Teil des Friedhofes lag etwa hundert Meter linker Hand vom Hauptareal; eine Steinmauer trennte ihn vom übrigen Gelände. Durch das schmale Eingangstor konnte man nur hintereinander gehen. Thea folgte Messmer und stolperte fast in Staatsanwalt Jens Triberg hinein, der unmittelbar am Eingang stand. Er sah unverschämt frisch und ausgeschlafen aus, wie gewöhnlich drahtig und wie aus dem Ei gepellt. Sogar in einen Nadelstreifenanzug hatte er es heute Morgen geschafft, und der Krawattenknoten saß so perfekt, dass er wie in Stein gemeißelt wirkte.

»Guten Morgen«, sagte Thea, während sie sich bemühte, ihr widerspenstiges Haar unter die weiße Kapuze zu stopfen.

»Kann ja nur noch besser werden«, entgegnete Triberg gut gelaunt. »Sie liegt dort drüben.« Er wies auf die westliche Friedhofsmauer, wo ein schmaler Plattenweg um das Grabfeld herumführte.

Die emsige Betriebsamkeit, die sich ihr dort darbot, stand im derben Kontrast zum stillen Ambiente des jüdischen Friedhofes. Polizisten in weißen Papieranzügen wuselten durcheinander und versperrten den Blick auf den Leichnam, der irgendwo in der Nähe der Mauer liegen musste. Sie unterhielten sich leise, sodass man das Klicken der Digitalkamera hören konnte, mit der die Tatortfotos gemacht wurden. Thea trat langsam näher, und ihr Bauch sagte ihr, dass sie gleich dem toten Körper von Irene Wessel gegenüberstehen würde.

Das Erste, was sie sah, war ein hoher Hackenschuh aus Schlangenlederimitat. Er war von dem Fuß gerutscht, der halb verdreht danebenlag. Billige Nylonstrümpfe. Dunkelrot lackierte Zehennägel, passend zur Farbe der Schlangenschuhe. Es war nicht Irene. Sie musste der Toten nicht ins Gesicht schauen, um zu wissen, dass es Rosi war. Sogar der weinrote Rock war derselbe wie am Montagabend. Er war über die Hüfte hinaufgerutscht oder vom Notarzt für die Leichenschau hochgeschoben worden; die angewinkelten Beine klafften auseinander und gaben den Blick auf einen schwarzen Stringtanga frei und auf einiges mehr. Keiner machte sich die Mühe, ihre Blöße zu bedecken, man konzentrierte sich wohl mehr auf ihren Hals.

»Die Würgemale sind deutlich zu erkennen, vorn am Kehlkopf wie auch an den Seiten.« Der Mann, der vor dem Leichnam auf der feuchten Erde kniete, drehte sich um, und Thea erkannte Professor Krach. Sein Gesicht hellte sich auf. »Sie sind der erste Engel, der mir heute Morgen begegnet. Schauen Sie sich nur um: Kein einziger Grabengel weit und breit, nur klobige Steine.

Erst jetzt fiel es Thea auf. Wie auf dem gesamten Hoppenlaufriedhof gab es auch hier, im jüdischen Teil, keine Statuen. Die massigen Grabmale standen auf diesem kleinen Fleckchen Erde dicht nebeneinander, wie eine Armee versteinerter, moosbewachsener Gnome, die Schulter an Schulter die Toten bewachten.

Sie zwang sich, näher zu der Leiche zu gehen. Messmer trat hinter sie, legte eine Hand auf ihre Schulter. Sie schüttelte sie nicht ab. In diesem Moment war es ihr gleichgültig, ob diese Geste jemandem auffiel. Sie kämpfte mit Trauer und Übelkeit und war froh, noch nicht gefrühstückt zu haben. Diesen Menschen hatte sie gekannt. Mit dieser Frau hatte sie vor wenigen Stunden noch telefoniert. Sie war nicht anonym wie die vielen anderen Toten, die bei der Arbeit ihren Weg kreuzten.

»Wir kleben sie ab und untersuchen ihre Fingernägel nach Fremd-DNA«, erklärte Professor Krach. »Ich gehe davon aus, dass sie sich gewehrt und ihren Angreifer möglicherweise auch gekratzt hat. Dann haben wir Hautpartikel des Täters, mit denen wir was anfangen können. Das mache ich aber erst im Krankenhaus.«

Was würden wir nur tun, wenn es die Möglichkeit der DNA-Analyse noch nicht gäbe, dachte Thea. Sie löste sich unauffällig von Messmer und ließ den Blick über die Gräber schweifen. Jedes von ihnen war mit seiner eigenen Geschichte von Leid und Trauer verbunden. In jedem von ihnen war ein Mensch begraben, der geliebt worden war, eine große Lücke im Leben seiner Angehörigen, seiner Freunde gerissen hatte. Seine Gebeine waren längst zu Staub zerfallen. Aber wo war das, was diesen Menschen ausgemacht hatte, jetzt?

Sie zog den Kopf ein, als eine Taube knapp über sie hinwegsegelte, auf einem Grabstein landete und respektlos einen Klecks hinterließ. Was auf dem Pragfriedhof die Eichhörnchen, waren hier die Tauben. Sie stolzierten völlig ungerührt zwischen den Gräbern herum und pickten hier und da einen Samen aus dem geschichtsträchtigen Boden, wie sie es immer getan hatten. Lass dich nicht von Gefühlen beeinflussen, befahl sich Thea. Mach deinen Job, wie sonst auch. Tu einfach so, als hättest du diese Frau nie kennengelernt, nie mit ihr gesprochen, nie über ihr Leben nachgedacht. Was hier liegt, ist sowieso nur noch ihre äußere Hülle; sie selbst ist gar nicht mehr da. Sie beschloss, einen tiefen Atemzug zu nehmen und Messmer und Krach bei der Leichenschau zu unterstützen.

»Mund und Nase frei von Fremdkörpern«, diktierte Messmer gerade in das Aufnahmegerät. »Augen teilweise offen, massive punktförmige Einblutungen in den Bindehäuten sowie in der äußeren Umgebung der Augen deuten auf extremen Sauerstoffmangel hin. Nasenbein und Schädel intakt, keine tastbaren Frakturen …« Er blickte auf, als Thea sich wieder neben ihn stellte, und schaltete das Gerät aus.

»Ich frage mich, ob ihr der Name von Renis Geliebten noch eingefallen ist«, flüsterte sie. »Wir hatten in ungefähr zwei Stunden einen Vernehmungstermin. Wer hätte das hier ahnen können? Verdammt!«

Messmer musterte Thea aufmerksam, und sein Gesicht wurde weich. »Du musst hier nicht mitmachen, wir schaffen das schon alleine.«

Wie in Trance verfolgte Thea, wie er zusammen mit Professor

Krach die Leichenschau zu Ende führte. Die Männer vom Bestattungsdienst waren inzwischen eingetroffen und warteten diskret an der Mauer, die den jüdischen Teil des Friedhofes begrenzte. Triberg stand schweigend bei ihnen; sein Gesicht war so steinern wie die Grabmale um ihn herum. In wenigen Stunden würde Rosemarie Hafner auf einem Stahltisch in der Pathologie des Robert-Bosch-Krankenhauses liegen, und Professor Krach und sein Team würden der stummen Zeugin die Geheimnisse ihrer letzten Lebensstunden zu entlocken versuchen.

Der Wind trieb die Wolken auseinander, und die Sonne kämpfte sich hervor. Ihre Strahlen streiften die gespenstisch weiß gekleideten Menschen, das Grabfeld und den Strauch mit den weißen Blüten, unter dem Rosi Hafner für den Transport in einen Plastiksack gelegt wurde. Es war eng zwischen den Grabsteinen, und alle, die nicht unmittelbar gebraucht wurden, traten zurück, sodass Thea die Szene aus der Totalen betrachten konnte. Als die Männer den Leichnam hochhoben, blieb eine Hand an einer Ranke des Strauches hängen, und Blütenblätter rieselten auf Rosis Gesicht. Keiner wischte sie weg, als sie den leblosen Körper in den Leichensack legten, den Reißverschluss zuzogen und den Sack auf eine Trage hoben. Als die Träger sich in Bewegung setzten, stießen sie mit der Bahre an den Stamm einer Lärche, die ihre immergrünen stacheligen Arme mit spindeldürren Geisterfingern über die Tote breitete, als wollte sie sie zum Abschied streicheln. Von ihren nassen Zweigen fielen Regentropfen wie funkelnde Tränen auf das schwarze Plastik des Leichensackes.

***

»Rosemarie Hafner, vierundvierzig Jahre alt, geht seit ihrem achtundzwanzigsten Lebensjahr der Prostitution nach, nachdem sie bei Kodak in Wangen wegen einer Chemikalienunverträglichkeit aufhören musste.« Joost stand am Flipchart und notierte die Fakten, die ihnen von ihrem aktuellen Opfer bislang bekannt waren. Er heftete den ersten großformatigen Fotoabzug vom Tatort, den das Labor gerade gebracht hatte, an die Pinnwand.

Gerade erst waren sie von Rosis Obduktion zurückgekommen. Sie hatte nur das bestätigt, was sie bereits am Tatort so gut wie sicher gewusst hatten: Tod durch Ersticken infolge eines Würgevorgangs.

»Tragen wir mal ihre Kontaktpersonen zusammen«, fuhr Joost fort. »Da wäre zunächst Molly, die direkte Zimmernachbarin. Die sollten wir schnell befragen. Dann stehen natürlich alle ihre Kunden pauschal unter Verdacht.«

»Nicht alle. Klemens scheidet aus, der war mit dem Sterben ein bisschen schneller als sie.« Koch schlug seine Zähne in einen Berliner und wischte sich die Himbeermarmelade vom Kinn.

»Alle außer Klemens natürlich«, berichtigte sich Joost leicht genervt. »Wen kennen wir noch?«

»Ihren Zuhälter, der es nicht gern sieht, wenn sie ein bisschen Geld an ihm vorbei verdient«, sagte Verena Sander. »Wobei die Geldquelle ja nun tot ist.«

»Hülsenbäck war in der Kneipe, über der sie wohnt«, erinnerte sich Thea. »Dort hab ich ihn zum ersten Mal gesehen. Zwar nicht zusammen mit Rosi, aber wir können nicht ausschließen, dass er später noch zu ihr raufgegangen ist. Dazu kann ich nichts sagen, ich hab mich ja relativ früh auf den Heimweg gemacht.« Sie wich Messmers Blick aus, der bei der Erinnerung an diesen Abend nicht sonderlich schmeichelhaft ausfiel.

»Sollte der Mörder so blöd gewesen sein, sie abzuholen, dann müssten wir ihn auf dem Tape der Überwachungskamera haben«, sagte Messmer. »Das wäre schon mal eine große Hilfe.«

Joost nickte und wandte sich an Kümmerle. »Otti, du könntest zunächst mal das Videoband sicherstellen und anschließend ein bisschen fernsehen. ›Irma la Douce‹, Teil 2.« Sein Blick wanderte weiter zu Ströbele und Kübler.

»Ihr zwei nehmt euch die Dame an der Sexhotline vor und findet raus, wer gestern Abend Rosi wann gebucht hat. Falls es eine Bandaufnahme dazu geben sollte, bringt sie mit. Parallel dazu brauchen wir die Anrufe, die auf Rosis Handy eingegangen sind. Dafür stelle ich gleich den Antrag beim Amtsgericht.« Dann wandte er sich an Koch und Verena Sander.

»Ihr beide schaut euch bitte mal in ihrem Zimmer um, ob es

Hinweise darauf gibt, was sie abends vorhatte. Bei der Gelegenheit sucht ihr auch gleich nach Kontaktdaten zu ihrer Familie, Adressbücher, Briefe und so weiter, damit die es nicht aus der Zeitung erfahren. Und wenn ihr schon mal dort seid, schaut bitte auch bei Molly vorbei und findet raus, wann sie Rosi zum letzten Mal gesehen hat oder ob sie mit jemandem weggegangen ist, wenn ja, mit wem. Die beiden wohnen quasi Tür an Tür, es müsste mit dem Teufel zugehen, wenn sie nichts mitbekommen hätte.«

»Einen der Kunden, die sie diese Woche hatte, kenne ich ja schon«, sagte Thea. »Ich hatte das Vergnügen, Augenzeuge zu sein, wie die beiden zusammen rauf aufs Zimmer gingen. Das war zwei Tage vor ihrem Tod.«

»Der Freier vom Dienstagabend.« Joost sah Thea an. »Du weißt schon mal, wie er aussieht, aber viel mehr haben wir nicht. Könntest du dich mit Micha zusammen drum kümmern? Wir müssen ihn finden. Wo setzen wir an?«

»Er hat ein Muttermal auf der Wange, das aussieht wie Italien«, sagte Thea. »Und er kann angeblich gut mit Handschellen umgehen, ohne jedoch Polizist zu sein. Bleiben ja nicht so viele Möglichkeiten, wo wir suchen könnten.«

***

Herbert Rohde war Vollzugsdienstleiter und arbeitete seit fast zwei Jahrzehnten in der JVA Stammheim. Er hatte hier schon einiges erlebt, aber noch nie war er nach einem Mitarbeiter vom Stockwerkaufsichtspersonal gefragt worden, der in einen Mordfall verwickelt sein sollte.

»Wir wissen nur, dass er Justizbeamter ist und ein deutliches Feuermal auf der Wange hat, das aussieht wie der italienische Stiefel«, erklärte ihm Thea. »Und wir gehen davon aus, dass er hier arbeitet. Haben Sie einen Mitarbeiter mit diesem besonderen Kennzeichen?«

Rohde öffnete seinen obersten Hemdknopf und nickte langsam. »Ja, Sie müssen den Jockel meinen. Richtig heißt er Jürgen Zacharias. Aber inwiefern soll er in einen Mord involviert sein?«

»Wir behaupten gar nicht, dass er direkt involviert ist. Aber er hatte Kontakt zum Opfer«, sagte Messmer. »Im Moment wird er bei uns lediglich als Zeuge geführt.«

Bei dem Wort »Zeuge« schien sich Rohde etwas zu entspannen.

»Sie haben Glück, er ist heute im Dienst. Ich werde ihn anpiepsen.« Er griff zum Telefon und wählte eine Nummer. Thea sah sich inzwischen im Büro um. An der Wand hinter dem Schreibtisch hingen Fahndungsplakate, die ihr allesamt vertraut waren, daneben der Speiseplan der laufenden Woche. Auf einem Blumenhocker neben dem Schreibtisch wucherte ein Gummibaum bis unter die Zimmerdecke. Ein Zimmerbrunnen, der einem Wasserfall nachempfunden war, der von einem Felsen aus Kunststoff plätscherte, sollte wohl entspannend wirken, weckte in Thea aber nur das Bedürfnis, zur Toilette zu gehen.

Die Tür zum Büro öffnete sich, und ein bleicher Mann in der Uniform des Aufsichtspersonals trat ein. Thea erkannte ihn sofort und nickte Messmer unauffällig zu. Auch Zacharias schien Thea wiedererkannt zu haben, denn er blieb wie angewurzelt in der Türfüllung stehen und sah aus, als würde er am liebsten sofort wieder den Rückzug antreten wollen.

»Mach die Tür zu und setz dich, Jockel.« Rohde wies auf einen freien Stuhl. »Die Herrschaften sind von der Kriminalpolizei und ermitteln in einem Mordfall an …« Er ließ den Rest des Satzes in der Luft schweben und sah Messmer erwartungsvoll an.

Zacharias ließ sich auf den Stuhl plumpsen und schaute nervös zwischen seinem Chef und Messmer hin und her. Theas Blick vermied er tunlichst.

»An einer Prostituierten.« Messmer schien jedes einzelne Wort auszukosten und ließ Zacharias nicht aus den Augen, dessen linkes Auge zu zucken anfing. Ansonsten regte er sich nicht. Dafür reagierte Rohde umso heftiger.

»Wie kommen Sie darauf, dass mein Mitarbeiter Kontakte zu Prostituierten hat?« Rohde sprach forsch, als sei er sicher, dass hier ein Irrtum vorliegen müsse. Also gut, er wollte es ganz genau wissen. Warum auch nicht.

»Ich habe ihn in Gesellschaft des Opfers gesehen«, sagte Thea ruhig und sah Zacharias dabei unverwandt in die Augen. »In einem zwielichtigen Etablissement in der Altstadt. Ich habe beobachtet, wie er mit der Frau an der Bar saß und anschließend mit ihr auf ihr Zimmer ging. Wir haben sogar miteinander geredet.«

Zacharias lief so flammendrot an, dass das Muttermal auf seiner Wange kaum noch zu erkennen war. Es sah aus, als ob die italienische Halbinsel vinetagleich im Meer versank.

»Rosi ist tot?«, brachte er schließlich stotternd hervor.

»Richtig«, sagte Thea. »Und weil Sie das Opfer gekannt haben, sind wir hier, um mit Ihnen zu reden.«

»Sie sagen ›reden‹ und meinen Alibiüberprüfung, oder?« Zacharias stand die nackte Angst in den Augen, auch wenn er versuchte, seine Mundwinkel in Lächelposition zu bringen.

»Sie sind Zeuge«, erklärte Thea. »Aber natürlich müssen wir auch die Alibis der Zeugen überprüfen. Ich nehme an, da Sie heute im Tagesdienst sind, hatten Sie gestern Abend frei?« Bei dieser Frage sah sie den Vollzugsdienstleiter an in der Annahme, dass er es bestätigen könnte, doch der saß da wie versteinert. Nun ja, man erfuhr nicht jeden Tag von den intimen Vorlieben seiner Mitarbeiter.

Zacharias hingegen schien sich jetzt zu entspannen. »Stimmt. Aber wir haben gleich nach dem Dienst im ›Badstüble‹ in Feuerbach den Geburtstag eines Kollegen gefeiert. Das können sämtliche beteiligten Kollegen bestätigen. Ich gebe Ihnen gern die Namen. Allerdings bin ich der Einzige von ihnen, der jetzt im Dienst ist. Die anderen haben alle getauscht und schlafen heute ihren Rausch aus.«

Aktion Wasserschlag, fluchte Thea insgeheim. Wäre auch zu schön gewesen, wenn wir wenige Stunden nach dem Leichenfund schon dem Täter auf der Spur gewesen wären. Enttäuscht notierte sie sich die Namen. Die Überprüfung würde reine Routinearbeit werden.

»Welcher Art waren Ihre Kontakte zu Rosemarie Hafner?«, fragte Messmer.

»Rein geschäftlich«, antwortete Zacharias, während Italien auf seiner Wange mit der Gesichtsfarbe verschmolz. Einige Sekunden lang herrschte unangenehmes Schweigen. »Ich bin schließlich ledig und niemandem Rechenschaft schuldig«, fügte er trotzig hinzu, schaute dabei aber auf den Boden.

In diesem Fall bedeutet »geschäftlich« so viel wie »privat«, dachte Thea. Zacharias ist bei Rosi seinen ganz persönlichen Geschäften nachgegangen.

»Niemand verurteilt Sie für den Kontakt zu Rosi«, versuchte sie einzulenken. »Wir wüssten nur gern, wie viel Sie über das Opfer wissen. Vielleicht können Sie uns helfen, den Täter zu finden.«

»Ich habe sie nicht öfter als drei- oder viermal besucht«, versicherte Zacharias mit leiser Stimme. »Und ich schwöre, dass dabei keine persönlichen Themen zur Sprache kamen. Es war nichts als Smalltalk, was wir miteinander gesprochen haben. Eigentlich wurde die meiste Zeit überhaupt nicht geredet.« Den letzten Satz flüsterte er beinahe.

»Sie hat Ihnen also nichts von persönlichen Problemen erzählt? Nicht vielleicht von jemandem, der sie nicht mag, vor dem sie Angst hat?«

»Nein.« Zacharias schüttelte heftig den Kopf. »Ich glaube, so etwas wäre in diesem Gewerbe auch nicht gut fürs Geschäft. Der Kunde löhnt ja nicht dafür, dass die Frau sich bei ihm ausheult.«

Thea nickte. Das leuchtete ihr ein.

»Haben Sie Rosi nach diesem besagten Abend, als wir uns in dem Lokal begegnet sind, noch einmal gesehen?«

»Nein.« Zacharias schüttelte nachdrücklich den Kopf. »Ich leiste mir dieses Vergnügen maximal ein- bis zweimal im Monat. Kostet ja auch ein bisschen Geld. Und so gut verdiene ich hier auch nicht.« Er versuchte ein versöhnliches Lächeln in Richtung seines Vorgesetzten, der keine Miene verzog.

»Okay, dann wär's das fürs Erste.« Messmer erhob sich und reichte Zacharias die Hand. »Wir werden in den nächsten Tagen Ihre Kollegen befragen. Sollten sie Ihr Alibi bestätigen, hat sich die Sache erledigt. Sollte das allerdings nicht der Fall sein, sehen wir uns wieder.«

Während Thea und Messmer sich noch von Rohde verabschiedeten, war Zacharias schon zur Tür hinaus.

»Gleich halb sechs«, sagte Messmer mit einem Blick zur Uhr, als er in der Besucherkontrollschleuse seine Dienstwaffe aus dem Schließfach nahm. »Ich bringe dich jetzt zurück zum Dezernat, dann fahr ich mit den Jungs nach Remseck. Verena und du könnt inzwischen mit dem Aquarium anfangen, du weißt schon, auswaschen, Scheiben putzen, Kies einfüllen und so …«

»Auswaschen, Scheiben putzen und so«, echote Thea empört, während sie ihren Safe aufschloss und nach ihrer Pistole griff. »Ich wäre an deiner Stelle vorsichtig mit solchen Worten. Ich hab eine Waffe in der Hand.«

Messmer grinste sie schief an. »Irgendwie muss ich doch meinem Macho-Image gerecht werden.«

Sie gaben die Schlüssel ab und gingen zum Tor, wo sie sich vom Wachpersonal ihre Dienstausweise aushändigen ließen. Thea kochte vor unterdrücktem Zorn. Wieder einmal fühlte sie sich zum Weibchen degradiert. Während die Herren auf Ermittlungen gingen, würde sie daheim bleiben und putzen. Sie atmete tief durch und versuchte, sich zu beherrschen. Er sollte nicht merken, wie hart es sie traf, nicht dabei sein zu dürfen.

***

»Verdammter Dreck!« Theas Fluchen übertönte das Quietschen des Fensterleders, mit dem sie Ströbeles altes Aquarium bearbeitete. So wurde das nichts. Sie griff nach dem Hartschwamm in der Hoffnung, den Kalkablagerungen damit besser zu Leibe rücken zu können.

Am Spülbecken gab es nur Kaltwasser, also hatte Thea einen Eimer mit warmem Wasser aus der Dusche angeschleppt.

Sie war allein im Dezernat; die Männer waren losgefahren, um das Hauptquartier der Hells Angels unter die Lupe zu nehmen. Verena war noch nicht zurück; laut Koch hatten sie in Rosis Zimmer die Adresse ihrer Mutter gefunden. Verena hatte sich bereit erklärt, ihr die Todesnachricht zu überbringen, während Koch zur Dienststelle zurückgekehrt war, um sich den Ermittlungen in Remseck anzuschließen. Irgendwie blieb die Drecksarbeit immer an den Frauen hängen. Wie gerne wäre sie heute ein Mann gewesen und hätte den harten Bikerburschen gezeigt, wo der Bartl den Most holt. Und sie wäre jede Wette eingegangen, dass Verena das genauso sah.

Sie hatte neben dem Alarmapparat auch ihren Büroanschluss zum Besprechungsraum umgestellt, weil sie erwartete, dass Messmer anrief und ihr einen Lagebericht gab. Aber das Telefon blieb still.

Der Hartschwamm half auch nicht viel. Insgeheim verfluchte sie Ströbele, dass er auf die Idee mit dem Aquarium gekommen war. Vielleicht hätten sie für ein neues sammeln sollen, obwohl das vermutlich teuer geworden wäre.

Genau in dem Moment, als sie überlegte, ob sie nicht doch ein Putzmittel holen sollte, schellte das Telefon. Thea ließ den Schwamm fallen und riss den Hörer an sich.

»Du hörst dich frustriert an«, fand Karolin, kaum dass Thea sich gemeldet hatte. »Was ist los?«

Thea konnte ihre Enttäuschung nur schwer verbergen. Ein Gespräch mit Karolin war ihr sonst immer willkommen, aber heute hätte sie sich über einen Anruf von Messmer mehr gefreut.

»Ich bin gerade dabei, ein völlig verdrecktes Aquarium zu putzen«, antwortete sie. »Natürlich ohne jede Chemie, damit die Fische nachher nicht mutieren. Weißt du, wie anstrengend das ist? Und nicht genug damit, die Herren der Schöpfung sind gerade in Remseck und stellen das Clubhaus der Hells Angels auf den Kopf, aber die kleinen Mädchen dürfen nicht mitspielen. Stattdessen müssen wir ein langweiliges Aquarium dekorieren. Findest du das vielleicht gerecht?«

Karolin schwieg ein paar Sekunden. »Ich weiß nicht, wie ich dir das sagen soll, Thea, aber ich finde auch, dass Männer sich für so was besser eignen.«

»Na herzlichen Dank, ich wollte eigentlich den Zuspruch einer Freundin, stattdessen schlägst du dich auf die Seite dieser Machos.«

»Ich schlage mich auf überhaupt keine Seite. Ich finde nur, du musst nicht überall dabei sein. Wer weiß, vielleicht artet das ja in eine Keilerei aus. Von den Angels weiß man schließlich, dass sie nicht gerade sanfte Burschen sind.«

»Vorurteile, nichts als Vorurteile. Der, den wir am Dienstag in der Kneipe getroffen haben, war doch ganz nett.« Nur gut, dass Hülsenbäck das jetzt nicht gehört hat, dachte sie.

»Findest du?«, sagte Karolin gedehnt. »Ich wusste nicht, dass du es so höflich findest, wenn dir jemand an die Schenkel geht.«

»Es war das Knie, höher ist er nicht gekommen.« Thea klemmte den Hörer zwischen Schulter und Ohr, schüttete Aquarienkies in eine Schüssel und ließ Wasser hinein.

»Was machst du denn da?«, fragte Karo, offenbar verwundert über die Geräusche.

»Ich wasche den Kies, damit die Fische nachher nicht im Dreck schwimmen.«

»Du wäschst Steine? Okay, ich gebe zu, das ist ein verdammt öder Job. Wie lange bleiben sie denn in Remseck?«

»Keine Ahnung, die wollen die ganze Crew befragen. Kommt drauf an, wie viele sie antreffen.« Nebenher ging sie die Checkliste für das Aquarium noch einmal durch. »Scheiße!« Sie hatten doch tatsächlich den Dünger für den Bodenkies vergessen.

»Was ist jetzt wieder?«, fragte Karolin.

Thea sah ein, dass sie hier nicht weiterkam. Außerdem war sie inzwischen mit den Nerven derart am Limit, dass selbst das Meeresaquarium in Genua ihren Puls nicht mehr runtergebracht hätte.

»Ich muss noch mal in die Stadt, Dünger kaufen. Und dann mach ich verdammt noch mal Feierabend. Den Rest können wir auch noch morgen erledigen.«

Sie würde Verena einen Zettel schreiben und das Telefon zum Kriminaldauerdienst umstellen. Wenn sie gebraucht würde, wäre sie auf dem Handy erreichbar. Aber wer brauchte sie heute schon, außer um dreckige Aquarien zu schrubben?

»Wenn du eh in der Stadt bist, können wir uns doch nachher im ›Stetter‹ treffen«, schlug Karolin vor. »Ich hab den Eindruck, du brauchst dringend jemanden zum Reden. Und ein Glas Wein, damit du ruhiger wirst.«

»Das ist der erste gute Vorschlag, den ich heute höre.« Der Gedanke, dass Micha vor ihr zu Hause sein könnte, gefiel ihr. Sie musste ihm beizeiten demonstrieren, dass sie nicht die Frau war, die brav daheim auf ihn wartete, während der Herr Hauptkommissar auf Ermittlungen war. »Ich ruf dich an, wenn ich fertig bin, ja?«

***

Als Thea mit dem Dünger im Rucksack aus der Zoohandlung kam und Richtung Rotebühlplatz ging, um sich bei Pizza Hut noch ein Stück »ai Funghi« für unterwegs zu kaufen, sah sie ihn an der Ecke zur Sophienstraße stehen. Ihr Platz eins auf der Liste der Menschen, auf die sie am ehesten verzichten konnte: ihr Exfreund Hannes, der beim Polizeirevier Wiesbadener Straße in Bad Cannstatt arbeitete, jedenfalls sofern er nicht gerade faulenzte, Zeitung las, in der Nachtschicht Fußball schaute oder Bier trank.

Sie überlegte eine Sekunde lang, ob sie auf die Pizza verzichten und einen Umweg über die Paulinenstraße nehmen sollte, doch dann musste sie an Messmers Worte denken: »Immer, wenn dein Ex auftaucht, ergreifst du die Flucht wie der Schlumpf vor Gargamel.« Er hatte recht. Sie trug einen kurzen Kampf mit sich aus. Vielleicht konnte sie einen Kompromiss mit sich schließen. Sie würde sich nicht daran hindern lassen, den kürzesten Weg zu ihrem Auto zu nehmen, und würde auch wegen Hannes nicht auf ihre Pizza verzichten. Sie würde auf der gegenüberliegenden Straßenseite an ihm vorbeigehen und hoffen, dass er sie nicht bemerkte. Wenn doch, dann hatte sie eben Pech gehabt und konnte die Konfrontation immer noch so kurz wie möglich halten.

Hannes stand vor der Bäckereifiliale in der Marienstraße und wippte auf den Fersen wie das fleischgewordene Klischee eines Wachmannes. Er kaute an einem Leberkäsweckle und streckte seine zunehmend umfangreichere Hofbräu-Werbetrommel nach vorn, die die Uniformknöpfe nur noch schwer in Zaum halten konnten. Da war wohl bald die nächste Jackengröße fällig. Mit einer Mischung aus Mitleid und Abscheu musterte Thea ihn aus dem Augenwinkel. Er benutzte neuerdings Haargel, und zwar ein bisschen viel für Theas Geschmack. Sein blondes Haar klebte so fest am Kopf, dass es an die Frisur einer Schildkrötpuppe erinnerte.

Thea versuchte, unauffällig in der Menschenmenge unterzutauchen. Er hatte sie noch nicht bemerkt. Sie beschleunigte ihre Schritte. Vielleicht hatte sie ja Glück, und er sah sie nicht im Gewühl der Einkaufsstraße.

»Hallo, Thea, so ein Zufall, wir haben uns ja schon ewig nicht mehr getroffen!«

Thea verdrehte die Augen. Ewig war vor wenigen Wochen beim Frühlingsfest auf dem Cannstatter Wasen gewesen, und die Begegnung hatte unter keinem guten Stern gestanden.

Sie hätte nicht stehen bleiben und einfach weitergehen sollen, so tun, als hätte sie ihn nicht gehört, doch die Reue kam zu spät. Mit wenigen Schritten hatte er sie eingeholt.

»Ach, Hannes, ich hab dich gar nicht gesehen.« Ein Versuch war es zumindest wert. Schnell weiterreden, bloß nicht zu Wort kommen lassen. »Wo hast du denn heute deinen Schatten gelassen?« Das war rein rhetorisch, Thea wollte nur vermeiden, dass er ihr mit derselben Frage zuvor kam.

»Du meinst Tom? Den haben sie zum Augenarzt geschickt, nachdem er auf dem Schießstand den Pappkameraden um zwei Meter, das Aufsichtspersonal dafür nur um Haaresbreite verfehlt hat. Weißt ja, im Alter lassen die Augen ein bisschen nach.«

Thea war der Ansicht, dass bei Tom eher die Leber die weiße Fahne schwenkte und ein Alkoholtest vermutlich aufschlussreicher gewesen wäre als ein Sehtest, hielt aber den Mund. Das war ein schwerer Fehler, denn Hannes witterte seine Chance und kam nach der knappen Einleitung umgehend zur Sache.

»Ich hab dich vorgestern mit deinem Hauptkommissar gesehen.«

Vorgestern? Da war er schon der Zweite nach Frau Baric. Es musste ihr Glückstag gewesen sein!

»Ja und?« Sie wusste noch nicht genau, worauf Hannes hinauswollte, aber sie ahnte nichts Gutes.

»Ihr kamt gerade die Karlshöhe herunter. Sah ganz danach aus, als wärt ihr privat unterwegs gewesen. Der hatte dich ja ziemlich eng beim Wickel. Als jemand, der dein Bestes will, macht man sich so seine Gedanken.«

»Ich wüsste nicht, was dich das angeht.« Thea war klar, dass sie Hannes mit jedem Wort Öl in die Flamme goss, aber Leugnen war hier wohl zwecklos. Hoffentlich sprach sich das nicht im ganzen Präsidium rum. Sie setzte sich wieder in Bewegung und lief in Richtung Auto, doch Hannes blieb ihr dicht auf den Fersen.

»Der ist ein Angeber, Aufschneider und Weiberheld, und du weißt, was ich von ihm halte.«

»Ja, und das beeindruckt mich kein bisschen. Jeder hat das Recht auf seine Meinung.« Sie musste ihn loswerden, und zwar schleunigst.

»Wie heißt der noch mal? Messner wie der mit den Yetis? Nur dass er nicht Berge, sondern Frauen besteigt.« Hannes lachte meckernd über seinen vermeintlichen Witz. »Du hast doch was mit dem. Gib's einfach zu, dann verrate ich dir, dass ich auch 'ne Freundin hab.«

»Das hast du soeben getan.« Thea wühlte in ihrer Tasche auf der Suche nach ihrem Autoschlüssel. Der war einfach zu blöd! Wie hatte sie es nur fast ein Jahr lang mit diesem Dussel ausgehalten?

»Ich könnte dir von ihr erzählen, wenn du Zeit für einen Kaffee hast.« Hannes sah aus, als hätte er ein wenig mehr Interesse erwartet.

»Danke, kein Bedarf.« Thea versuchte sich gleichgültig zu geben. Er würde doch nicht wirklich eine Frau gefunden haben, die dumm genug war, auf sein großspuriges Gehabe und seine substanzlosen Sprüche reinzufallen? Sie schämte sich bei dem Gedanken, dass ihr vor ein paar Jahren noch das Gleiche passiert war. Na ja, manch ein Mädchen schmolz schon dahin, wenn es eine Uniform sah. Fast tat ihre Nachfolgerin ihr leid, und sie fühlte sich beinahe verpflichtet, sie vorzuwarnen, was da auf sie zukommen würde. Vorausgesetzt, die Freundin existierte wirklich. Sie würde es Hannes von Herzen wünschen, argwöhnte aber, dass er eine vorgetäuschte Beziehung wie einen Angelhaken auswarf in der Hoffnung, sie über den Umweg der Eifersucht zurückzugewinnen. Der altbekannte Trick, den Messmer im letzten Jahr auch schon versucht hatte. Er hatte sich auch nicht gerade clever dabei angestellt, aber Hannes toppte ihn noch um Längen. Thea runzelte die Stirn. Wieso machte sie sich eigentlich Gedanken darüber? Sie würde jetzt um keinen Preis Neugier zeigen. Das war auch nicht nötig. Hannes lieferte von ganz allein die Details.

»Sie ist fünfundzwanzig und blond und hat Kurven wie der

Hockenheimring. Aber an dich kommt sie trotzdem nicht ganz ran.« Hannes setzte einen schmachtenden Blick auf und kam einen Schritt näher. Thea wich zurück, als sie seine Bierfahne traf:

»Mensch, Hannes, dein Mundgeruch ist sicherer als die Pille!« Wo war nur der verdammte Autoschlüssel?

»Hab nur ein klitzekleines Bierchen getrunken. Vielleicht waren's auch zwei.«

»Du bist noch im Dienst«, empörte sich Thea, »und riechst wie ein Kampftrinker. Tom und du, ihr seid ein denkbar schlechtes Team.«

Hannes wurde plötzlich still. »Das findet mein Chef wohl auch«, sagte er kleinlaut. »Und deshalb will er mich jetzt zum Revier Böheimstraße versetzen. Offiziell macht er das im Rahmen der Umstrukturierung; weißt ja, die beiden Cannstatter Reviere werden zusammengelegt, und dabei wird Personal frei. Ich zum Beispiel. Gleich noch ein Grund zum Trinken.«

»Nein, ein Grund, damit aufzuhören.« Ein Königreich für den Autoschlüssel!

»Beim Revier Böheimstraße? Träumst du? Das kann ich nur im Suff ertragen!« Hannes seufzte, als laste alles Leid der Welt auf seinen Schultern. »Jedenfalls kann ich jetzt nicht mehr ans Steuer. Aber ich hab eh gleich Feierabend. Nimmst du mich wenigstens mit bis zu meiner Wohnung? So aus alter Freundschaft?« Jetzt legte er ihr doch tatsächlich noch die Hand auf die Hüfte.

Das hatte gerade noch gefehlt! Endlich hatte sie den Autoschlüssel in der Hand; er war durch ein Loch im Futter gerutscht. Wortlos stieg sie in den Corsa und ließ den Motor an. Bevor sie die Tür zuzog, winkte sie Hannes zu.

»Bis zur Haltestelle in der Paulinenstraße schaffst du's in deinem Rausch noch. Da kommt bestimmt gleich ein Bus.« Wenn sie Glück hatte, würde der ihn überfahren.

Als Thea das »Weinhaus Stetter« in der Rosenstraße betrat, knurrte ihr Magen wie als Antwort auf den durchdringenden Geruch nach Bratkartoffeln und geschmälzten Maultaschen. In ihrer Aufregung um Hannes hatte sie völlig vergessen, sich bei Pizza Hut etwas zu essen zu holen. In Gedanken überschlug sie, wie viel

Bares sie nach dem Düngerkauf noch übrig hatte. Es würde gerade noch für Wein und Maultaschen reichen. Wobei der Wein heute den Vorrang haben würde.

Sie entdeckte Karolin an einem kleinen Tisch am Kachelofen, der mitten im Schankraum stand und so etwas wie ein Wahrzeichen des Hauses war, und setzte sich zu ihr. Hoch über ihrem Kopf zog sich das silberne Ofenrohr quer durch die Gaststube, wo es in der hinteren Wand verschwand.

»Was gibt's Neues?«, fragte Thea und griff nach ihrem Rotwein, den Karolin wie immer schon geordert hatte, um ihn ein Weilchen atmen zu lassen.

»Ich hab auf dem Weg hierher gerade einen alten Bekannten gesehen. Dreimal darfst du raten, wen.«

»Mir steht der Sinn heute nicht nach Raten«, sagte Thea. »Erzähl schon.«

»Den Typ aus der Kneipe, der mit der Prostituierten aufs Zimmer gegangen ist. Der hat mich angeschaut, als wüsste er nicht, woher er mich kennt. Ich hab's ihm natürlich nicht verraten. Er hat sich sogar nach mir umgedreht.« Sie grinste schelmisch.

»Den hast du wiedererkannt, obwohl du ihn nur einmal gesehen hast?«, wunderte sich Thea.

»War nicht schwer. Er hatte wieder dieses T-Shirt an: ›Wer tanzt, hat nur kein Geld zum Trinken‹. Das hatte sich mir irgendwie eingeprägt. Aber ich hab dieser Tage noch jemanden getroffen. Hab ich beim letzten Mal völlig vergessen zu erzählen.«

»Mach's nicht so spannend.« Thea verdrehte die Augen. »Wen denn?«

»Ich bin nicht sicher, ob du das hören willst«, druckste Karolin und griff nach der Speisekarte.

»Nun komm schon! Ich fühle mich heute ohnehin schon ausgeschlossen.«

»Ich hab Micha getroffen. Am letzten Samstag, als du noch in Italien warst.«

»Wo denn?« Am liebsten hätte sie gefragt: »Mit wem denn?« Karolins Worte: »Ich bin nicht sicher, ob du das wissen willst«, klangen ihr noch in den Ohren.

»Beim Wittwer am Schlossplatz. Als ich mich hinter ihm vorbeigeschlichen hab, blätterte er gerade in einem Ratgeber zur Katzenerziehung. Kann es sein, dass er ein ernstes Problem mit Romeo hat?« Sie gluckste vor unterdrücktem Lachen.

Thea fiel der sprichwörtliche Stein vom Herzen. »Und? Hat er ihn gekauft?«

»Keine Ahnung. Ich bin schnell hinter dem nächsten Regal abgetaucht. Weiß auch nicht wieso, aber ich dachte, es ist besser, wenn er mich nicht sieht. Nicht dass er noch denkt, du lässt ihn beschatten.«

»Würde mich nicht wundern, wenn er allmählich paranoid wird.« Thea sah sich unauffällig im Gastraum um. »Ich bin es auch schon. Unsere Putzfrau beobachtet uns mit ›Anusaugen‹, und Hannes spioniert uns auch schon nach. Mit ›uns‹ meine ich Micha und mich.«

»Hannes mag ein Arschloch sein, aber deswegen ist er noch lange nicht blind«, meinte Karolin. »Natürlich hat er längst mitgekriegt, dass du und Micha nicht nur beruflich miteinander zu tun habt. Was ihn allerdings nicht daran hindert, dir immer noch den Hof zu machen.« Sie schlug die Speisekarte auf. »Und dich nicht daran hindert, dir immer noch Wortgefechte mit ihm zu liefern«, setzte sie mit einem kurzen Blick auf Thea hinzu und begann zu lesen.

»Jetzt fang du auch noch an!«, stöhnte Thea. »Diesen Singsang muss ich mir schon dauernd von Micha anhören.«

Karolin schaute von der Karte auf. »Ich versteh dich nicht. Wie kannst du diesen Mann abweisen? Er ist witzig, charmant und sieht umwerfend aus. Verglichen mit Micha sieht George Clooney aus wie ein Marshmallow.«

»Ich weise ihn nicht ab. Ich brauche nur mehr Zeit, wie du schon ganz richtig gesagt hast. Und dafür, dass er auf Hannes eifersüchtig ist, kann ich nichts.«

Karolin sah sie so zweifelnd an, dass sie sich gedrängt fühlte, weiterzureden.

»Ich gebe Hannes pausenlos zu verstehen, dass ich ihn um nichts in der Welt zurückhaben möchte. Ich habe versucht, ihm zu erklären, warum das mit uns nicht klappt. Geduldig, gereizt und zugegeben manchmal auch etwas unterhalb der Gürtellinie. Aber dann ist da dieses Mitleid mit ihm. Er stößt mich ab mit seinem Gejammer, und gleichzeitig fühle ich mich schuldig.«

»Du spielst nun mal eine wichtige Rolle für ihn«, sagte Karolin. »Ich glaube, er sollte mal darüber nachdenken, warum du gegangen bist, und nicht darüber, wie er dich zurückkriegen kann.«

»Wird er nicht.« Thea schüttelte den Kopf, als Karolin ihr die Karte reichen wollte. Sie hatte sich schon vorab für die geschmälzten Maultaschen entschieden. »Wahrscheinlich ist er mein Karma für irgendetwas, das ich in einem früheren Leben verbrochen habe. Wahrscheinlich hab ich damals einen Alkoholiker besoffen im Straßengraben liegen lassen oder so. Warum lasse ich mich sonst immer wieder auf diesen Spritkopf ein? Vielleicht um mir immer wieder aufs Neue von ihm bestätigen zu lassen, dass Männer nicht das Laken wert sind, das sie beschmutzen? Und wenn ja, wozu brauche ich diesen Beweis? Damit es nicht so wehtut, wenn sie mich enttäuschen? Ich weiß doch, dass Micha ganz anders ist!« Sie verstummte, als die Bedienung an ihren Tisch kam.

»Aber die anderen wissen es nicht«, sagte Karo und nippte an ihrem Wein. »Die kennen nur seine Macho-Seite, die er im Dienst nach außen kehrt. Und weil du lange genug selbst daran geglaubt hast, traust du dich jetzt nicht, offen zu deinem Sinneswandel zu stehen, stimmt's?«

»Vielleicht ist das auch ein Grund. Und dass sie natürlich recht hätten, wenn es mit uns schiefgeht.«

»Du hast also Angst, dass die anderen im Falle einer Enttäuschung dich schwach und verletzt sehen könnten? Glaubst du, dass sie sich über dich lustig machen würden? Thea, wach auf! Du bist nicht nur die Polizistin, die immer souverän auftreten muss. Die Frau in der Männerwelt, die den knallharten Kerlen in nichts nachstehen darf. Die das immer wieder beweisen muss und sich zurückgesetzt fühlt, wenn sie nicht auserwählt wird, gegen eine Bikergang anzutreten. Du bist vor allem ein Mensch, der Gefühle hat, und das wissen die anderen auch.«

»Ja, ich zeige mich im Dienst nicht gerne schwach, das bringt der Job wohl so mit sich. Aber das ist es nicht allein.«

Thea ließ den Wein in ihrem Glas kreisen und sog das Aroma wie ein Weinkenner ein. »Es ist das Zugeständnis, dass ich mich verliebt habe. Wenn ich es ausspreche, bin ich von allen Seiten verwundbar. Und wenn es dann nicht funktioniert …« Sie drehte das Glas in der Hand. »Das mit Hannes war schlimm genug. Ich hab das überlebt. Aber wenn es mit Micha vor den Baum geht …« Sie stockte. »Karo, das überlebe ich nicht. Diesmal nicht. Ich hätte mich gar nicht erst auf ihn einlassen sollen.«

Karo schüttelte den Kopf und sah ihrer Freundin ernst in die Augen. »Du hast nur Angst vor dem eigenen Mut. Völlig normal in dieser Phase. Als ich anfing, mit Bastian auszugehen, hatte ich vor jedem Date Panikanfälle, dass er plötzlich Seiten an mir entdecken könnte, die ihm nicht gefallen. Es ist anstrengend, ständig seine vermeintlichen Schwächen zu verbergen. Ich war felsenfest davon überzeugt, dass er sofort mit mir Schluss macht, wenn ich mich nur einmal danebenbenehme. Ich hab mich gar nicht getraut, ich selbst zu sein.«

»Ehrlich, du auch?« Thea machte große Augen. »Hast du eine Idee, warum wir uns so bescheuert verhalten?«

Karolin hob die Schultern. »Wir sind im Kinderheim groß geworden und in dem Bewusstsein aufgewachsen, dass uns niemand haben will. Das schleppen wir heute noch mit uns rum, und das hindert uns irgendwie am Leben. Wir sind wie geschaffen, einen Samariterkomplex zu entwickeln, so wie du mit Hannes. Vielleicht hilft uns der, uns selbst aufzuwerten, weil wir glauben, sonst keine Daseinsberechtigung zu haben.«

»Du meinst, wir fühlen uns gezwungen, Gutes zu tun, um unsere Existenz zu rechtfertigen?« Das würde zumindest erklären, warum sie Hannes einerseits in die finsterste Hölle wünschte und sich andererseits genötigt sah, ihm immer wieder aus der Patsche zu helfen.

»So ungefähr. Aber ich glaube auch, wir sollten zuallererst mal lernen, uns selbst Gutes zu tun. Wir sind nämlich keine Kinder mehr. Inzwischen sollten wir wissen, dass wir was wert sind.«

Thea nickte trotzig. Sie hatte es allmählich satt, dass ihre Vergangenheit ihr immer wieder ein Bein stellte. Es war wohl ihre

Lebensaufgabe, das zu überwinden. Und es war wahrhaft keine leichte.

»Selbst wenn es mit Micha nicht funktionieren sollte, war es richtig, dass du dich auf ihn eingelassen hast«, sprach Karo weiter. »Du weißt jetzt nach dem Debakel mit Hannes, dass du dich wieder verlieben kannst. Und das wird dir auch nach einer möglichen Enttäuschung mit Micha wieder passieren.«

»Nein, das wird sicher nicht wieder passieren.« Thea schüttelte vehement den Kopf. »Ich kann nicht glauben, dass ich nach Micha noch einmal so empfinden kann, Karo. Das ist einfach unvorstellbar für mich. Absolut unvorstellbar.«

Karolin lächelte nachsichtig und griff nach Theas Hand, die fahrig das Muster auf der Tischdecke nachzeichnete.

»Natürlich ist es unvorstellbar für dich. Wenn es das nicht wäre, wäre es keine Liebe.«

***

Die Wohnungstür war nicht abgeschlossen, und als Thea eintrat, brannte bereits Licht im Flur. Sie hoffte, dass Messmer schon eine Weile da war und genug Zeit gehabt hatte, sich Gedanken um ihren Verbleib zu machen. Als er aus dem Wohnzimmer kam, hielt er eines ihrer Bücher in der Hand. Einen Krimi von Håkan Nesser, den Zeigefinger als Lesezeichen zwischen die Seiten geklemmt. Offenbar hatte er sich die Zeit auf angenehmere Weise vertrieben, als sie gehofft hatte.

»Ich hätte ja was zu essen gemacht, aber ich wusste nicht, wann du kommst.«

War das die freundliche Version eines Vorwurfs, dass sie ihm nicht Bescheid gegeben hatte? Thea hängte wortlos ihre Jacke an die Garderobe und ging in die Küche, haarscharf an Messmers gespitztem Kussmund vorbei.

»Ihr hattet den Bodendünger fürs Aquarium vergessen, also bin ich in die Stadt gefahren und hab welchen gekauft.« Sie nahm das Päckchen aus ihrem Rucksack und knallte es auf den Küchentisch. »Um noch mal ins Präsidium zu fahren, war's mir zu spät, ihr wart ja sicher eh noch nicht zurück. Also bin ich mit

Karo im ›Stetter‹ versackt.« Ihre Neugier darauf, was die Kollegen im Clubhaus der Hells Angels in Erfahrung gebracht hatten, war gewaltig, aber ihr Stolz war größer. Also verkniff sie es sich, danach zu fragen.

»Dafür, dass du von einem Kneipenabend mit deiner Freundin kommst, bist du aber ganz schön brummig. Was ist denn los?«

Thea warf ihren Rucksack auf einen Stuhl, mit ein wenig mehr Vehemenz als nötig. Sie würde jetzt besser nicht zugeben, wie gekränkt sie war, bei den Ermittlungen in Remseck ausgeschlossen worden zu sein. Er sollte sie nicht für zickig halten. Sie musste ihren Frust anders erklären, aber lügen wollte sie auch nicht. Mit einer anderen Wahrheit ablenken war da schon besser.

»Ich hab Hannes in der Stadt getroffen.« Kaum hatte sie es ausgesprochen, bereute sie es schon. Sie wusste doch, dass es eins von Messmers Reizthemen war. Sie hatte den Landregen vermeiden wollen und sich für den Wolkenbruch entschieden.

»Was wollte er denn?«

»Mich mal wieder vor dir warnen und mir klarmachen, was für ein unverbesserlicher Weiberheld du bist. Er leidet unter der fixen Idee, dass wir beide zusammen sein könnten, und lässt keine Gelegenheit aus, mich darüber auszuquetschen.«

»Und was hast du ihm gesagt?« Noch schien Messmer ganz gelassen zu sein.

»Dass es ihn einen Scheißdreck angeht.«

»Warum sagst du ihm nicht die Wahrheit?« Allmählich hob sich seine Stimme.

»Weil es ihn definitiv einen Scheißdreck angeht!« Thea fühlte sich wie in einem Kreuzverhör. War es nicht allein ihre Entscheidung, was sie ihrem Ex anvertraute und was nicht?

»Nein, weil du zu feige dazu bist! Thea, ihr seid schon über ein Jahr getrennt. Lös dich doch endlich von dem Gedanken, dass du ihn schonen musst!«

»Ich will ihn nicht schonen, ich will ihn einfach nur loswerden.«

»So schaffst du das aber nicht, da musst du schon Klartext mit ihm reden. Solange Hannes eine Chance wittert, dass du noch solo bist, wird er dir weiterhin an den Fersen kleben. Und solange werde ich auch das Gefühl haben, dass der Typ zwischen uns steht.«

»Dieser Idiot hat überhaupt nichts mit uns zu tun. Ich will nur nicht, dass es im Präsidium die Runde macht und über uns getratscht wird!«

»Wenn seine Meinung dir so wichtig ist, dass du andauernd vor ihm wegrennst, um sie dir nicht anhören zu müssen, muss er ja immer noch eine gewisse Rolle in deinem Leben spielen. Selbst wenn man jemanden hasst, ist er einem noch lange nicht gleichgültig. Hass ist nur der andere Pol von Liebe.«

Thea antwortete nicht. Sie hoffte, dass Messmer vielleicht das Thema wechseln würde, wenn sie sich nicht immerzu verteidigte.

»Wenn du doch einfach nur darüber lachen könntest!« Messmer fasste sie an den Oberarmen und schob mit dem Fuß Romeo beiseite, der sich zwischen sie drängen wollte.

»Sei nicht so grob zu ihm, der hat einfach Hunger.« Thea machte sich vorsichtig los. »Wenn du ihm seinen Napf voll machst, mach ich dir inzwischen was zu essen.« Sie wollte dieses empfindliche Thema beenden, einfach nur entspannen und den ganzen Tag, inklusive Hannes, wenigstens vorübergehend vergessen. Und sie wollte Messmer jetzt nicht in die Augen sehen.

Während sie das Tiefkühlfach nach etwas Essbarem durchforstete, versuchte sie sich klar zu werden, warum ihr diese Geheimhaltung so wichtig war.

Sie wusste, dass Messmer im Dezernat umstritten war. Er wurde als Kollege und Ermittler durchaus geschätzt; was die privaten Belange und seine Fähigkeiten in festen Beziehungen anging, hielt man ihn allerdings für einen glatten Versager. Seine Ehe war gescheitert, und es gelang ihm nur selten, die Besuchstermine seines halbwüchsigen Sohnes zuverlässig einzuhalten, weil ihm immer wieder der Beruf dazwischenkam. Nach seiner Scheidung hatte er ein paar dicht aufeinanderfolgende unverbindliche Beziehungen zu wesentlich jüngeren Frauen gehabt, aus denen er im Dezernat kein Geheimnis gemacht hatte. Sein Ruf als Casanova war legendär. Lange genug hatte er dieses Image selbst gepflegt und brauchte sich jetzt nicht zu wundern, dass es ihm immer noch nachhing. Thea seufzte. Sie wollte von ihren Kollegen nicht für das naive Mädchen gehalten werden, das sich vom Dezernatsmacho um den Finger wickeln ließ, nur um in wenigen Wochen wieder fallen gelassen zu werden. Fürchtete sie vielleicht selbst, dass es so kommen würde? Wo war ihr Vertrauen in Micha? Und wo war ihr Vertrauen in sich selbst und in ihre Gefühle?

»He, Thea, dein Eisfach taut ab!«

Sie hatte nicht gemerkt, wie lange der Tiefkühlschrank schon offen stand, und schlug die Tür zu, ohne etwas herausgenommen zu haben.

»Du bist ja völlig durch den Wind. Kann es sein, dass du dich nach mehr als einem Jahr immer noch nicht von deinem Ex gelöst hast?«

»Micha, ich habe ihm schon hundertmal gesagt, dass ich niemals zu ihm zurückkommen werde. Wenn er es nicht glauben will, ist das doch nicht mein Problem!«

»Dann mach es nicht zu deinem Problem. Hör endlich auf, ihn zu schonen.« Messmer bückte sich, um eine Dose Whiskas unter der Spüle hervorzuholen, und suchte in einer Schublade nach dem Dosenöffner.

Thea wusste, dass er recht hatte. Trotzdem, oder vielleicht sogar genau deshalb, kochte sie vor Wut.

»Du vertraust mir nicht, Thea. Und solange du das nicht tust, wirst du dich nicht zu mir bekennen.« Messmer seufzte, und seine Stimme hob sich. »Ich will kein heimliches Verhältnis haben. Was wir hier tun, fühlt sich an, als wären wir anderweitig verheiratet und würden miteinander fremdgehen. Das hätte ich während meiner Ehe haben können. Ich hab mich nicht scheiden lassen, um weiterhin Versteck spielen zu müssen.«

»Lass mir Zeit, Micha. Das hier ist alles noch so neu und empfindlich. Anfällig für jedes dumme Wort, das von außen kommt.« Thea schloss die Augen. Wie ein großes, dunkles Loch lag die Zukunft vor ihr. Eine Entscheidung stand an. Sie hasste Entscheidungen. Woher sollte sie wissen, was morgen war? Morgen konnte sie sonst wo sein. Und da war auch noch die Bewerbung, die sie im letzten Jahr abgeschickt hatte. Der Gedanke daran zog ihr den Magen zusammen. Was hatte sie sich nur dabei gedacht? Aber damals war die Situation noch eine ganz andere gewesen. Vielleicht hatte sie ja Glück und wurde abgelehnt.

»Nicht unsere Beziehung, sondern *du* bist anfällig für jedes dumme Wort, das von außen kommt, und ich frage mich, warum das so ist.« Messmer lief mit dem Katzenfutter in der einen und dem Dosenöffner in der anderen Hand in der Küche auf und ab. Romeo folgte ihm dicht auf den Fersen und maunzte enttäuscht, als Messmer noch immer keine Anstalten machte, die Dose zu öffnen. »Du bist so selbstsicher geworden im letzten Jahr. Dir kann in Sachen Ermittlungsarbeit niemand mehr was vormachen. Im Dienst stehst du für jedes Wort ein, das du sagst, und für jeden Handgriff, den du tust. Warum geht das nicht auch im privaten Bereich?«

Weil Dienst und Privatleben zwei Paar Schuhe sind, dachte Thea. Weil die Polizistin in mir viel stärker und sicherer ist als die Privatperson. Die ist noch immer verdammt verletzbar, unsicher und ängstlich. Und wütend. Doch das wagte sie nicht laut auszusprechen. Stattdessen sagte sie:

»Mach endlich die Dose auf, Micha, sonst stolperst du noch über den Kater.«

Messmer blieb abrupt stehen und schien erst jetzt zu merken, dass er von vier Samtpfoten verfolgt wurde und eine Whiskas-Dose in der Hand hielt.

»Der Kater! Immer wieder der Kater! Du denkst an den Kater, wenn ich mit dir rede! Er könnte ja verdammt noch mal Hunger haben! Hast du mir überhaupt zugehört?«

»Hör auf, Micha, bitte. Sag nichts, was dir später leidtut!«

Doch Messmer war in Fahrt und nicht mehr zu bremsen. »Wem willst du es eigentlich noch alles recht machen? Deinem Exfreund, unseren Kollegen, nicht zu vergessen deinem Kater … Wie wäre es denn, wenn du zur Abwechslung auch mal an mich denken würdest?«

Ich denke pausenlos an dich, auch wenn du es nicht glaubst, dachte Thea. Aber dass Romeo schon wieder vorgeschoben wurde, um seine verletzte Eitelkeit zu kompensieren, versetzte sie in Rage.

»Was hat mein Kater denn jetzt damit zu tun? Allmählich denke ich, du bist auf das Tier geradezu fixiert. Und wenn ich bedenke, dass du beim Wittwer schon Katzenratgeber studierst …«

Sie verstummte, denn Messmer schlief buchstäblich das Gesicht ein. »Du spionierst mir nach!«, zischte er.

»Das habe ich nötig«, höhnte Thea. »Ich hab in meiner knappen Freizeit, wenn ich sie nicht gerade mit dir verbringe, sicher anderes zu tun, als dir nachzuspionieren.«

»Ah ja, dann hast du sicherlich deine Informanten. Ich wüsste zu gerne, von wem du mich beschatten lässt.«

Es ist einfach zu albern, dachte Thea. Und am albernsten daran ist, dass ich das Bedürfnis habe, mich zu verteidigen. Ich möchte, dass er mich versteht. Aber er sieht nur seinen Standpunkt. Typisch Kerl!

»Karolin hat dich zufällig gesehen; sie ist an dir vorbeigegangen, als du in dem Buch geblättert hast.« Sie sah Messmers skeptischen Blick und fuhr fort: »Sie ist mehrmals die Woche beim Wittwer. Du weißt doch, sie frisst Bücher wie andere Leute Brot.«

»Aber sie hatte nichts Eiligeres zu tun, als dir von ihrer ›zufälligen‹ Beobachtung zu erzählen, was?« Er dehnte und betonte das Wort »zufällig« so, dass es nahezu hämisch klang.

»Du bist ungerecht und absolut unsachlich, und wenn sich deine Streitlust gelegt hat, wirst du das auch einsehen.« Thea bemühte sich, ruhig zu bleiben.

Es war hoffnungslos. Sie waren festgefahren, würden heute keinen Millimeter mehr von ihrem Standpunkt wegkommen. Mit so viel Wut im Bauch war das einfach nicht möglich. Er war verletzt, weil sie sich nicht zu ihm bekennen wollte. Er hatte versucht, Verständnis zu zeigen und seine Verletzlichkeit immer wieder heruntergeschluckt. Irgendeine Kleinigkeit hatte gereicht, das Fass zum Überlaufen zu bringen. Der allerletzte Tropfen obendrauf war meist nur eine Lappalie. Heute hatte mal wieder Hannes herhalten müssen. Hätte sie doch bloß den Mund gehalten!

Messmer erhob sich und ging zur Tür. »Thea, lass es gut sein. Wir reden ein andermal, wenn wir beide wieder runtergekommen sind. Ich fahre jetzt heim und schlafe drüber.« Er knöpfte die Jeansjacke zu und schlüpfte in seine Schuhe.

»Was zum Teufel ...!« Der Halbschuh flog im hohen Bogen über den Flur und landete direkt neben Theas rechtem Fuß. Messmer sprang wie von der Tarantel gestochen auf einem Bein und zog sich im Hüpfen die Socke aus.

»Jetzt reicht es!« Er kam mit der Socke in der Hand auf Thea zu, als würde er einem Beschuldigten das alles entscheidende Beweismittel vorhalten. »Ich kann damit leben, dass ich ihn immer erst von deinem Bett pflücken muss, bevor wir uns hinlegen. Ich hab mich auch an seinen Voyeurismus gewöhnt, denn man kann dem armen Tier ja nicht zumuten, vor der Schlafzimmertür zu warten, wenn wir uns lieben. Ich habe nicht mal was gesagt, als er mir kurz vorm Orgasmus auf den Hintern gesprungen ist; er wollte vielleicht auch was davon haben. Aber jetzt ist das Maß voll. In meine Schuhe pinkelt er nicht!«

Thea fühlte sich wie in einer Slapstickkomödie. Eigentlich war ihr zum Heulen, aber gleichzeitig konnte sie das leise Zittern im Bauch nicht ignorieren, mit dem sich bei ihr gelegentlich ein Lachkrampf ankündigte. Doch sie musste Messmer unmissverständlich klarmachen, dass das hier nicht in einen Krieg zwischen Mann und Kater ausufern durfte. Romeo würde sie um nichts in der Welt hergeben. Micha allerdings auch nicht. Wie konnte sie diesen Konflikt lösen? Sie versuchte es mit vernünftigen Argumenten.

»Das ist nur ein Zeichen der Missachtung«, sagte sie. »Romeo will klarmachen, wer der Chef im Hause ist.«

»*Nur* ein Zeichen der Missachtung!«, schnaubte Messmer. »Im Moment ist ja wohl mehr als deutlich, dass der Herr im Hause vier Beine hat. Ich stell dich jetzt klar vor die Entscheidung: entweder der Kater oder ich!«

Thea glaubte, sich verhört zu haben. Wie konnte ein erwachsener Mann, ein dreiundvierzigjähriger Hauptkommissar, auf einen Kater so rasend eifersüchtig sein? Sie standen sich gegenüber wie im Duell. Sie mit dem nassen Schuh, er mit der Socke in der Hand, und funkelten sich an, die Lippen fest aufeinandergepresst, bevor sie unisono in schallendes Gelächter ausbrachen.

Thea lachte, bis ihr die Rippen wehtaten.

Es tat so gut. Die Wut und der Frust, die sie bis gerade eben noch eingeschnürt hatten, fielen wie durchgeschnittene Fesseln von ihr ab.

»Okay, ich passe.« Messmer wischte sich die Lachtränen aus den Augen. »Aber ich beantrage einen Stellplatz in deinem Schuhschrank, vorher werde ich diese Wohnung nicht mehr betreten. Kommen wir ins Geschäft?«

»Ich denke darüber nach.« Thea drehte den Schuh in den Händen, schnupperte daran und verzog das Gesicht.

»Jedenfalls kannst du die heute nicht mehr anziehen. Und ohne Schuhe kannst du schlecht nach Hause fahren. Also ... musst du wohl über Nacht hierbleiben.« Sie stellte den Schuh vor die Badezimmertür. »Ich mach ihn gleich sauber. Und vorher schieb ich eine Tiefkühlpizza in den Ofen.« Sprach's und verschwand in der Küche.

Messmer stand mit offenem Mund im Flur und schaute ihr nach. Schließlich hob er den Kater hoch, der schuldbewusst um seine Füße strich, und küsste ihn zwischen den Ohren.

»Kumpel, das hast du zur Abwechslung mal richtig gut hingekriegt!«

***

Fünftausendneunhundertachtundachtzig Tage ohne Irene

Sie haben es tatsächlich getan. Die Scheine, die ich heute ausbezahlt bekommen habe für das Schleifen in der Metallwerkstatt, sie sehen aus wie Spielgeld. So seltsam bunt, mit hässlichen, stilisierten Formen. Tore und Brücken sollen das wohl sein. Zweifellos eine Provokation, die mich daran erinnern soll, dass es noch Jahre dauern wird, bevor ich wieder durch Tore und über Brücken gehen werde. Ich drehe einen der grünen Scheine in den Händen, befühle das feste, noch nagelneue Papier ohne jede Knitterfalte. Ich schnuppere daran, stelle fest, dass es nach nichts riecht, und glaube, dass es nicht echt ist. Ich muss ausprobieren, ob ich im Kiosk überhaupt Zigaretten dafür bekomme.

Sie wollen mich kleinkriegen mit diesem Falschgeld. Aber ich werde so tun, als würde ich es gar nicht bemerken.

Ich lasse mich nicht provozieren. Und ich lasse mir auch nicht entlocken, wo ich mein Geld versteckt habe. Sie werden es nicht finden. Niemand wird es finden. Ich bin der Einzige, der weiß, wo es ist. Und ich werde es nicht verraten, und wenn sie mir zehn Jahre Straferlass versprechen.

Fünftausendneunhundertneunzig Tage ohne Irene

Ich habe den Schein im Kiosk auf den Tisch gelegt, als wäre es das Normalste von der Welt. Und die Frau hat mir meine Zigaretten rübergeschoben, als wäre es das Normalste der Welt, und mir obendrein als Wechselgeld noch ein paar kleinere Scheine dazugegeben. Genauso frisch gedruckt, ohne Knicke und Falten. Sogar ein paar Münzen. Sie ist also auch eingeweiht. Wahrscheinlich das ganze Vollzugspersonal. Und die Häftlinge. Ich muss mich demnächst unauffällig in der Metallwerkstatt umschauen, ob ich irgendwo eine Prägemaschine sehe.

Die sind wirklich auf alles vorbereitet. Ich habe diese Scheine auch bei den anderen Häftlingen gesehen. Vielleicht haben sie die ganze Anstalt mit diesem Spielgeld versorgt, um mich in die Irre zu führen. Vielleicht die ganze Stadt. Und alles nur, damit ich ihnen verrate, wo mein Geld ist. Es ist zum Totlachen! Ein Kichern steigt in meinem Hals auf, das ich kaum unterdrücken kann. Die anderen schauen mich an, als ware ich nicht bei Trost. Das richtige Geld liegt sicher, dort, wo niemand es finden wird. Eigenhändig von mir in das Lüftungsrohr geschoben, in Plastiktüten verpackt, damit weder Feuchtigkeit noch Mäuse ihm etwas anhaben können. Ich stelle mir vor, wie meine Hände im Dunkeln danach tasten, das glatte Zellophan berühren, die Packen aus dem Rohr ziehen. Wie ich mein Gesicht in die Geldbündel presse, ihren Duft einatme. Wie gut fühlen sich doch die guten alten D-Mark-Scheine an. Ich werde die Reise bar bezahlen. Ich sehe mich schon, wie ich die Scheine auf den Tresen blättere. Der Steward wirft einen Blick auf Irene und zwinkert mir zu. Ich buche die teuersten Kabinen. Außenkabinen ganz oben sollen es sein, wir wollen das Meer sehen.

Ich führe Irene in unsere Kabine, öffne die Tür und trage sie über die Schwelle. Ich spüre, wie ihr schmaler Körper sich an mich schmiegt, atme ihren Duft ein und kann nicht widerstehen, sie auf den blütenweißen Hals zu küssen.

Ich lege sie auf das Bett, das mit Blumen geschmückt ist. Die Kissen sind mit champagnerfarbener Seide bezogen, und Irenes Haar breitet sich in goldenen Wellen darauf aus.

»Hey, Arschloch! Du hast den Klodeckel nicht zugemacht. Das macht zwei Zigaretten für jeden von uns, sonst …«

Die Drohung bleibt in der Luft hängen. Die champagnerfarbene Seide verschwindet vor meinem geistigen Auge, und ich starre auf die blau karierte Bettwäsche meiner Metallkoje.

Ich versuche, meine Gedanken abzulenken, denn ich spüre ihre Blicke auf mir. Sie werden es mir nicht entlocken können. Ich wende mich ab und ziehe meine Mütze tiefer in die Stirn. Dann gehe ich, um den Klodeckel zu schließen.

SAMSTAG

Er hatte die Dunkelheit immer als seine Verbündete betrachtet. Sie verlieh ihm ein Gefühl von Sicherheit. Wie in einem schützenden Mantel vergrub er sich in ihr, versteckte sich vor den neugierigen Blicken der Menschen.

Am späten Abend hatte es geregnet, und im fahlen Licht der Straßenlaternen huschte sein Schatten über das glänzende Straßenpflaster. Er hatte den Kopf zwischen die Schultern gezogen, und die lang gezogene Silhouette seines Mützenschilds erinnerte an die gebogene Nase einer venezianischen Schnabelmaske.

Das Fenster neben der Eingangstür war schwach beleuchtet, und so brauchte er seine Taschenlampe nicht, um das Schlüsselloch zu finden. Er schlüpfte hinein, zog leise die Tür hinter sich zu und lauschte mit angehaltenem Atem. Alles war ruhig. Nur die Uhr vom Rathausturm schlug zweimal die volle Stunde. Mit einem tiefen Atemzug füllte er seine Lungen mit Sauerstoff und wartete darauf, dass das Kribbeln in seinen Handflächen aufhören würde. Das aufdringliche Aftershave des letzten Kunden hing noch in der abgestandenen Luft.

Er verzichtete darauf, das Licht einzuschalten, und knipste stattdessen die Taschenlampe an. Ihr Kegel huschte über die Theke aus poliertem Nussbaumholz und die Registrierkasse.

Ohne sie eines Blickes zu würdigen, ging er daran vorbei und verließ den Raum durch die schmale Hintertür.

Auf der Treppe blendete er die Taschenlampe voll auf. Die Stufen waren alt und ausgetreten, und er musste aufpassen, wohin er seine Füße setzte.

Von fern hörte er leise Musik, die mit jedem seiner Schritte lauter wurde. Er lächelte. Elvis Presley sang vom Hotel der gebrochenen Herzen. Das Lied klang wie von einer alten Schallplatte aus vergangenen Tagen, und als er in das feuchte, schlecht gelüftete Zimmer trat, war die Musik so deutlich, dass er jeden Kratzer auf dem Vinyl hören konnte.

Der Raum war spartanisch eingerichtet. Eine verstaubte Glühbirne hing an einem schmutzigen Kabel, das früher einmal weiß gewesen sein mochte, von der Decke und verbreitete trübes Licht. Die Tapete war bunt und groß gemustert, an einigen Stellen schon abgerissen und erzählte Geschichten aus den siebziger und frühen achtziger Jahren. Einer Zeit, als sein Leben noch in Ordnung gewesen war. Er machte die Taschenlampe aus und steckte sie ein.

»Ich hab mich verspätet, Liebes. Entschuldige, aber sieh, ich hab dir Blumen mitgebracht.« Er zog einen zerdrückten Rosenstrauß aus der Innentasche seines Mantels. Eine Blüte war gebrochen, der Kopf hing schlaff am Stängel, als wäre sie eingenickt.

»Ich weiß, du magst Wiesenblumen lieber, aber bei diesem Wetter …« Er lächelte schwach und legte den Strauß vorsichtig auf das Kopfende ihrer Matratze. Der Duft der dunkelroten Rosen war betäubend und überdeckte für einen Augenblick den Geruch von Feuchtigkeit und Schimmel.

»Ich habe so lange darauf gewartet, dich wieder in den Armen zu halten. Wir werden uns nie mehr trennen.« Er lächelte sie an. Es störte ihn nicht, dass sie keine Antwort gab.

»Weißt du was? Wir brauchen gar kein Geld«, flüsterte er ihr ins Ohr. »Wir haben doch uns. Nach so langer Zeit sind wir beide endlich frei. Wir sind wieder zusammen. Und nun lass uns feiern.« Er zog sie von ihrem Lager hoch, nahm sie in den Arm, legte ihren Kopf auf seine Schulter und tanzte mit ihr. *»Well, since my baby left me, I found a new place to dwell. It's down at the end of lonely street at Heartbreak Hotel …«*

Als er eine Stunde später nach draußen trat und zum Himmel schaute, sah er hinter den Giebeldächern schon einen hellvioletten Schimmer. Bald würde die Sonne aufgehen. Er schloss die Tür zweimal ab und steckte den Schlüssel in die Tasche seines dunkelgrauen Anoraks. Mit eiligen Schritten hastete er über den Platz und verschwand im Schutz der Häuser.

***

Die Morgensonne schwelgte verschwenderisch in den Zweigen der Linde vor Theas Haus, sodass ihre Blätter wie Silber glänzten. In der Nacht hatte es geregnet, und die Luft, die durch das offene Küchenfenster hereinkam, roch würzig und so intensiv nach Frühling, dass Thea für einen Moment die Gardine zurückzog und einen tiefen Atemzug nahm. Eine Wolke von aneinanderklebenden Löwenzahnsamen schwebte an ihrem Gesicht vorbei. »Waschfrauen« hatten sie diese Knäuel als Kinder genannt und Wettpusten damit veranstaltet. Ein Blaumeisenpärchen jagte sich verspielt durch die Baumkrone der Linde und erinnerten Thea an zwei Verliebte, die einander neckten.

»Es ist Frühsommer, und wir haben einander«, flüsterte Messmer ihr ins Ohr. »Hör auf, an Rosi zu denken. Lass uns lieber frühstücken.«

»Woher willst du wissen, dass ich an Rosi denke?«, fragte Thea.

Er antwortete nicht. Er wusste so gut wie sie, dass die Frage rein rhetorisch gewesen war. Er kannte sie inzwischen zu gut und las in ihr wie in einem offenen Buch. Natürlich hatte sie an Rosi gedacht.

»Ich frage mich, ob sie uns noch etwas hätte sagen können. Sie muss einen näheren Bezug zu all dem haben, tiefer in der Sache drinstecken, als wir bisher glaubten. Sonst hätte sie sicher niemand umbringen müssen.«

Messmer küsste sie auf den Hals und glitt mit den Lippen bis hinter ihr Ohr hinauf. »Gib uns noch ein Viertelstündchen ohne jeden Gedanken an Mord und Totschlag, ja?«

»Willst du behaupten, du schaffst es immer, die Erlebnisse von der Arbeit wie eine Jacke abzustreifen?«, entgegnete Thea. Sie ließ ihren Kopf nach hinten fallen, bis er an seiner Schulter ruhte. Es tat so gut, sich anlehnen zu können. Sie genoss es jedes Mal von Neuem. Es betrifft mich nicht, versuchte sie sich klarzumachen. Jeder hat sein eigenes Schicksal zu erfüllen. Mein Schicksal ist weder das von Werner Klemens noch das von Rosi Hafner. Aber die Grenzen verschwimmen, wenn man sich so intensiv damit auseinandersetzen muss, wie wir das tun.

»Nicht immer, aber meist«, sagte Messmer. »Ich bemühe mich jedenfalls darum.«

Das Telefon klingelte in das finale Blubbern der Kaffeemaschine hinein. Thea griff mit einer Hand zum Schalter, mit der anderen zum Telefon. Die Nummer auf dem Display war eine Italienische.

»Mama? Hast du dich in der Zeit vertan?«, fragte Thea mit einem ungläubigen Blick zur Uhr. So früh am Morgen hatte ihre Mutter noch nie angerufen. Schon gar nicht am Samstag.

»Ich habe schlecht geschlafen, Liebes. Und mir fehlt jemand am Kaffeetisch, mit dem ich reden kann. Der Einzige, der mir morgens ein wenig Gesellschaft leistet, ist der streunende Kater, der vorbeikommt, um mir ein Schälchen Milch abzubetteln. Du kennst ihn. Der Einäugige mit dem grauen Pelz, der aussieht, als sei er von Motten zerfressen. Natürlich sind da noch die Eidechsen auf der Terrasse. Aber die hören nicht zu und huschen immer gleich wieder weg.«

Franziska schien sich auf ein längeres Gespräch eingestellt zu haben. Sicher ging sie fest davon aus, dass ihrer Tochter ein arbeitsfreies Wochenende bevorstand. Thea sah erneut auf die Uhr. Ihr blieb noch eine knappe Viertelstunde, bevor sie aus dem Haus mussten. Sie hielt Messmer ihre Kaffeetasse hin und bat ihn mit einer Geste, ihr einzuschenken.

»Was ist los, Mama? Ich hab leider nicht so viel Zeit, wie du vielleicht glaubst ...« Ich bin wie die Eidechsen auf deiner Terrasse, dachte sie. Ich husche auch jedes Mal gleich wieder weg, wenn du anrufst.

»Lorenzo hat um meine Hand angehalten. Er will sein Amt niederlegen. Dabei kennen wir uns erst ein paar Wochen ...«

»Lorenzo?« Thea nippte an ihrem Kaffee und zuckte zurück. Verdammt, war der heiß!

»Pastore Pavarese«, hörte sie Franziska sagen. Sie sprach so leise, als schäme sie sich. Oder als habe sie Angst. »Er sagt, er habe noch nie einen Menschen so geliebt wie mich. Er würde alles für mich opfern. Selbst seine Berufung.«

Thea starrte sprachlos durch das Küchenfenster, durch das sie den blauen Himmel und die prallen Blüten des Lindenbaumes sehen konnte. Eine Meise machte eine Zwischenlandung auf dem Sims, bevor sie, den Schnabel voller Grashalme, zu ihrem Nest weiterflog.

»Und nun?«, fragte sie. »Du klingst, als gäbe es da noch ein ›Aber‹. Soll ich dir gratulieren oder lieber nicht?«

Ihre Mutter atmete schwer. »Ich kann das nicht. Ich weiß, dass ich so viel Glück gar nicht verdient habe. Ich mag ihn sehr – nein, ich liebe ihn sogar. Aber ich kann mein Leben nicht mit ihm teilen.«

Du liebst ihn platonisch. Das ist ungefährlich. So wirst du ihn nie wirklich kennenlernen müssen. Du kannst dem Bild von ihm nachhängen, das du in deinen Träumen pflegst. Die Wirklichkeit kann dieses Bild allzu schnell zerschlagen. Wie eine Offenbarung schossen Thea diese Gedanken durch den Kopf. Sie verstand genau, was in ihrer Mutter vorging.

»Was ist dein Problem? Du hast doch vor Kurzem noch gesagt, du hättest dich noch nie mit einem Mann so wohlgefühlt!« Thea hielt inne. Genau genommen hatte ihre Mutter sich mit noch keinem Mann wohlgefühlt. Also hatte das vielleicht nicht allzu viel zu bedeuten.

»Das ist auch richtig. Ich fühle mich sehr wohl in seiner Nähe. Solange die Nähe nicht allzu groß wird. Ich glaube, ich bin zu alt für einen gemeinsamen Neuanfang. Ich gehe auf die fünfzig zu, Theresa. Und ich habe noch nie mit einem Mann zusammengelebt. Ich war so lange selbstständig und von niemandem abhängig. Abhängigkeit macht mir Angst.«

Thea nickte, ohne sich bewusst zu sein, dass ihre Mutter das nicht sehen konnte. Sie hätte Franziska viel dazu sagen können, wenn Messmer nicht mitgehört hätte und wenn die Zeit nicht so knapp gewesen wäre.

»Können wir später weiterreden? Ich muss gleich zur Arbeit, Mama.« Wie ein guter alter Bekannter klopfte das schlechte Gewissen bei ihr an, wie immer, wenn sie ihre Mutter am Telefon abwürgen musste.

»Morgen ist Sonntag. Ich hoffe, dass du da nicht auch noch zur Arbeit musst.« Franziska klang resigniert. Thea würde in einer ruhigen Minute darüber nachdenken, wie sie das wiedergutmachen konnte.

»Wir sind spät dran«, sagte sie, als sie den Hörer aufgelegt hatte. Hastig trank sie ihre Tasse leer.

»Wenn wir fünf Minuten später kommen, reißt Rudi uns schon nicht den Kopf ab. Ob wir es eigentlich jemals schaffen, mal einen Happen zu frühstücken, bevor wir zur Arbeit fahren?« Messmer schickte einen Stoßseufzer gen Himmel und stellte die Müslipackung zurück in den Küchenschrank.

»Was wollte denn deine Mutter?«, fragte Messmer, als er den Wagen aus der Parklücke lenkte.

»Heiraten«, sagte Thea lapidar. »Oder auch nicht heiraten. Das ist hier die Frage«, fügte sie schnell hinzu.

»Was?« Messmer hatte vor Überraschung das Gaspedal mit der Bremse verwechselt, und Thea flog nach vorn, als das Auto abrupt zum Stehen kam.

»Sorry, das ging mir jetzt einfach zu schnell. Vor ein paar Tagen haben wir doch fast noch überlegt, mit wem wir sie verkuppeln können. Der Pfarrer?«

»Genau der.« Thea seufzte. »Sie vergöttert ihn, aber jetzt wo es ernst wird, kriegt sie kalte Füße. Wahrscheinlich geht ihr allmählich auf, dass ihre Anbetung nichts mit der Realität zu tun hat. Ist ja auch schwierig bei solchen religiösen Ikonen. Sie liebt das Bild, das sie von ihm hat. Das ist angenehm und ungefährlich.«

»Willst du damit sagen, dass es gefährlich ist, reale Menschen zu lieben?«

Thea schwieg. Über diese Frage musste sie später einmal nachdenken. Im Moment fühlte sie sich irgendwie ertappt.

»Ich glaube, deine Mutter hat sich nicht zufällig einen Mann ausgesucht, den sie glaubte, nicht haben zu können. Das muss bei euch in der Familie liegen.« Messmer verdrehte die Augen. »Plötzlich stellt sie fest, dass sie ihn doch haben kann, und zwar mit allen Konsequenzen, und plötzlich bekommt sie Panik. Mir kommt das alles irgendwie sehr bekannt vor.«

»Als ob sie mir einen Spiegel vorhält«, sagte Thea mehr zu sich selbst.

»Wie meinst du das?«, fragte Messmer und schielte sie aus dem Augenwinkel heraus an.

Thea seufzte. Sie hatte die Worte ganz unbedacht dahergeredet, und nun sah sie die Lawine auf sich zurollen, die sie selbst losgetreten hatte.

»Du hast doch sicher schon mal den Begriff ›Umwelt als Spiegel‹ gehört.«

»Gehört schon, aber ich weiß bis heute nichts damit anzufangen«, knurrte Messmer. »In Psychologie bist du einfach besser als ich.«

»Der Mensch kann seine Umwelt sehen, aber niemals sich selbst. Dazu braucht er einen Spiegel. Deshalb können wir über andere viel besser urteilen als über unsere eigenen Fehler und Unzulänglichkeiten. Um die wahrnehmen zu können, brauchen wir wiederum die Umwelt. Mit anderen Worten brauchen wir Beziehungen zu anderen Menschen, die uns zeigen, wer wir sind. Sie reflektieren uns viele Dinge, die für uns enorm wichtig sind, wenn wir ihnen nur Beachtung schenken.« Thea stockte und versuchte, in Messmers Gesicht zu lesen, ob er ihr folgen konnte. Doch er blickte konzentriert auf die Blechlawine vor sich, die sich an der Ampelkreuzung Haldenrain-/Ludwigsburger Straße staute. Die U 15 hatte Vorfahrt und bog quietschend auf den Kelterplatz ein.

»Und ich brauche die Beziehung zu meiner Mutter, damit ich mir bewusst werde, welche Fehler ich mache«, schloss Thea, nicht ganz sicher, ob er ihr überhaupt zuhörte.

Messmer nickte. »Das klingt logisch. Sie spiegelt dir dein eigenes Verhalten. Ihr habt beide Angst vor einer festen Beziehung, aus welchen Gründen auch immer. Das musst du dir erst bewusst machen, bevor du es ändern kannst.«

Thea schwieg. Bewusst war ihr das, was Messmer da erzählte, schon lange. Das hieß aber noch nicht, dass sie sich entsprechend verhalten konnte. Dabei gab sie ihrer Mutter Verhaltenstipps, die sie selbst nicht anwenden wollte. Warum war es nur um so vieles leichter, anderen zu raten, als sich selbst zu helfen?

***

»Wisst ihr, was das Schöne an der Samstagsarbeit ist?«, eröffnete Joost die Besprechung.

Thea gähnte und lehnte sich zurück. Ihr wollte partout nichts Positives dazu einfallen. Auch die anderen schüttelten die Köpfe.

»Ich glaube, du bist der Einzige, der daran was Gutes finden kann!« Kümmerle zog verdrießlich die Stirn in Falten.

»Dann will ich mal lösen: Die Krachmacher haben heute frei!« Joost wies vergnügt auf die Fenster zum Balkon. »Genießt die Stille!«

Tatsächlich, die Ruhe war beinahe beängstigend. Man konnte sogar das Geräusch von Frau Barics Wischmopp hören, mit dem sie im Nachbarzimmer den Fußboden malträtierte.

»Hab mich schon gewundert, was mir heute fehlt.« Koch ging zur Kaffeemaschine, schüttete Bohnen ein und drückte auf die Cappuccino-Taste. Kreischend lief das Mahlwerk an. »Damit euch nicht zu wohl wird.« Er grinste und schob seine Tasse unter den Milchschaumstrahl.

Joost wartete, bis Koch wieder an seinem Platz war, und warf ihm einen strafenden Blick zu. »Drei Euro in die Schlamperkasse. Kaffee wird vor der Besprechung geholt!«

Koch verdrehte die Augen und schob die Münzen über den Tisch, während Frau Baric nebenan begonnen hatte, zum Rhythmus des Wischmopps ein kroatisches Volkslied zu singen.

Joost kippte mit seinem Stuhl nach hinten und stieß das offene Türblatt an. Leider zu wenig, denn Frau Barics Gesang wurde nur minimal gedämpft.

»Ich war gestern noch bei der Mutter von Rosi Hafner und hab ihr die Todesnachricht überbracht«, sagte Verena. »Die Frau ist fast siebzig und hat erst mal gar nicht verstanden, was ich ihr sagen wollte. Ich musste es mehrmals wiederholen, und ihr wisst ja, das ein Mal zu sagen, ist schon schlimm genug. Sie ist völlig zusammengebrochen und hat absolut keine Idee, wer ihre Tochter umgebracht haben könnte. Sie war auch gar nicht richtig vernehmungsfähig. Auf meine Frage, ob es jemanden gibt, den ich anrufen kann, schüttelte sie nur den Kopf und meinte, ihr Mann sei schon vor Jahren gestorben. Ich hab einen Seelsorger angefordert und eine Nachbarin gefunden, die sich um sie kümmert. Aber ich hatte trotzdem ein ganz schlechtes Gewissen, als ich gegangen bin.«

Dafür mag ich dich, dachte Thea. Deine Pflicht ist es nur, die Todesnachricht zu überbringen und, wenn nötig, einen Pfarrer oder das Kriseninterventionsteam anzufordern. Aber du fühlst dich für die Menschen verantwortlich, als wärst du selbst schuld daran, dass sie das Unvorstellbare begreifen müssen: ein Kind zu verlieren. Durch eine Gewalttat. Kinder sollten nicht vor den Eltern sterben. Schon gar nicht auf diese Weise.

»Und Molly?«, fragte Joost. »War bei ihr was zu holen?«

»Bisher leider nicht, wir haben sie nicht angetroffen«, seufzte Verena. »Aber um in Erfahrung zu bringen, wo sie ist, haben wir – das heißt, Harald – noch an Ort und Stelle bei der Hotline angerufen und nach einem Termin bei ihr verlangt.« Sie grinste. »Er hat den notgeilen Freier richtig überzeugend gegeben.«

»Ja, sie hat mir mehrere Alternativen vorgeschlagen und deren Vorzüge sehr ausführlich beschrieben; ich wäre beinahe schwach geworden«, lachte Koch. »Aber ich wollte Molly und sonst keine. Jedenfalls haben wir erfahren, dass sie ein paar Tage freigenommen hat und voraussichtlich bis Montag nicht in der Stadt ist. Aber wir kümmern uns drum, sobald sie zurückkommt.«

Joost nickte und machte sich eine Notiz. Dann wandte er sich an Messmer.

»Für alle, die gestern nicht mit in Remseck waren, erzähl doch mal, wie es war.«

»Es gibt nicht viel Neues«, sagte Messmer. »Einer der Brüder hatte Geburtstag. Sie waren beim Feiern und hatten schon ganz schön gebechert. Besonders Wessel hatte ordentlich getankt und war promillebedingt etwas unkooperativ.«

»Deshalb haben wir auch darauf verzichtet, Wessel in Gegenwart seiner Kollegen nach einem eventuellen Nebenbuhler zu befragen«, sagte Ströbele. »Das machen wir lieber mal ohne Zeugen. Könnte peinlich für ihn werden.«

»Wir haben jedenfalls von allen die Alibis erhoben«, erzählte Koch. »Oder was sie so Alibis nennen. Natürlich kaum Ansatzpunkte. Entweder waren sie zu Hause oder bei der Arbeit. Es wird noch mal eine Fleißaufgabe, am Montag die Arbeitgeber zu befragen.«

»Fotos haben wir auch gemacht«, sagte Kümmerle. »Aber außer Hülsenbäck ist keiner kahlköpfig. Im Gegenteil, manche haben richtige Matten, wie in den guten alten Siebzigern. Weiß nicht, ob bei einer Lichtbildvorlage noch was zu holen ist, wenn Karger den Lederjackenmann nur von hinten gesehen hat.«

»Wir werden jedenfalls nichts unversucht lassen«, sagte Joost. »Sind die Akten zu dem Bankraub von '85 schon aufgetaucht?«

Ströbele schüttelte den Kopf. »Weder beim Raubdezernat noch beim Staatsarchiv. Irgendwie ist das alles sehr seltsam.«

»Hat Grabowski eigentlich inzwischen die Kontaktdaten der Frau durchgegeben, die ihm die Modellbahn vermacht hat?«, fragte Thea. »Das wollte er doch spätestens gestern tun?«

Joost schüttelte den Kopf. »Nein, aber das dürfen wir nicht aus den Augen verlieren.«

»Wahrscheinlich sucht er noch jemanden, der für ihn in die Bresche springt«, sagte Messmer. »Ich kümmere mich nachher drum. Und gnade ihm Gott, wenn er wieder mit irgendwelchen Ausflüchten kommt.«

Frau Baric war inzwischen bei der gefühlten dreißigsten Strophe ihres Volksliedes angekommen.

»Kann mal jemand das Radio Eriwan abschalten?«, grummelte Kümmerle. »Da sind mir ja fast die Schlagbohrmaschine und Kreissäge lieber.«

»Was macht sie eigentlich am Samstag hier?« Messmer deutete mit dem Kopf zum Nebenraum.

»Sie will am Montag freinehmen und hat ihren Urlaub schon verplant«, erklärte Joost. »Irgendein Geburtstag in der Familie.«

Als hätte man sie gerufen, stand plötzlich Frau Baric in der Tür und schwenkte ein A4-Blatt.

»Habe gefunde unter Tisch. Vielleicht aus Fax gesegelt.« Sie reichte Joost mit feuchten Fingern das Papier.

Joost las schweigend, während seine Augenbrauen in Richtung Haaransatz wanderten. Dann ließ er das Fax sinken. »Das KTI hat gestern wohl noch Überstunden gemacht. Sie haben einen DNA-Treffer bei der Zigarettenkippe vom Tatort Klemens.«

»Hoiligs Blechle!« Kübler sprang vor Überraschung von seinem Stuhl auf. »Wer isch denn dr Sauhond?«

»Der Name dürfte euch bekannt vorkommen: Ludwig Karger. Ist das nicht der Inhaber vom Getränkehandel?«

»Nee, der heißt Leonard.« Thea versuchte angestrengt, die neuen Informationen in ihrem Kopf mit den alten abzugleichen.

»Ludwig heißt sein Mitarbeiter«, sagte Messmer. »Gut möglich, dass es ein Verwandter von ihm ist.«

»Den haben wir nicht befragt«, sagte Thea langsam. »Wir haben ja detaillierte Auskünfte von dem Inhaber bekommen.«

»Weshalb ist seine DNA denn in der Datenbank?«, fragte Messmer.

»Keine Ahnung, das geht aus dem Fax nicht hervor. Ich kümmere mich darum, wenn ihr jetzt losfahrt und mir den Kerl herbringt. Bestimmt trefft ihr ihn im Laden an. Der müsste ja samstagvormittags geöffnet haben.«

***

Leonard Karger war allein im Laden und hob beim Klingeln der Türglocke den Kopf.

»Schließen Sie ab, Herr Karger«, sagte Messmer. »Sie gehen heute mal ein bisschen früher ins Wochenende.«

»Wieso das? Ich verstehe nicht …«

»Wir erklären es Ihnen gleich«, sagte Thea. »Wo ist denn Ihr Mitarbeiter, der Ludwig?«

»Mein Bruder ist gerade ins Lager gegangen, aber was wollen Sie denn von …« Er ließ den Rest des Satzes in der Luft hängen, denn Thea und Messmer waren schon an ihm vorbei und durch die Hintertür verschwunden.

Der Lagerraum war leer. Von dem kleinen, unscheinbaren Mann im grauen Kittel keine Spur.

»Warum lügen Sie uns an, Herr Karger?«, fragte Thea schneidend. Eine bessere Gelegenheit, Messmer den »bösen Bullen« zu präsentieren, würde sich wohl so schnell nicht mehr ergeben.

»Aber ich habe nicht gelogen!« Kargers gesamte Körperhaltung drückte Hilflosigkeit aus. »Er ist vorhin reingegangen, das war erst vor ein paar Minuten. Ich habe ihm gesagt, er kann Vesperpause machen.«

»Dann hat er sich wohl selbst gevespert, wie der Ouroboros, die Schlange, die sich vom Schwanz an selbst auffrisst«, spottete Messmer. Er sah aus, als wollte er Karger gleich an den Kragen gehen.

Thea inspizierte indessen den Raum nach Falltüren und Schlupfwinkeln, wo Ludwig Karger sich versteckt haben könnte. Dabei fiel ihr auf, dass eine Mauer gestapelter Leergutkästen nicht ganz bis an die Wand gerückt war. Sie entdeckte einen engen Durchschlupf zwischen Wand und Leergut und fand dort zwar nicht Ludwig Karger, aber eine niedrige Tür, die nur angelehnt war. Mit angehaltenem Atem schob sie sie auf.

Ein schmaler Gang führte steil nach unten. Sie erkannte ein paar Stufen, die sich in tiefschwarzer Finsternis verloren.

»Micha, kommst du mal?«, rief sie und hörte, dass ihre Stimme vor Aufregung bebte.

Fast augenblicklich war er bei ihr und blickte ihr über die Schulter.

»Wohin führt diese Tür, Herr Karger?«

Karger stand wie versteinert hinter ihnen. Kein Ton kam zwischen seinen zusammengepressten Lippen hervor. Mit weit aufgerissenen Augen starrte er zwischen Thea und Messmer hin und her.

»Ein Keller?«, fragte Thea hoffnungsvoll. Aber angesichts Kargers ängstlichem Gesicht glaubte sie eher nicht daran.

»Finden wir es selbst raus«, sagte Messmer entschlossen. »Hast du eine Taschenlampe?«

»Nur so eine winzige Penlight.«

»Die muss reichen.«

Theas Begeisterung hielt sich in Grenzen. Einen Ausflug in Stuttgarts Katakomben konnte sie jetzt brauchen wie das Norovirus. Vielleicht hatte Hannes gar nicht so unrecht, wenn er immer wieder betonte, dieser Job sei nichts für sie. Sie suchte nach einem Geländer, aber ihre Hand traf nur auf nackten Stein.

Die Stufen waren aus rohem Beton, und Thea spürte die Kälte, die sie ausstrahlten, durch die Sohlen ihrer Schuhe. Sie führten steil nach unten, und Thea hatte Angst, in der Dunkelheit den Halt zu verlieren. Sie fühlte einen Anflug von Sicherheit bei dem Gedanken, dass Messmer nur zwei Schritte vor ihr lief. Der Gang war so schmal, dass man hintereinander gehen musste. Die kleine Taschenlampe leuchtete nur spärlich in die Finsternis. Ihr winziger Lichtkegel, den sie nach unten richtete, um zu sehen, wohin sie ihre Füße setzte, traf Messmers Camelboots. Ein kleines Stückchen vertraute Wirklichkeit in einer Umgebung, die immer unwirklicher wurde. Es roch durchdringend nach modriger Feuchtigkeit und Schimmel.

Mit jedem Schritt in die Tiefe wurde es kälter. Thea atmete auf, als sie am Ende der Treppe angekommen waren und ihre Füße wieder sicheren Halt fanden. Unmittelbar darauf begann ihre Taschenlampe zu flackern, und wenig später erlosch sie. Thea unterdrückte einen Fluch und fügte sich in das Unvermeidliche. Die Dunkelheit war tiefer als zuvor. So muss es sein, wenn man blind ist, dachte sie. Im selben Moment prallte sie gegen Messmers Rücken.

»Hier ist eine Tür«, sagte er, und die Überraschung war seiner Stimme anzumerken. Thea hörte, wie er die Wände abtastete. »Und sogar ein Lichtschalter!«

Die ungewohnte Helligkeit schmerzte in den Augen, und es dauerte einige Sekunden, bis Thea wieder sehen konnte. Zunächst war sie orientierungslos. War sie wirklich mehrere Meter unter der Erde? Sie fühlte sich wie in einem bizarren Traum. Was hier vor ihr lag, sah aus wie ein Flur in einem ausgebombten Krankenhaus. Lang und kahl, mit Unmengen von Türen links und rechts. Keine Fenster. Thea befühlte eine der Türen – massiver Stahl. Also kein Krankenhaus, sondern ein Irrenhaus. So musste es sein. Sie war in einem Irrenhaus gelandet und bekam nicht mal mehr auf die Reihe, wie sie hergekommen war. Dann sah sie die abgerissenen Tapetenfetzen, die sie an ihre Zeit im Kinderheim erinnerten. Ein ganz ähnliches Muster schmückte die Wand in dem Zimmer, das sie mit Karolin geteilt hatte. Damals, vor mehr als zwanzig Jahren, Anfang der Achtziger.

Wir sind im Marktplatzbunker, schoss es ihr plötzlich durch den Kopf. Sie hatte die Orientierung wieder. Das alte Bunkerhotel unter dem Markt, das vom Zweiten Weltkrieg an bis zum Jahr 1985 von einer geschäftstüchtigen Familie betrieben und dann aufgegeben worden war. Messmer hatte ihr davon erzählt, vor ein paar Tagen erst, als sie mit ihrem Absatz in dem verdammten Gitterrost hängen geblieben war.

Aber was wollte Ludwig Karger hier? Und vor allem: Wo war er?

Ihre Augen glitten über die endlosen Wände, auf denen zum größten Teil der Putz frei lag. Hier und da hatten einige Tapetenreste mit Mustern aus den siebziger Jahren überlebt und gammelten vor sich hin. Ein paar abgerissene Elektrodrähte, die aus der Wand links von ihr hervorkrochen wie verstaubte Würmer, ergänzten das morbide Ambiente. Thea schaute nach oben. Über ihrem Kopf zogen sich Lüftungsrohre unter der Decke entlang. Kein Mensch hatte sich die Mühe gemacht, sie irgendwie zu verkleiden. Langsam bewegte sie sich hinter Messmer vorwärts, bemüht, jedes unnötige Geräusch zu vermeiden. Sie lauschte konzentriert. Irgendwo hier hinter einer der Türen musste Ludwig Karger sein. Es sei denn, auf der anderen Seite führten weitere geheime Gänge an die Oberfläche.

Je weiter sie sich in den Gang hineinbewegten, desto beklommener wurde Thea ums Herz. Sie fühlte, dass sich ihr Puls beschleunigte, dass ihr trotz der Kälte feine Schweißperlen auf der Stirn standen, und unterdrückte das Bedürfnis, die Pistole zu ziehen. Ihr Bauch signalisierte Bedrohung. Irgendetwas war hier ganz und gar nicht so, wie es hätte sein sollen.

Messmer war stehen geblieben und deutete wortlos mit den Augen auf eine Tür, die im Gegensatz zu allen anderen einen Spalt offen stand. Thea hatte instinktiv die Hand ans Holster gelegt, als sie sich darauf zubewegten. Ein Teil von ihr wollte am liebsten den geordneten Rückzug antreten, von ihr aus auch den ungeordneten – Hauptsache raus hier. Du bist Polizistin, das wolltest du immer sein, schalt sie sich. Mach jetzt nicht schlapp. Wer sollte hier wohl reingehen, wenn nicht du! Tapfer folgte sie Messmer, der schon einen Fuß in den Türspalt geschoben hatte und die Tür nun Zentimeter für Zentimeter aufdrückte. Das alles geschah komplett lautlos, von dem Rauschen in Theas Ohren mal abgesehen.

Das Zimmer dahinter war düster im Vergleich zu dem hell erleuchteten Flur, und ihre Augen mussten sich erst an die neue Situation gewöhnen. Dafür war ihre Nase sofort wieder auf dem aktuellen Stand. Sie nahm Schimmel und Feuchtigkeit jetzt nur noch am Rande wahr, so sehr dominierte ein Geruch, der ihr die Haare zu Berge stehen ließ. Aufdringlich süß und leider allzu bekannt. Ihre Augen suchten den halbdunklen Raum ab, der nur von einigen brennenden Altarkerzen beleuchtet wurde.

Welke Rosen lagen auf dem Boden verstreut. Ein Opfertisch, schoss es ihr durch den Kopf, noch bevor sie den Stapel Holzpaletten in der Zimmerecke sah, auf dem Ludwig Karger saß. Den Blick starr in die Kerzenflammen gerichtet, einen verklärten Zug um den Mund, wiegte er einen menschlichen Körper im Arm. Den Körper einer Frau. Einer leblosen Frau.

Obwohl man der Toten ansah, dass sie schon einige Tage hier unten gelegen hatte, erkannte Thea sie sofort. Sie hatte sich das Foto von Irene Wessel eingeprägt.

Schockiert presste sie sich die Hand auf den Mund. Das Atmen wurde schwerer, was an den Kerzen liegen mochte, die das bisschen Sauerstoff verbrauchten, von dem es hier unten ohnehin zu wenig gab.

Karger blickte auf, als habe er erst jetzt bemerkt, dass er Besuch bekommen hatte. Er zeigte keine Spur von Angst oder Überraschung und wiegte den Leichnam unablässig im Arm, liebevoll und behutsam, wie man ein rosiges Baby in den Schlaf schaukelt. Schließlich beugte er sich zu dem entseelten Gesicht hinunter und legte seine Wange an die kalte Haut, als wollte er sie liebkosen.

»Gott hat sie mir geschenkt«, murmelte er, und sein Mund verzog sich zu einem strahlenden Lächeln.

Thea hatte das Gefühl, neben sich zu stehen. Sie hoffte, dass Messmer sie jeden Moment rütteln und aufwecken würde. Denk dir, was für einen Unsinn ich geträumt habe, würde sie sagen. Was für ein Glück, dass es nicht tatsächlich passiert ist!

Doch mit jeder Sekunde, die verstrich, begriff sie deutlicher, dass sie vergebens auf das Erwachen warten würde.

»Sie ist tot«, sagte sie tonlos, als müsse sie Karger darauf hinweisen, dass er eine Leiche im Arm schaukelte.

Er schien sie nicht zu hören. »Gott hat sie mir geschenkt«, wiederholte er verklärt und drückte behutsam einen Kuss auf die bleichen Lippen der Toten. »Gernot hat keine Macht mehr über sie.«

»Geh rauf und ruf die Dienststelle an, hier unten hast du keinen Empfang. Ich pass so lange auf ihn auf.«

Thea hatte Messmer völlig ausgeblendet und war froh, dass er schon wieder logisch denken konnte. Sie musste Unterstützung rufen, aber ihre Beine fühlten sich an wie Fruchtgummischnüre, und sie wollte sich gar nicht vorstellen, den ganzen Weg allein zurückgehen zu müssen. Sie wandte sich zur Tür und prallte zurück, als sie bemerkte, dass draußen das Licht ausgegangen war. Hier unten hatte doch bestimmt niemand eine Zeitschaltuhr eingebaut. Konnte es sein, dass ihnen jemand gefolgt war? Ihr Hals wurde eng, als sie daran dachte, dass der Lichtschalter irgendwo am Anfang des Flures war.

»Die Elektrik ist hier wahrscheinlich seit einem Vierteljahrhundert nicht gewartet worden.« Messmer schien ihre Gedanken erraten zu haben. »Nimm eine Kerze mit!«

Thea machte ein paar Schritte nach vorn und griff nach einer der Altarkerzen, der größten mit dem längsten Docht. Dabei ließ sie Karger keine Sekunde aus den Augen. Aber der beachtete sie gar nicht. Er liebkoste das kalte Gesicht seiner Liebsten, das wie eine Wachsmaske aussah.

Die Stahltür schien ihr schwer wie eine Grabplatte, und als sie auf den Gang trat, schlug ihr die Kälte entgegen, die sie drinnen inmitten der Kerzenflammen nicht gespürt hatte. Für einen Augenblick stieg Panik in ihr auf, weil sie zunächst nicht mehr wusste, in welche Richtung sie gehen musste. Dann fiel ihr ein, dass sie nicht allein hier unten war, und sie beruhigte sich etwas.

Ein lautes Poltern ließ sie zusammenfahren. Es kam aus der Richtung, in der sie die Treppe vermutete. Sie wechselte die Kerze in die linke Hand, ihre Rechte griff wie von selbst ans Holster. Schritt für Schritt tastete sie sich an der feuchten Wand entlang, vorsichtig darauf bedacht, kein Geräusch zu verursachen. Da, wieder ein Rascheln. Im Zimmer rechts von ihr. Theas Feigheit feilschte mit ihrem Mut, nachzusehen oder an der Tür vorbeizuschleichen. Auf Messmer konnte sie jetzt nicht zählen, der saß etwa zwanzig Meter weit entfernt und hielt den mutmaßlichen Mörder von Irene Wessel in Schach. Bevor sie zu einer Entscheidung kommen konnte, schwang die Tür auf, ein Lichtstrahl fiel auf den Flur, und eine Gestalt drückte sich auf den Gang. Thea stockte der Atem. Dann sah sie den blauen Arbeitskittel, die hängenden Schultern und erkannte die Silhouette des Mannes. Sie stöhnte vor Erleichterung laut auf.

»Herr Karger, haben Sie mich erschreckt!«

Karger fuhr herum, und beim Anblick der Pistole in ihrer Hand drückte er sich instinktiv an die Wand. Er trug eine Art Grubenhelm mit integrierter Lampe, wie Bergarbeiter ihn benutzen.

»Nicht schießen bitte!«, stammelte er. Trotz der Kälte roch sie seinen Schweiß. Wovor hatte er solche Angst?

»Was tun Sie denn hier unten, um Gottes willen?«

»Ich wollte nach Ihnen sehen, ob alles in Ordnung ist. Wo ist Ludwig? Sie waren so lange fort.«

»Ich muss telefonieren«, sagte Thea, ohne auf seine Frage einzugehen, und stieg hinter ihm die Treppe hinauf. Mit jeder Stufe, die sie erklomm, fiel ihr das Atmen leichter.

»Sie können das vom Laden aus tun«, bot Karger ihr an. »Wo ist Ludwig?«

»Er ist mit meinem Kollegen noch unten, in einem der Zimmer.« Sie sah seine fragenden Augen, und ihr Zögern dauerte nur eine Sekunde. Er würde es ohnehin gleich erfahren, wenn sie mit der Dienststelle telefonierte. »Wir haben dort eine Leiche gefunden«, fügte sie etwas leiser hinzu. »Die vermisste Frau, deren Foto wir Ihnen gezeigt hatten. Ihr Bruder war bei ihr.«

Als sich am Ende der Treppe die Tür zum Getränkelager vor ihr öffnete, entspannte sie sich. Sie war wieder in der realen Welt. Mit wenigen Schritten war sie im Ladenraum, griff nach dem Telefon auf dem Tresen und wählte die Nummer ihres Chefs.

»Schick Verstärkung zum Getränkehandel am Markt. Wir haben den Leichnam …«, mit einem Blick auf Karger verzichtete sie darauf, den Namen zu nennen, »… den Leichnam unserer Vermissten, beginnende Verwesung. Und den mutmaßlichen Täter.«

Sie wartete Joosts Antwort ab, legte auf und sah Karger an, der neben der Tür zum Lager lehnte, das Gesicht so kalkweiß wie die Wand hinter ihm.

»Sie glauben, dass Ludwig …?« Der Rest der Frage blieb zwischen ihnen in der Luft hängen, zu schrecklich, um ausgesprochen zu werden.

Thea antwortete mit einer Gegenfrage: »Warum ist diese Tür zu den alten Bunkeranlagen unverschlossen, Herr Karger? Soweit ich weiß, sind die Zugänge zu den Bunkern aus dem Zweiten Weltkrieg gesichert. Wie lange ist das Schloss zu diesem Tunnel schon geknackt?«

»Ich weiß es nicht. Ich habe es doch gerade erst …«

»Sie lügen! Was haben Sie dort unten in diesem Zimmer gewollt? Und wie oft suchen Sie den Bunker auf und wozu?« Ihr Blick blieb demonstrativ an dem Grubenhelm hängen, den Karger immer noch auf dem Kopf hatte. So etwas gehörte definitiv nicht zur Grundausstattung eines Getränkehändlers.

Leonard Karger rang die Hände. Der innere Kampf, den er austrug, war wie auf einer Kinoleinwand von seinem Gesicht abzulesen. »Ich nutze eines der alten Hotelzimmer als zusätzlichen Lagerraum. Ja, ich weiß, ich zahle keine Miete dafür. Eigentlich ist das illegal. Aber die Schausteller vom Weihnachtsmarkt lagern ja schließlich auch ihren Krempel dort unten.« Er schaute sie trotzig an, die Unterlippe wie ein bockiges Kind nach vorn geschoben. »Werde ich Probleme bekommen?«

Thea hob die Schultern. »Dass Sie diesen Raum unerlaubt als Lager genutzt haben, ist im Moment wohl das kleinste Problem. Ihr Bruder sitzt da unten mit einer toten Frau im Arm. Machen Sie sich mal Gedanken, wie es dazu kommen konnte!« Ihr Blick fiel auf das Schild mit der Aufschrift »Heute geschlossen«, das an der Stirnseite des Verkaufstisches hing. Sie nahm es und hängte es an die Ladentür. Dann drehte sie sich wieder zu Karger um.

»Wenn der Zugang in Ihrem Lagerraum gesichert gewesen wäre, wie es sich gehört, hätte er die Frau nie dort runterbringen können. Vielleicht wäre sie noch am Leben.«

Karger hockte zusammengesunken auf seinem Schemel neben dem Zugang zum Lager und starrte auf seine Hände.

»Er hat sich verändert«, flüsterte er. »Manchmal glaube ich, er lebt in einer ganz anderen Welt. Ich rede mit ihm und bekomme keine Antwort. Oder eine, die völlig absurd ist.«

Thea lehnte sich gegen den Ladentisch und verschränkte die Arme vor der Brust. »Seit wann ist das so?«

»Ich weiß es nicht. Ich habe ihn ja erst seit etwa einer Woche hier im Laden.«

»Was hat er vorher gemacht?«

Karger schwieg. Die Standuhr neben der Ladentür tickte die Sekunden weg.

»Sie erfahren es ja sowieso«, sagte er schließlich. »Er war im Gefängnis. Sehr lange. Ich hab mir natürlich Gedanken gemacht, was aus ihm wird, wenn er rauskommt. Da hab ich beschlossen, ihm erst mal einen Job in meinem Laden zu geben. Als Aushilfe für das Lager und den Verkauf.«

Und so erfuhr er natürlich auch von dem illegalen Lager und dem Zugang zum ehemaligen Bunkerhotel, schloss Thea. »Wie lange war Ihr Bruder denn im Gefängnis und weshalb?«

»Dreiundzwanzig Jahre.« Karger biss sich auf die Lippen.

Thea schluckte. Das hatte sie nicht erwartet. »Lebenslang bekommen nur Kapitalverbrecher, Herr Karger. Hat Ihr Bruder denn damals jemanden umgebracht?«

Karger nickte schwach. »Er hat eine Bank überfallen. Dabei ist ihm was verrutscht. Er hat in Panik zwei Kassierer erschossen.«

»Wann war das?«, entfuhr es Thea. Genau genommen hätte sie das allein ausrechnen können, aber dazu war sie im Moment nicht fähig. In ihrem Kopf wirbelten tausend Puzzleteile durcheinander, ohne sich auch nur ansatzweise ordnen zu wollen.

»1985. Der Überfall auf die Dresdner Bank.«

1985. Den Überfall hatte nicht Werner Klemens, sondern Ludwig Karger begangen!

Allmählich landeten die ersten Puzzleteile am Boden und ergaben im Ansatz den Teil eines Bildes. Bei Raubmord ermittelt die Mordkommission. Deshalb war die Akte weder beim Raubdezernat noch im Staatsarchiv! Sie lag die ganze Zeit schon in ihrem eigenen Mordaktenarchiv im Keller. Sie hatten praktisch darauf gesessen, ohne es zu ahnen.

Thea überlegte, ob Karger die Bank zusammen mit Klemens überfallen hatte, aber nur Karger überführt worden war. Wenn es so gewesen war, dann war Ludwig Karger ein sehr zuverlässiger Freund, der seinen Komplizen nicht verraten hatte. Moment mal! Die rote Schrift auf dem Kreuzworträtsel fiel ihr wieder ein. Hatte Klemens Karger vielleicht ans Messer geliefert in der Hoffnung, nicht teilen zu müssen und das ganze Geld allein einstreichen zu können? Kargers Rache nach dreiundzwanzig Jahren Gefängnis würde dann völlig nachvollziehbar sein. Vielleicht hatte er Klemens das Zeitungsrätsel mit dem rot geschriebenen Wort schon vorher hingelegt, um ihm ein wenig Angst zu machen, bevor er ihn aus dem Hinterhalt mit dem Messer überfiel. Vielleicht hatte Karger beabsichtigt, dass Klemens in den letzten Sekunden seines Lebens begriff, dass Karger gekommen war, um sich zu rächen. »Verräter«. Das rot geschriebene Wort ergab plötzlich Sinn. Sie würde sofort wenn sie zurück zur Dienststelle kam, das Mordaktenarchiv durchstöbern und in Kargers Akte nachschauen, ob es Hinweise auf eine Komplizenschaft gab. Aber was spielte Irene Wessel für eine Rolle in dieser Tragödie?

Karger seufzte. »Ich hab ihn immer beschützen wollen«, flüsterte er. »Schon als wir Kinder waren. Mama hat immer gesagt, ich soll auf meinen kleinen Bruder aufpassen. Das hab ich auch gemacht. Ich war stolz, dass ich so viel Verantwortung übertragen bekam. Als Kind hab ich das alles auch noch ganz ordentlich hingekriegt. Aber als Ludwig älter war, wollte er nicht mehr auf sich aufpassen lassen. Da wollte er für sich selbst entscheiden, verstehen Sie?«

Thea nickte. Sie wagte kaum zu atmen aus Sorge, etwas Wichtiges nicht mitzubekommen.

»Wenn ein Kind ins Teenageralter kommt, hat man keinen Einfluss mehr darauf. Die machen dann, was sie wollen.«

»Was hat er denn gemacht, als er erwachsen wurde und Sie nicht mehr auf ihn aufpassen konnten?«, fragte Thea.

»Er trieb sich im Milieu rum. Er ging mit den falschen Typen aus, verliebte sich in die falschen Frauen. Er rutschte ab. Dann kam dieser Banküberfall, wo ihm die Knarre ausgerutscht ist, und er hat dafür im Knast gesessen. Ich dachte, wenn ich ihm nach seiner Entlassung eine Arbeit in meinem Laden gebe, dann hat er wieder Boden unter den Füßen und macht keine Scheiße mehr. Und was macht er? Rendezvous mit toten Damen in meinem Keller!«

»Es ist nicht Ihr Keller, Herr Karger«, erinnerte ihn Thea. »Warum sind Sie uns vorhin gefolgt?«

Karger blickte zu Boden. »Ich hab mir Sorgen gemacht, wo Sie so lange bleiben. Wo Ludwig ist, ich meine ... was Sie so lange mit Ludwig da unten machen.« Er biss sich auf die Lippen.

Er fühlt sich immer noch verantwortlich für seinen Bruder, dachte Thea. Überwacht jeden seiner Schritte. Vielleicht hat er gute Gründe, ihm zu misstrauen. Sie beschloss, einen Schuss ins Blaue abzufeuern.

»Sie haben gewusst, dass Ihr Bruder da unten eine Leiche versteckt hat, und wollten ihn schützen, nicht wahr?«

Karger vergrub das Gesicht in den Händen und schüttelte den Kopf.

Thea wartete schweigend, so lange, bis aus dem Kopfschütteln allmählich ein undeutliches Nicken wurde. Schließlich nahm Karger die Hände herunter und sah sie an.

»Was sollte ich denn machen? Er wäre doch sofort wieder eingefahren. Noch mal lebenslänglich – das hätte ihn endgültig um den Verstand gebracht. Ich hab ja gemerkt, was im Knast mit ihm passiert ist. Er ist völlig durchgeknallt. Rennt immerzu mit einer Mütze rum, sogar jetzt im Frühsommer. Wehe, man nimmt sie ihm weg, da rastet er total aus.« Er sah Thea flehend an. »Ich will nicht, dass er im Gefängnis stirbt. Oder als hirnloser sabbernder Greis nach weiteren zwanzig Jahren entlassen wird.«

»Wie sind Sie dahintergekommen?«

»Ich habe beobachtet, wie er runterging, obwohl es keinen ersichtlichen Grund dafür gab. Wir hatten genug Bestand oben. Ich habe ihn auch nicht geschickt, irgendwas zu holen. Also bin ich ihm nachgeschlichen. Er hat es nicht gemerkt. Ich hab dann gesehen, dass eine der Zimmertüren weiter hinten einen Spalt offen stand, und habe hindurchgeschaut. Er redete mit ihr. Ich habe sofort gesehen, dass sie tot war. Aber er hatte ihr sogar eine Vase mit frischen Blumen hingestellt.«

»Wann war das, als Sie Ihren Bruder mit der Leiche dort unten erwischt haben?«

Karger schluckte. »Am Dienstag. Kurz vor Feierabend.«

»Am Mittwochnachmittag waren wir bei Ihnen und haben Ihnen das Foto der vermissten Frau gezeigt.«

»Verstehen Sie doch, ich konnte ihn nicht verraten!«

»Sie müssen Ihren nächsten Angehörigen auch nicht verraten, Herr Karger. Sie dürfen allerdings nicht vorsätzlich lügen. Das haben Sie aber getan, indem Sie uns auf eine falsche Spur gelockt haben.«

»Welche falsche Spur?« Karger sah jetzt ehrlich betroffen aus.

»Sie haben uns erzählt, die Frau habe am Dienstagmittag den Laden wieder verlassen und draußen einen Mann mit schwarzer Lederjacke und Motorradhelm getroffen, mit dem sie gestritten habe.«

»Aber das war nicht gelogen! Ich habe die beiden zusammen gesehen!« Karger machte einen so ehrlich erbosten Eindruck, dass Thea fast geneigt war, ihm zu glauben. Aber wie sollte das möglich sein? Wann hatte Ludwig Karger Gelegenheit gehabt, die Frau umzubringen und im Bunker zu verstecken?

»War Ihr Bruder den ganzen Tag im Laden? Oder ist er vielleicht auch mal weggegangen?«

»In der Mittagspause, also nach dreizehn Uhr, habe ich ihn in die Schulstraße geschickt, damit er uns bei Nordsee was zu essen holt.« Karger überlegte. »Das kann nicht viel länger als eine halbe Stunde gedauert haben.«

In einer halben Stunde konnte man recht gut jemanden töten und da unten verstecken. Die Frage war nur, wie, ohne dass es jemand mitbekommen hatte.

»Waren Sie denn während der ganzen Mittagspause im Laden?«

»Nein. Ich war beim Lidl in der Rathauspassage und hab was eingekauft.«

Ausgerechnet Lidl, wo jeden Tag Hunderte von Kunden aufliefen! Natürlich konnten sie mit Kargers Foto die Kassiererinnen befragen, aber mit neunundneunzigprozentiger Wahrscheinlichkeit würde das Zeitverschwendung sein.

»Der Laden war also während der Mittagspause geschlossen. Hatte Ludwig denn einen Schlüssel dabei?«

»Natürlich.« Karger nickte. »Für den Fall, dass er früher zurück sein würde als ich.«

»Und er war natürlich schon zurück, als Sie vom Lidl kamen.«

»Ja. Er saß mit seinem Bismarckbaguette im Laden und machte Kreuzworträtsel.«

Thea grübelte. Wann waren sich Ludwig Karger und Irene Wessel an diesem schicksalhaften Tag zum zweiten Mal über den Weg gelaufen? Hatte er sie mittags in der Stadt getroffen? Auf dem kurzen Weg von seiner Arbeitsstelle bis zu Nordsee? Hatte er sie überreden können, mit ihm zu kommen, und sie unter irgendeinem Vorwand ins Lager oder gar bis ins Bunkerhotel gelockt und ihr dann die Luft abgedrückt? Irene Wessel wäre doch nie im Leben mit jemandem mitgegangen, den sie nicht kannte, ohne dass es einen triftigen Grund dafür gab.

»Kannten sich die beiden von früher?«, fragte sie.

Karger nickte. »Ludwig hat damals, bevor das alles passierte, in einem Hotel gearbeitet, am Empfang. Irene hat auch in Hotels gearbeitet, allerdings freiberuflich, wenn Sie wissen, was ich meine.«

Thea wusste durchaus, was er meinte, stellte sich aber dumm. Sie hob fragend die Augenbrauen.

»Als Prostituierte«, sagte Karger schließlich. »Damals hat er sich in sie verguckt. Hat mir ständig von ihr vorgeschwarmt. Ich hab versucht, ihm das auszureden, aber ich hätte genauso mit einem Kasten Leergut sprechen können. Er ging dann sogar so weit, bei den Hells Angels rumzuhängen, weil Irene dort zur Clique gehörte. Ich glaube, sie war mit irgend so einem Biker liiert. Dort hat er sich natürlich nicht sonderlich beliebt gemacht, als die mitgekriegt haben, dass er der Freundin von einem ihrer Mitglieder schöne Augen macht. Sie glauben nicht, was ich damals für Nerven gelassen habe! Dann kam die Sache mit dem Bankraub. Ich vermute, er wollte sie mit Geld beeindrucken, nachdem sie ihn bei den Hells Angels vertrieben hatten.«

Er verstummte und schaute an Thea vorbei auf die Ladentür.

Thea sah auf die Uhr. Sie dachte gerade, dass allmählich die Verstärkung anrücken könnte, als es an die Tür klopfte. Sie öffnete, und Ströbele betrat mit Kübler den Laden, dicht gefolgt von Geiger und Moll von der Spurensicherung. Sie trugen ihre Koffer und Fotoausrüstung und hatten zusammengerollte weiße Schutzanzüge unter die Arme geklemmt.

»Wo geht's lang?« Ulrich Moll hielt sich nicht lange mit Vorreden auf.

Thea wies auf die Tür, die nach hinten führte. »Umziehen könnt ihr euch im Lager. Von dort geht's dann weiter die Treppe runter.« Sie schüttelte den Kopf, als Geiger ihr einen Overall reichen wollte. »Nicht nötig. Micha ist auch schon ohne Strampelanzug drin. Lasst halt unsere DNA als Tatortberechtigte mit durchlaufen.«

Die Ladentür öffnete sich ein weiteres Mal, und zwei Männer mit einer Tragbahre und einem zusammengerollten Leichensack betraten das Geschäft, woran sie eindeutig als Mitarbeiter der Bestattungsfirma zu erkennen waren. Joost hatte keine Zeit verloren.

Der zweite Abstieg war schon nicht mehr ganz so gruselig wie der erste. Ströbeles Handleuchte brachte wesentlich mehr Leistung als Theas kleine Stablampe.

»Achtet auf die Stufen«, rief sie. »An denen ist seit dem Krieg nichts mehr gemacht worden.«

Im Gänsemarsch tappten sie die Treppe hinunter. Hinter Thea kamen Ströbele und Kübler, dann Geiger und Moll, die Bestatter; das Schlusslicht bildete Leonard Karger, ebenfalls mit einer Taschenlampe ausgerüstet.

Im Zimmer war es totenstill. Die Tür stand noch immer einen Spalt offen, so wie Thea sie zurückgelassen hatte. Sie bedeutete Ströbele, anzuhalten, und wies mit dem Kopf darauf.

»Herr Karger, Sie bleiben bei den Bestattern auf dem Gang.« Sie hielt ihn am Arm fest, als er Anstalten machte, das Zimmer zu betreten. Ströbele öffnete an seiner Stelle die Tür bis zum Anschlag und hielt seine Lampe in die düstere Kammer.

Die Kerzen waren inzwischen fast heruntergebrannt. Ansonsten hatte sich das Bild nicht verändert. Ludwig Karger saß noch immer reglos auf der Palette, den Leichnam von Irene Wessel im Arm. Messmer stand daneben und ließ ihn nicht aus den Augen.

»Er reagiert nicht auf Ansprache«, sagte er zu Ströbele. »Das heißt, er reagiert schon, aber er sagt nur immer wieder dasselbe, wie eine kaputte Schallplatte. Gott habe sie ihm geschenkt.«

»Er muss ja nicht viel sagen. Hauptsache, er versteht uns.« Ströbele stellte die Lampe hin und ging langsam auf Karger zu. »Wir müssen Irene jetzt mitnehmen. Sie ist tot, wissen Sie?«

Ludwig Karger schüttelte stoisch den Kopf. »Sie gehört mir. Gott hat sie mir geschenkt.«

»So geht das schon die ganze Zeit«, seufzte Messmer. »Glaubt bitte nicht, ich hätte nicht schon tausendmal versucht, ihm zu erklären, dass er sie nicht behalten kann.«

»Sie kann aber nicht hierbleiben«, versuchte Thea, zu dem Mann vorzudringen. »Lassen Sie uns doch nach oben gehen, dort können wir reden.«

»Sie gehört mir. Gott hat sie mir geschenkt«, wiederholte Karger wie eine Sprechpuppe, die nur einen Satz kennt.

Die erste Kerze flackerte, und der Docht ertrank in einer Pfütze von flüssigem Wachs. Ein Rauchfaden stieg in die Luft und roch nach Bescherung, Gottesdienst und Beerdigung zugleich.

»Wer immer sie Ihnen geschenkt hat, sie ist tot, Herr Karger. Sie können nicht den Rest Ihres Lebens hier sitzen und sie im Arm halten. Tote muss man begraben.« Während er sprach, bewegte sich Messmer Zentimeter um Zentimeter auf Karger zu. Der wiederum zog den toten Körper noch fester an sich und beugte sich über ihn, als wolle er ihn beschützen.

Mit einer Kopfbewegung gab Messmer den Männern der Bestattungsfirma ein Zeichen. Sie traten zu Karger und versuchten, ihm den Leichnam zu entwenden, während Messmer mit aller Kraft versuchte, die Umklammerung zu lösen.

»Neeeeiiiiiin!« Es war kein menschlicher Laut, der durch die unterirdischen Räume hallte, auch nicht der eines Tieres. Der Schrei schien direkt dem Archetyp der Qual zu entspringen.

Thea war zur Tür zurückgewichen und betrachtete das grausige Schauspiel mit einer Mischung aus Faszination und Entsetzen. Karger klammerte sich an die Tote, als ginge es um sein Leben. Wahrscheinlich traf das für ihn auch absolut zu. Der Kampf um den leblosen Frauenkörper wirkte wie ein groteskes Tauziehen. Während die Männer mit aller Kraft versuchten, ihm den Leichnam zu entreißen, umklammerte Ludwig Karger die schmalen Handgelenke seiner Geliebten so fest, dass Thea einen irrsinnigen Augenblick lang fürchtete, die Haut würde sich ablösen und in Ludwigs Händen zurückbleiben.

Messmer packte Kargers Hände, zwang ihm mit einem geübten Griff die Finger auseinander. Die Tote glitt zu Boden, wo sie von den Bestattern aufgehoben und auf den Flur gebracht wurde.

Karger sprang schneller auf, als Messmer ihn zurückhalten konnte, und wollte hinterherlaufen, doch er glitt in einer Wachspfütze aus und stürzte bäuchlings hin. Blitzschnell war er wieder auf den Beinen, doch Ströbele und Kümmerle waren schon bei ihm und drängten ihn zurück, bis er mit dem Rücken an der Wand stand. Gehetzt blickte er um sich, Panik in den Augen wie ein Tier in der Falle.

Sie hatten sich im Halbkreis vor ihm aufgebaut, aber irgendetwas hielt wohl jeden von ihnen davon ab, den hilflosen Mann zu überwältigen. Karger hatte die Arme um den Kopf geschlungen. Er blickte gehetzt von einem zum anderen. Die Augen geweitet in dem Begreifen, dass er Irene für immer verloren hatte. Der Mund zu einem stummen Schrei aufgerissen wie der Mann auf dem Gemälde von Edward Munch. Einige Sekunden stand er wie erstarrt, dann gaben seine Beine nach, und er glitt langsam an den abgerissenen orange-braun gemusterten Tapetenresten nach unten.

»Sie ist tot«, flüsterte er, und dann begann er zu kichern. Zuerst leise, dann immer lauter und lauter, bis das Kichern zu einem schrillen Kreischen wurde, das von den schimmelnden Wänden widerhallte.

Messmer ging zu ihm, fasste ihn unter den Armen und zog den schlaffen Körper hoch, der keinerlei Widerstand mehr leistete.

»Fordert einen Krankentransport an, wo man ihn festschnallen kann«, sagte Messmer. »Wir bringen ihn nach Hohenasperg. Auf der Dienststelle können wir nichts für ihn tun.«

Hohenasperg war eine gute Entscheidung, fand Thea. Das Justizvollzugskrankenhaus in der Nähe von Ludwigsburg hatte eine psychiatrische Abteilung, wo Ludwig Karger sicher in guten Händen sein würde.

Als sie Karger an ihr vorbeiführten, fiel ihr noch etwas ein.

»Sie müssen ihn auf Toxine untersuchen, um eine Schmierinfektion auszuschließen. Er hat den Leichnam geküsst.«

Ströbele nickte ihr zu. Sein Gesicht war völlig unbewegt, als könnte ihn gar nichts mehr erschütten, nicht einmal die Tatsache, dass jemand vier Tage alte Leichen küsste. Dann nahm er Karger beim Arm und führte ihn zusammen mit Messmer nach oben ans Tageslicht. Karger ging, ohne die Füße zu heben, wie eine Aufziehpuppe, von irgendeinem fremden Mechanismus gesteuert, der nichts mit Leben zu tun hatte.

***

Eine Staubwolke stieg wie ein Atompilz über dem Besprechungstisch auf, als Ströbele die Mordakte von Ludwig Karger auf die Wachstuchdecke fallen ließ.

»Das Ding hat über zwanzig Jahre im Keller vor sich hin gegammelt. Ein Wunder, dass es noch kein Moos angesetzt hat.«

»Hast du sie schon durchgesehen?«, fragte Joost.

»Flüchtig. Komplett hab ich es noch nicht geschafft. Aber es ist die Rede von einem Anzeigeerstatter oder besser gesagt: einer Anzeigeerstatterin.«

»Wer war's?«, kam es aus mindestens drei Mündern gleichzeitig.

»Keine Ahnung. Es war ein anonymer Anruf. Die Stimme wurde einer jungen Frau zugeordnet, geschätztes Alter zwischen achtzehn und fünfundzwanzig, süddeutscher Dialekt, besonderes Merkmal: leichtes Lispeln. Mehr ist hier nicht zu holen.«

»Irene!«, entfuhr es Thea. »Irene Wessel hat gelispelt! Laut Leonard Karger ist Ludwig ihr damals nachgestiegen. Ich wette, er war der Kumpel von Klemens, mit dem Irene ein Verhältnis hatte. Unglaublich, dass sie ihn verraten haben soll! Was hat sie gesagt?«

»Dass sie weiß, wer die Bank ausgeraubt und die Kassierer erschossen hat. Sie nannte nur Kargers Namen. Danach hat sie sofort aufgelegt.«

»Warum hat sie das gemacht?«, überlegte Verena Sander. »Ich verstehe das nicht. Keine Frau bringt den Mann, den sie liebt, ins Gefängnis.«

»Vielleicht hat sie ihn gar nicht geliebt«, meinte Koch.

»Emme Weib kosch doch ned traue – oms Nomgucka stohsch em Hemmed do!« Seit Kübler die Frauen kannte, schien er sein Vertrauen lieber in die Pferde zu setzen. »Do gang i lieber en da Stall zo meim Gäule – mei Rosinante hot mi jedefalls no nie nagschmissa.«

»Im Gegensatz zu deiner Frau, oder wie?«, prustete Koch in seine Kaffeetasse.

»Vielleicht wollte sie ihn auch schützen. Vor wem auch immer. Im Gefängnis war er jedenfalls sicher«, sagte Thea. »Aber warum hat er sie nach über zwanzig Jahren umgebracht?«

»Vielleicht hat er rausgekriegt, dass sie ihn verpfiffen hat. Vielleicht hat sie es ihm sogar selbst gesagt«, sagte Verena. »Dreiundzwanzig Jahre Knast sind sicher Grund genug, auszuflippen und jemandem die Gurgel zuzudrücken.«

»Wenn wir davon ausgehen, dass Karger die Morde begangen hat, dann brauchen wir aber auch noch sein Motiv für die Morde an Klemens und Rosi«, gab Joost zu bedenken.

»Rache, weil Klemme ihn verpfiffen hat«, schlug Thea vor. »Irene kam ja erst am übernächsten Tag in den Laden. Nehmen wir an, sie hat ihm bei dieser Gelegenheit erzählt, dass sie für die Anzeige verantwortlich ist, dann hat Karger erkannt, dass er einem tragischen Irrtum erlegen ist, und hat ihr die Kehle zugedrückt. Für Klemens war es zu dem Zeitpunkt schon zu spät.«

»Das würde Sinn machen«, stimmte Ströbele ihr zu. Kübler und Koch nickten unisono.

»So könnte es gewesen sein. Stammheim lässt seine Insassen obligatorisch um acht Uhr morgens raus«, sagte Koch. »Karger muss sofort nach seiner Entlassung zum Waldfriedhof gefahren sein und Klemens abgestochen haben. Geschafft hätte er es locker.«

»Bleiben zwei Fragen«, sagte Thea. »Wo hat er sich unterwegs ein Messer gekauft? Oder war es ein Messer aus dem Pausenraum der Bergstation, das er dann mitgenommen hat? Zweitens: Woher wusste Ludwig Karger, dass Klemens inzwischen bei der Schnürlesbahn arbeitet? Schließlich war der noch U-Bahn-Fahrer, als Karger eingesperrt wurde.«

»Findet raus, zu wem Karger im Gefängnis Kontakt hatte«, sagte Joost. »Ob er Besuch hatte, ob Post für ihn kam und so weiter. Und wichtig – erkundigt euch, wann genau Karger auf freien Fuß gesetzt wurde. Damit alles in trockenen Tüchern ist.«

»Damit müssen wir wohl bis zum Montag warten«, sagte Messmer. »Dazu brauchen wir die Personalakte, und in der Verwaltung ist am Wochenende keiner da. Aber Karger läuft uns ja nicht weg. In Hohenasperg ist er erst mal gut aufgehoben.«

Die Tür ging auf, und Kümmerle kam herein. Statt gleich zu seinem Platz zu gehen, nahm er den direkten Weg zur Kaffeemaschine. Er warf einen Blick auf das Display, drehte sich zum Tisch und schickte einen frustrierten Blick in die Runde.

»Wenn ich schon mal Kaffee will, ist diese Höllenmaschine ausgeschaltet. Harald passiert so was nie!«

»Du siehst aus, als ob du eine Tasse dringend nötig hast«, sagte Messmer mitfühlend.

»Ein Schnaps täte es auch. Aber damit könnt ihr ja nicht dienen.« Er drückte auf den Einschaltknopf. »Bis der Aufwärmmodus und der Spülgang durch ist, hat eine Stubenfliege ein Pfund Hackfleisch gefressen.«

»Setz dich erst mal und erzähl!«, schlug Joost vor.

Mürrisch nahm Kümmerle am Besprechungstisch Platz.

»Das Zungenbein ist gebrochen, sie ist also erwürgt worden. Davon abgesehen hat sie keinerlei Verletzungen. Die Liegezeit beträgt laut Krach drei bis vier Tage.«

»Auch keine Abwehrverletzungen?«, fragte Joost.

»Ein abgebrochener Fingernagel. Man weiß natürlich nicht,

wann der abgebrochen ist, aber Krach hat routinemäßig Fingernagelschmutz entnommen. Vielleicht hat sie ihren Mörder ja gekratzt.«

»Schaut euch Ludwig Karger doch noch mal genauer an«, schlug Joost vor. »Er freut sich bestimmt über Besuch in Hohenasperg.«

***

»Wir haben ihm etwas zur Beruhigung gegeben«, sagte die Schwester, die ihnen die Tür aufhielt. »Aber ich möchte Sie bitten, nicht lange zu bleiben. Und nichts anzusprechen, was nicht unbedingt nötig ist. Er soll sich nicht wieder aufregen. Jede Überforderung kann die Symptome auslösen.«

Nichts, was nicht unbedingt nötig ist, dachte Thea, als sich die Tür hinter ihnen geschlossen hatte. Was war schon nicht unbedingt nötig zur Klärung eines Mordfalls?

Karger saß in der Nähe des Fensters im Gegenlicht. Seine dunkle Silhouette zeichnete sich scharf gegen die leuchtend gelben Vorhänge ab, die in einem seltsamen Kontrast zu dem vergitterten Fenster standen, das sie weitgehend verhüllen sollten. Er blickte nicht auf, als Thea und Messmer näher kamen. Erst als sie ihn ansprachen, kam Leben in ihn.

»Wie geht es Ihnen, Herr Karger?« Theas Worte schienen ihn wie aus einem Tiefschlaf zu reißen. Er hob den Kopf und musterte sie, als hätte er sie noch nie zuvor gesehen. Von Messmer nahm er keine Notiz.

»Irene ist weg«, sagte er mit rauer Stimme.

Thea nickte. »Ja. Sie muss beigesetzt werden. Sie wissen doch, dass sie tot ist.«

Karger ging nicht darauf ein. »Gott hat sie mir geschenkt.«

Das war nichts wirklich Neues, aber sie waren darauf vorbereitet gewesen. Vielleicht konnte man darauf aufbauen.

»Wie kommen Sie darauf, dass Gott sie Ihnen geschenkt hat?«

»Pfarrer Melzer hat es gesagt. Er sagte: ›Alles, was ihr erbittet in eurem Gebet, glaubet nur, dass ihr's empfangen werdet, so wird's euch werden.‹ Das ist aus dem Markus-Evangelium. Und

Matthäus sagte: ›Selig sind die, die da Leid tragen; denn sie sollen getröstet werden.‹ Ich habe doch genug Leid getragen all die Jahre. Und ich habe fast die ganze Zeit gebetet. Ich habe Gott angefleht, mir Irene zurückzugeben. Und er hat mich erhört. Dafür hat er das Geld genommen.«

»Welches Geld?« Thea war plötzlich hellwach.

»Das Geld aus dem Bankraub«, sagte Karger, als sei es das Normalste der Welt, dass Gott sich in D-Mark bezahlen ließ.

»Wo hatten Sie denn das Geld hingebracht, bevor Sie ins Gefängnis mussten?« Messmer hatte sich nach vorn gebeugt, bereit, Ludwig Karger die letzte Information aus der Nase zu ziehen.

»In Zimmer 17. Unser Zimmer. Wir haben uns immer dort getroffen. Als ich es holen wollte, war es nicht mehr da. Dafür lag dort Irene.«

»Moment«, unterbrach Messmer ihn. »Irene hat dort nicht gelegen. Sie haben Irene dorthin gelegt.«

»Nein, nein!« Karger schüttelte ungeduldig den Kopf. »Ich wollte das Geld aus dem Versteck holen und dann Irene suchen. Aber sie war schon da. Sie hat dort auf mich gewartet.«

Thea und Messmer sahen sich einen Augenblick lang schweigend an.

»Sie wollen damit sagen, Sie haben sie nicht getötet?«, fragte Thea.

»Nein, ich habe sie geliebt«, antwortete Karger, als würde das eine das andere ausschließen. »Gott wusste das, also hat er sie mir zum Geschenk gemacht. Dafür hat er das Geld genommen. Das war nicht zu teuer bezahlt.«

»Vielleicht hat es gar nicht Gott genommen«, sagte Messmer. »Vielleicht war es Ihr Kumpel Klemme.«

Karger schüttelte den Kopf. »Klemme wusste gar nicht, wo das Geld war. Ich habe es ihm nie erzählt.«

»Er könnte es rausbekommen haben. Er könnte es komplett eingestrichen haben, und als Sie das erfuhren, haben Sie sich an ihm gerächt.« Thea überlegte, ob es zu schaffen wäre, von Stammheim über das Bunkerhotel zum Waldfriedhof in gut einer Stunde. Theoretisch ja. Mit einem Auto auf alle Fälle.

»Warum sollte ich mich rächen? Ich hatte doch Irene.«

Mit Logik war ihm einfach nicht beizukommen. Thea beschloss, die Frage direkt zu stellen.

»Haben Sie Ihren Komplizen Werner Klemens umgebracht?«

Karger schien weder erbost noch beleidigt über diese Frage. Er schüttelte einfach den Kopf.

»Ich töte keine Menschen mehr. Der Preis ist zu hoch.« Seine Stimme begann zu zittern. »Das verfolgt einen bis in den Schlaf. Ich kann das nicht ertragen. Kein Geld der Welt kann einen für diese Alpträume entschädigen. Man muss dafür Buße tun bis ans Ende seines Lebens.«

»Sie haben dreiundzwanzig Jahre lang dafür Buße getan, Herr Karger«, sagte Thea, der dieser Mann aus unerfindlichen Gründen leidtat. »Ist Ihnen das Büßen so zum Bedürfnis geworden, dass Sie jetzt gleich wieder zurück ins Gefängnis wollten?« Sie entdeckte einen Spatz, der im Gitter vor dem Fenster turnte. Als sie näher trat, ließ er los, schwang sich in die Lüfte und verschwand als kleiner dunkler Punkt in der Ferne.

»Nein, nein. Ich will da nicht wieder hin.« In einer unerwartet heftigen Bewegung schüttelte Karger den Kopf. »Buße tun kann ich jeden Tag, bis ich sterbe. Dazu brauche ich keine Zelle. Aber wenn Gott meint, dass ich wieder ins Gefängnis soll für Morde, die ich nicht begangen habe, dann ist das wohl Teil meiner Buße. Und wenn er meint, dass ich genug gebüßt habe, dann wird er mich zu sich holen wie seinen verlorenen Sohn, und dann bin ich frei.«

»Wie meinen Sie das mit dem Freisein?« Thea hatte Schwierigkeiten, Karger zu folgen.

»Ich habe gesündigt. Aber wer sündigt, dem wird vergeben. Besonders wenn er geliebt hat.« Karger zupfte am Kragen seines Anstaltshemdes und sah Thea an. »Kennen Sie das Lukas-Evangelium? Jesus spricht dort zu den Pharisäern über die Sünderin, die ihn salbt. Er sagt: ›Ihr sind viele Sünden vergeben, denn sie hat viel geliebt; welchem aber wenig vergeben wird, der liebt wenig.‹ Ich habe so viel geliebt in meinem Leben, dass ich sicher bin, Gott hat mir verziehen. Ich weiß es.« Ein zaghaftes Lächeln huschte über sein Gesicht. »Denn er hat mir Irene zurückgebracht.«

Thea wollte etwas erwidern, aber es hatte ihr die Sprache verschlagen.

Karger hatte das Lukas-Evangelium zitiert, denselben Bibelspruch, den Pastore Pavarese an Sofias Grab gesprochen und mit dem sie sich bislang getröstet hatte. War es tatsächlich so einfach? Wurden auch Sünden wie Raubmord vergeben, wenn die Tat vor dem Hintergrund der Liebe geschah?

»Glauben Sie, Gott hat Ihnen Irene zurückgebracht, damit Sie sie töten?«, fragte Messmer.

»Aber ich habe sie nicht getötet!« In Ludwigs Blick lagen jetzt Zorn und Verzweiflung. »Haben Sie mir denn überhaupt nicht zugehört? Ich würde niemals wieder einen Menschen töten – schon gar nicht Irene!«

»Stellen Sie sich der Wahrheit, Herr Karger! Sie mussten sie töten, um sie für immer zu besitzen. Erinnern Sie sich! Lassen Sie es zu, es wird Sie erleichtern.«

Ludwig Karger hielt mit den Armen seinen Oberkörper umklammert, als stecke er in einer Zwangsjacke. Er hielt den Kopf gesenkt und wiegte sich hin und her wie zu einer Melodie, die nur er hören konnte.

»Ich habe sie nicht getötet«, wimmerte er. »Gott hat sie mir geschenkt.«

»In Ordnung, lassen wir es für heute gut sein.« Thea merkte, dass sie so nicht weiterkamen. Sie betrachtete Ludwig Karger, der zusammengesunken vor ihr saß, mit einem Ausdruck in den Augen, als würde er von dieser Welt nichts mehr erwarten.

Auf dem Flur trafen sie Leonard Karger, der verlegen eine Flasche Cidre in der Hand drehte.

»Ich weiß gar nicht, ob er das trinken darf«, sagte er. »Immerhin ist Alkohol drin, wenn auch nur ganz wenig.«

»Fragen Sie am besten den Arzt«, schlug Thea vor und musterte Karger verstohlen. Er sah verhärmt aus. Die Schatten unter den trüben Augen erzählten Geschichten von einer langen durchwachten Nacht. Die Bartstoppeln im Gesicht zeigten deutlich, dass Rasieren unwichtig geworden war. Seine Hose war zerknittert und fleckig, und an seiner abgeschabten Trachtenjacke fehlte einer der Hornknöpfe.

Als habe er auf sein Stichwort gewartet, trat Dr. Silbereisen aus seinem Zimmer. Er nickte Thea und Messmer zu und begrüßte Leonard Karger mit Handschlag.

»Sie sind mit Herrn Karger verwandt?«

»Ja. Wie geht es meinem Bruder?«

»Im Moment ist er ruhig. Wir müssen allerdings noch einige Untersuchungen durchführen, bevor wir einen detaillierten Therapieplan aufstellen können.«

»Wissen Sie schon, woran er leidet?«, fragte Thea.

»Die Untersuchungen laufen noch. Wir können aber fest von einer psychotischen Erkrankung ausgehen. Ich vermute eine Schizophrenie. Wenn sich die Diagnose bestätigt, fangen wir sofort an, ihn medikamentös zu behandeln.«

»Er streitet die Morde vehement ab«, sagte Messmer. »Obwohl die Indizien erdrückend sind. Können Sie sich vorstellen, dass er die Taten krankheitsbedingt verdrängt?«

»Das kann ich wirklich nicht sagen, aber möglich wäre es.« Dr. Silbereisen hob bedauernd die Schultern. »Ich weiß nur eins: Mit diesem Patienten brauchen Sie mit Sicherheit viel Zeit und Geduld.«

»Es klingt absolut verrückt, aber ich glaube ihm«, sagte Thea, als sie mit dem Auto vor dem inneren Torturm standen und warteten, dass die Ampel auf Grün umsprang. »Ich glaube tatsächlich, dass er unschuldig ist. Frag mich nicht nach Logik, mein Bauch sagt mir das.«

»Heißt das, du glaubst, dass er überhaupt keinen dieser Morde begangen hat?« Messmer schenkte ihr einen kurzen ungläubigen Blick, bevor er anfuhr und langsam durch den Torgang zur Brücke rollte.

»Ich kann es mir nicht vorstellen«, sagte Thea leise. »Ich habe ihm seine Not nach diesem Raubmord vor über zwanzig Jahren ganz und gar abgenommen. Ich glaube einfach nicht, dass er danach noch fähig war, einen Menschen zu töten, geschweige denn drei.«

Sie passierten die gepflasterte Brücke über den Burggraben und fuhren an einer Schar von Wochenendausflüglern vorbei, die auf dem Rundweg zum alten Wasserturm am Burggraben entlang spazieren gingen.

»Thea, dieser Mann ist krank. Es ist möglich, dass er die Morde ganz und gar verdrängt hat und felsenfest davon überzeugt ist, unschuldig zu sein.« Messmer passierte das Löwentor, während sie die Festung hinter sich ließen und zum Tal hinunterfuhren.

»Ja, ich weiß«, seufzte Thea. »Dieser Mann ist nicht nur krank, er ist auch ein Wrack. Das ist wohl normal, wenn man dreiundzwanzig Jahre lang gesiebte Luft geatmet hat. Aber was er sagte, das kam so unschuldig rüber.« Sie schaute zurück zur Burg Hohenasperg, als suche sie das Fenster, hinter dem Ludwig Karger eingesperrt war. Doch die verwitterten Mauern verdeckten die Sicht auf die dahinterliegenden Gebäude des Justizkrankenhauses. Nur der Maschenzaun mit den gewaltigen Stacheldrahtrollen am oberen Ende ragte über die Burgmauer hinweg und gleißte im Sonnenlicht. Der Kontrast zu der mittelalterlichen Fassade war bizarr.

»Der Mann ist krank, Thea. Die Ärzte stellen ihn gerade erst auf Medikamente ein. Was er redet, muss überhaupt keinen Sinn ergeben, Schizophrene machen sich ihre Wahrheit selbst.«

»Das ist nicht fair«, begehrte Thea auf. »Schizophrene nehmen die Wirklichkeit nur anders wahr. Erinnerst du dich an die Spiegelfunktion der Außenwelt für den Menschen? Jeder einzelne Mensch ist doch der Mittelpunkt seines eigenen Universums. Schizophrene sind da Extremfälle, die alles, was in ihrer Umwelt geschieht, unmittelbar und ungefiltert auf sich beziehen. Wortwörtlich eben. Ungefähr so, wie die Zeugen Jehovas die Bibel verstehen.«

»Du meinst, Jehovas Zeugen sind alle schizophren? Na, das lass sie bloß nicht hören!« Messmer lachte und bog auf die A81 Richtung Stuttgart ab.

»Ich meine nur, dass sie die Bibel nicht wie die Christen in Gleichnissen deuten, sondern zum Beispiel glauben, das Paradies findet nicht im Immateriellen, sondern auf Erden statt, nachdem sie die einzigen Überlebenden von Armageddon sind, die in ihrem menschlichen Körper weiterleben dürfen. Sie sehen nur den reinen Körper des Bibeltextes, nicht seine Seele. So ähnlich macht das auch Ludwig, glaube ich.«

»Eben. Und wenn der Apostel Lukas sagt, wer liebt, dem wird vergeben, dann kann das ganz genauso auch ein Freibrief für Ludwig sein, weiterzumorden. Er hat ja sozusagen vom guten alten Lukas den Segen dazu bekommen und kann sichergehen, dass ihm verziehen wird.« Messmer stieg auf die Bremse und kam unmittelbar vor einer roten Ampel zum Stehen. »Thea, deine Erklärung für seine Unschuld ist nicht logisch.«

»Ich habe nie behauptet, logisch zu sein«, hielt Thea dagegen. »Ich habe nur gemeint, mein Bauch sagt mir, dass er es nicht gewesen ist.«

»Wie erklärt dir dein Bauch denn die Zigarettenkippe mit seiner DNA am Tatort?«

»Gar nicht. Das ist es ja eben, was nicht in mein Bild passt.« Messmer hatte recht. Wahrscheinlich war sie wirklich viel zu blauäugig, wenn sie hier ihrem Gefühl vertraute.

»Da ist noch eine andere Sache, die ich nicht kapiert habe«, sagte Messmer. »Einerseits will er Buße tun bis an sein Lebensende, andererseits ist er sich der Vergebung sicher. Wie geht das zusammen?«

»Ich glaube, wenn er von der Vergebung spricht, meint er das Jüngste Gericht. Vielleicht ist er so was wie ein religiöser Fanatiker. Das wahre Leben beginnt erst im Jenseits und so. Kann gut sein, dass er schon gecheckt hat, dass Irene tot ist. Vielleicht nimmt er das als Zeichen, dass sie auf ihn wartet und sie im Himmel wieder vereint sein werden.«

»Und wer soll Irene dann bitte schön umgebracht haben, wenn es Ludwig nicht war? Wer hat sie ausgerechnet in das Zimmer gelegt, wo sich die beiden immer getroffen haben? Schau doch mal auf diese Symbolsprache: Blumen, Kerzen, er hatte alles hergerichtet wie für eine Liebesnacht! Oder eine Trauerfeier. Oder beides in einem.«

»Du hast ja recht.« Thea gab sich geschlagen. »Ich meinte ja nur … Ach, vergiss es. Wahrscheinlich weiß ich selbst nicht mehr, was ich eigentlich meine.«

MONTAG

Joost hatte seiner Mannschaft einen freien Sonntag gewährt. Jetzt, wo der Hauptverdächtige sicher verwahrt im Justizvollzugskrankenhaus saß, war keine Eile mehr geboten. Thea und Messmer hatten den Tag in vollen Zügen genossen. Sie waren spontan nach Tübingen gefahren, bei traumhaftem Wetter im Stocherkahn auf dem Neckar herumgeschippert und hatten sich den Hölderlinturm angesehen, in dem der dem Wahnsinn verfallene Dichter seine zweite Lebenshälfte verbracht hatte. Sie waren die kopfsteingepflasterte Burgsteige zum Schloss Hohentübingen hinaufgeklettert und hatten sich anschließend in einem Café am Markt mit Blick auf den Neptunbrunnen und die pittoreske Fassade des Rathauses mit einem Eisbecher gestärkt. Sie waren Arm in Arm durch die Gassen geschlendert und hatten kein Wort über ein künftiges Zusammenleben verloren. Auch nicht über den aktuellen Mordfall. Tod, Gewalt und alles nur annähernd Bedrohliche waren ganz weit weg gewesen.

Die Besprechung am Montagmorgen war erst auf neun Uhr angesetzt, und theoretisch hätten Thea und Messmer heute sogar Zeit zum Frühstücken gehabt. Ja, sie waren sogar so weit gekommen, endlich die Müslipackung aufzureißen, nur um festzustellen, dass sich längst die Mehlmotten darin eingenistet hatten. Weiße Larven kringelten sich zwischen Haferflocken und Rosinen, und das, obwohl das Haltbarkeitsdatum erst um zwei Wochen überschritten war. Messmer hatte Thea mit einer stummen Leidensmiene bedacht, die wohl ausdrücken sollte, dass er genügend Maden bei seiner Arbeit zu sehen bekam und sie nicht auch noch in seinem Frühstück brauchte. Dann hatte er das Müsli gottergeben im Müll entsorgt.

Der Weg zum Präsidium führte glücklicherweise bei einem Bäcker vorbei, wo sie eine Tüte Laugenweckle und Brezeln gekauft hatten, die Thea jetzt in einen überdimensionalen Brotkorb schüttete. Hungrig sog sie den Duft des frischen Gebäcks ein und stellte den Korb neben die Schüssel mit der Nervennahrung auf den Besprechungstisch.

Joost nickte anerkennend. »Schön, dass wir auch was davon haben, dass du kein Frühstück im Haus hast. Ich schlage aber vor, wir warten mit dem Bankett auf Verena und Harald. Die müssten jeden Moment kommen.«

Koch und Verena Sander hatten sich bereit erklärt, gleich am Montagmorgen nach Stammheim zu fahren und noch vor der Frühbesprechung Ludwig Kargers Entlassprotokoll in der JVA abzuholen. Eine reine Routineüberprüfung, von der alle hofften, dass sie ihre Indizien bestätigen würde und der Fall endlich abgeschlossen werden konnte. Als Thea die Kaffeesahne aus dem Kühlschrank nehmen wollte, sah sie, dass Joost sogar heimlich schon Sekt kalt gestellt hatte.

Momentan verzehrte sie sich allerdings weniger nach einem Sektfrühstück als nach einer der duftenden Brezeln vor ihrer Nase. Ihr Magen hing in den Kniekehlen. Sie atmete auf, als die Tür aufflog und die beiden Kollegen hereinkamen.

»Ludwig Karger kann es nicht gewesen sein«, sagte Koch anstelle einer Begrüßung und griff nach einer Brezel, noch bevor er sich an den Besprechungstisch setzte. Joost, der gerade seine volle Tasse zu seinem Platz balancierte, blieb erschrocken stehen, und der Kaffee schwappte über.

»Wie jetzt, er kann es nicht gewesen sein?«

»Laut Entlassprotokoll der JVA ist Ludwig Karger Punkt neun Uhr achtzehn durchs Tor gegangen. Zu diesem Zeitpunkt war der Angriff auf Klemens sehr wahrscheinlich schon passiert. Jedenfalls wurde er sieben Minuten später, um neun Uhr fünfundzwanzig, von seinem Kollegen Greschner gefunden.« Koch streifte seine Jeansjacke ab und setzte sich. »Neun Uhr achtzehn steht auch blau auf weiß im Buch der Torwache. Kein Zweifel möglich. Er hätte es nie und nimmer geschafft, Klemens abzustechen. Es sei denn, er hatte einen DeLorean mit Flux-Kompensator wie Doc Brown.«

»Oder einen Zeitumkehrer wie Hermine in ›Harry Potter und der Gefangene von Askaban‹«, sagte Messmer, der in den letzten Jahren offenbar den Bücherschrank seines Sohnes durchgeackert hatte. Er sah tatsächlich so aus, als würde er lieber diese Möglichkeit in Betracht ziehen, als sich einzugestehen, dass sie sich auf den falschen Täter festgelegt hatten.

»Moment mal, ich bin noch nicht ganz wach, willst du uns gerade beibringen, dass Ludwig Karger nicht der Mörder von Klemens sein kann?« Auch Ströbele hoffte wohl immer noch, sich verhört zu haben.

»Exakt.« Koch hob bedauernd die Hände. »Er hätte um acht Uhr entlassen werden sollen, so wie es in der JVA üblich ist. Das Ganze verzögerte sich aber um mehr als eine Stunde, weil sein Bruder ihn abholen sollte, der unterwegs in eine Straßenkontrolle gekommen war. Er hatte noch Restalkohol und durfte nicht weiterfahren. Wir haben gerade bei den Kollegen der Verkehrsüberwachung angerufen und das überprüft. Die Angaben sind völlig korrekt.«

»Aha. Und wie ist dann die Kippe mit seinem Speichel an den Tatort gekommen? Lag die vielleicht schon über zwanzig Jahre lang dort?« Kümmerle sah selbst für seine Verhältnisse ungewöhnlich frustriert aus.

»Wer das rauskriegt, der bekommt von mir einen Tag Sonderurlaub«, sagte Joost. »Entweder ist es – was ich nicht hoffen möchte – ein Fehler in der DNA-Datenbank, oder irgendjemand, der Ludwig im Knast besucht hat, hat bei der Gelegenheit eine Kippe entwendet und als Trugspur nach draußen geschmuggelt.«

Verena schüttelte zweifelnd den Kopf. »Karger hat laut Anstaltsleitung in den letzten Jahren überhaupt keinen Besuch mehr bekommen, sogar Hafturlaub hat er abgelehnt. Er wollte niemanden sehen, weder drinnen noch draußen. Außerdem darf man in den Besucherzimmern nicht rauchen; also hätte ein Besucher ohnehin keine Kippe klauen können.«

»Theoretisch wäre es auch möglich, dass er später am Tatort war – also zwischen dem Zeitpunkt der Tat und dem Eintreffen der Polizei. Vielleicht hat er gemerkt, dass ihm jemand zuvorgekommen ist, und dann schnell das Weite gesucht«, sagte Kümmerle.

»Und vorher hat er erst mal seelenruhig eine geraucht?« Koch tippte sich an die Stirn.

Im Nebenraum läutete das Hinweistelefon.

»Theoretisch ist alles möglich«, sagte Joost, während er nach drüben ging.

»Er könnte auf dem Weg eine geraucht haben. Vielleicht hatte er aufgeraucht, als er ankam, und die Kippe einfach weggeschmissen«, verteidigte Kümmerle seine Idee, doch er erntete nur zweifelnde Blicke. Dennoch schien das fast die einzige Möglichkeit zu sein, so unwahrscheinlich sie sich auch anhörte.

»Hört mal«, Joost war zurückgekommen und legte einen Zettel mit einer Telefonnummer und ein paar Stichpunkten auf sein Klemmbrett, »das war ein Nachbar von Gernot Wessel, der über ihm wohnt und in der Zeitung vom Tod seiner Nachbarin gelesen hatte. Er sagt, dass die Eheleute Wessel sich am Vorabend des Verschwindens der Frau lautstark gestritten hätten. Es seien die Worte ›Mörderhure‹ und ›Bastard‹ gefallen. Ob wir damit was anfangen können.«

»Ich denke schon«, sagte Messmer langsam. »Wenn wir mal davon ausgehen, dass Irene Wessel vor mehr als zwanzig Jahren ein Verhältnis mit Ludwig Karger hatte, dann wissen wir auch, dass der ›Bastard‹ in Hohenheim Biologie studiert und schon vom Mendel'schen Gesetz gehört hat.«

***

»Sie hatten Streit an dem Abend, bevor Ihre Frau verschwand.«

»Ja«, gab Wessel widerwillig zu.

»Wieso haben Sie uns das verschwiegen, als wir das letzte Mal bei Ihnen waren?«

»Ich weiß doch, wie ihr seid. Wenn rauskommt, dass zwei Eheleute Krach haben, und dann verschwindet die Frau, dann ist doch sofort der Mann in Verdacht, oder etwa nicht?« Wessel rutschte etwas tiefer in die Polster und kratzte sich im Schritt.

»Worum ging es bei diesem Streit?« Messmer baute sich vor Wessel auf, die Daumen in den Gürtelschlaufen seiner Jeans. »Ich will jetzt keine Märchen hören, ist das klar?«

»Das ist privat.«

»Nichts ist hier mehr privat!« Messmers Stimme wurde lauter. »Ihre Frau wurde ermordet, Herr Wessel. Da hört die Privatsphäre auf.«

Wessels Miene wechselte innerhalb einer Minute von trotziger kleiner Junge über blasierter Halbstarker zu resignierendem Fünfzigjährigen.

»Sie wollte mich verlassen. Sie sagte, Ludwig sei aus dem Knast gekommen; das hatte sie im Städtle gehört. Sie wollte zu ihm gehen. Deswegen hat mich ihr Verschwinden auch nicht überrascht. Ich war überzeugt, sie ist mit ihm durchgebrannt.«

»Sie haben uns wichtige Informationen vorenthalten und damit unsere Ermittlungen behindert, ist Ihnen das klar? Warum haben Sie nichts gesagt?« Messmer drehte Wessel wie zufällig seine rechte Hüfte zu, sodass das Holster mit der Waffe in sein Blickfeld kam.

»Schwer zu erklären«, murmelte Wessel und schaute an Messmer vorbei auf die Vitrine mit seiner Harleysammlung. »Das hat was mit Ehre zu tun. Ein Angel gibt nicht gerne zu, dass er gehörnt wird. Schon gar nicht Bullen gegenüber. Ist das so schwer zu verstehen?«

»Was hat sie Ihnen denn alles erzählt?«

»So einiges.« Er lachte bitter auf. »Zum Beispiel hat sie mir an den Kopf geworfen, dass Judy Kargers Kind sei. Das Luder hat mich nur geheiratet, damit sie einen Vater für ihren Bastard hat, weil Karger in den Knast musste. Nicht dass ich das nicht schon längst geahnt hatte. Aber wenn einem so was direkt ins Gesicht gesagt wird, da muss man schon schlucken.«

»Und begeht im Affekt womöglich eine Dummheit, die man später bereut«, ergänzte Messmer.

»Ich habe sie nicht umgebracht!« Wessel donnerte beide Fäuste auf den Tisch, dass die Gläser klirrten. Thea zuckte zusammen.

»Wie lange wissen Sie schon von dem Verhältnis Ihrer Frau und Ludwig Karger?«

»Von Anfang an habe ich vermutet, dass da was läuft. Sie hat es zunächst abgestritten. Aber ich hab es von anderen erzählt bekommen. Ich hab dem Kerl zur Abschreckung eine in die Fresse gehauen und ihm zu verstehen gegeben, dass er sich bei den Angels und vor allem bei Irene nicht mehr blicken lassen soll. Hat wohl nicht so gut funktioniert.«

»Kennen Sie die ehemalige Bunkeranlage unter dem Marktplatz?«, fragte sie.

»Ich weiß, dass da bis in die achtziger Jahre hinein ein Hotel war. Da hat sie sich früher immer mit ihm getroffen. Sie hatten wohl geglaubt, dass sie dort unten sicher sind, weil da niemand aus unseren Kreisen verkehrte. Irgendwie hat sie aber doch mal jemand gesehen, und ich hab davon erfahren.« Er verstummte.

»Und dann?«, half Messmer nach.

»Ich hab Reni gedroht, wenn das nicht sofort aufhört, dann breche ich ihrem Besamer das Kreuz. Die Sache hat sich damals aber von selbst erledigt, weil er eingefahren ist, wegen diesem Banküberfall, bei dem es zwei Tote gab.«

»Irene hat ihn angezeigt, wussten Sie das?«

»Irene? Das glaube ich nicht! Die hat ihn doch vergöttert!«

»Und allmählich wird mir klar, warum sie ihn ins Gefängnis gebracht hat. Sie wollte ihn vor Ihnen schützen. Möglicherweise traute sie sich selbst nicht über den Weg. Wenn er in Freiheit geblieben wäre, hätten sie sich vielleicht weiterhin getroffen. Und wenn Sie dahintergekommen wären ...« Er beugte sich vor und sah Wessel fest in die Augen. »Vielleicht hat Ihre Frau nur versucht, vernünftig zu sein und eine Katastrophe abzuwenden. So vernünftig, dass sie sogar bereit war, Sie zu heiraten, um von Ludwig Karger loszukommen.«

»Sie hätten mit der Kohle abhauen können«, warf Wessel ein.

»Nicht jeder kann sich so einfach mit blutigem Geld ein neues Leben aufbauen. Es gibt Menschen, die haben so etwas wie ein Gewissen. Vielleicht gehörte Ihre Frau ja dazu«, sagte Messmer zynisch.

Während Wessel und Messmer sich ihren Schlagabtausch lieferten, ging Thea in der Wohnung auf und ab. Sie würde bei den beiden ohnehin nicht zu Wort kommen, und Messmer machte sich als böser Bulle ganz prächtig, also konnte sie sich genauso gut ein bisschen umsehen. In einem Sessel neben der Wohnzimmertür entdeckte sie Wessels Motorradhelm. Er war schlicht, schwarz und völlig unauffällig. Was ihr ins Auge stach, war die Unterziehhaube, die im Helm lag. Sie war hautfarben. Thea überlegte, ob man auf eine Entfernung von ein paar Metern durch eine Schaufensterscheibe hindurch eine hautfarbene Unterziehhaube mit dem kahlen Schädel eines Mannes verwechseln konnte. Als Messmer eine Atempause machte, nutzte sie ihre Chance.

»Was haben Sie eigentlich am letzten Dienstag – Sie wissen, welcher Tag das war – auf dem Marktplatz vor dem Getränkehandel mit Ihrer Frau zu besprechen gehabt?« Messmers Reaktion entging ihr nicht, auch wenn er sich bemühte, seine Überraschung zu verbergen. Sie zwinkerte ihm unauffällig zu und reichte ihm die Unterziehhaube. »Die sollten wir mal Herrn Karger zeigen, vielleicht erkennt er sie wieder.«

Wessel schluckte sichtbar. »Ich wollte ein Geschenk besorgen, für die Geburtstagsparty. Dazu bin ich zum Markt gefahren. In der Markthalle gibt's fünfzigprozentigen Pfefferminzlikör, den kriegt man sonst nirgends.« Er sah Thea an. »Ich weiß, was Sie denken. Nein, ich wollte ihr nicht nachspionieren. Natürlich weiß ich, dass Ludwig der Bruder von Karger vom Getränkehandel ist. Aber ich hatte nicht vor, dahin zu gehen. Ich wusste nicht mal, dass Reni dorthin gegangen ist.« Er biss sich auf die Lippen.

»Warum haben Sie uns dann erzählt, dass sie dort einkaufen wollte?«, fragte Messmer.

»Weil ich gesehen habe, dass sie dort war, und hoffte, Sie damit auf eine Spur zu bringen. Ich kann doch schlecht sagen, dass ich sie selbst dort getroffen hab, ohne mich verdächtig zu machen.«

»Tja, das haben Sie nun wunderbar geschafft.« Messmer drehte die Unterziehhaube in den Händen und hielt sie ins Licht.

»Ich hab gesehen, wie sie aus dem Laden kam. Ich hatte gerade an einem Zeitungsstand die Schlagzeile in der Bildzeitung gesehen, in der stand, was mit Klemme passiert war. Ich sagte ihr das. Sie wollte es nicht glauben. Also bin ich mit ihr zu dem Zeitungsladen gegangen und hab ihr die Nachricht unter die Nase gehalten. Klar hab ich ihr reingesungen, dass es nur Ludwig gewesen sein kann.«

»Wie kommen Sie darauf, dass es nur Ludwig gewesen sein kann?«, fragte Thea.

»Weil Klemme sich damals auch um sie bemüht hat. In den Achtzigern, als wir noch jung waren. Die beiden waren schon immer Konkurrenten, Ludwig und Klemme. Ludwig war Hangaround und Klemme schon Prospect, und beide waren sie in die Freundin des Sergeant at Arms verknallt, diese erbärmlichen Kriecher. Die waren sich nicht grün, aber das zeigten sie nicht, schließlich wollten sie beide in den Club aufgenommen werden und bei Reni guten Eindruck machen.«

»Und deshalb singen Sie Ihrer Frau rein, dass Ludwig Klemme umgebracht haben muss?«

»Na ja, es war doch immerhin möglich, dass Klemme Ludwig in den Knast gebracht hat. Grund genug für Ludwig, sich nach seiner Entlassung zu rächen. So habe ich das Irene jedenfalls erklärt. Ich muss ja nicht selbst davon überzeugt sein, es reicht, wenn sie es glaubt.«

Klar, damit sie die Finger von Ludwig lässt, dachte Thea. Reine Eifersucht und Angst, die Frau zu verlieren. Und wenn sie es nicht geglaubt hat? Wenn sie ihren Mann so weit provoziert hatte, dass er die Beherrschung verlor? Blieb immer noch die Frage, wie er sie im Bunkerhotel verstecken konnte.

Wessel schien ihr anzusehen, was ihr durch den Kopf ging. Er schnaubte verächtlich, und Thea konnte förmlich sehen, wie sich die Verachtung wie eine Firewall um ihn schloss. Offenbar war ihm bewusst geworden, dass er sich schon viel zu lange in der Defensivrolle befand.

»Sie glauben mir nicht«, sagte er ruhig. »Daran bin ich gewöhnt. Ein Angel löst seine Probleme mit den Fäusten, provoziert, vergewaltigt und ist in schmutzige Geschäfte verwickelt. Ich kenne alle kursierenden Vorurteile und bin seit Jahrzehnten daran gewöhnt. Und es wäre nicht das erste Mal, dass einer von uns für etwas verurteilt wird, das er nicht getan hat.« Er sah Messmer direkt in die Augen, mit einem Gesicht wie aus Stahl gegossen.

Eine Weile starrte Messmer zurück, das Kinn in die Hände gestützt, schweigend und nachdenklich.

»Ich schlage vor, Sie verbringen die nächste Nacht mal prophylaktisch bei uns«, sagte er schließlich. »Vielleicht dürfen Sie ja morgen nach Stammheim umziehen, dort sind die Zellen etwas gemütlicher. Ich könnte mir nie verzeihen, wenn Sie uns durch die Lappen gehen würden. Manchmal habe ich nämlich auch so was wie Intuition.«

Wessel stand auf und breitete resignierend die Arme aus. »Einmal mehr, dass ihr den Falschen festnehmt. Wahrscheinlich kriegt ihr Provision für jeden, der ein Backpatch auf dem Rücken hat. Herzlichen Glückwunsch!« Sein zynisches Lächeln war wie ein Riss in einer Eisscholle.

***

Thea und Messmer hatten den größten Teil des Nachmittags mit dem Abfassen des Haftbefehlsantrags und der Vorführung beim Amtsgericht zugebracht. Der Haftrichter, ein gutmütiger älterer Mann mit der Geduld eines Schaukelpferds, hatte sich den in aller Eile zusammengetippten Antrag durchgelesen, über seine Halbmondbrille geschielt und Wessel gefragt, was er dazu zu sagen habe. Wessel schaltete auf stur und hatte nichts zu sagen, woraufhin der Richter ihm bereitwillig den Fahrschein nach Stammheim ausgestellt hatte.

Am späten Nachmittag trafen sie sich im Besprechungsraum. Verena, die mit Koch gerade aus der Altstadt zurückgekommen war, nahm eine Mini-Kassette aus ihrem Diktiergerät und schwenkte sie triumphierend in der Luft.

»Ihr habt Molly erwischt!«, rief Thea erfreut.

»Genau. Und sie hatte schon ihre Arbeitskleidung an, das heißt, sie war von oben bis unten in schwarzes Leder gepresst. Harald sind fast die Augen aus dem Kopf gefallen.« Sie lachte und stieß Koch an, der sein Gesicht schnell hinter seinem Kaffeepott versteckte. Links und rechts davon schauten die Ohren wie rote Henkel hervor.

»Jedenfalls sind Molly und Rosi sich gegen Abend auf dem Flur über den Weg gelaufen«, fuhr Verena fort. »Rosi sei in Eile gewesen und habe nur gesagt, sie müsse sich noch mit ihrem

Bruder treffen, bevor das Geschäft losgeht. Molly hat allerdings keine Ahnung, wer dieser Bruder ist. Sie kennt weder einen Namen, noch hat sie ihn jemals gesehen.«

»Das kriegen wir raus.« Joost nickte zuversichtlich. »Sollte sie jemals bei diesem Bruder angekommen sein, dann war er vermutlich der Letzte, der sie lebend gesehen hat. Und dann wird's spannend, ob er einen Grund hatte, sie aus dem Leben zu befördern.«

»Ich verstehe nur nicht, warum die Mutter mir nichts von einem Bruder erzählt hat«, sagte Verena. »Kann man so was vergessen, wenn man unter Schock steht? Ich habe auch mit dem Namen Hafner in den Meldedateien recherchiert, aber da kommen zig Einträge in ganz Baden-Württemberg, es könnte jeder oder auch keiner von ihnen sein.«

»Das Standesamt wird es uns verraten«, sagte Joost. »Aber da es erst morgen früh wieder erreichbar ist und Wessel uns nicht mehr weglaufen kann, könnten wir doch zur Abwechslung heute alle mal pünktlich nach Hause gehen.«

Dagegen hatte niemand etwas einzuwenden.

***

»Es war die beste Idee, die du seit Langem hattest, Wessels Festnahme mit Chianti zu feiern«, sagte Thea und schenkte noch mal nach. Sie saßen am Küchentisch; draußen ging die Sonne unter und färbte den Himmel orangerot.

»Und wenn er's gar nicht war?«, fragte Messmer.

»Er war's. Er muss es gewesen sein. Ich will einfach, dass er's war. Hab keinen Bock, noch länger an dieser Soko rumzumachen«, antwortete Thea trotzig.

Messmer nickte abwesend und drehte sein Weinglas in den Händen. »Hast du inzwischen mal drüber nachgedacht? Über eine gemeinsame Wohnung, meine ich.«

Thea verschluckte sich und hustete. Die Frage traf sie unvorbereitet, denn obwohl sie in den letzten Tagen immer wieder darüber nachgedacht hatte, war sie nach wie vor zu keinem Ergebnis gekommen. Eben noch hatte sie Wessel im Geiste vor den

Kadi geführt, und plötzlich fing Messmer wieder mit einer gemeinsamen Wohnung an. Warum war er so wild darauf, mit ihr zusammenzuleben? An ihren Kochkünsten konnte es nicht liegen. Seine Bügelwäsche konnte er ebenso gut bei Elfriede abgeben. Als sie ihm das sagte, lachte er und schüttelte den Kopf. Gleich darauf wurde er wieder ernst.

»Du kannst dir einfach nicht vorstellen, um deiner selbst willen geliebt zu werden, oder? Thea, du bist nicht mehr das Baby, das man vor dem Olgäle ausgesetzt hat, weil es im Weg war. Du bist eine Frau.« Er griff nach ihrer Hand. »Eine sehr liebenswerte Frau.«

Thea schluckte. Seine Worte gingen ihr runter wie Öl. Warum nur konnte sie nicht einfach etwas ähnlich Nettes erwidern?

»Ich will dir wirklich nicht wehtun, Micha«, sagte sie leise. »Aber ich fürchte einfach, ich halte ein Zusammenleben auf Dauer nicht aus. Ich glaube, ich bin da anders als andere Frauen.« Was redete ihre Zunge da eigentlich für einen unglaublichen Schwachsinn, während ihr Herz lauthals schrie, dass sie auf immer und ewig mit diesem Mann zusammen sein wollte? Sie hatte eindeutig schon zu viel Wein getrunken und konnte nicht mehr klar denken. Sie musste weg von diesem Thema, um jeden Preis.

Messmer ließ resigniert den Kopf hängen. »Weißt du, was ich glaube? Ich glaube, du hältst es nicht aus, von etwas abhängig zu sein. Sei es auch nur von Gefühlen.«

»Aber ich bin abhängig!«, protestierte Thea in einem verzweifelten Versuch, das Thema zu wechseln. »Vom Rotwein auf jeden Fall.« Sie hickste und griff nach ihrem Glas, das sofort überschwappte.

»Ich denke mal, du liebst mich, aber du willst dir beweisen, dass du mich nicht brauchst. Ich glaube allmählich, das Einzige, was du wirklich brauchst, ist dieses verdammte Beweisenmüssen. Warum?«

»Danke für die Gratistherapie, aber ich fürchte, ich bin inzwischen zu betrunken, um noch Nutzen daraus zu ziehen.« Thea stand auf, machte einen Ausfallschritt und hielt sich an der Tischkante fest. Sie hatte für diesen Abend eigentlich andere Pläne gehabt, als mit Messmer ihre psychischen Defizite zu diskutieren.

»Willst du schon ins Bett?« Messmer sah sie mit weit aufgerissenen Augen an.

»Ich glaub schon, aber nicht allein.« Sie lächelte ihr süßestes Lächeln und hoffte, dass es unter dem Alkoholeinfluss nicht total blödsinnig aussah.

Messmer ging ihr nach und drehte sie zu sich um. Er sah sie aufmerksam an, strich ihr langsam über die Wange, ließ den Daumen über ihre Lippen gleiten.

»Warum hast du nur so einen wunderschönen Mund?«

»Damit ich dich besser fressen kann!«, antwortete Thea und stieß ihn aufs Bett.

***

Thea irrte über das Gelände der JVA Stammheim. Sie suchte nach irgendetwas, konnte sich aber nicht erinnern, was es war. Vor der Besucherkontrollschleuse drängten sich Menschen. Sie zwängte sich durch die Menge, schloss Waffe und Handy im Safe ein und rannte weiter über den Hof zum Haupteingang, dessen knallrote Drehtür ihr wie ein Signal entgegenleuchtete. Sie drückte dagegen, doch die Tür bewegte sich keinen Millimeter. Verdammt, sie hatte keine Einlasskarte! Hilflos schaute sie sich um, doch da war niemand, an den sie sich hätte wenden können.

Wie aus dem Erdboden gewachsen stand plötzlich ein Vollzugsbeamter neben ihr. Er hatte eine Vollglatze und eine Tätowierung auf der Hand: blau-gelbe Flügel. »Kann ich irgendwie helfen?«

»Ja, bitte«, würgte Thea hervor.

»Ich lasse dich rein, wenn ich dich vorher anfassen darf.« Ohne eine Antwort abzuwarten, legte er ihr seine riesige Pranke aufs Knie und griff mit der anderen unter ihr T-Shirt. Thea erstarrte, doch dann gab die Tür nach, und sie stand im Foyer. Der Typ hatte sich in Luft aufgelöst. Sie rannte los, durch die Vorhalle des Verwaltungsgebäudes, den Warteraum der Besucherabteilung mit dem selten hässlichen rot-weiß gekachelten Fußboden, der wie ein riesiges Schachbrett aussah, auf dem sie sich heute wie matt gesetzt fühlte. Wohin sollte sie laufen? Was wollte sie überhaupt hier? Was hoffte sie zu finden? Sie konnte sich nicht erinnern. Kein Mensch war zu sehen, nicht mal an der Terminvergabe saß jemand.

Die nächste Glastür war offen. Sie rannte an den Besucherzimmern vorbei und fand sich plötzlich in Bau 1 wieder. Ihre Schritte hallten in den langen Gängen wider, wo sich die Haftzellen befanden. Die riesigen roten Stahltüren erinnerten sie an ein Spritzenhaus der Feuerwehr. Schnell weiter. Sie wusste nicht, was sie trieb, sie wusste nur, dass es sie in diese Richtung zog. Im Laufschritt durchquerte sie den langen Flügel. Auch hier herrschte gähnende Leere. Die grasgrünen Geländer des Obergeschosses flogen an ihr vorbei, die grelle Farbe stach in den Augen. Thea fragte sich nicht zum ersten Mal, welcher verzweifelte Innenarchitekt hier versucht hatte, dem tristen Grau des Linoleums und dem dreckigen Weiß der Wände mit knalligen Farben entgegenzuwirken.

Völlig außer Atem erreichte sie den überdachten Hof von Bau 1 und trat ins Freie. Es nieselte, und Scharen von Häftlingen in der graublauen Anstaltsuniform standen wie eine Armee dicht gedrängt unter dem Regendach auf dem Kunstrasen und rauchten schweigend. Hier waren sie also alle! Thea fühlte sämtliche Augen auf sich gerichtet. Einen von ihnen suchte sie, aber sie wusste nicht, welchen. Es waren so viele! Vielleicht sollte sie den Aufseher fragen, der hier herumstand und die Gefangenen überwachte. Ihr Blick irrte zwischen ihm und den Häftlingen hin und her, die jetzt aufgeraucht hatten, ihre Zigarettenkippen achtlos auf den Boden warfen und nacheinander im Gebäude verschwanden. Wie eine Kompanie Ameisen auf dem Weg zu ihrem Bau. Zurück blieb nur die Oma aus der Urbanstraße mit der blasslila Schäfchenfrisur und den Stützstrümpfen, die begann, alle Kippen in einer leeren Konservendose zu sammeln.

Plötzlich stand Karolin neben ihr, und Thea fragte sich flüchtig, wieso sie sich nicht wunderte, wie Karo hierhergekommen war. Hatte sie sich auch von dem Ekeltyp anfassen lassen? Noch bevor sie fragen konnte, sagte Karolin: »Ich hab ihn an dem T-Shirt erkannt. Du weißt doch: ›Wer tanzt, hat nur kein Geld zum Trinken‹.«

Der Gefängnishof löste sich auf, die Szene wechselte, und sie sah das Gesicht der Prostituierten Rosi ganz nah vor sich, so nah, dass sie ihre Augenfältchen erkennen konnte, in denen die Schminke klebte wie Spachtelmasse. Rosi lächelte und sagte lüstern: »Er kann wirklich gut mit Handschellen umgehen. Beruflich wie privat.«

Thea fuhr mit einem Ruck aus dem Schlaf hoch und saß kerzengerade auf der Matratze. Ein Schatten sprang von ihrem Bett und fauchte. Für eine Sekunde erstarrte sie zu Stein, und der Schreck drohte ihr den Brustkorb zu sprengen. Dann atmete sie auf. Es war Romeo, der es sich heimlich am Fußende gemütlich gemacht hatte und der jetzt wohl genauso erschrocken war wie sie selbst. Doch sie fühlte sich nicht in der Lage, ihn zu beruhigen.

Ihr Herz raste, als sie sich zu Messmer beugte, der sich neben ihr wie ein Igel zusammengerollt hatte, und ihn sanft schüttelte. Sein leises Schnarchen erstarb, knurrend öffnete er die Augen.

»Was ist los?« Er schaute sich verschlafen um, als versuche er, sich in dem schwachen Licht, das von den Straßenlaternen durchs Fenster fiel, zu orientieren.

Thea versuchte ein paar tiefe Atemzüge, um ihren wilden Herzschlag zu beruhigen. »Ich weiß, wie die Kippe mit Kargers DNA an den Tatort gekommen ist«, flüsterte sie.

»Was?« Messmer sah sie an, als habe sie den Verstand verloren. »Wie denn das auf einmal?«

»Es ist so naheliegend.« Thea schaute an Messmer vorbei, als müsse sie die Lösung irgendwo hinter seinem Rücken ablesen. »Ich hatte es eigentlich schon die ganze Zeit vor Augen. Ich habe es nur nicht gesehen.«

***

Endlose Tage ohne Irene

Sie spielen das Lied nicht mehr.

Ich weiß nicht genau, ob ich darüber erfreut oder traurig sein soll. Aber das ist auch egal, denn ich bin keines von beiden.

Ich versuche zu rekapitulieren, was geschehen ist. Aber ich komme immer nur bis zu dem einen Fakt: Sie haben mir Irene weggenommen.

Ich weiß nicht mehr, wie ich hierhergekommen bin. Man hat mir gesagt, das hier sei ein Krankenhaus. Deshalb geben sie mir wohl auch diese Medikamente. Aber es ist auch ein Gefängnis. Ich erkenne es daran, dass die Fenster vergittert und die Stühle am Boden festgeschraubt sind. Ich weiß nicht genau, warum ich hier bin. Ich habe nichts getan.

Irene ist fort. Mein Kopf sagt mir diese Worte immer wieder vor, als würde er wollen, dass ich endlich verstehe. Ich versuche zu begreifen, aber das Wissen bleibt Theorie.

Ich sehe die Sonne, die durch das Fenster scheint und die Scheiben zum Glitzern bringt. Früher habe ich mich über Sonnenschein gefreut. Ich weiß, ich sollte mich freuen, aber ich empfinde nichts. Ich höre die Stimme der Schwester, die mir nette Worte sagt, aber sie erreicht mich nicht. Ich weiß, dass ich da bin, aber ich fühle mich so weit weg von allem.

Irene ist fort. Das Geld ist fort. Ich weiß, dass ich alles verloren habe, aber es kümmert mich nicht mehr. Es erreicht nur mein Hirn, nicht mein Herz.

Sie spielen das Lied nicht mehr. Presleys »Heartbreak Hotel«. Ich habe es geliebt und gleichzeitig gehasst. Und jetzt vermisse ich es, weil ich nicht mehr lieben und nicht mehr hassen kann.

Nichts tut mehr weh. Das ist schön und schrecklich zugleich.

»Jürgen Zacharias. Der Typ, der für die Abteilung zuständig war, wo auch Kargers Zelle lag.« Thea drehte nervös ihre Kaffeetasse in den Händen. Sie wusste nicht so recht, wie sie beginnen sollte, es fiel ihr schwer, sich zu sortieren. Die Gedanken in ihrem Kopf waren verworren wie ein Knäuel Spaghetti. An welchem Ende sollte sie anfangen? Der Baulärm vor dem Fenster des Besprechungsraums machte es ihr nicht leichter, sich zu konzentrieren. Die Kollegen schauten sie über den Tisch hinweg erwartungsvoll an.

»Ihr erinnert euch doch noch an den Abend, als ich mit meiner Freundin in dieser Rotlichtkneipe war?«

»Wo du verdeckte Ermittlerin spielen wolltest und aufgeflogen bist?«, grinste Koch.

»Genau.« Thea verdrehte die Augen. »Da war ja dieser Zacharias mit Rosi zugange. Er hatte ein Shirt an mit der Aufschrift ›Wer tanzt, hat nur kein Geld zum Trinken‹ …«

»Wir haben Zacharias überprüft, Thea«, erinnerte Ströbele. »Du selbst hast sein Alibi abgeklärt, und danach kommt er sowohl für den Mord an Klemens wie auch für den an Rosi nicht als Täter in Frage. Da war er nämlich im Dienst.«

»Jetzt lass mich doch mal ausreden. Er war ja auch nicht selbst am Tatort. Er war nur … so eine Art Zulieferer für jemand anderen.«

Thea atmete tief ein und versuchte erneut, ihre Gedanken zu ordnen.

»Also, die Gefangenen gehen zum Rauchen auf den Hof. Dort werden sie von den Wärtern beobachtet. Wenn sie fertig sind, werfen sie ihre Kippe weg. Sehr ordentliche Häftlinge benutzen sicher den Aschenkübel, manche lassen sie aber bestimmt auch nur auf den Boden fallen. Für einen Wärter ist es nicht schwer, einen Häftling beim Rauchen zu beobachten, seine Kippe aufzusammeln, ohne Spuren daran zu hinterlassen – etwa mit einer Plastiktüte oder mit einer Pinzette – und sie an seinen Auftraggeber weiterzureichen. Der muss sie dann nur noch am Tatort platzieren.«

Einige Sekunden herrschte Stille.

»Was sagt dir, dass ausgerechnet Zacharias es war?«, fragte Joost schließlich.

»Mein Instinkt. Er bewegt sich im Milieu. Er kennt Rosi. Rosi kennt Klemens. Da gibt es irgendwelche Zusammenhänge, die wir nur noch nicht sehen.«

»Denken wir mal weiter. Wer könnte der Auftraggeber sein, und warum wollte er den Verdacht auf Karger lenken?« Joost kritzelte gedankenverloren auf seinem Block herum und merkte nicht, dass er auf die Wachstuchdecke abrutschte. »Und wieso platziert er die Kippe viel zu früh am Tatort? Zu einem Zeitpunkt, als Karger noch gar nicht entlassen war? Da muss es irgendwo ein Missverständnis gegeben haben.«

»Ja, klar hat es ein Missverständnis gegeben. Weil Zacharias nicht ahnen konnte, dass Karger von seinem Bruder abgeholt wird und der sich verspätet. Ich gehe davon aus, dass er seinem Auftraggeber gesagt hat, Karger wird am Sonntagmorgen um acht Uhr auf freien Fuß gesetzt. So wie jeder Häftling, der nicht gerade von jemandem, der sich verspätet, abgeholt wird. Und darauf hat der Mörder sich verlassen.«

»Ja, das hört sich plausibel an«, sagte Joost. »Schnappen wir uns den Typ.«

»Zacharias müsste heute Frühschicht haben«, überlegte Messmer. »Am besten sammeln wir ihn gleich bei der Arbeit ein.«

»Lasst uns den Kerl herholen und ihn ausquetschen. Ich reiße mich um die Rolle des bösen Bullen«, brummte Kümmerle und sah noch grimmiger aus als ohnehin schon.

***

Kümmerle war zusammen mit Ströbele nach Stammheim gefahren, um Zacharias zu vernehmen. Unterdessen hatte Thea den Haftbefehlsantrag und die ED-Zuführung geschrieben und Verena mit dem Standesamt telefoniert. Messmer hatte sich durch kaum lesbare Schreibmaschinendurchschläge der Raubmordakte aus dem Jahr 1985 gearbeitet, während Koch mitsamt dem städtischen Telefonbuch und einer Thermoskanne Kaffee in seinem Büro gesessen und mit Gott und der Welt gesprochen hatte. Als Kümmerle und Ströbele sich zurückmeldeten, versammelten sich alle im Besprechungsraum.

»So, den Herrn Zacharias haben wir gerade im Polizeigewahrsam abgegeben. Haftrichtervorführung ist heute Nachmittag«, platzte Ströbele heraus, noch bevor er aus der Jacke war. »Er weigert sich allerdings noch standhaft, uns einen Namen zu nennen. Will seinen Kumpel nicht verraten.«

»Er hat aber schon zugegeben, dass er die Kippe aus der JVA geschmuggelt hat?«

»Nicht sofort. Aber wir haben ihn ein bisschen in die Enge getrieben. Nachdem wir ihm vorgehalten haben, dass er der Einzige ist, der Zugang zu Kargers Zelle und damit zu seinem Aschenbecher hatte, die Zellengenossen noch immer einsitzen und im betreffenden Zeitraum weder Besuch hatten noch auf Freigang waren, wurde er sichtlich nervös.

»Was meinst du mit ›fraglichen Zeitraum‹?«, fragte Messmer. »Die Kippe hätte schon vor Monaten rausgeschmuggelt werden können. Du weißt doch, dass man das Alter einer DNA-Spur nicht feststellen kann.«

»Ich schon, aber Zacharias weiß das nicht«, grinste Ströbele. »Ein kleiner Bluff wird doch noch erlaubt sein.«

»Der Zweck heiligt die Mittel.« Messmer klopfte Ströbele anerkennend auf die Schulter.

»Nun hatten wir ihn so weit, dass er zugab, die Kippe rausgeschmuggelt zu haben, da wollte er uns weismachen, er hätte nicht gewusst, was sein Auftraggeber damit vorhat«, schimpfte Kümmerle. »Als wir sagten, dass wir das seinen Auftraggeber gerne selbst fragen würden, klappte er zu und sagte kein Wort mehr.«

»Das wird sich hoffentlich ändern, wenn er vor dem Haftrichter steht«, sagte Thea. »Es würde uns jedenfalls eine Menge Arbeit sparen. Was ist denn für ihn bei der Sache rausgesprungen?«

»Ein Tausender«, antwortete Ströbele. »Seine Aufgabe war, eine Kippe von Ludwig Karger zu besorgen und seine Entlasszeit rauszugeben. Das war für Zacharias leicht verdientes Geld. Er hat täglich die Aschenbecher in den Zellen geleert. Karger war der Einzige, der Winston geraucht hat. Die anderen qualmen Luckys. Es war kein Problem für Zacharias, die richtige Kippe rauszufischen.«

»Tausend Euronen für einen Zigarettenstummel und die Entlasszeit. Ein gut bezahlter Job. Und da will er uns weismachen, er hätte nicht gewusst, wozu die Kippe verwendet werden soll?« Koch lachte höhnisch auf. »Hält der uns für bescheuert?«

»Ganz offensichtlich. Aber auf Vorhalt gab er schließlich zu, dass er es sich habe denken können, aber nicht nach Details gefragt habe.«

»Hatte er gar keine Skrupel?«, fragte Thea.

»Das hab ich ihn auch gefragt. Er sieht das relativ emotionslos. Seiner Meinung nach finden sich die Leute, die in Stammheim jahrzehntelang wegen Kapitalverbrechen sitzen, draußen sowieso nicht mehr zurecht. Sie würden den geregelten Tagesablauf im Knast brauchen, wären allein gar nicht mehr lebensfähig. Er ist sicher, dass er Karger einen Gefallen damit getan hat, dafür zu sorgen, dass er gleich wieder einfährt.«

»Prima, vielleicht können wir ihm den Gefallen ja auch bald tun. Ein Wunder, dass so einer nicht vorbestraft ist!« Koch schüttelte den Kopf.

»Wir haben ihm jetzt mal ein bisschen Bedenkzeit gegeben und ihn darauf hingewiesen, dass sich seine Kooperation nicht unwesentlich auf das Strafmaß auswirkt. So blöd kann er nicht sein, dass er da nicht anbeißt«, sagte Kümmerle.

»Gut.« Joost schaute zu Verena Sander, die unruhig auf ihrem Stuhl hin- und herrutschte. Ihr war anzusehen, dass sie es kaum erwarten konnte, an die Reihe zu kommen.

»Verena, du siehst aus, als ob du gerade ein Ei legen würdest. Nun spuck schon aus, was du beim Standesamt erfahren hast! Sonst platzt du uns noch.«

»Die Mutter von Rosemarie Hafner war zweimal verheiratet. Die Tochter Rosemarie stammt aus der zweiten Ehe mit dem inzwischen verstorbenen Jakob Hafner. Zuvor war Frau Hafner mit einem Herrn Paul Grabowski verheiratet. Aus dieser Ehe hat sie einen Sohn, Henry. Die Ehe wurde geschieden, als Henry noch keine zwei Jahre alt war.«

»Ich fass es nicht!«, platzte Thea heraus. »Rosi hat am Abend ihres Todes Grabowski getroffen – ihren Halbbruder!«

»Aber warum? Warum sollte Grabowski seine Halbschwester umbringen? Ich sehe da absolut kein Motiv«, sagte Koch.

»Mir würde da schon was einfallen.« Messmer kratzte sich am Kinn. »Grabowski suchte an dem Tag jemanden, der für seine Erklärung hinsichtlich der SMS von Klemens bürgen konnte. Jemand, der uns die Sache mit der Modellbahn bestätigt. Vielleicht hat sich Rosi geweigert, für ihren Halbbruder eine Falschaussage zu machen.«

»Damit könnte er für zwei Morde verantwortlich sein«, sagte Joost.

»Drei.«

Alle Augen richteten sich jetzt auf Koch, der das jedoch noch lange nicht zum Anlass nahm, seine Kaffeetasse abzusetzen.

»Ich hab nämlich auch noch ein bisschen ermittelt. Hab mal bei der Stadt rumtelefoniert wegen der Zuständigkeiten für die Schutzbauten. Das Bunkerhotel untersteht nicht etwa dem Tiefbauamt, sondern dem Liegenschaftsamt.«

Bevor noch jemand darauf reagieren konnte, klingelte das Telefon.

»Ja?« Joosts Gesicht verzog sich beim Zuhören zu einem Lächeln. »Sehr gut. Jetzt wird die Sache rund.« Er legte auf und blickte fröhlich in die Runde.

»Die Kriminaltechnik hat bei Rosi Hafner DNA gefunden. Dieselbe hat sie am Zeitungsrand des Kreuzworträtsels entdeckt.«

»Zacharias hatte seine Chance«, freute sich Messmer. »Jetzt kann er sich seine strafmildernde Aussage sonst wohin schieben.«

***

Die Stille im Vernehmungszimmer war vollkommen, bis das Bandgerät mit einem lauten Knall die Kassette auswarf. Thea drehte das Band um und drückte auf Aufnahme. Die erste Seite würden sie gleich noch einmal überspielen können – denn darauf waren ausschließlich sie und Messmer zu hören. Unterbrochen von nicht enden wollenden Schweigeminuten.

Nach einer halben Stunde guten Zuredens fand Thea, dass es nun genug sei. Ihr Nacken schmerzte, und sie bekam allmählich Hunger. Der Beschuldigte hatte lange genug Gelegenheit zu einem Geständnis gehabt, hatte bisher aber zu allen Tatvorwürfen hartnäckig geschwiegen. Er hockte vor ihnen wie ein Student im Sitzstreik. Hier waren jetzt härtere Geschütze gefragt.

»Kommen wir zur Sache, Herr Grabowski.« Messmer lehnte sich entspannt zurück, als würde er sich nicht in einer Beschuldigtenvernehmung, sondern in einem Wellness-Center befinden. »Ich möchte Ihnen nicht vorenthalten, dass wir Beweise gegen Sie vorliegen haben.«

Grabowski antwortete nicht. Er rührte sich auch nicht, er hob lediglich den Blick, den er bisher auf den Boden gerichtet hatte.

»Wir haben an zwei Tatorten DNA gefunden. Ihr genetischer Fingerabdruck befindet sich sowohl am Tatort des Anschlags auf Werner Klemens als auch unter den Fingernägeln von Rosemarie Hafner, Ihrer Halbschwester. Sie hat sich gewehrt, als Sie sie erwürgt haben. Weiterhin wissen wir, dass das Motiv in der Beute aus dem Bankraub von 1985 zu finden ist, die Sie sich angeeignet haben, vermutlich weil Klemens auf das Versteck gekommen ist, aber keinen Zugang dazu hatte. Sie jedoch hatten Zugang durch Ihre Arbeit beim Liegenschaftsamt, und deshalb hat Klemens Sie gebeten, dort unten nachzusehen. Ich kann mir gut vorstellen, dass er immer nervöser wurde, je näher die Währungsumstellung rückte, und dass ihm Ihr Jobwechsel sehr gelegen kam. Vielleicht hat er Ihnen einen Anteil versprochen, aber das war Ihnen wohl zu wenig. Sie haben die komplette Beute eingestrichen und Klemens offenbar vorgetäuscht, dass Sie nichts gefunden haben. Wir haben inzwischen Ihre Kontobewegungen der letzten zehn Jahre überprüft. Wenn Sie jetzt immer noch nicht reden wollen, kann ich Ihnen auch nicht helfen. Was wir gegen Sie vorliegen haben, reicht jedenfalls für viele Jahre mietfreies Wohnen in Stammheim.«

Die Uhr tickte. Das Tonband quietschte. Draußen bellten zwei Polizeihunde, immer abwechselnd, der eine etwas höher als der andere. Grabowski schwieg. Er hielt den Blick wieder gesenkt und fuhr mit dem Daumen unablässig über die Oberfläche der Handschellen, als wollte er sie polieren.

»Rosi hätte mich verraten«, sagte er schließlich so leise, dass Thea die Lautstärke voll aufdrehen musste. »Dabei wollte ich von ihr nur eine kleine Gefälligkeit unter Geschwistern. Sie hat mich angesehen, als würde ich von ihr verlangen, eine Bombe in den Landtag zu schmuggeln. Sie hat mir sogar gedroht, mich anzuzeigen, wegen Anstiftung zum Meineid!«

Grabowski war aufgestanden und lief in dem kleinen Vernehmungsraum hin und her wie ein werdender Vater im Wartezimmer der Frauenklinik.

»Die eigene Schwester! Und damit nicht genug, sie sagte auch, sie habe schon lange vermutet, dass ich das Geld aus dem Bankraub einkassiert hätte, und nun wisse sie es ganz genau.«

»Woher will sie das geahnt haben?«

»Sie war ja mit Reni befreundet und wusste, dass Renis heimlicher Treffpunkt mit ihrem Liebhaber damals das Bunkerhotel gewesen war. Ludwig hat in den Jahren vor der Schließung auch in diesem Hotel gearbeitet. Sie wusste sogar, dass sie sich immer im selben Zimmer trafen, das hat sie jedenfalls Klemme erzählt, der mich daraufhin bat, dort unten nachzusehen. Und sie wusste natürlich, dass ich beim Liegenschaftsamt arbeite und Zugang zum Bunker habe. Außerdem war ihr bekannt, dass ich vor ein paar Jahren das Zweifamilienhaus gekauft habe, in dem ich bis dahin eine Mietwohnung hatte. Sie hat mich damals schon gefragt, wie ich mir das leisten könne. Ich hab ihr was von einträglichen Nebengeschäften erzählt. Irgendwann hat sie aufgehört zu fragen.«

Aber sie hat sich ihre Gedanken dazu gemacht, dachte Thea. Sie hatte ja regelmäßigen Kontakt zu Klemens, und die beiden haben wahrhaftig oft genug Gelegenheit gehabt, darüber nachzudenken, wo Ludwig das Geld versteckt haben konnte. Vielleicht sind sie gemeinsam auf die Idee mit dem Bunkerhotel gekommen. Vielleicht hat Rosi sogar gewusst, dass Klemens Grabowski gebeten hatte, doch mal da unten nachzusehen. Der plötzliche Geldsegen musste Grabowski verdächtig gemacht haben. Zumindest bei seiner Schwester, die ihn ja gut genug kannte. Sie hatte ihm nur nichts beweisen können und deshalb den Mund gehalten. Bis er von ihr verlangte, bei der Polizei eine Falschaussage zu machen.

»Wie konnten Sie so leichtsinnig sein, Ihrer Schwester zu erzählen, dass Sie dieses Haus gekauft haben?«, fragte Thea. »Sie hätten doch damit rechnen müssen, dass sie Fragen stellt.«

»Ich habe es ihr nicht erzählt, ich bin doch nicht blöd!«, fauchte Grabowski. »Dieses Türkenpack hat sie im Hausflur getroffen, als sie mich besucht hat. Die aus der Wohnung über mir, die ihre Gören nicht erziehen können. Jahrelang sind die mir auf den Nerven rumgetrampelt. Die Kinder haben Fußball in der Wohnung gespielt, den ganzen Tag Krach geschlagen. Es war, als wohne man auf einer Kegelbahn. Ich musste dieses Haus kaufen, um sie wegen Eigenbedarf auf die Straße setzen zu können.«

»Vorher haben Sie ihnen aber noch mal sauber die Tür eingetreten«, erinnerte sich Thea.

»Ich wollte mit ihnen reden, mich beschweren. Aber der Alte hat nicht aufgemacht. Ich bin einfach stinkwütend gewesen. Wegen Beleidigung hatte er mich auch schon mal angezeigt, nur weil ich ihm meine Meinung gesagt habe.«

»Schließlich hatten Sie das Kapital, und dann kam Ihre große Stunde. Als neuer Eigentümer konnten Sie der Familie Yüksel die Wohnung kündigen. War es das wirklich wert, zwei Menschen zu töten?«, fragte Messmer.

»Das hatte ich doch niemals vor! Wenn Rosi nicht davon erfahren hätte, wäre es nie so weit gekommen! Es war ein unglücklicher Zufall. Die Familie war gerade beim Ausziehen, als Rosi unangemeldet zu mir kam. Die haben sie im Treppenhaus getroffen und sich bei ihr über mich beschwert, dass ich ein Unmensch sei, der ihnen die Wohnung gekündigt hat. Und dann fing sie an, Fragen zu stellen.«

Das Türkenpack ... Thea erinnerte sich an den Hass, der für einen Moment in Grabowskis Augen aufgeblitzt war, als sie der

Muslimin und ihren Kindern beim Liegenschaftsamt begegnet waren. An seine verächtliche Bemerkung Ausländern gegenüber.

»Wann haben Sie das Haus gekauft?«, fragte sie.

»2005. Ich habe extra noch ein paar Jahre verstreichen lassen.« Grabowski setzte sich endlich auf den unbequemen Holzstuhl, auf dem vor ihm schon Scharen von Beschuldigten gesessen hatten. »Ich dachte, ich wäre recht clever gewesen. Hatte das Geld portionsweise in verschiedenen Bankfilialen umgetauscht. Ich habe es auch in Etappen auf mein Konto eingezahlt und nach der Währungsumstellung erst mal dort liegen lassen. Ich dachte, ich wäre unauffällig genug vorgegangen. Aber Rosi ist ja nicht doof.«

Und sie musste sich kurz vor Ludwigs Entlassung Klemens anvertraut haben, schlussfolgerte Thea. Der hat sich natürlich verraten gefühlt und daraufhin die SMS losgeschickt. »Du hast sie gefunden, du verdammtes Schlitzohr!« Mit »sie« war die Beute gemeint. Vermutlich wollte er nach all den Jahren noch seinen Anteil einfordern und hatte nicht einkalkuliert, dass Grabowski das mit allen Mitteln verhindern würde.

Jetzt, wo die Dämme einmal gebrochen waren, hörte Grabowski nicht mehr auf zu reden. Was sich in Jahren angestaut hatte, schien sich unaufhaltsam einen Weg nach draußen bahnen zu wollen.

»Klemme hat lange gerätselt, wie Ludwig aufgeflogen sein könnte. Er saß ja die ganze Zeit im Fluchtauto und hat die Straße beobachtet. In den paar Sekunden, die er brauchte, um in den Wagen zu springen, war niemand in der Nähe, der Ludwig hätte erkennen können, zumal er eine Strumpfmaske trug …«

Es musste niemand da sein, dachte Thea. Irene war eine Mitwisserin. Oder hat es später erfahren. Sie wusste, dass es Ludwig gewesen war.

»Deshalb muss Ludwig die ganze Zeit im Knast geglaubt haben, dass es nur Klemme gewesen sein kann, der ihn verpfiffen hat«, fuhr Grabowski fort. »Der Einzige, der es gewusst hat. Sein eigener Partner, der die Kohle für sich haben wollte und sicher war, dass er sie schon irgendwie finden würde.«

»Er hatte also all die Jahre Angst vor Ludwigs Entlassung«, schlussfolgerte Messmer.

»Logisch. Er wusste nicht genau, wann Ludwig aus dem Bau kommt. Also hat er seine Wohnung mit Sicherheitsriegeln verrammelt. Er hat seine Arbeitsstelle gewechselt, sich von den U-Bahn-Linien in der Innenstadt auf diese winzige Strecke in einem Außenbezirk versetzen lassen. Er hat wohl gehofft, dass ihn Ludwig dort oben beim Waldfriedhof nicht so schnell finden würde und er nach dessen Entlassung genug Zeit hätte, sich mit Hilfe des Geldes, das er bis dahin gefunden zu haben hoffte, in Sicherheit zu bringen. Er muss die ganze Zeit in Habachtstellung gelebt haben.«

»Und das haben Sie sich zunutze gemacht. Die Idee, dass Ludwig sich nach seiner Entlassung an Klemme rächen könnte. Dabei kam Ihnen zugute, dass Sie einen Spion in der JVA hatten, der die Entlasszeiten kannte und Kontakt zu den Gefangenen hatte. Für den es ein Leichtes war, eine Trugspur nach draußen zu schmuggeln. Leider hatten Sie nur ein sehr schmales Zeitfenster.«

»Ich durfte nicht zu früh da sein. Musste ja die Zeit abwarten, die Ludwig von Stammheim bis zum Waldfriedhof brauchen würde. Allerdings musste ich ihm auch zuvorkommen, falls er wirklich vorgehabt hätte, mit Klemme zu reden. Die Möglichkeit bestand ja immerhin. Wenn Klemme Gelegenheit gehabt hätte, ihm zu erzählen, dass ich die Beute habe, dann hätte ich womöglich auch noch zeitlebens Ludwig an der Backe gehabt, oder ich hätte beide töten müssen. Meine Chancen standen von vornherein nicht so gut.«

Eine Pause entstand, in der niemand etwas sagte und Grabowski eindringlich seine gepflegten Fingernägel betrachtete.

»Wie haben Sie es gemacht?«, fragte Messmer schließlich.

»Am liebsten hätte ich das bei ihm zu Hause erledigt«, sagte Grabowski und hob den Kopf. »Deshalb hab ich ihn an dem Morgen auch noch mal angerufen. Hab versucht, ihn zu überreden, dass wir uns bei ihm treffen. Aber er wollte nicht. Er lässt ja niemanden mehr rein. Hat sich da verbarrikadiert wie in einer Festung. Völlig paranoid! Also musste ich auf Plan B umschwenken und ihn bei der Arbeit besuchen. Ich wusste, dass am Wochenende um die Zeit mit sehr großer Wahrscheinlichkeit noch keine Fahrgäste da sind.«

»Und wenn doch welche da gewesen wären?«, unterbrach ihn Thea.

»Dann hätte ich schlimmstenfalls ein paarmal mit ihm den Berg runter- und wieder hochfahren müssen, bevor ich – na ja, bevor ich ihm das Licht ausblase. Er war arglos, denn er hat mich erwartet. Ich hatte ihm zuvor ja schon am Telefon angekündigt, dass ich mit ihm reden muss wegen des Geldes und dass alles nicht so ist, wie er glaubt. Er sollte auf mich vorbereitet sein. Notfalls hätten wir vorher ein bisschen Smalltalk machen müssen. Aber ich hatte Glück. Es ging ganz schnell. Zwei-, dreimal zugestochen, und er lag da und rührte sich nicht mehr.«

»Er war aber nicht tot. Wie konnten Sie so leichtsinnig sein, das nicht zu überprüfen?«, fragte Messmer ruhig.

»Er sah aber tot aus, verdammt noch mal! Vollkommen tot!« Grabowski raufte sich die Haare. »Zeit zum Überprüfen war nicht. Ich wurde vom Signal überrascht, kriegte Panik, dass die Türen sich automatisch schließen und ich nicht mehr rauskomme. Ich hab die Kippe hingeschmissen, die Zeitung auf den Tisch im Pausenraum geknallt und die Beine unter den Arm genommen.«

»Wo ist das Tatmesser?«, fragte Thea.

»Irgendwo auf dem Grund des Neckars«, antwortete Grabowski. »Sie glauben doch nicht, dass ich so blöd war, es zu behalten?«

»Sie sind relativ schlau vorgegangen«, sagte Messmer. »Aber eben nur relativ. Sie haben nicht alles bedacht. Das eine wäre, dass sich Ludwig Kargers Entlassung verzögern könnte, wie es dann geschehen ist, weil sein Bruder, der ihn abholen wollte, unterwegs in eine Polizeikontrolle geriet. So wurde Klemens früher überfallen, als Karger hätte da sein können. Das geht eindeutig aus seinem Entlassprotokoll und aus dem Buch der Torwache hervor.

Dann wollten Sie uns zum falschen Täter gleich noch ein mögliches Motiv mitliefern. Das Kreuzworträtsel. Ich gehe davon aus, dass Sie beim Angriff auf Klemens Handschuhe trugen, wir haben jedenfalls keine Spuren gefunden. Ebenso trugen Sie wahrscheinlich auch Handschuhe, als Sie die Zeitung mit dem Kreuzworträtsel in seinem Pausenraum deponierten. Sie hatten diese Zeitung aber auf jeden Fall schon irgendwann zuvor einmal mit bloßen Händen angefasst. Am gezackten Rand des Papiers waren nämlich Hautschüppchen von Ihnen.«

Messmer ließ diese Nachricht auf Grabowski wirken. Als dieser nicht antwortete, sprach Messmer weiter.

»Dass Rosemarie Hafner Ihre Halbschwester ist, haben wir durch einen glücklichen Zufall in Erfahrung gebracht. Ihre Zimmernachbarin Molly hat uns verraten, dass Rosi sich am Abend mit ihrem Bruder treffen wollte. Es war für uns nicht schwierig herauszufinden, wer dieser Bruder ist. Oder genauer gesagt Halbbruder.«

»Wir haben verschiedene Väter und deshalb verschiedene Namen. Ich hab nicht im Traum damit gerechnet, dass Sie das rauskriegen.«

»Zu Ihrer Mutter haben Sie wohl kein sehr enges Verhältnis?«, fragte Thea. Ihr war nicht ganz klar, weshalb Frau Hafner Verena erzählt hatte, es gäbe keine Angehörigen außer ihr.

Grabowski lachte bitter auf. »Wir hatten nie ein sehr enges Verhältnis; Rosi war schon immer ihr Lieblingskind gewesen. Aber als mein Stiefvater vor ein paar Jahren starb, haben wir uns endgültig überworfen. Er hat ein paar tausend Euro hinterlassen, und ich hab keinen Pfennig davon gesehen. Dabei brauchte ich das Geld so dringend für das Haus. Aber meine Mutter war der Ansicht, ich hätte schließlich einen leiblichen Vater, den ich mal beerben würde und von dem wiederum Rosi nichts bekäme. Als ob bei dem alten Suffkopp irgendwas zu holen wäre! Wir hatten eine sehr unschöne Auseinandersetzung. Am Ende hat sie mich rausgeworfen und gesagt, sie hätte keinen Sohn mehr.«

Thea sah Grabowskis wütend geballten Fäuste, sein zu einer Fratze verzerrtes Gesicht, und fragte sich, was in dieser Familie alles vorgefallen war, das diese Wut rechtfertigen konnte.

»Nicht mal seine Modellbahnsammlung habe ich bekommen«, schimpfte Grabowski. »Dabei hat sie genau gewusst, dass gerade die U-Bahn-Linien, die unterirdischen Verkehrswege in Stuttgart, mein Steckenpferd sind und damit auch die Züge, die dort fahren. Rosi konnte mit der Sammlung überhaupt nichts anfangen;

ich hätte mich darüber gefreut. Aber das hat sie gemacht, um mich zu ärgern.«

»So sind Sie also auf die Idee mit der Modellbahn gekommen?«, fragte Thea.

»Ja, das war eine Gemeinsamkeit von Rosis Vater und Klemens. Beide haben diese Bahnmodelle gesammelt. Rosis Vater hat früher auch für die SSB gearbeitet, hat mir damals auch die Lehrstelle dort besorgt. In der Sammlung, die Rosi geerbt hat, sind ein paar Märklin-Loks, die schon lange nicht mehr hergestellt werden. Ich dachte, wenn man so eine Lok auftreibt, kann man sich schon mal ›Schlitzohr‹ nennen lassen. Was Besseres fiel mir auf Anhieb nicht ein, ich musste ja schnell reagieren.« Er lachte bitter.

»Haben Sie den Tod Ihrer Halbschwester einkalkuliert, falls sie sich weigern sollte, und sie deshalb auf den alten Friedhof gelockt?«, fragte Thea.

»Ich hatte nicht vor, sie zu töten! Ich hab einen geeigneten Ort zum Reden gesucht, ich wohne ja in der Nähe vom Hoppenlaufriedhof, und für Rosi ist es nicht weit vom Städtle. Auf dem Friedhof ist es ruhig, da kommen abends an den Wochentagen kaum Menschen hin. Schließlich konnte ich sie nicht einfach in ihrem Zimmer besuchen, dort läuft ja die ganze Zeit diese Kamera auf dem Flur! Ich hab doch nicht einkalkuliert, dass ich meine eigene Schwester ausschalten muss. Schließlich hab ich sie nur um eine kleine Gefälligkeit gebeten.« Er schüttelte den Kopf, als könne er so viel Eigensinn noch immer nicht fassen. »Nur wegen ihrem Dickkopf hab ich überreagiert. Sie wären doch nie auf mich gekommen, wenn Rosi das Spiel mitgespielt hätte.«

Messmer lächelte halb mitleidig, halb zynisch. »Wenn Sie uns Rosi Hafner als die Frau mit der Modell-Lok präsentiert hätten, wäre das für uns zu viel des Zufalls gewesen. Wir hatten Frau Hafner in diesem Ermittlungsverfahren schon als Zeugin vernommen, wir sind über Klemens auf sie gekommen. Wäre sie jetzt über Sie noch mal in diesem Verfahren aufgetaucht, wären wir todsicher Ihrer Beziehung zueinander auf den Grund gegangen.«

Grabowski schwieg, aber seine Augen verrieten ihn. Er hatte

keine Ahnung gehabt, dass seine Halbschwester in diesem Verfahren schon als Zeugin geführt wurde.

»Ich wollte gar niemanden töten«, murmelte er dann. »Ich habe doch nur Geld gebraucht. Irgendwie ist das alles aus dem Ruder gelaufen.«

»Aber ganz gewaltig«, stimmte Messmer ihm zu.

Thea wandte sich ab. Sie konnte Grabowskis Anblick kaum noch ertragen. Durch das Fenster sah sie einem Feldhasen zu, der sorglos in den Weinterrassen der Bergheide herumhüpfte. Ein Habicht zog über ihm seine Kreise.

»Und Irene Wessel?«, wagte sie einen Schuss ins Blaue. »Warum Irene Wessel? Was hatte sie Ihnen getan?«

Grabowski starrte sie an. »Irene Wessel? Sie hat mir nie was getan. Und ich habe ihr auch nichts getan. Wenn jemand für ihren Tod verantwortlich ist, dann bin das ganz sicher nicht ich!«

***

»Er hat den Mord an Klemens gestanden und auch den an seiner Halbschwester. Aber er leugnet standhaft, dass er etwas mit dem Tod von Irene Wessel zu tun hat.« Messmer griff in die große Schüssel und nahm sich gleich zwei Schokoriegel auf einmal. »Ich brauche Nervennahrung, sonst fange ich an zu schreien.«

»Am Arsch senn Bolla!«, fluchte Kübler verhalten.

»Der Mann ist komplett verrückt«, sagte Thea. Sie konnte immer noch nicht glauben, dass man nur um einer Ausländerfamilie die Wohnung kündigen zu können, die Beute aus einem Bankraub ergaunerte, und um diese Straftat zu vertuschen im Anschluss noch zwei Morde beging.

»Nein«, sagte Messmer. »Er ist geldgierig und kinderfeindlich. Und obendrein ein Ausländerhasser. Ganz gefährliche Mischung. Kein Wunder, dass die eigene Mutter nichts mit ihm zu tun haben will.« Er ließ die Faust auf den Besprechungstisch niedersausen, mitten auf einen seiner Schokoriegel, der den Aufprall bremste. »Kein Geständnis also im Fall Irene Wessel. Wem glauben wir jetzt: Ludwig Karger, Gernot Wessel oder Henry Grabowski?«

»Schön, dass wir sie alle haben.« Koch sah das offenbar ganz entspannt. »Einer von denen wird schon der Richtige sein. Sollen sie sich einig werden. Zwei davon hatten direkten Zugang zum Bunkerhotel. Karger über den Laden und Grabowski durch seine Arbeit beim Liegenschaftsamt.«

»Es gibt auch Markthändler, die dort unten Utensilien für ihre Stände aufbewahren«, sagte Verena Sander. »Die bekommen die Schlüssel vom Liegenschaftsamt. Wir müssen abklären, wer da alles in Frage kommt.«

Die Fassade erzitterte unter der Attacke einer Schlagbohrmaschine, deshalb hörte keiner, dass es an der Tür klopfte. Sie bemerkten Freddy Geiger von der Spurensicherung erst, als er zu ihnen an den Tisch trat.

»Komme ich gerade richtig zur Besprechung? Dann habt ihr bestimmt auch einen Kaffee für mich.« Er rollte sich aus dem Nebenzimmer einen Stuhl heran und setzte sich ans Kopfende neben Joost.

»Sieht aus, als hättest du Neuigkeiten«, sagte Koch erwartungsvoll und leerte seine Tasse in einem Zug, um gleich darauf zur Kaffeemaschine zu stürzen und Nachschub zu besorgen. Immerhin holte er eine zweite Tasse für Geiger aus dem Schrank.

Geiger lächelte bedeutungsschwer und zog ein Plastiktütchen hervor, das er für alle gut sichtbar in die Höhe hielt. Ein Jackenknopf lag darin, der aussah, als sei er aus Hirschhorn gearbeitet.

»Bei der Tatortarbeit da unten im Bunker haben wir das hier gefunden. Es klebte im Wachs der zerlaufenen Altarkerzen auf dem Boden. Ganz genau gesagt muss der Knopf auf dem Boden gelegen haben, bevor das Kerzenwachs darüberlief. Folglich wurde er dort verloren, bevor jemand die Kerze anzündete. Vielleicht hilft euch das ja weiter.«

»Könnte von einer dicken Filzjacke stammen«, überlegte Ströbele. »Vielleicht tragen die Marktbetreiber ja so was. Die bauen schließlich in aller Herrgottsfrühe ihre Stände auf, und da ist es noch verdammt frisch.«

»In diesem Zimmer hat kein Marktbetreiber etwas zu suchen, Walter«, sagte Messmer. »Da wird außer ein paar alten Holzpaletten nichts aufbewahrt.«

»Höchstens Leichen«, raunte Koch, wurde aber durch einen kurzen scharfen Blick seines Chefs zum Schweigen gebracht.

Thea konnte die Augen nicht von dem Beweismitteltütchen wenden. Ganz leise klingelte etwas in ihrem Hinterkopf.

»Darf ich das Ding mal genauer sehen?«, fragte sie und streckte die Hand danach aus. Geiger reichte ihr die Tüte.

Thea drehte das Corpus Delicti in den Händen und grub in ihrer Erinnerung wie nach einem verschütteten Schatz. Sie hatte solche Knöpfe schon irgendwo gesehen, da war sie sicher. In Verbindung mit einem Krankenhausflur. Ein übernächtigter, unrasierter Mann stand ihr vor Augen, in zerknitterten Hosen und einer Trachtenjacke, an der ein Knopf fehlte. Sie schluckte schwer. Dann wandte sie sich an Joost.

»Ich habe so einen Knopf schon mal gesehen. Bei der dritten Person, die Zugang zum Bunker hat und auf die wir noch nicht gekommen sind, weil ihr jegliches Motiv fehlt.«

***

Als Thea und Messmer in den Laden kamen, fanden sie Leonard Karger im Lagerraum, wo er dabei war, den Durchgang zur Bunkeranlage zuzumauern.

»Gut, dass Sie kommen«, empfing er sie und hängte die Kelle an den Mörteleimer. »Ich hätte Sie angerufen, sobald ich hier fertig gewesen wäre.«

»Was tun Sie denn da?« Thea schaute verblüfft auf die halbfertige Mauer aus Ziegelsteinen.

»Ich will alles wieder so herrichten, wie ich es vorgefunden habe, bevor ich den Laden verkaufe. Und hoffen, dass mein Nachfolger nicht auch auf die Idee kommt, die Mauer durchzubrechen und den Bunker als erweiterten Lagerraum zu nutzen. Sie sehen ja, wohin es geführt hat.«

»Warum wollen Sie denn verkaufen?«, fragte Thea.

»Ich habe keine Verwendung mehr dafür, wenn ich für mehrere Jahre ins Gefängnis gehe«, sagte Leonard Karger ruhig. »Setzen Sie sich doch. Damit ich Ihnen ganz in Ruhe erzählen kann, warum ich Irene getötet habe. Möchten Sie eine Apfelschorle?«

Er öffnete den Kühlschrank und hielt Thea und Messmer zwei Flaschen hin.

»Das war jetzt sozusagen ein Geständnis im Stehen, wenn ich das richtig verstanden habe.« Messmer ließ sich auf einen der Plastikstühle fallen. »Wie kommen wir zu der Ehre?«

Karger öffnete sich ein Malzbier und trank in langen Zügen.

»Ich habe erkannt, dass ich so nicht weiterleben kann«, sagte er schließlich. »Mit dem Wissen, dass mein Bruder für etwas zur Rechenschaft gezogen wird, das ich getan habe. Die Schuld ist zu groß. Diese Bürde kann ich nicht tragen. Ludwigs Leben war hart genug.«

»Wieso haben Sie uns dann nicht widersprochen, als wir ihn für Irenes Mörder hielten?«, fragte Thea.

»Ich hatte Panik vorm Gefängnis. Deshalb hielt ich es zuerst für ein Geschenk des Himmels, als Sie Ludwig in Verdacht hatten. Es lag ja auch so nahe. Er war die ganze Zeit bei Irenes Leichnam. Er besuchte sie jede Nacht, brachte ihr Blumen. Ich hab mir große Sorgen um ihn gemacht, er ist doch das einzige bisschen Familie, das ich noch habe. Aber wieso sind Sie überhaupt hergekommen?«

Thea zog das Beweismitteltütchen mit dem Hornknopf aus der Tasche und hielt es in die Höhe.

Karger betrachtete es eine Zeit lang schweigend.

»Ach ja«, sagte er schließlich. »Nicht nur, dass ich ein Mörder bin, ich bin obendrein auch noch ein dilettantischer Mörder, der sich so leicht überführen lässt.«

»Sie haben ein Geständnis abgelegt, bevor wir Sie überführen konnten«, sagte Thea. »So etwas wird vor Gericht berücksichtigt.«

»Wie viel kann mir das schon bringen?« Karger lächelte bitter. »Schauen Sie mich doch an, im Sommer werde ich fünfundfünfzig. Was hab ich denn noch zu erwarten, wenn ich wieder rauskomme? Falls ich das überhaupt erlebe.«

Thea wusste nichts zu erwidern. Karger sprach so unbeteiligt, dass sie sich fragte, ob er mit dem Leben bereits abgeschlossen oder Beruhigungsmittel genommen hatte. Doch er redete bereitwillig, und das mussten sie ausnutzen.

»Wie ist es passiert, Herr Karger? Hatten Sie es geplant?«

»Oh nein!« Er schüttelte nachdrücklich den Kopf. »Ich hatte Irene schon ewig nicht mehr gesehen. Und bei Gott, ich hatte gehofft, sie würde niemals wieder auftauchen. Wenn ich gewusst hätte, welche Macht sie nach all der Zeit noch immer über Ludwig hat, hätte ich ihn gar nicht im Laden arbeiten lassen. Sie war die ganze Zeit eine potenzielle Gefahr. Und kaum war Ludwig wieder auf freiem Fuß, stand Reni auf der Matte.«

»Wie hat sie von seiner Entlassung erfahren?«, fragte Thea.

»Woher soll ich das wissen? Vielleicht hat ihn jemand gesehen. Im Städtle wird geredet, und sie hat doch die Ohren überall. Jedenfalls kam sie in den Laden und hat Ludwig sofort wieder den Kopf verdreht. Das war am Dienstag nach seiner Entlassung und sein zweiter Tag als Aushilfe hier. Da stand sie plötzlich mit ihrem Augenaufschlag und ihrem unwiderstehlichen Charme, und mein Bruder war wie hypnotisiert. Brachte kaum einen Ton heraus. Wie er sie so anstarrte, da wusste ich schon, es wird über kurz oder lang ein Unglück geben.« Leonard Karger schlurfte nach vorn und hängte das »Geschlossen«-Schild an die Tür. Gebeugt wie ein alter Mann kam er zurück und sprach weiter, ohne sich zuvor hinzusetzen.

»Ich wich nicht von seiner Seite, solange sie da war. Wollte um jeden Preis verhindern, dass sie sich heimlich verabreden. Natürlich war mir klar, dass ich meinen Bruder nicht auf Schritt und Tritt überwachen kann. Aber in diesem Moment war mir nur wichtig, dass sie wieder geht. Was sie dann auch tat.

Etwa eine Stunde später kam sie noch mal. Wir hatten schon Mittagspause, und ich hatte abgeschlossen. Sie schlug mir fast die Ladentür ein, und mir wurde klar, dass wir sie so einfach nicht loskriegen würden. Sie machte jedenfalls einen sehr aufgelösten Eindruck und sagte, sie müsse mit Ludwig reden. Den hatte ich zum Glück gerade zu Nordsee geschickt, Mittagessen holen. Ich hab ihr gesagt, sie soll verschwinden und sich nie wieder hier blicken lassen. Sie hätte auf mich hören sollen.«

»Warum haben Sie sie umgebracht? Was hat sie Ihnen getan?«, fragte Messmer.

Es war, als ob ein Hypnotiseur mit dem Finger geschnipst hätte. Plötzlich kehrte das Leben in Ludwig Karger zurück. Seine bisher unbeteiligte Miene wechselte im Bruchteil einer Sekunde zu einer wütenden Fratze.

»Sie hat unser Leben ruiniert. Diese Schlange! Wenn sie nicht gewesen wäre, hätte mein Bruder nicht diese Bank überfallen, er hätte die Männer nicht erschossen, er wäre nie im Gefängnis gelandet, und er wäre auch niemals krank geworden. Ich habe meiner Mutter vor ihrem Tod versprochen, dass ich auf meinen Bruder aufpassen werde, dafür sorgen werde, dass er ein gutes Leben führt. Sehen Sie sich ihn doch an! Ich hab versagt auf der ganzen Linie. Alles wegen dieser Hure!«

»Kann es denn nicht sein, dass sie ihn wirklich geliebt hat, all die Jahre?«, warf Thea ein.

»Natürlich hat dieses verlogene Weib behauptet, sie würde Ludwig lieben, seit fünfundzwanzig Jahren hätte sie nicht damit aufhören können. Ich habe ihr vorgehalten, dass es ihre Schuld gewesen sei, dass Ludwig zu lebenslanger Haft verurteilt wurde, ob sie das unter Liebe verstehe. Da fing sie an zu heulen und hat beteuert, sie habe ihn nur angezeigt, weil er im Knast sicher gewesen sei vor Gernot. Der hätte ihn totgeschlagen, wenn er auf freiem Fuß geblieben wäre. Er sei hinter ihr Verhältnis gekommen und habe gedroht, ihren Lover windelweich zu prügeln. Dann sei sie auch noch schwanger gewesen, angeblich von meinem Bruder. Sie sagte, wenn Gernot damals herausgefunden hätte, dass Judith Ludwigs Kind sei, wäre der so gut wie tot gewesen.«

Karger holte tief Luft und sprach mit leiser Stimme weiter. »Ich hatte bis zu diesem verdammten Dienstagmittag keine Ahnung, dass sie es gewesen war, die Ludwig damals bei der Polizei angezeigt hatte. Mein Vorwurf bezog sich nur auf das Verbrechen, dass er ihretwegen begangen hatte, aber das hatte sie wohl falsch verstanden und sich verplappert. Als ich hörte, dass sie meinen Bruder nicht nur sitzen lassen, sondern auch ins Gefängnis gebracht hat und ihm zudem noch ein Kind anhängen wollte, brannten bei mir die Sicherungen durch. Wenn Ludwig von dem Kind erfahren hätte, wäre er nicht mehr zu halten gewesen. Das musste ich verhindern. Der Laden war während der Mittagspause abgeschlossen. Ludwig war unterwegs, um Essen zu holen. Ich musste mich beeilen.

Es ging ganz schnell. Sie gab keinen Ton von sich, als ich ihr die Hände um den Hals legte. Nach kurzer Zeit wurde sie ganz schlaff in meinem Arm. Ich trug sie runter in die alte Bunkeranlage. Dass ich sie in dieses Zimmer legte, in dem sie sich damals immer mit Ludwig getroffen hatte, war Zufall oder eine Laune des Schicksals. Ich wollte sie nur weit genug weg von unserem erweiterten Getränkelager deponieren.

Als ich wieder nach oben kam, saß Ludwig hinter dem Ladentisch und wickelte sein Bismarckbaguette aus. Er sagte nichts, fragte nichts, war ganz und gar in sein Kreuzworträtsel vertieft.«

Karger verstummte und starrte in den Mörteleimer. Die Stille im Laden war absolut, bis sie von der Standuhr unterbrochen wurde, die die volle Stunde schlug.

»Sie wissen, dass wir Sie mitnehmen müssen«, sagte Thea.

Karger nickte. »Ich würde nur gern zuerst die Mauer fertig machen.«

»Ich helfe Ihnen, dann geht es schneller«, sagte Messmer und griff nach der Kelle.

***

Als sie durch das Löwentor zum Hof der Festung Hohenasperg hinauffuhren, versuchte Thea zu rekapitulieren, welche Unmenge an Informationen in den letzten Tagen auf sie niedergeprasselt war. Sie hatten drei Tote und zwei Mörder, doch der, von dem sie angenommen hatte, dass er Irene Wessel umgebracht hatte, war nun rehabilitiert. Allerdings war sie sicher, dass er sich darüber kaum würde freuen können.

Im Besucherzimmer saß Judith Wessel und knabberte nervös am Daumennagel. Als Thea und Messmer eintraten, hob sie den Kopf und versteckte die Hände hinter dem Rücken, als habe man sie bei etwas Ungehörigem ertappt.

»Er ist noch bei einer Untersuchung«, sagte sie. »Sie geben Bescheid, wenn er fertig ist.«

Thea nickte stumm und setzte sich neben das Mädchen an den

klinisch blank geputzten Resopaltisch. In einem Reflex wollte sie den Stuhl ranziehen, was ihr aber nicht gelang. Auch hier waren, genauso wie in der JVA, alle beweglichen Möbel am Boden festgemacht.

Eine endlose Minute lang herrschte unbehagliches Schweigen. Messmer ging zum Fenster und schaute hinaus. Die Sicht auf die graue Fassade des Nachbarhauses wurde von einem weiß gestrichenen Gitter in gleichmäßige Rechtecke geschnitten. In einem der Rechtecke hatte eine Spinne ihr Netz gebaut, das im Sonnenlicht glitzerte. Auf dem äußeren Fensterbrett klemmte zwischen zwei Gitterstäben ein roter Plastikaschenbecher. Thea sah, wie Messmer die Hände auf dem Rücken verschränkte und auf den Fußspitzen wippte. Genau wie Hannes. Sie erschrak, als ihr der Vergleich bewusst wurde. Sie hoffte, dass ihr weitere Ähnlichkeiten ihres Ehemaligen und Messmer erspart bleiben würden.

Während sie noch überlegte, wie sie eine unverfängliche Unterhaltung mit Judith Wessel beginnen konnte, ergriff das Mädchen selbst das Wort.

»Gernot hat mir erzählt, dass Ludwig Karger mein Vater ist.«

Thea hielt für einen Moment die Luft an. »Was hat er Ihnen noch erzählt?«, fragte sie dann.

»Dass Ludwig meine Mutter umgebracht hat. Dass sie damals, bevor er ins Gefängnis musste, mit ihm rumgehurt und ihn dann fallen lassen hat, als er in den Knast ging. Und jetzt, als er wieder rauskam, hat er sie umgebracht. Aus Rache, weil sie Gernot geheiratet hat. Ich bin also die Tochter einer Prostituierten und eines Mörders.« Sie lachte bitter auf. »Na ja, auch nicht viel schlimmer als die einer Prostituierten und eines Zuhälters, oder?«

»Warum sind Sie hergekommen?«, fragte Thea leise.

»Ich will meinen Vater sehen. Meinen richtigen Vater. Ich hatte immer gehofft, dass ich ihn mal kennenlerne und dass er besser ist als Gernot. Ich dachte, schlimmer kann's ja nicht werden. Wie man sich doch irren kann!« Sie lachte wieder, aber Thea hörte die Tränen hinter dem Lachen. »Und ich will ihn fragen, warum er meine Mutter getötet hat.« Sie biss auf ihre Unterlippe, um sie am Zittern zu hindern. Stattdessen schlug nun der Absatz ihres Schuhs gegen das Stuhlbein.

»Er hat sie nicht getötet.« Thea nahm Judiths Hände und hielt sie fest. »Er hat Ihre Mutter nicht umgebracht. Er hat sie geliebt. All die Jahre lang.«

Judith sah Thea mit großen Augen an. »Sind Sie sicher?«

»Wir haben das Geständnis seines Bruders.«

»Und der will ihn nicht nur schützen?«

Thea schüttelte den Kopf. »Nein. Er machte sich Sorgen, weil Ludwig Ihrer Mutter so sehr verfallen war, dass er zu allem bereit gewesen wäre. Manchen Menschen macht sehr große Liebe Angst.« Ich selbst bin einer von ihnen, setzte sie in Gedanken hinzu. Aber ich werde daran arbeiten.

Judiths Lippen bewegten sich lautlos, als würden sie nach Worten suchen.

»Ich weiß nicht, was ich glauben soll. Ich weiß nicht, was ich fühlen soll«, sagte sie schließlich. »Können Sie sich vorstellen, wie das ist, wenn man jahrelang seinen Vater kennenlernen will, sich vorstellt, wie es sein könnte, und dann … hier landet?«

Thea lächelte. Dieses Mädchen ahnte gar nicht, wie sehr sie ihr das nachfühlen konnte. Sie überlegte, ob sie es ansprechen sollte, und entschied sich schließlich dafür.

»Oh ja, das kann ich«, sagte sie. »Als ich meinen Vater zum ersten Mal sah, war er bereits tot. Ich war damals schon fast dreißig.«

Judith blickte überrascht auf. »Haben Sie es bedauert? Dass er tot war, ohne dass Sie ihn kennenlernen konnten, meine ich.«

»Ja und nein. Einerseits hätte ich ihn sehr gerne kennengelernt. Einfach deshalb, weil er mein Vater war. Andererseits habe ich mir so vielleicht eine große Enttäuschung erspart.«

»Sie glauben, Sie hätten ihn nicht gemocht?«

Thea zögerte ein paar Sekunden, sprach es dann aber doch aus: »Er hatte meine Mutter vergewaltigt. So gesehen sollten wir vielleicht lieber von meinem Erzeuger sprechen. Denn mehr als das ist zwischen den beiden nicht vorgefallen.«

»Das tut mir leid«, sagte Judith betroffen.

»Mir auch«, erwiderte Thea. Sie hatte das untrügliche Gefühl, dass Judith sich jetzt verstanden fühlte.

Die Tür ging auf, und eine Mitarbeiterin steckte den Kopf herein. »Herr Karger wäre jetzt bereit, Besuch zu empfangen. Vielleicht nicht gleich alle drei auf einmal, das könnte ihm ein bisschen viel werden …«

Thea schaute erst Judith und dann Messmer fragend an.

»Reden Sie erst mit ihm«, sagte das Mädchen. »Ich glaube, ich brauche noch ein bisschen Zeit, um die Neuigkeiten zu verdauen. Im Moment weiß ich gar nicht, was ich sagen soll.«

Ludwig Karger saß am Fenster und fixierte seine Hände. Als Thea und Messmer eintraten, hob er den Kopf und sah sie an. Thea konnte kein Zeichen des Erkennens in seinem Gesicht ausmachen.

»Wie fühlen Sie sich heute, Herr Karger?«, begann sie das Gespräch.

Karger schaute Thea einige Sekunden lang schweigend ins Gesicht.

»Ich fühle mich gar nicht«, sagte er schließlich. »Ich fühle keine Freude, kein Leid, keine Traurigkeit. Ich fühle nicht mal mich selbst.«

»Können Sie sich erinnern, was am Samstagnachmittag geschehen ist?«

Karger nickte.

»Wir würden Ihnen gern ein paar Fragen stellen. Sind Sie in der Lage, mit uns zu sprechen?«

»Ja. Ich denke schon.« Er klang völlig emotionslos.

»Sie haben 1985 zusammen mit Werner Klemens eine Bank ausgeraubt und dabei zwei Kassierer erschossen«, sagte Thea. »Was hatten Sie mit dem Geld vor?«

Karger verzog die Lippen zu einem schmalen Lächeln. »Mit Irene leben. Irgendwo hingehen mit ihr, wo wir weit weg sind von Gernot, den Angels und dem Rotlichtmilieu. Wir wollten ganz neu anfangen. Na ja, ich wollte es jedenfalls.«

»Warum wollten Sie Klemens seinen Anteil nicht auszahlen?«

»Er hatte gesagt, er wolle sich damit bei den Angels einkaufen und seine Maschine finanzieren. Aber ich habe auch gesehen, wie er sich an Reni rangemacht hat. Vielleicht hatte ich Angst, dass er mir zuvorkommt und seinen Anteil benutzt, um mit ihr durchzubrennen. Und mein Misstrauen war begründet. Schließlich hat er mich dann verpfiffen.«

»Haben Sie Irene denn nicht vertraut?«, fragte Thea.

Ludwig Karger schwieg lange. Als Thea die Frage schon wiederholen wollte, sprach er schließlich weiter.

»Ich war nie besonders selbstbewusst. Ich habe den Gedanken vielleicht nicht zugelassen, aber im Grunde habe ich nie verstanden, warum sie ausgerechnet mich so sehr lieben soll. Ich hatte ständig Angst, sie zu verlieren. Jeden Tag.«

Thea nickte. Diese Gedanken waren ihr vertraut. Leider hatte er nur nicht bedacht, dass man eine Frau genauso wenig kaufen kann wie eine Mitgliedschaft bei den Hells Angels.

»Warum glauben Sie, dass Klemens Sie verpfiffen hat?«, fragte Messmer.

»Weil mich niemand erkannt haben kann. Es war keiner in der Bank, der mich kannte. Es war auch kein Mensch auf der Straße, als wir geflüchtet sind. Ich hatte die ganze Zeit über die Strumpfmaske über dem Gesicht und habe kein Wort gesprochen. Klemme war der Einzige, der gewusst hat, dass ich der Bankräuber war. Ich wette, er hat auch Gernot den Tipp gegeben, dass ich an seiner Freundin dran war.«

»Sie hatten also schon Differenzen, als Sie zusammen die Bank ausgeraubt haben?«, hakte Messmer nach. »Wieso haben Sie ihn dann überhaupt als Komplizen gewählt?«

»Ich brauchte einen Fluchtwagen. Und Klemme war unschlagbar, wenn es darum ging, Autos zu knacken. Ich brauchte ihn auch als Fahrer; ich selbst hatte keinen Führerschein.«

»Gab es andere Bezugspersonen für Klemens, als Ihre Freundschaft sich abkühlte?«

»Na ja, da waren zunächst die Hells Angels und ihre Prospects natürlich. Er war ja damals selbst schon Prospect, während ich mich noch als Hangaround in ihrem Dunstkreis bewegte. Und dann gab es noch diesen Kumpel von ihm, den Maulwurf. Das war sein Arbeitskollege bei der Straßenbahn. So ein Verrückter, der sich für Stuttgarts unterirdische Stollen und das Tunnelsystem interessierte. Daher hat er auch seinen Spitznamen. Vielleicht ist er deshalb ja auch U-Bahn-Fahrer geworden.«

In Theas Kopf klingelte ein Glöckchen, zunächst ganz leise, aber es wurde immer deutlicher. »Kennen Sie auch seinen richtigen Namen?«

»Nein, tut mir leid. Ich erinnere mich nur, dass Klemme ihn immer den ›Maulwurf‹ genannt hat.«

Thea warf einen Blick aus dem Augenwinkel zu Messmer. Er saß auf der äußersten Stuhlkante, angespannt wie ein Tiger vorm Sprung, und schüttelte kaum merklich den Kopf.

»Wir wissen inzwischen, dass Sie Irene nicht umgebracht haben«, sagte Thea und stand auf. »Sie müssen also nicht zurück ins Gefängnis. Sobald Sie medikamentös eingestellt sind, bekommen Sie einen Platz im Betreuten Wohnen. Ich bin sicher, dass Sie dort sehr oft Besuch bekommen werden. Apropos Besuch ... da draußen wartet noch jemand auf Sie.«

»Mausdorff!«, sagten Thea und Messmer wie aus einem Mund, kaum dass sie die Tür hinter sich geschlossen hatten. Thea lehnte sich an die Wand und sah Messmer verzweifelt an. »Hätte Klemens doch nur ein bisschen deutlicher gesprochen oder das Klinikpersonal ein bisschen besser hingehört, dann hätten wir Rosis Tod vielleicht verhindern können.«

»Das hätte uns nichts genützt, wir kannten ja Grabowskis Spitznamen nicht.«

»Warum hat er es uns nicht gleich bei unserem Besuch gesagt? Wieso musste er damit warten, bis er schon kurz vor dem Tod war?«

»Weil er sich selbst damit belastet hätte. Wenn wir den Täter gefunden hätten und damit das Motiv, wären wir auch auf den Bankraub und seine Beteiligung daran gekommen. Ich denke, er hatte einfach vor den strafrechtlichen Konsequenzen Angst.«

»›Der Maulwurf Grabowski‹. Sein Hobby sind Stuttgarts Tunnel und U-Bahn-Schächte, er arbeitet beim Liegenschaftsamt – kennt folglich das Marktplatzhotel und hat Zugang dazu. Wir waren so blind!«

»Wie ein Maulwurf eben!«, lachte Messmer. »Hör auf, dich zu

kasteien, wir haben ihn doch trotzdem gekriegt!« Er wurde ernst, als Judith Wessel den Flur entlang auf sie zukam.

Thea ahnte, wie die junge Frau sich fühlte. »Nur Mut, es geht ihm heute gar nicht schlecht.«

Dr. Silbereisen erwartete sie in seinem Büro.

»Wir haben eine Diagnose. Und haben sofort mit der Behandlung angefangen.«

»Woran leidet er?«, fragte Messmer und setzte sich.

»Paranoide Schizophrenie. Die Krankheit ist teils genetisch bedingt, teils von äußeren Faktoren abhängig. Bei manch einem kann sie latent angelegt sein, aber nie zutage treten. Als Auslöser können permanenter Stress, Überforderung oder ein traumatisches Erlebnis in Frage kommen.«

»Die unbeabsichtigte Tötung zweier Menschen zum Beispiel«, sagte Thea leise. »Der Verlust einer geliebten Frau. Oder die Verurteilung zu einer lebenslangen Gefängnisstrafe.«

Dr. Silbereisen nickte. »Wahrscheinlich alles zusammen. Offenbar kam er auch mit den Gegebenheiten in der JVA überhaupt nicht zurecht. Wie ich das verstanden habe, fühlte er sich als Außenseiter. Das alles zusammen ist mehr als genug, um bei genetischer Veranlagung diese Krankheit auszulösen. Es ist eine Art Selbstschutz, bei dem sich das Ego vor Bewusstseinsinhalten zurückzieht, die es nicht verkraften kann. Er brauchte diese Welt in seinem Kopf, um überleben zu können.«

»Paranoide Schizophrenie«, wiederholte Thea. »Was genau muss man sich unter dieser Krankheit vorstellen?«

Dr. Silbereisen lehnte sich in seinem Chefsessel zurück und legte die Fingerspitzen aneinander. »Haben Sie schon mal den Begriff ›Umwelt als Spiegel‹ gehört?«

Thea wagte nicht, Messmer anzuschauen. Sie fühlte sich ertappt und fürchtete, dass ihr Gesicht sie verriet. Zum Glück sprach Silbereisen schon weiter.

»Das bedeutet nichts anderes, als dass alles, was wir erleben, einen Bezug zu uns hat. Nichts passiert uns zufällig. Menschen, die uns begegnen, bringen uns etwas über uns selbst bei. Situationen, in die wir scheinbar zufällig geraten, zeigen uns etwas, das wir noch nicht wissen. Gesunde Menschen achten aber nicht ständig darauf und hinterfragen nicht alles, was ihnen widerfährt, nach der Bedeutung für ihr Leben. Diese Abläufe geschehen für uns und auch für die Menschen, die für uns die Spiegelfunktion übernehmen, völlig unbewusst.

Der paranoid Schizophrene hingegen achtet unablässig darauf und deutet in alles, was geschieht, etwas hinein, das seine Weltsicht unterstützt. Das heißt, er bezieht alles, was in seiner Umwelt passiert, direkt auf sich, und zwar genau so, wie es in sein Bild passt. Ist er erst einmal zu einer Überzeugung gekommen, ordnet er alles, was ihm widerfährt, dieser Prämisse unter. Herr Karger wollte keinen Besuch empfangen, weil er überzeugt war, dass alle ihm Böses wollten. Er war sicher, dass jeder nur nach seinem Geld strebte – was ja in gewisser Weise sogar stimmte. Er ging so weit, sich einzureden, die Währungsumstellung wäre nur seinetwegen inszeniert worden, um ihn dazu zu bringen, das Geldversteck zu verraten.«

»Das ist unglaublich«, sagte Thea.

»Nein, das ist das Krankheitsbild«, sagte Dr. Silbereisen. »Er konnte nur mit dem Gedanken überleben, die geliebte Frau wiederzubekommen, und das Geld, das ihnen eine gemeinsame Zukunft sichert. Jede andere Option war für ihn unerträglich. Also hat er für sich Argumente gesucht, die ihm versicherten, er würde sie zurückbekommen. Die hat er in der Religion gefunden. Gott ist gnädig. Gott vergibt denen, die lieben.«

»Wie behandeln Sie diese Krankheit?«

»Mit Psychopharmaka, in erster Linie Neuroleptika«, antwortete Dr. Silbereisen. »Das dämpft ihn ein wenig und verhindert die paranoiden Schübe.«

»Hat sich sein Zustand schon verbessert?«

»Ja. In dem Sinne, dass er die Realität wieder wahrnimmt, sich ihr anpasst, nachvollziehbar und zusammenhängend reden kann. Das hat er den Medikamenten zu verdanken. Zum Zeitpunkt seiner Einlieferung litt er unter starkem Verfolgungswahn und akustischen Halluzinationen. Er verlangte, man sollte die Diebe einsperren und endlich diese Musik ausschalten. Dabei war es totenstill im ganzen Haus. Auch das gehört zum Krankheitsbild.«

»Seine Tochter ist jetzt bei ihm«, sagte Thea. »Glauben Sie, dass ihre Anwesenheit ihm guttut?«

»Das glaube ich tatsächlich.« Dr. Silbereisen lächelte, doch Thea meinte, einen Hauch von Traurigkeit darin zu erkennen. »Allerdings ist er durch die Medikamente zu keinen großen Emotionen fähig. Ich habe Frau Wessel vorgewarnt, dass sie nicht zu viel erwarten soll. Sehr bedauerlich, ich hätte ihm ein richtig gutes Gefühl sehr gewünscht.«

»Was glaubst du?«, fragte Thea, als sie auf der A81 Richtung Stuttgart fuhren. »Wiegt ein Mord aus Liebe beim Jüngsten Gericht weniger als ein Mord aus Habgier? Oder ist am Ende Mord gleich Mord?«

Es begann zu regnen, und Messmer schaltete die Scheibenwischer ein. »Wieso fragst du mich das? Ich kenne mich mit Gott längst nicht so gut aus wie du.«

»Wenn ich Gott kennen würde, hätte ich ihn persönlich gefragt«, gab Thea zurück. »Ich muss nur immer an diesen Bibelspruch denken, den ich auch bei Sofias Beisetzung gehört habe. Die Vergebung der Sünden von denen, die viel geliebt haben.«

»Ich dachte immer, dass allen Sündern vergeben wird«, sagte Messmer. »So habe ich das zumindest in der Bibelstunde verstanden, auch wenn ich sie meistens geschwänzt habe. Dabei hab ich mich natürlich drauf verlassen, dass die Sünde des Schuleschwänzens mir auch vergeben wird. Ich hoffe wirklich, ich hab das nicht falsch verstanden und muss nachher im Himmel nachsitzen.«

»Du machst dich über mich lustig«, schmollte Thea.

»Nein, ich glaube nur, dass es keine guten Morde und keine schlechten Morde gibt. Mord ist Mord. Und niemand mordet ohne Grund. Und wer kann schon beurteilen, ob ein Grund gut oder böse motiviert ist? Überhaupt, was ist schon Gut und Böse? War Sofia böse? Sie hat getötet, um deine Mutter zu rächen. Trotzdem hat sie gemordet, und das ist unverzeihlich.«

Thea schwieg. Das waren berechtigte Überlegungen, über die sie erst mal nachdenken musste.

An der Abfahrt zur B10 wurde der Regen stärker. Thea starrte auf die Tropfen, die unter den schneller werdenden Blättern der Scheibenwischer verschwanden und sofort durch neue ersetzt wurden. Konnte es sein, dass man manchmal Gutes bewirken wollte und genau das Gegenteil erreichte? Und war man dann automatisch böse?

»Wie sieht es andersrum aus?«, fragte sie. »Kann man Böses bezwecken und dabei Gutes zuwege bringen?«

Messmer zuckte die Schultern. »Schon möglich. Obwohl wir es in unserem Job damit eher selten zu tun haben. Was aber nicht heißen muss, dass es das nicht gibt. Denk nur an Mephisto. Wie war das mit der Kraft, die stets das Böse will und doch das Gute schafft?«

»Du liest Goethe?«, staunte Thea. Wieder eine Facette an Messmer, mit der sie nie im Leben gerechnet hatte. Wie oft würde er sie wohl noch überraschen?

Doch Messmer ging nicht darauf ein. »Ich glaube, wir müssen Gut und Böse als zwei Pole derselben Sache begreifen. So wie Licht nur die andere Seite vom Dunkel ist, Tod nur die andere Seite vom Leben und Angst nur die andere Seite vom Mut. Irgendwie ist doch immer beides eins. Alles Böse beinhaltet auch ein Fünkchen Gutes, und jede gute Tat ist auch immer ein bisschen unedel motiviert. Wenn Leonard Karger behauptet, er hätte Irene getötet, weil er das Beste für seinen Bruder wollte und weil er glaubte, die Frau sei Gift für Ludwig, dann ist das nur die halbe Wahrheit. Die andere Hälfte, bei aller guten Absicht, war auch der Neid, dass sein Bruder eine Partnerin haben würde, die ihm versagt geblieben war. Und die Angst, den Rest seines Lebens allein leben zu müssen, ohne den Bruder an seiner Seite. Hinter jeder guten Absicht versteckt sich auch eine gehörige Portion Eigennutz. Manchmal ist sie deutlich zu sehen, manchmal hält sie sich besser versteckt. Aber sie ist immer da.«

Messmer hielt an der Ampel, wo die B 27 rechts zum Zentrum und die Ludwigsburger Straße links nach Zuffenhausen abzweigte. »Du siehst, ich hab mich auch ein bisschen mit Philosophie beschäftigt.« Seine Hand griff nach dem Blinker und hielt kurz inne. »Zu dir oder zu mir?«

In Theas Bauch gluckste ein Lachen, das mit aller Macht an die Oberfläche wollte, und sie grinste bis zu den Ohren, als Messmer, ohne ihre Antwort abzuwarten, den Blinker links setzte und den Weg zu ihrer Wohnung einschlug.

Zehn Tage später

Der Kuchen war beim Transport im Corsa etwas auseinandergefallen und erinnerte ein wenig an einen breit getretenen Kuhfladen, aber Verena steckte trotzdem sechzig kleine Geburtstagskerzen hinein.

Ursprünglich hatte Verena den Kuchen backen sollen, die das zweifellos besser konnte als Thea, aber ihr Ofen hatte am Vortag den Geist aufgegeben. Sie selbst schien das nicht weiter zu stören; sokobedingt hatte sie sich ohnehin schon lange an Lieferdienste gewöhnt, aber für Thea, der nun die zweifelhafte Ehre des Kuchenbackens zukam, war es der Supergau schlechthin gewesen. Sie hatte sogar schon in Erwägung gezogen, Elfriede um Hilfe zu bitten. Andererseits hatte sie sich diese Blöße vor Messmer auf keinen Fall geben wollen.

»Der gute Wille ist erkennbar«, tröstete Verena sie. »Wenn wir die Kerzen rausgezogen haben, ist der Kuchen ohnehin eine einzige Kraterlandschaft. Keiner weiß, dass er es schon vorher war.«

»Bis du die ledschde Kerz ozonde hasch, isch de erschde scho ronderbrennt. Des isch halt's Problem, wemmr zlang em Schwobaalder isch wia dr Oddl«, lästerte Kübler und ging ein letztes Mal mit dem Poliertuch über die Glasfront des Aquariums, in dem Molly, Wanda, Gernot, Jürgen und Rolf entspannt ihre Runden schwammen. Die Namen hatten sie mit goldenem Marker auf winzige Post-it-Streifen geschrieben und an den oberen Rand der Scheibe geklebt.

Sie waren extra früh ins Dezernat gekommen, um Kümmerles Geburtstagsüberraschung vorzubereiten, dennoch wurde allmählich die Zeit knapp. Während Verena die Kerzen anzündete und Thea die Blumen in der Vase ordnete, gab Frau Baric der Wachstuchdecke den letzten Glanz.

»Er muss jeden Moment kommen, stellt euch schon mal auf!«, rief Koch, der an der Tür Schmiere stand.

Sämtliche Mitarbeiter, von Joost bis hin zu Frau Baric, reihten sich dicht an dicht vor dem Aquarium auf wie eine Fußballmannschaft beim Freistoß vorm Strafraum. Nur Koch blieb an der Tür und linste durch den Spalt. Eine spannungsvolle Stille erfüllte das Besprechungszimmer. Joost hatte die Fassadenarbeiter gebeten, heute eine Viertelstunde später anzufangen, damit das Geburtstagsständchen nicht im Krawall der Schlagbohrmaschine unterging.

»Achtung, er ist im Anmarsch!«, zischte Koch, zog leise die Tür zu und sprang zurück ins Glied, wo er sich zwischen Verena und Kübler quetschte.

Wenige Sekunden später öffnete Kümmerle die Tür und verharrte wie ein Standbild auf der Schwelle.

Alle standen still. Nur die Luftballons, die Verena an die Deckenlampe gehängt hatte, bewegten sich in der Wärme der Geburtstagskerzen. Obwohl Koch das Zeichen gab, kam der Einsatz nicht ganz unisono, dafür aber umso leidenschaftlicher.

»Happy birthday, lieber Ottfried, happy birthday to you!«, schallte es durch die Räume des Dezernats. Einer der Bauarbeiter schaute grinsend zum Fenster herein und dirigierte mit einer Wasserwaage.

Nachdem sie geendet hatten, teilte sich die Menge in der Mitte und trat zur Seite, um den Blick auf das Geschenk freizugeben.

Kümmerle war sprachlos. Er ging vor dem Aquarium auf die Knie und setzte seine Brille auf, um die Namensschilder zu entziffern.

»Fische haben eine beruhigende Wirkung auf ihren Besitzer«, erklärte ihm Joost. »Nun hoffen wir nur noch, dass sich die Ruhe der Fische auf dich überträgt, und nicht etwa, dass die armen Tiere am Ende so nervös werden wie du.«

»Ihr seid so gut zu mir.« Kümmerle hatte vor Rührung Tränen in den Augen.

»Du musst erraten, welcher Fisch welchen Namen trägt!« Verena hüpfte vor Aufregung auf der Stelle.

»Mal schauen.« Kümmerle wandte sich wieder seinen neuen Haustieren zu. »Der hier hat ein Muster am Hals, das wie die Tätowierung einer Schlange aussieht. Ich tippe auf Rolf.«

Tosender Applaus gab ihm Recht.

»Wanda kenne ich schon aus dem Kino, das ist der Skalar.«

Thea nickte. Das zu erraten war nicht schwer gewesen.

»Molly erklärt sich auch von selbst, das muss der Black Molly sein. Passt wie die Faust aufs Auge zur Zimmernachbarin von Rosi, die sich immer in schwarzes Leder zwängt. Der mit dem dunklen Fleck dort, wo bei Menschen die Wangen sind, dürfte Jürgen mit dem Muttermal sein. Und Gernot …« Kümmerle zögerte. »Das kann ich nur im Ausschlussverfahren lösen. Es bleibt ja nur der Antennenwels übrig. Aber wieso heißt er Gernot?«

»Schau doch mal genau, was er auf dem Kopf hat«, half ihm Thea.

»Hm, sieht aus wie Hörner – oh mein Gott, jetzt hab ich's!« Niemand hatte Kümmerle jemals so laut lachen gehört. »Ihr seid einfach unmöglich!«

»Männliche Antennenwelse haben ein Geweih«, erklärte Messmer. »Wir fanden, das passt sehr gut zu jemandem, der aus gutem Grund den Kopf eines Achtenders über dem Sofa hängen hat.«

»Mein Geburtstag ist ja schon nächsten Monat«, überlegte Koch. »Wenn ich's recht bedenke, könnte ich auch so ein Aquarium zur Beruhigung brauchen.«

»Bloß das nicht!«, rief Ströbele. »Wenn du dich noch mehr beruhigst, setzt dein Blutdruck aus.«

»Noch phlegmatischer kann er nicht werden«, widersprach Messmer. »Dem bringt jedes Aquarium nur Unruhe ins Büro.«

Kochs Protest wurde durch die Lachsalve seiner Kollegen schon im Ansatz erstickt.

»Macht, was ihr wollt«, seufzte Thea ergeben. »Ich putze es jedenfalls nicht noch mal.«

Nachdem Kümmerle seine Geburtstagskerzen ausgeblasen und Verena sie heruntergepflückt hatte, setzten sich alle an den Besprechungstisch. Thea verteilte Teller und Kaffeelöffel.

»Haben wir nicht auch noch Sekt im Kühlschrank?«, fragte Koch und lud sich das größte Stück Kuchen auf den Teller.

»Ja, aber den gibt's erst zum Feierabend.« Joost prostete ihm mit der Kaffeetasse zu.

»Wir haben ja doppelten Grund zum Feiern«, sagte Ströbele. »Ottis Geburtstag und die gelösten Mordfälle.«

Joost schmunzelte. »Eigentlich haben wir sogar noch einen dritten Grund zum Feiern.« Er schaute zu Thea und legte eine bedeutungsschwere Pause ein. Schließlich ließ er die Katze aus dem Sack. »Deine Bewerbung ist durch, gestern kam die Bestätigung von Villingen-Schwenningen. Herzlichen Glückwunsch!«

Thea sank das Herz auf Höhe des Bauchnabels. So hatte Micha es nicht erfahren sollen.

Verena war die Erste, die die Sprache wiederfand.

»Die Polizeihochschule? Du bist zum Studium für den gehobenen Dienst zugelassen?« Sie sprang auf und schloss Thea fest in die Arme. »Ich freu mich für dich!«

»Engelchen, ich finde es auch allmählich an der Zeit, dass du Kommissarin wirst, immerhin hast du jetzt schon in drei Sonderkommissionen erfolgreich mitgearbeitet«, freute sich Ströbele.

Thea war wie betäubt. Vorsichtig schielte sie zu Messmer, der sie mit halb offenem Mund anstarrte. Sie hatte ihn noch nie so verdattert gesehen.

»Warum hast du mir nichts davon gesagt?«, zischte er.

»Ich hab mich nicht getraut«, raunte sie ihm zu und zog in Erwartung einer Standpauke den Kopf ein.

»Ich finde ja auch, dass du reif zur Kommissarin bist«, flüsterte er zurück. »Zumal du nicht nur drei, sondern sogar vier Fälle gelöst hast, auch wenn vom ersten nur wir beide wissen.«

»Was gibt es denn da zu tuscheln?«, fragte Koch, den Mund voll Kuchen. »Wer tuschelt, hat entweder ein schlechtes Gewissen oder ist verliebt!«

Thea fuhr zusammen, und ihr Kaffee schwappte über. Auf sie traf definitiv beides zu, und das war nun für alle offensichtlich. Sie überlegte noch, wie sie geschickt vom Thema ablenken konnte, als Frau Baric Kochs Vorlage begeistert aufnahm, als hätte sie nur darauf gewartet.

»Ach, Verliebte nix müsse habe schlechtes Gewisse. Habe beide getroffen in Park, wenn ich bin gange Gassi mit Tito. Frau Engel und Herr Messmer ware so scheen romantisch!«

Theas Herz rutschte noch zwei Etagen tiefer bis in die Kniekehlen. Sie fühlte, dass sie flammend rot wurde, und sah Frau Baric strafend an. Dass Messmer jetzt vor den Augen aller den Arm um sie legte und sie amüsiert von der Seite angrinste, gab ihr den Rest. Sie wäre am liebsten aufgestanden und hätte den Raum verlassen, wenn das nicht so feige ausgesehen hätte.

»Ach komm, Thea, jetzt zier dich nicht so. Das mit euch beiden ist doch seit Wochen ein offenes Geheimnis«, flachste Koch und nahm sich ein zweites Stück Kuchen. »Immer wenn ich meine Mutter besuche, fahre ich an deinem Haus vorbei. Und jedes Mal steht Michas Rostlaube vor deiner Tür. Die würde ich sogar mit Tarnkennzeichen erkennen. Diesen Aufkleber ›Ich bremse auch für Frauen‹ hat kein anderer an der Heckscheibe!«

»Außerdem studiert er Wohnungsannoncen«, sagte Joost. »Kürzlich hab ich ihn im Büro erwischt, wie er im Anzeigenteil vom Wochenblatt Drei- und Vierzimmerwohnungen einkringelte. Kinder sind also auch in Planung.«

Wenn es überhaupt möglich war, wurde Thea noch eine Nuance roter. Sie schleuderte Messmer einen Blick zu, für den sie einen Waffenschein gebraucht hätte.

Er hob entschuldigend die Hände. »Ich dachte, Romeo sollte auch ein eigenes Schlafzimmer kriegen«, sagte er. »Damit er nicht immer in der Besucherritze ...« Theas erhobene Faust brachte ihn abrupt zum Schweigen.

»Ihr lasst d' Katz em Gräbele schlofa?« Kübler war es jedenfalls nicht entgangen. Thea ging davon aus, dass es morgen einen Exklusivbericht im Alb-Boten geben würde.

»Was deine Rosinante darf, darf Romeo schon lange«, konterte Messmer. Die ganze Runde brach in brüllendes Gelächter aus.

»Ihr könnt die Hochzeit ja in Villingen-Schwenningen feiern und uns alle einladen«, schlug Verena vor. »Ich hab gehört, da unten gibt es wunderhübsche Honeymoon-Hotels.«

»Ja, habe gesehe Bericht in Fernsehen ieber Hotel in Schwarzwald mit Hochzeitszimmer.« Frau Baric war sofort Feuer und Flamme. »Sähr luxeriees mit Friehsticksservice und Bad aus Karacho-Marmor und himmlisches Schlafzimmer mit Baldrian ieber Bett!«

»So weit sind wir noch lange nicht, Frau Baric.« Thea gab sich alle Mühe, wieder ihre natürliche Gesichtsfarbe anzunehmen. Eigentlich sollte sie froh sein. Es war heraus. Die Sache mit dem Studium und die Sache mit Messmer. Die Frage war jetzt nur noch, wie beides künftig zu vereinbaren war.

Nach der Frühbesprechung gingen sie Hand in Hand zum Parkplatz. Joost hatte ihnen einen Drogentoten zugeteilt, der sich in der öffentlichen Toilette am Fernsehturm den goldenen Schuss gesetzt hatte. Thea war plötzlich völlig egal, ob sie jemand beobachtete, als Messmer seinen Arm um sie legte. Selbst Hannes hätte sie jetzt ins Gesicht gelacht. Das Einzige, was sie traurig stimmte, war, dass ihr nur noch wenige Wochen bis zum Studienbeginn blieben.

»Ich werde dich vermissen«, sagte Messmer mit dem Blick eines Herzensbrechers.

»Es sind doch nur zwei Jahre. Und an den Wochenenden bin ich immer zu Hause.«

»Vielleicht sollte ich unter diesem Gesichtspunkt doch bei dir einziehen. Damit jemand für Romeo da ist, meine ich.«

»Natürlich nur deshalb«, entgegnete Thea. »Ich erwarte dann aber eine akribisch geputzte Wohnung und ein warmes Essen, wenn ich freitagabends heimkomme.«

»Geht klar. Wahlweise Pizza oder Spiegelei, und wenn ich mir ganz arg Mühe gebe, hab ich bis dahin auch Kartoffelsuppe drauf. Mit Saitenwürstle. Schwimmenden.«

»Ein bisschen mehr Respekt, wenn ich bitten darf«, protestierte Thea. »Schließlich werde ich als Kommissarin auch ein ganzes Stück mehr verdienen als bisher.«

»Dann reicht's ja vielleicht bald für eine große gemeinsame Wohnung mit Haushaltshilfe.« Messmer duckte sich, als Thea mit dem Fahrtenbuch ausholte, um es ihm über den Kopf zu ziehen.

Er schloss den Daimler auf und warf seine Jacke auf den Rücksitz. »Aber weißt du, was mich am allermeisten freut? Wenn Hannes das nächste Mal bei dir anruft, werde ich am Apparat sein. Und dann erfährt er von mir aus erster Hand, was du dich nie getraut hast, ihm zu sagen.«

»Fein, dann muss ich es ihm nicht beibringen.« Thea stieg ein und zog die Tür zu, während Messmer den Wagen anließ. Als sie den Buckel hinunter zum Tor rollten, stutzten sie und sahen sich verwirrt an.

»Irgendwas stimmt nicht mit dem Auto. Hörst du das Scheppern?« Messmer bremste. Das Geräusch war verschwunden. Er fuhr an. Es schepperte erneut.

»Der Wagen muss in die Werkstatt. Lass uns einen anderen nehmen, mit dem fahr ich keinen Meter weiter«, sagte Thea.

»Das Auto ist nicht kaputt«, erwiderte Messmer grimmig. »Das Geräusch kommt mir bekannt vor. Ich hab da so einen Verdacht. Steig aus.«

Thea kletterte aus dem Auto und lief nach hinten zur Heckklappe, wo Messmer schon diabolisch grinsend nach unten zeigte. Ein halbes Dutzend Blechdosen waren mit Angelschnur an der Anhängerkupplung festgebunden. Ein Etikettenrest verriet, dass eine davon vormals rote Bohnen enthalten hatte.

»Wann haben die das nur gemacht?«, staunte Thea.

»Harald war doch während der Besprechung auf dem Klo. Angeblich. Und das hat ziemlich lange gedauert. Ich dachte schon, er leidet an Verstopfung. Stattdessen hat dieser Halunke den Müllcontainer der Kantine geplündert.«

Thea drehte sich ahnungsvoll zum Hauptgebäude um. Ihr Blick wanderte an der Fassade hinauf bis zum Balkon im ersten Stock, wo das versammelte Dezernat zwischen den Bauarbeitern an der Brüstung stand und ihnen grinsend zuwinkte.

ANMERKUNG

Der Getränkehandel »Karger« am Stuttgarter Marktplatz existiert nicht – somit auch nicht der in diesem Zusammenhang beschriebene Zugang zum ehemaligen Bunkerhotel. Es ist allerdings richtig, dass es unterhalb der Stuttgarter Innenstadt Stollen und Gänge gibt, die zu den unterirdischen Bunkeranlagen führen und von Wohnhäusern beziehungsweise Geschäftsräumen aus betreten werden konnten. Viele dieser Zugänge existieren noch heute, sind aber aus Sicherheitsgründen zumeist zugemauert oder verfüllt. Vor eigenmächtigem Betreten dieser noch bestehenden Gänge wird wegen der Einsturzgefahr ausdrücklich gewarnt.

Abgesehen vom oben genannten Getränkehandel und der namenlosen Rotlichtkneipe im Bohnenviertel sind alle anderen im Roman erwähnten Örtlichkeiten – inklusive des Bunkerhotels – real und wie beschrieben in und um Stuttgart existent.

DANK

Allen Informanten und Motivatoren, die im Hintergrund – und im Untergrund – an diesem Projekt mitgewirkt haben, möchte ich meinen herzlichen Dank aussprechen.

Wie immer waren meine Kolleginnen und Kollegen vom Dezernat für Tötungsdelikte der Kripo Stuttgart maßgeblich an diesem Buch beteiligt. Danke! Ohne euch wäre ich bei Fragen zu Leichensachbearbeitung und Ermittlungsarbeit völlig aufgeschmissen!

Ein großes Dankeschön meinem persönlichen »Maulwurf« Kai, dem Experten für Bunkeranlagen und heißen Draht zum Liegenschaftsamt, für umfassende Informationen und unbezahlbares Recherchematerial zum ehemaligen Hotel unter dem Stuttgarter Marktplatz.

Herzlichen Dank an Dr. Renate Klöppel für ihr beeindruckendes Buch »Die Schattenseite des Mondes«, weiterführende Literatur-Tipps und ihre bereitwilligen Antworten auf Fragen, die mir halfen, das Krankheitsbild paranoide Schizophrenie besser kennenzulernen.

Ein besonderes Dankeschön geht an Frau Regina Grimm, Ltd. Regierungsdirektorin der Justizvollzugsanstalt Stuttgart-Stammheim, für ihre detaillierten Auskünfte über die Organisation der JVA und die Entlassungsmodalitäten.

Einmal mehr danke ich Ulrike Banis, der »Kräuterhexe vom Bodensee«, die es immer wieder perfekt schafft, Kurt Kübler die passenden Worte in den Mund zu legen und damit vorzutäuschen, ich wäre der schwäbischen Sprache mächtig.

Susi, die half, Frau Hämmerle zum Leben zu erwecken, und eine unerschöpfliche Recherchequelle in medizinischen Fragen für mich war – heißen Dank besonders für die so informativen wie amüsanten Chats in Sachen Thoraxdrainage.

Ein Dankeschön an Klaus, dem Banker meines Vertrauens, für die Infos zur Nachvollziehbarkeit von Kontobewegungen.

Kerstin – dem Mendel'schen Gesetz hab ich einiges an Inspiration zu verdanken. Danke, dass du es in einem deiner tollen Bücher erwähnt hast, wo ich darüber stolperte, nachdem ich meinen Biologieunterricht dreißig Jahre lang erfolgreich verdrängt hatte.

Standing Ovations dem Stuttgarter Ensemble des Musicals »Wicked – Die Hexen von Oz«, das mich durch großartige Aufführungen im Palladium-Theater zum Nachdenken über das Thema Gut und Böse – Schein und Sein angeregt hat, eine Thematik, die daraufhin einen Platz in diesem Buch fand.

Ich möchte nicht vergessen, meiner Familie zu danken, die während der gesamten Plot- und Schreibphase, ganz besonders aber im sogenannten »Endphasenkoller«, geduldig meine Launen ertrug.

Dass dieses Buch termingerecht fertig wurde, verdanke ich nicht zuletzt den »Büchereulen« aus dem gleichnamigen Internet-Forum, die mich, wann immer sie mich online erwischten, umgehend an meine Pflichten erinnerten (O-Ton: »Logg dich sofort aus und geh an dein Manuskript!« *peitschendes Smiley*) Herzlichen Dank euch treuen Lesern und konstruktiven Kritikern!

Vielen Dank auch dem Emons Verlag für nunmehr fünf Jahre angenehme Zusammenarbeit, insbesondere Stefanie Rahnfeld, der besten und gründlichsten Lektorin, die ich jemals hatte.

Eine tiefe Verbeugung gebührt erneut Heribert Stragholz, dem Schöpfer der stimmungsvollen Coverillustration.